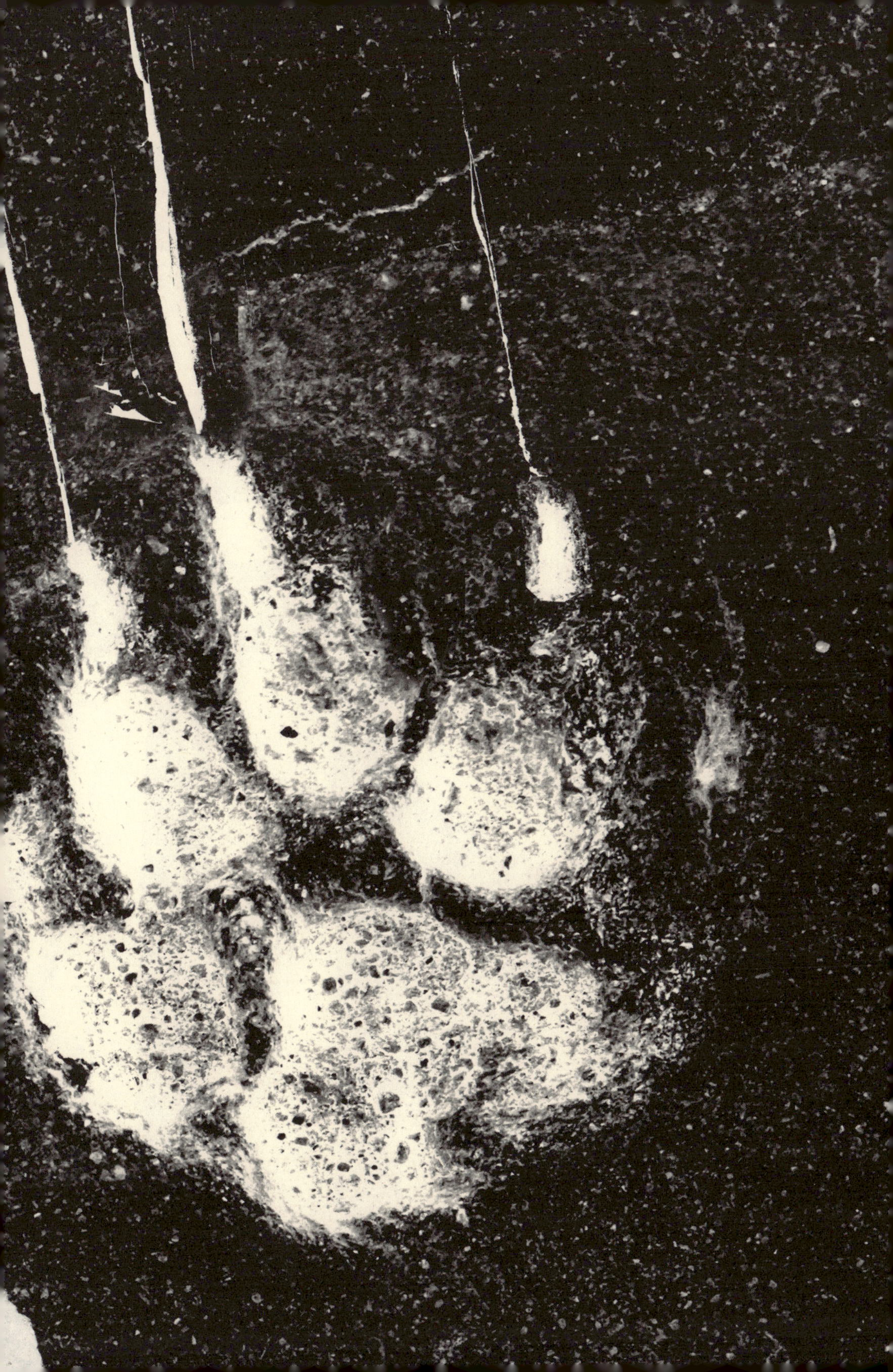

BIBLIOTECA

STEP

KIN

HEN
NG

CUJO

STEPHEN KING

TRADUÇÃO
Michel Teixeira

9ª reimpressão

Grafia atualizada segundo o Acordo Ortográfico da Língua Portuguesa de 1990, que entrou em vigor no Brasil em 2009.

Título original
Cujo

Capa
Alceu Chiesorin Nunes

Foto de capa
Santa Gig/Shutterstock

Projeto gráfico
Bruno Romão

Preparação
Gustavo de Azambuja Feix

Revisão
Valquíria Della Pozza
Adriana Bairrada

Dados Internacionais de Catalogação na Publicação (CIP)
(Câmara Brasileira do Livro, SP, Brasil)

King, Stephen
Cujo / Stephen King ; tradução Michel Teixeira. – 1ª ed. – Rio de Janeiro : Suma de Letras, 2016.

Título original: Cujo
ISBN 978-85-5651-025-9

1. Ficção de suspense 2. Ficção norte-americana I. Título.

16-07103 CDD-813

Índice para catálogo sistemático:
1. Ficção de suspense : Literatura norte-americana 813

EDITORA SCHWARCZ S.A.
Praça Floriano, 19 — sala 3001 — Cinelândia
20031-050 — Rio de Janeiro — RJ
Telefone: (21) 3993-7510
www.companhiadasletras.com.br
www.blogdacompanhia.com.br
facebook.com/editorasuma
instagram.com/editorasuma
twitter.com/Suma_br

Este livro é para meu irmão, David,
que segurou minha mão ao cruzar
a West Broad Street e me ensinou
como fazer ganchos com cabides
velhos. O truque é tão incrível que
não me canso de repetir.
Amo você, David.

About suffering they were never wrong,
The Old Masters: how well they understood
Its human position: how it takes place
While someone else is eating or opening a window or just
walking dully along…

— W. H. AUDEN, "MUSEÉ DES BEAUX ARTS"

Old Blue died and he died so hard
He shook the ground in my back yard.
I dug his grave with a silver spade
And I lowered him down with a golden chain.
Every link you know I did call his name,
I called, "Here, Blue, you good dog, you."

— MÚSICA FOLK

"Não, nada de errado aqui."

— PROFESSOR CEREAL SHARP

ERA UMA VEZ,

há nem tanto tempo assim, um monstro apareceu na cidadezinha de Castle Rock, estado do Maine. Ele matou uma garçonete chamada Alma Frechette em 1970, uma mulher chamada Pauline Toothaker e uma pré-adolescente chamada Cheryl Moody em 1971, uma linda moça chamada Carol Dunbarger em 1974, uma professora chamada Etta Ringgold no outono de 1975 e, por fim, uma menininha chamada Mary Kate Hendrasen no início do inverno daquele mesmo ano.

Não era lobisomem, vampiro ou carniçal, nem tampouco uma criatura sem nome de uma floresta encantada ou de uma região glacial. Era só um policial chamado Frank Dodd, que tinha distúrbios mentais e sexuais. Um homem bondoso, chamado John Smith, descobriu o nome do agente usando certa magia, mas antes que fosse capturado — talvez tenha sido melhor assim — Frank Dodd se matou.

Claro que foi um choque, mas, acima de tudo, um alívio para a cidadezinha. Um alívio porque o monstro que assombrou tantos sonhos estava morto. Morto e enterrado. Os pesadelos da cidade foram sepultados na cova de Frank Dodd.

Ainda assim, mesmo em tempos tão evoluídos, com tantos pais cientes dos traumas psicológicos que podiam causar aos filhos, com certeza houve em algum lugar de Castle Rock um pai — ou quem sabe uma avó — que arrancou silêncio das crianças advertindo que Frank Dodd viria pegar se não tivessem cuidado, se não se comportassem. E com certeza houve silêncio quando as crianças olharam para as janelas escuras e pensaram em Frank Dodd, com sua brilhante capa de chuva preta em vinil, o mesmo Frank Dodd que sufocou... e sufocou... e sufocou.

"Ele está lá fora", consigo ouvir a avó sussurrando, enquanto o vento assovia chaminé abaixo e fareja em volta da velha tampa de panela enfiada no tubo de exaustão da lareira. "Ele está lá fora e, se você não se comportar, pode acabar vendo o rosto dele na janela do quarto, depois que todos na casa já estiverem dormindo, menos você. Pode ser o sorriso dele espiando você do closet na calada da noite, com o sinal de PARE que ele levantava para que as criancinhas atravessassem a rua em uma das mãos e a lâmina que usou para tirar a própria vida na outra... por isso, shhh, criança... shhh... shhh."

Porém, para a maioria da população, o fim foi o fim. Não faltaram pesadelos, claro, nem crianças que não conseguiram dormir, claro, e rapidamente a casa vazia de Dodd (porque a mãe teve um derrame logo em seguida e morreu) ganhou fama de mal-assombrada, sendo evitada por todo mundo. Mas tudo isso não passou de uma série de fenômenos passageiros — quem sabe os inevitáveis efeitos colaterais de uma sequência de assassinatos sem sentido.

Só que o tempo passou. Cinco anos no total.

O monstro se foi, o monstro estava morto. Frank Dodd apodreceu no caixão.

No entanto, monstro que é monstro nunca morre. Lobisomem, vampiro, carniçal, criatura sem nome de terras arrasadas. Monstro que é monstro nunca morre.

Ele voltou a Castle Rock no verão de 1980.

Em certo dia de maio daquele ano, Tad Trenton, quatro anos de idade, acordou pouco depois da meia-noite com vontade de ir ao banheiro. Levantou da cama e caminhou, meio sonolento, em direção à luz branca que vazava pela fresta da porta entreaberta, já abaixando as calças do pijama. Urinou uma eternidade, deu descarga e voltou para a cama. Puxou as cobertas, e foi então que viu a criatura no closet.

Estava ali, agachado, com ombros largos que se erguiam sobre a cabeça caída para um dos lados e dois olhos que pareciam poços de brilho âmbar — uma coisa que parecia meio homem, meio lobo. Os olhos acompanharam o menino quando ele se sentou, coçando o saco, com o cabelo arrepiado e a respiração entrecortada, como um silvo agudo e invernal na garganta. Aqueles olhos da coisa no closet eram olhos insanos, gargalhavam e prometiam uma morte horrível e uma sinfonia de gritos ainda não executada.

O menino ouviu o grunhido gutural, sentiu o hálito doce de carniça.

Tad Trenton cobriu os olhos com as mãos, tomou fôlego e gritou.

Uma exclamação abafada veio de outro quarto — o pai.

Um grito assustado, "o que foi isso?", veio do mesmo lugar — a mãe.

Passos pesados, correndo. Quando os pais entraram, Tad olhou pelas frestas dos dedos e viu a coisa rosnando ali dentro, no closet, prometendo que, assim que os dois fossem embora, então...

A luz se acendeu. Vic e Donna Trenton foram até a cama de Tad, trocando um olhar preocupado ao ver o rosto pálido e os olhos vidrados do filho. A mãe disse, ou melhor, fuzilou:

— Eu falei que três cachorros-quentes era coisa demais, Vic!

E então papai estava na cama com o menino, e passou os braços pelas costas dele, perguntando qual era o problema.

Tad se atreveu a lançar um olhar para a porta do closet outra vez.

O monstro tinha ido embora. Em vez da besta faminta que avistara antes, só havia ali duas pilhas desiguais de cobertores — roupas de cama de inverno que Donna ainda não tivera tempo de levar para o sótão de pé-direito baixo. Estavam sobre a cadeira em que Tad costumava subir quando precisava de alguma coisa na prateleira mais alta do closet. Em vez da cabeça triangular e peluda, caída para o lado em um gesto interrogativo e predatório, ele viu o ursinho de pelúcia em cima da pilha mais alta de cobertores. Em vez dos cavos e ameaçadores olhos cor de âmbar, estavam ali as amistosas contas marrons de vidro utilizadas pelo ursinho para olhar o mundo.

— O que houve, Tadder? — perguntou de novo o pai.

— Tinha um monstro no meu closet! — gritou ele, explodindo em lágrimas.

A mãe se sentou ao lado do menino. Ela e o marido envolveram o filho e fizeram de tudo para acalmá-lo. Depois ocorreu o ritual dos pais, e eles explicaram que não havia monstro algum, que era só um pesadelo. Mamãe explicou que as sombras às vezes se assemelham às coisas ruins que aparecem na TV ou nas histórias em quadrinhos, e papai disse que estava tudo bem, em seu devido lugar, e que nada naquela casa legal poderia machucá-lo. Tad balançou a cabeça, concordando, mas sabia que não era verdade.

O pai explicou que, no escuro, as duas pilhas desiguais de cobertores ficaram parecendo ombros curvados, que o ursinho parecia uma cabeça caída para o lado e que o reflexo da luz do banheiro fez com que os olhos de vidro lembrassem os de um animal de verdade.

— Agora, preste atenção — continuou. — Preste bastante atenção, Tadder.

Tad prestou atenção.

O pai pegou e colocou as duas pilhas de cobertores no fundo do closet de Tad. O menino ouviu os cabides tilintando de leve, falando sobre o papai em cabidês. Era engraçado, e ele deu uma risadinha. Mamãe viu e sorriu de volta, aliviada.

O pai saiu do closet, pegou o ursinho e colocou nos braços de Tad.

— E o mais importante de tudo — continuou papai, com um floreio e uma mesura que arrancaram risos de Tad e da mamãe —, a cadeira.

Depois fechou a porta do closet com firmeza e apoiou a cadeira na porta. Quando voltou para a cama de Tad, continuava sorrindo, mas os olhos estavam sérios.

— Certo, Tad?

— Certo — respondeu o menino, antes de reunir coragem para dizer: — Mas ele estava lá, papai. Eu vi. De verdade.

— Você *acha* que viu, Tad — explicou o pai, afagando os cabelos do filho com aquela mão grande e carinhosa. — Só que não tem monstro no closet, não um monstro de verdade. Monstros não existem, Tad. Só nas histórias, só na imaginação.

Tad olhou outra vez para o pai e para a mãe — para aqueles rostos grandes e amorosos.

— Vocês juram?

— Juramos — respondeu a mãe. — Agora eu quero que você se levante e vá fazer xixi, rapazinho.

— Eu já fiz. Foi por isso que acordei.

— Sei — disse ela, porque os pais nunca acreditam nos filhos. — Faz isso por mim, pode ser?

Então Tad foi e ela ficou olhando enquanto ele fazia quatro gotas de xixi. Ela sorriu e respondeu:

— Viu? Eu sabia que você precisava fazer.

Resignado, Tad fez que sim, voltou para a cama, foi coberto e aceitou os beijos.

Quando a mãe e o pai se aproximaram da porta, ele foi invadido pelo medo como um casaco coberto de neve. Como uma mortalha recendendo a desespero diante da morte. "Por favor", pensou ele, e mais nada, só: "Por favor, por favor, por favor".

O pai pareceu ter lido seu pensamento, porque se virou, com a mão no interruptor, e repetiu:

— Não tem monstro algum, Tad.

— Não tem, não, papai — respondeu Tad, porque naquele instante os olhos do pai pareciam distantes e sombrios, como se ele precisasse ser convencido. — Nenhum monstro.

"Só o que está no meu closet."

A luz se apagou.

— Boa noite, Tad. — A voz da mãe chegou leve e suave, e em pensamento ele gritou: "Tome cuidado, mamãe, eles devoram as mulheres! Em todos os filmes eles pegam e levam as mulheres embora e depois devoram elas. Por favor, por favor, por favor...".

Eles, porém, já tinham ido.

E então Tad Trenton, quatro anos de idade, ficou deitado na cama, suando frio e tremendo feito vara verde. Ficou deitado com as cobertas até o queixo e o ursinho apertado contra o peito. Luke Skywalker estava em uma parede, na outra havia um liquidificador com um sorridente esquilo dentro ("Se a vida lhe der limões, faça limonada!", dizia o corajoso e risonho esquilo) e na terceira todo o elenco da Vila Sésamo: Garibaldo, Ênio, Beto, Oscar, Grover. Bonecos legais, magia legal. Ah, mas e o vento lá fora, gritando sobre o telhado e descendo pelas frestas negras! Ele não conseguiria mais dormir naquela noite.

No entanto, pouco a pouco o suor secou e a tremedeira passou. E os olhos começaram a ficar pesados...

E então um novo grito, dessa vez mais próximo que o vento noturno lá fora, acordou e deixou Tad de olhos vidrados.

As dobradiças da porta do closet.

Nhéeeeeee...

Era um som fino, tão agudo, que talvez só cães e menininhos acordados à noite conseguissem ouvir. A porta do closet começou a se mover devagar, uma boca morta começou a se abrir na escuridão, milímetro a milímetro, centímetro a centímetro.

O monstro estava naquela escuridão, agachado no mesmo lugar de antes. Sorria para ele, e os ombros enormes se erguiam sobre a cabeça caída para o lado e os olhos emitiam aquele brilho âmbar, vivos com uma esperteza estúpida. "Eu não falei que eles iriam embora, Tad?", sussurrou. "Eles sempre vão embora, no fim das contas. E então eu posso voltar. Eu gosto de voltar. Gosto de você, Tad. Acho que vou voltar todas as noites a partir de agora e, a cada noite, vou chegar um pouquinho mais perto da sua cama... e um pouquinho mais perto... até que, qualquer noite dessas, antes que você consiga gritar, vai ouvir algo rosnando, e rosnando bem ao seu lado, Tad, e serei eu, e eu vou atacar e depois vou comer você, que vai parar dentro de mim."

Tad ficou olhando para a criatura do closet com um misto de fascínio, torpor e horror. Tinha algo quase... quase familiar. Algo que ele quase conhecia, e esse quase era ainda pior. Porque...

"Porque eu sou maluco, Tad. Estou aqui. Estive aqui o tempo todo. Meu nome já foi Frank Dodd e eu matei e talvez também tenha devorado aquelas moças. Estive aqui o tempo todo. Eu fico por perto, com o ouvido colado no chão. Eu sou o monstro, o velho monstro, e não vai demorar até eu pegar você, Tad. Você pode me sentir mais perto... cada vez mais perto."

Talvez a coisa no closet falasse com ele com a própria respiração sibilante, ou talvez fosse a voz do vento. De uma forma ou de outra, pouco importava: Tad ouviu as palavras, paralisado de medo, à beira de um desmaio (mas, ah, absolutamente alerta) e olhou para o rosto que rosnava nas sombras e que ele quase conhecia. Não dormiria mais aquela noite, talvez nunca mais conseguisse dormir.

Algum tempo depois, porém, algum tempo entre a badalada de meia-noite e meia e a de uma hora, talvez porque fosse pequeno, Tad voltou a dormir. O sono leve em que era perseguido por enormes criaturas peludas e de dentes brancos se tornou profundo e sem sonhos.

O vento travou longas conversas com as calhas. A casca branca da lua de outono se ergueu no céu. Em algum lugar bem distante, talvez um prado silencioso no meio da noite, talvez uma alameda de pinheiros na floresta, um cão latiu furiosamente e depois se calou.

No closet de Tad Trenton, algo de olhos âmbar estava à espreita.

— Você guardou os cobertores de novo? — perguntou Donna ao marido, na manhã seguinte. Ela estava ao fogão, fritando tiras de bacon. Tad assistia à programação infantil na sala ao lado, com uma colher e uma tigela de cereal Twinkles. A marca pertencia à empresa Sharp, e os Trenton tinham cereais Sharp à vontade e de graça.

— Ahn? — perguntou Vic, com a cara enfiada na seção de esportes do jornal. Natural de Nova York, ele tinha conseguido resistir até então à febre do Red Sox, mas acompanhava com um prazer masoquista mais um pífio início dos Mets na liga de beisebol.

— Os cobertores. Estavam outra vez no closet do Tad, assim como a cadeira. A porta também estava aberta de novo. — Ela trouxe o bacon à mesa, ainda no papel-toalha, ainda fumegando. — Foi você que colocou lá?

— Não — respondeu Vic, virando a página. — O cheiro de mofo é tão forte que parece que a convenção mundial das traças aconteceu lá.

— Estranho. Então ele mesmo deve ter colocado de volta.

Vic largou o jornal e olhou para a mulher.

— Do que você está falando, Donna?

— Lembra do pesadelo de ontem à noite?

— Impossível esquecer. Pensei que ele estava morrendo. Parecia uma convulsão ou algo do gênero.

Ela assentiu.

— Ele pensou que os cobertores eram… — Donna se deteve, sentindo um calafrio.

— O bicho-papão — brincou ele, sorrindo.

— Isso. E então você deu o ursinho de pelúcia para ele e colocou os cobertores no fundo do closet. Só que as cobertas tinham voltado para a frente quando subi para arrumar a cama — riu ela. — Olhei lá dentro e, por um segundo, pensei…

— Agora eu sei de onde ele tirou aquilo — interrompeu Vic, pegando o jornal. Olhou para a mulher, bem-humorado. — Três cachorros-quentes coisa nenhuma.

Mais tarde, quando Vic já tinha saído para o trabalho, Donna perguntou a Tad por que ele tinha colocado a cadeira com os cobertores de novo no closet, já que ficara tão assustado com aquilo durante a noite.

Tad olhou para ela, e o rostinho quase sempre animado e cheio de vida pareceu pálido e alerta — como se amadurecido antes da hora. O livro de colorir de Guerra nas Estrelas estava aberto diante dele, e Tad pintava um desenho da cantina interestelar e usava o giz de cera verde para pintar Greedo.

— Não fui eu — respondeu.

— Mas Tad, se não foi você, nem o papai, nem eu...

— Foi o monstro — disse Tad. — O monstro do meu closet.

Ele se voltou para o desenho de novo.

Donna ficou olhando para o filho, preocupada e um pouco assustada. Era um menino inteligente, que talvez fantasiasse demais. Isso não era bom. À noite, ela teria que ter uma conversa com Vic. E seria uma conversa longa.

— Tad, lembra o que o papai disse? — perguntou. — Monstros não existem.

— Não de dia, pelo menos — respondeu ele, sorrindo de maneira tão franca, tão bela, que ela se esqueceu das preocupações.

Donna acariciou os cabelos do filho, depois lhe deu um beijo no rosto.

Ela estava decidida a conversar com Vic, mas então Steve Kemp apareceu enquanto Tad estava na creche, e ela acabou esquecendo, e Tad gritou naquela noite também, dizendo que estava no closet, o monstro, o monstro!

A porta do closet estava entreaberta e os cobertores sobre a cadeira. Desta vez, Vic levou tudo ao sótão e enfiou no closet de lá.

— Tudo trancado, Tadder — disse Vic, beijando o filho. — Está tudo certo. Volte a dormir e tenha bons sonhos.

Só que Tad demorou muito a pegar no sono e, antes que conseguisse, a porta do closet se destrancou e se abriu com um leve rangido, uma boca morta aberta para a escuridão da morte — a escuridão da morte onde algo peludo aguardava, com dentes e garras afiados, algo que cheirava a sangue talhado e destino sombrio.

"Olá, Tad", sussurrou aquela voz putrefata, e a lua ficou espiando pela janela de Tad como o olho branco e fendido de um morto.

No fim daquela primavera, a pessoa mais velha de Castle Rock era Evelyn Chalmers, conhecida como tia Evvie pelos moradores mais antigos da cidade e como "aquela velha cadela fofoqueira" por George Meara, que tinha que entregar para ela a correspondência — basicamente catálogos e ofertas da *Reader's Digest* e folhetos de oração da Cruzada do Cristo Eterno — e ouvir infindáveis solilóquios. "Aquela velha cadela fofoqueira só presta para prever o tempo", deixava escapar George quando enchia a cara com os camaradas no Tigre Meloso. Nome bem idiota para um bar, mas, como era o único de Castle Rock, não havia outra opção além de ir lá mesmo.

Em geral, todos concordavam com a opinião de George. Como a mais velha moradora de Castle Rock, tia Evvie mantinha a tradição e envergava a bengala do *Boston Post* de cidadã mais longeva da cidade havia dois anos, desde que Arnold Heebert, aos cento e um anos e tão senil que conversar com ele seria um desafio intelectual tão grande quanto trocar ideias com uma lata vazia de comida de gato, tropeçou no pátio interno do asilo de Castle Acres e quebrou o pescoço, exatamente vinte e cinco minutos depois de mijar nas calças pela última vez.

Tia Evvie estava longe de ser tão senil e tão velha quanto Heebert, mas, aos noventa e três, tinha uma idade bem avançada. No entanto, como gostava de se gabar para um George Meara resignado (e muitas vezes de ressaca) quando recebia a correspondência, não tinha sido burra a ponto de perder a casa, como o velho Arnie.

Além disso, era boa com a meteorologia. Na cidade, havia um consenso — entre os mais velhos, que se preocupavam com essas coisas — de que tia Evvie nunca se enganava em relação a três coisas: a semana do início do corte do feno no verão, a qualidade (ou não) da colheita do mirtilo e as condições climáticas.

Certo dia do começo de junho, ela foi arrastando os pés até a caixa de correio na entrada da garagem, apoiando todo o peso na bengala do *Boston Post* (que passaria para as mãos de Vin Marchant quando a velha cadela fofoqueira batesse as botas, pensava George Meara — e já ia tarde, Evvie) e fumando um Herbert Tareyton. Ela cumprimentou Meara em alto e bom som — depois que ficou surda, aparentemente se convenceu de que todo o mundo ensurdeceu junto, por consideração — e gritou que o próximo verão seria o mais quente dos últimos trinta anos. Calor de manhã, de tarde e de noite, berrou Evvie com sua voz tonitruante.

— É mesmo? — perguntou George.

— *O quê?*

— *Eu disse: é mesmo?* — Era outra característica da tia Evvie: a velha fazia você gritar com ela num instante. Qualquer dia desses, alguém ia acabar estourando uma veia.

— *Quero ser mico de circo se não for* — berrou ela. As cinzas do cigarro caíram no ombro da camisa recém-lavada do uniforme de George Meara, vestida naquela mesma manhã. Resignadamente, ele espanou as cinzas com a mão. Tia Evvie se inclinou sobre a janela do carro de George para poder gritar melhor ao pé do ouvido dele. Tinha hálito de pepino podre.

— *Os camundongos saíram dos porões! Tommy Neaudeau viu cervos esfregando a cabeça nas árvores do Lago Moosuntic quando o primeiro tordo apareceu. E tinha grama embaixo da neve derretida! Grama verde, Meara!*

— É mesmo, Evvie? — respondeu George, pois parecia ser preciso responder alguma coisa. Estava começando a ficar com dor de cabeça.

— *O quê?*

— *É mesmo, tia Evvie?* — esgoelou-se George Meara, com saliva voando lábios afora.

— É, sim — uivou tia Evvie, satisfeita. — *Também vi um relâmpago de calor ontem, tarde da noite! Mau sinal, Meara! Temperatura alta tão cedo é um mau sinal! Vai ter gente morrendo por onda de calor neste verão! Este vai ser dos piores.*

— *Preciso ir, tia Evvie!* — gritou George. — *Tem uma entrega especial para o Stringer Beaulieu!*

Tia Evvie Chalmers jogou a cabeça para trás e gargalhou sob o céu de primavera. Gargalhou até quase sufocar e mais cinzas do cigarro rolaram do seu vestido. Ela cuspiu a guimba do cigarro, que caiu no chão, ainda aceso, ao lado de um dos sapatos — tão pretos quanto carvão e tão apertados quanto um espartilho: sapatos para toda a vida.

— *Você tem uma entrega especial para o Beaulieu? Aquele francês não conseguiria ler o nome escrito na própria lápide!*

— *Preciso ir, tia Evvie!* — disse George, apressado, dando em seguida partida no carro.

— *Beaulieu é um completo idiota desde que nasceu! Não sei como Deus deixou esse francês vingar, se é que Deus tem alguma coisa a ver com isso!* — esbravejou ela. Só que esbravejava para a poeira de George Meara, que já tinha conseguido se safar.

Ela ficou ali por mais um minuto, ao lado da caixa de correio, olhando o carro se afastar. Não havia correspondência pessoal para ela: raramente havia, àquela altura. Quase todos os seus conhecidos que sabiam escrever estavam mortos. E ela logo se juntaria a eles, suspeitava. O verão que se aproximava lhe trazia um mau pressentimento, algo que dava medo. Ela podia falar dos camundongos que saíram dos porões antes da hora, do relâmpago de calor no céu primaveril, mas não podia falar do calor que sentiu em algum lugar além do horizonte, agachado como uma fera macilenta, porém poderosa, com aspecto sarnento e olhos de um vermelho quase em brasa. Não podia falar dos sonhos quentes, sem sombras e sequiosos, nem das lágrimas que brotaram sem razão, lágrimas que não traziam alívio e sim ardência aos olhos, como se molhados pelo suor salgado de um verão incandescente. Ela sentiu a loucura em um vento que ainda não chegara.

— George Meara, seu velho peidorreiro — disse tia Evvie, arrastando a última palavra de uma forma que logo ganhou um tom ridículo e cataclísmico: peidorreeeeeiro.

Começou a arrastar os pés de volta para casa, apoiada na bengala do *Boston Post*, concedida em uma cerimônia da prefeitura pela vã façanha de conseguir envelhecer. Não causava espanto, pensou ela, que essa porcaria de jornal tivesse falido.

Tia Evvie se deteve na varanda, olhando para o céu que ainda era pura primavera e suavidade de tom pastel. Ah, mas ela conseguia sentir a aproximação de algo quente, algo abominável.

No ano anterior àquele verão, quando a roda traseira do velho Jaguar de Vic Trenton começou a apresentar um incômodo barulho metálico, partiu de George Meara a recomendação de levar o carro à oficina de Joe Camber, na saída de Castle Rock.

— Joe tem um jeito meio estranho de trabalhar — avisou George, enquanto Vic pegava a correspondência na caixa de correio. — Ele diz quanto o trabalho vai custar, faz o conserto e depois cobra exatamente o valor combinado. É um jeito engraçado de fazer negócio, não acha? — Deixou a pergunta no ar e saiu com o carro, e Vic ficou se questionando se o carteiro tinha falado sério ou se fizera alguma piada obscura do povo da região.

Seja como for, Vic ligou para Camber e, certo dia de verão (um verão muito mais fresco do que o do ano seguinte), Donna, Tad e ele foram até a oficina de Camber. Ficava realmente longe. Vic precisou parar duas vezes para pedir informações, e foi então que começou a chamar aqueles confins da cidade de Cafundolândia do Leste.

Vic estacionou em frente ao gramado da casa de Camber, com a roda traseira do carro fazendo mais barulho do que nunca. Tad, então com três anos de idade, estava sentado no colo de Donna Trenton, rindo com ela. Os passeios no carro "sem teto" do papai sempre faziam sua alegria, e Donna também estava de ótimo humor.

Um menino de uns oito ou nove anos estava no gramado, brincando com uma bola de beisebol velha e um taco de beisebol mais velho ainda. A cada rebatida, a bola viajava pelo ar, atingia a lateral do celeiro — que Vic concluiu ser também a oficina de Camber —, antes de rolar de volta a maior parte do caminho.

— Oi — cumprimentou o menino. — Você é o sr. Trenton?

— Isso mesmo.

— Vou chamar meu pai — disse ele, e foi até o celeiro.

Os Trenton desceram e Vic foi até a traseira do Jaguar e se agachou ao lado da roda problemática, um tanto desconfiado. Talvez tivesse sido melhor deixar o carro para consertar em Portland, no fim das contas. A situação ali não parecia muito promissora. Camber nem tinha uma placa pendurada.

Foi arrancado de seus devaneios por Donna, que gritou o nome do marido, nervosa. E depois:

— Ai, meu Deus. Vic...

Ele se levantou depressa e viu um cachorro enorme saindo do celeiro. Por um instante absurdo se perguntou se era mesmo um cão ou uma espécie estranha e feia de pônei. Então, quando o cachorro saiu da sombra da porta do celeiro, Vic viu os olhos tristes e percebeu que era um são-bernardo.

Em um impulso, Donna agarrou Tad e recuou até o capô do Jaguar, mas Tad ficou se debatendo, impaciente, nos braços da mãe, tentando descer.

— Quero ver o au-au, mamãe... quero ver o *au-au*!

Nervosa, Donna olhou para Vic, que encolheu os ombros, também incomodado. Então o filho de Camber voltou e fez festinha na cabeça do cachorro, enquanto se aproximava. O cão balançava o rabo absolutamente enorme, e Tad redobrou os esforços para se desvencilhar da mãe.

— Pode deixar ele descer, moça — disse o menino, educadamente. — O Cujo gosta de criança. Ele não morde. — Depois, para Vic: — Meu pai já vem. Ele está lavando as mãos.

— Certo — respondeu Vic. — Esse cachorro é enorme, garoto. Tem certeza que não tem perigo?

— Tenho.

De qualquer maneira, Vic se encaminhou para o lado da esposa quando o filho, inacreditavelmente pequeno, foi andando em direção ao cachorro. Cujo manteve a cabeça caída para o lado, com o enorme rabo peludo balançando devagar, de um lado para outro.

— Vic... — começou Donna.

— Está tudo bem — disse Vic, pensando, "espero". O cachorro era tão grande que parecia poder engolir Tadder em uma bocada só.

Tad parou por um momento, parecendo em dúvida. Ele e o cachorro trocaram um olhar.

— Au-au? — perguntou Tad.

— Cujo — respondeu o filho de Camber, andando até Tad. — O nome dele é Cujo.

— Cujo — repetiu Tad, e o cachorro foi até ele e começou a lamber seu rosto em amplos, carinhosos e molhados movimentos, que fizeram Tad gargalhar e tentar desviar. Ele se virou para a mãe e o pai, rindo como só ria quando um deles lhe fazia cócegas. Em seguida deu um passo à frente e tropeçou nas próprias pernas. Caiu e, de repente, o cachorro correu e ficou sobre seu corpo. Vic, que estava com o braço em volta da cintura de Donna, não só ouviu como também sentiu a mulher engolir em seco. Fez menção de agir... depois parou.

Os dentes de Cujo agarraram a parte de trás da camiseta de Homem--Aranha de Tad. O cachorro levantou o menino — por um instante, Tad parecia um gatinho na boca da mãe — e depois o colocou de pé.

Tad correu para os pais.

— Gostei do au-au! Mamãe! Papai! Gostei do au-au!

O filho de Camber presenciou a cena toda, com um semblante meio divertido e as mãos enfiadas nos bolsos da calça jeans.

— Claro, é um cachorro muito legal — disse Vic. Ele também tinha achado divertido, mas o coração continuava saltitando. Por um segundo, realmente achou que o cachorro morderia a cabeça de Tad como se fosse um pirulito. — É um são-bernardo, Tad.

— São... benado! — gritou Tad, correndo em direção a Cujo, que estava sentado na porta do celeiro, como uma pequena montanha. — Cujo! *Cuuuuujo*!

Donna voltou a estremecer ao lado de Vic.

— Ai, Vic, você acha que...

Só que Tad já estava com Cujo de novo, primeiro dando um abraço de urso, depois olhando o cachorro cara a cara. Como Cujo estava sentado (o rabo batendo no chão, a língua rosada para fora), Tad quase conseguia olhar nos olhos do cão, desde que ficasse na ponta dos pés.

— Acho que eles se deram bem — disse Vic.

Tad colocou a mão pequenina na boca de Cujo e começou a olhar lá dentro, como se fosse o menor dentista do mundo. Aquilo deixou Vic incomodado mais uma vez, mas logo Tad voltou correndo para eles.

— O au-au tem dente — informou Tad ao pai.

— Tem — respondeu Vic. — Muitos dentes.

Ele se virou para o menino para perguntar por que tinha escolhido aquele nome, mas Joe Camber estava saindo do celeiro, limpando as mãos em um pedaço de estopa para poder cumprimentar sem encher as mãos de Vic de graxa.

Vic teve uma surpresa agradável ao descobrir que o homem sabia exatamente o que estava fazendo. O mecânico ouviu com atenção o som metálico enquanto Vic dirigia o carro até a casa no sopé da colina e de volta à casa de Camber.

— O rolamento da roda está nas últimas — resumiu Camber. — Você teve sorte de não ter ficado na mão antes.

— Dá para consertar?

— Dá, sim. Posso consertar agora, se você não se importar em esperar uma ou duas horas.

— Por mim, acho que tudo bem — respondeu Vic. Ele olhou para Tad e o cachorro. Tad pegara a bola de beisebol que o filho de Camber estava rebatendo e passou a arremessar o mais longe que conseguia (que não era muito). Com paciência, o são-bernardo dos Camber pegava a bola e trazia de volta para Tad. A bola estava uma baba só. — Seu cachorro está distraindo o meu filho.

— Cujo adora crianças — concordou Camber. — Você se importa de levar o carro até o celeiro, sr. Trenton?

"O doutor vai atender você agora", pensou Vic, divertido, ao levar o Jaguar para dentro. No fim das contas, o trabalho demorou apenas uma hora e meia, e o preço de Camber era tão honesto que parecia mentira.

E Tad passou aquela tarde fresca e nublada chamando o nome do cachorro sem parar: *"Cujo... Cuuujo... aqui, Cujo..."*. Antes de saírem, o filho de Camber, que se chamava Brett, colocou Tad no lombo de Cujo e ficou segurando o menino pelo peito enquanto Cujo, obediente, cruzava duas vezes, de um lado a outro, o piso de cascalho em frente à entrada da casa. Ao passar por Vic, o cachorro lançou um olhar em sua direção... e Vic seria capaz de jurar que o bicho estava gargalhando.

Três dias depois da conversa aos berros entre George Meara e tia Evvie Chalmers, uma garotinha da mesma idade de Tad Trenton se levantou da mesa de café — mesa de café que ficava na copa de uma casinha muito arrumadinha em Iowa City, estado de Iowa — e anunciou:

— Ai, mamãe, estou passando mal. Acho que vou ficar doente.

A mãe olhou para ela, não exatamente surpresa. Dois dias antes, o irmão mais velho de Marcy fora mandado de volta da escola para casa com uma violenta gastroenterite. Brock já estava bem, mas passou vinte e quatro horas de amargar, com o corpo mandando munição pesada para fora pelas duas saídas.

— Tem certeza, amorzinho?

— Ai, eu… — Marcy gemeu alto e desceu a escada às pressas, com as mãos na barriga. A mãe seguiu a filha, viu Marcy entrar no banheiro e pensou: "Ai, meu Deus, lá vamos nós de novo. Se eu não ficar doente também, vai ser um milagre".

Ela ouviu o barulho de vômito e entrou no banheiro já repassando os detalhes na cabeça: muito líquido, comidas leves, repouso, penico, livros. Pediria para Brock levar a TV portátil para o quarto da irmã quando chegasse da escola e…

Ela olhou para a cena e seus pensamentos desapareceram com a força de um tapa na cara.

A privada onde a filha de quatro anos havia vomitado estava repleta de sangue. Havia sangue espalhado pela borda de porcelana do vaso e respingos de sangue nos azulejos.

— Mamãe, estou passando mal...

A filha se virou e se contorceu. Havia sangue por toda a boca, no queixo, no vestidinho azul de marinheiro, ai, meu Deus Jesus Maria José é muito sangue…

— Mamãe…

A menina vomitou de novo, uma enorme golfada de sangue voou da boca e caiu sobre tudo como uma chuva sinistra, e então a mãe pegou Marcy no colo e saiu correndo com ela, disparando até o telefone da cozinha para discar para a emergência.

Cujo sabia que estava velho demais para correr atrás de coelhos.

Não que fosse *velho*, nem mesmo para um cachorro. Porém, aos cinco anos, já tinham ficado para trás os tempos de filhote, quando até mesmo uma borboleta era motivo para uma perseguição nos fundos da casa e do celeiro. Tinha cinco anos e, se fosse um ser humano, estaria entrando no primeiro estágio na meia-idade.

Mas era dia 16 de junho, o início de uma bela manhã de verão, com o orvalho ainda pousado na grama. O calor previsto por tia Evvie na conversa com George Meara tinha chegado — era o começo de junho mais quente em anos — e, às duas da tarde, Cujo estaria deitado no chão de terra na entrada da casa (ou no celeiro, se o HOMEM deixasse, o que às vezes acontecia quando bebia, e ele vinha bebendo muito naqueles dias), arfando sob o sol quente. Só que isso seria mais tarde.

E o coelho era grande, marrom, rechonchudo e não fazia a menor ideia de que Cujo estava ali, quase nos limites do campo, a mais de um quilômetro de distância da casa. O vento soprava na direção errada para o Compadre Coelho.

Cujo foi na direção do bicho, mais por diversão do que por fome. O coelho mastigava feliz e distraído um trevo que, se não fosse comido, estaria marrom e ressecado sob o sol inclemente dali a um mês. Se só tivesse percorrido metade da distância quando o coelho o avistou e saiu correndo em disparada, Cujo teria deixado o alvo ir embora. O cachorro, porém, já estava a menos de quinze metros quando os olhos e as orelhas do coelho entraram em alerta. Por um instante, o coelho não se mexeu: era uma escultura congelada com olhos negros comicamente protuberantes. Depois, fugiu.

Latindo com fúria, Cujo deu início à perseguição. Embora o coelho fosse muito pequeno, e Cujo, muito grande, a *possibilidade* de conseguir trouxe uma dose extra de energia para as patas do cão. Cujo chegou perto o suficiente para agarrar a presa, mas o coelho fez um zigue. Cujo se virou pesadamente, com as garras revolvendo a terra negra do prado, perdendo terreno de início, logo voltando à carga. Pássaros saíram voando ao ouvir o latido alto e ofegante. Se um cachorro pudesse sorrir, Cujo estaria sorrindo naquele momento. O coelho fez um zague e seguiu direto para o campo. Cujo partiu atrás, já suspeitando que não conseguiria ganhar aquela corrida.

Ainda assim, continuou tentando com todas as forças, e estava se aproximando outra vez quando a presa se meteu em um pequeno buraco ao lado de uma colina baixa e pouco íngreme. O buraco ficava escondido atrás da grama alta, e Cujo não hesitou. Baixou o corpanzil branco amarronzado e, como se transformando em um projétil peludo, deixou a inércia fazer o serviço de impulsioná-lo para a frente... e então ficou entalado como uma rolha em uma garrafa.

Joe Camber era o dono da fazenda Seven Oaks — que ficava no fim da Town Road — havia dezessete anos, mas não fazia ideia do buraco. Com certeza teria descoberto se fosse agricultor, o que não era o caso. Não havia animais no grande celeiro vermelho, que era sua oficina e loja de peças.

O filho, Brett, estava sempre perambulando pelos campos e bosques atrás da casa, mas, como o pai, nunca percebera o buraco, embora quase tivesse pisado nele algumas vezes, o que provavelmente teria lhe rendido uma fratura de tornozelo. Se nos dias mais claros o buraco podia ser confundido com uma sombra, nos dias nublados, por causa da grama que o encobria, ficava invisível.

John Mousam, o antigo dono da fazenda, sabia do buraco, mas nunca lhe ocorrera mencionar a questão nas conversas que teve com Joe Camber durante a compra da propriedade, em 1963. Talvez tivesse avisado quando Joe e a esposa, Charity, tiveram o filho, em 1970, mas naquele ano o câncer já havia tirado a vida do velho John.

Foi melhor que Brett não tivesse feito a descoberta: existem poucas coisas tão interessantes no mundo para um menino quanto um buraco no chão, e este levava a uma pequena caverna calcária de formação natural. Tinha cerca de seis metros de profundidade na parte mais funda, e seria bastante provável que um garotinho magrinho conseguisse entrar, escorregasse até o fundo e depois não fosse capaz de sair. Já tinha acontecido com pequenos animais. Embora fácil de escorregar, a superfície calcária da caverna era difícil de escalar, e o fundo estava coberto de ossos: uma marmota, uma doninha, um casal de guaxinins, um casal de esquilos e um gato doméstico. O gato se chamava sr. Limpeza. Tinha desaparecido havia dois anos e os Camber imaginaram que fora atropelado por um carro ou que simplesmente fugira. No entanto, ali estava o bichano, junto com os ossos do grande rato do campo que perseguira.

O coelho de Cujo escorregou até o fundo e ali ficou, tremendo, com as orelhas em pé e o nariz vibrando como um diapasão. O latido furioso do cachorro enchia o lugar e, com os ecos, parecia que havia uma matilha lá dentro.

A pequena caverna também atraía morcegos de vez em quando — nunca em grande número, pois o espaço era muito pequeno, ainda que o teto áspero fosse perfeito para eles se aninharem de cabeça para baixo e dormir enquanto houvesse luz do dia. Os morcegos eram outra razão para considerar que Brett Camber teve sorte, sobretudo naquele ano. Os morcegos marrons insetívoros que habitavam a pequena caverna estavam contaminados com um tipo de raiva bem virulento.

Cujo ficou preso pelos ombros e cavou furiosamente com as patas traseiras, mas sem sucesso. Poderia ter feito o movimento contrário e saído, mas naquele momento ainda queria pegar o coelho. Sentiu que o bicho estava preso e encurralado. A visão de Cujo não era das mais apuradas e, de qualquer forma, seu corpanzil bloqueava quase toda a luz de fora. Além disso, não percebeu que havia um buraco diante de suas patas dianteiras. Dava para sentir o cheiro da umidade, das fezes de morcego, tanto frescas quanto secas... mas, acima de tudo, dava para sentir o cheiro de coelho. Quente e tenro. O jantar estava posto.

O latido acordou os morcegos, que ficaram apavorados: algo tinha invadido sua casa. Em massa, voaram para a saída, guinchando. O problema é que o sonar registrou um fato ao mesmo tempo desconcertante e assustador: não havia mais saída. O predador estava exatamente onde ficava a entrada.

Os morcegos ficaram ziguezagueando na escuridão, com as asas membranosas farfalhando como pequenas peças de tecido — fraldas de pano, talvez —, criando pequenas rajadas de vento. Abaixo deles, o coelho se encolheu e torceu para que o pior não acontecesse.

Cujo sentiu vários morcegos tremulando perto da parte de seu corpo encalhada no buraco e ficou assustado. Não gostou do cheiro nem do som dos morcegos, muito menos do calor estranho que emanavam. Latiu mais alto e tentou morder as coisas que, guinchando, sobrevoavam sua cabeça. As mandíbulas se fecharam sobre uma asa preto-amarronzada, esmigalhando ossos menores que os da mão de um bebê. O morcego se encolheu e mordeu Cujo, rasgando a pele sensível do focinho em um corte longo e curvo, no formato de um ponto de interrogação. Um instante depois, moribundo, o morcego saiu voando aos trancos e barrancos para o fundo da caverna calcária. O estrago, porém, já estava feito: a mordida de um animal raivoso é mais grave perto da cabeça, porque a raiva é uma doença que afeta o sistema nervoso central. Cães, mais suscetíveis que seus donos humanos, nem sequer podem esperar proteção completa da vacina antirrábica, administrada por qualquer veterinário. E Cujo jamais fora vacinado contra raiva.

Sem saber disso, mas sabendo que a coisa invisível que mordera tinha um gosto horrível, Cujo concluiu que o esforço não valia mais a pena. Com um tremendo solavanco nos ombros, conseguiu se desvencilhar do buraco, provocando uma pequena avalanche de terra. Ele se sacudiu e mais um tanto de terra calcária suja e fedorenta saiu voando de seu pelo. O sangue pingava do focinho. Cujo se sentou, virou a cabeça para o céu e soltou um uivo baixo e longo.

Os morcegos saíram da caverna em uma pequena revoada marrom, voaram desordenadamente sob o brilhante sol de junho e voltaram a entrar no buraco, para se recolher. Coisinhas descerebradas, em dois ou três minutos já tinham se esquecido do invasor e de seus latidos, voltando a dormir pendurados pelas patas, com as asas envolvendo os corpinhos de ratos, como xales de velhas senhoras.

Cujo saiu dali aos trotes, sacudiu-se de novo e passou inutilmente as patas sobre o focinho. O sangue estava começando a secar, formando uma casca, mas ainda doía. Cachorros tinham uma insegurança totalmente desproporcional à sua inteligência, e Cujo estava decepcionado consigo mesmo. Se fosse para casa, um dos integrantes da trindade — O HOMEM, A MULHER, O MENINO — perceberia que ele tinha aprontado alguma e se machucado. Era bem possível que um deles lhe dissesse COISA FEIA. Naquele momento, Cujo sem dúvida achava que tinha feito uma COISA FEIA.

Por isso, em vez de ir para casa, Cujo foi até o riacho que separava as terras dos Camber da propriedade de Gary Pervier, o vizinho mais próximo. Cujo nadou contra a correnteza: bebeu bastante água, mergulhou fundo, tentando se livrar do gosto horrível que tinha na boca, tentando se livrar da sujeira e do fedor daquela lama calcária esverdeada, tentando se livrar daquela sensação de COISA FEIA.

Aos poucos, começou a se sentir melhor. Saiu do riacho, sacudiu-se e os esguichos formaram no ar um breve arco-íris brilhante.

O sentimento de COISA FEIA estava perdendo força, bem como a dor no focinho. Cujo andou até a casa para ver se O MENINO ainda estava por perto. Já estava acostumado com o grande ônibus escolar amarelo que pegava O MENINO de manhã e o soltava no meio da tarde, apesar de o ônibus não ter aparecido na última semana, com seus olhos brilhantes e lotado de crianças. O MENINO estava sempre em casa. Normalmente ficava no celeiro, fazendo coisas com O HOMEM. Talvez o ônibus amarelo aparecesse de novo hoje, talvez não. Cujo acabaria descobrindo. Já tinha se esquecido do buraco e do gosto horroroso da asa do morcego. O focinho quase não doía mais.

Cujo abriu caminho sem dificuldade pela grama alta do campo norte, aproximando-se ocasionalmente de um ou outro pássaro, sem se dar ao trabalho de começar nova perseguição. Já tinha feito a caçada do dia e seu corpo se lembrava disso, embora o cérebro, não. Aos cinco anos de idade e com quase noventa quilos, era um são-bernardo no auge e agora, na manhã de 16 de junho de 1980, em estágio pré-raivoso.

Sete dias depois, a cinquenta quilômetros da fazenda Seven Oaks em Castle Rock, dois homens se encontraram no Yellow Submarine, um restaurante no centro de Portland. Além de pizzas, o Sub oferecia uma vasta seleção de sanduíches gigantes em pão-canoa ou preparados com muitas camadas de pão de fôrma. Havia uma máquina de fliperama nos fundos. Em cima do balcão, uma placa informava que todo cliente que comesse dois Yellow Sub Nightmares não pagaria a conta. Logo abaixo, entre parênteses, a observação SE VOMITAR, PAGA tinha sido incluída.

Em geral, nada agradaria mais a Vic Trenton do que um sanduíche de almôndegas, mas ele suspeitava que, naquele dia, o máximo que conseguiria com sua escolha tradicional seria uma azia violenta.

— Parece que vão nos tirar da jogada, não é? — perguntou Vic ao outro homem, que olhava para o sanduíche de presunto dinamarquês com notória falta de entusiasmo.

O outro homem era Roger Breakstone e, quando olhava para um prato sem entusiasmo, ficava claro que algum tipo de desastre de proporções épicas estava prestes a acontecer. Roger pesava cento e vinte quilos e não tinha pescoço quando se sentava. Certa vez, quando Donna e Vic estavam na cama tendo uma crise de gargalhadas como alunos de ensino fundamental, ela comentou que achava que o pescoço de Roger tinha sido arrancado por um tiro no Vietnã.

— A coisa está feia — admitiu Roger. — Tão feia que parece mentira, meu chapa.

— E você acha que a viagem vai resolver alguma coisa?

— Não sei — confessou ele. — De qualquer maneira, se não formos, com certeza vamos perder a conta da Sharp. Talvez ainda dê para salvar alguma coisa. Quem sabe até virar o jogo.

Ele deu uma mordida no sanduíche.

— Fechar por dez dias vai dar prejuízo.

— E você acha que já não estamos no prejuízo?

— É, já estamos, mas precisamos filmar os comerciais da Book Folks em Kennebuck Beach...

— Lisa pode cuidar disso.

— Não sei nem se Lisa consegue cuidar da própria vida amorosa, quanto mais dos comerciais da Book Folks — argumentou Vic. — Mesmo supondo que sim, a série da Yor Choice Blueberries ainda está atrasada... tem o Casco Bank and Trust... E você precisa agendar um encontro com o chefão da Associação de Corretores Imobiliários do Maine...

— Ah, não, essa é sua...

— Nem fodendo — cortou Vic. — Só de pensar naquele sujeito de calça vermelha e sapato branco eu tenho vontade de cair na gargalhada. Fico me perguntado que tipo de anúncio ele faz como homem-sanduíche.

— Isso não importa, como você sabe. Nenhum deles paga um décimo do que a Sharp paga. O que mais preciso dizer? Você sabe que a Sharp e o garoto vão querer falar com a gente. Reservo uma passagem para você ou não?

Diante da ideia de passar dez dias fora, cinco em Boston e cinco em Nova York, Vic teve um leve calafrio. Roger e ele trabalharam durante seis anos na Agência Ellison, de Nova York. Agora, o lar de Vic era Castle Rock. Roger e Althea Breakstone moravam na vizinha Bridgton, que ficava a vinte e cinco quilômetros de distância.

Vic nunca quis olhar para trás. Sentia que não havia aproveitado a vida de verdade, que estava perdido, até se mudar para o Maine com Donna. E agora tinha uma sensação mórbida de que Nova York ficou três anos esperando só para poder prendê-lo em suas engrenagens mais uma vez. O avião derraparia, sairia da pista e seria engolido por uma bola de fogo gigante, feita de combustível de alta tecnologia. Ou haveria um acidente na ponte Triborough e o táxi em que estariam seria esmagado como uma sanfona amarelo-sangue. Um delinquente usaria a arma em vez de só anunciar o assalto. Uma tubulação de gás explodiria e ele seria decapitado pela tampa de um bueiro, que sairia voando pelos ares como um frisbee letal de quarenta quilos. Algo assim. Se ele voltasse, a cidade o mataria.

— Roger — começou Vic, largando o sanduíche de almôndega após uma pequena mordida —, você já pensou que pode não ser o fim do mundo se realmente perdermos a conta da Sharp?

— A Terra vai continuar girando, mas e a gente? — perguntou ele, enchendo a tulipa de cerveja até a borda. — Ainda tenho dezessete anos de hipoteca para pagar e gêmeas que sonham em cursar a Bridgton Academy. Você tem sua própria hipoteca, seu próprio filho e aquele velho Jaguar esportivo que vai exigir gastos pelo resto da sua vida.

— Eu sei, mas a economia da região...

— A economia da região está uma merda! — exclamou Roger com violência, batendo com força o fundo da tulipa na mesa.

Quatro garotos na mesa ao lado — três usando camisetas de tênis da Universidade do Maine e o outro com uma camiseta vermelha com a frase DARTH VADER É GAY — começaram a aplaudir.

Impaciente, Roger fez um sinal com a mão para o grupo e se inclinou na direção de Vic.

— Não vamos conseguir nada fazendo campanhas para a Yor Choice Blueberries ou com os Corretores Imobiliários do Maine, e você sabe muito bem. Se perdermos a conta da Sharp, vamos à falência com certeza. Agora, se conseguirmos manter pelo menos uma parte da Sharp pelos próximos dois anos, é provável que a gente consiga uma parcela do orçamento do Departamento de Turismo, talvez até da loteria estadual, se até lá os caras não puserem tudo a perder por má administração. Estou falando de filé mignon, Vic. Aí a gente pode dar um chute no traseiro da Sharp e daquelas porcarias de cereais, e todos viveremos felizes para sempre. O lobo mau precisará encontrar o jantar em outro lugar, os três porquinhos estarão sãos e salvos em casa.

— Tudo depende de conseguirmos salvar alguma coisa — disse Vic. — Algo tão provável quanto o Cleveland Indians ganhar o campeonato de beisebol este ano.

— Melhor tentar do que ficar de braços cruzados, meu caro.

Vic permaneceu sentado em silêncio, olhando para aquele sanduíche convidativo, pensando. Aquilo não era justo, mas ele conseguiria conviver com a injustiça. O que doía era o absurdo da situação, que como um tornado de grandes proporções surgiu do nada em um céu claro, deixando um rastro de destruição por onde passou, antes de desaparecer. Ele, Roger e a própria Ad Worx estavam preparados para estar na lista de baixas, independentemente de todos os esforços. Dava para ver a gravidade na cara redonda de Roger, que nunca estivera tão pálido e sério desde o dia em que ele e Althea perderam o filho, Timothy, para a síndrome de morte súbita, quando o bebê tinha apenas nove dias de vida. Três semanas depois da tragédia, Roger desabou e chorou copiosamente, com as mãos no rosto, dominado por uma tristeza profunda e desesperada, que levou o coração de Vic até a boca. Aquilo fora horrível, mas o pânico incipiente que ele acabava de constatar no rosto de Roger também era muito ruim.

Tornados surgiam do nada no ramo da publicidade, de tempos em tempos. Empresas grandes como a Agência Ellison, com contas que somavam milhões de dólares, conseguiam segurar as pontas. Pequenos negócios como a Ad Worx, não. Eles vinham carregando uma cesta com vários ovinhos e outra com um ovo enorme — a conta da Sharp —, e agora não sabiam se o ovão estava perdido ou se, pelo menos, dava para fazer uma omelete. Nada do que aconteceu era culpa deles, mas agências de publicidade costumavam ser ótimos bodes expiatórios.

Vic e Roger se uniram naturalmente desde que fizeram o primeiro trabalho juntos na Agência Ellison, seis anos antes. Vic, alto, magro e um tanto calado, era o yin perfeito para o yang gordo, feliz e extrovertido de Roger Breakstone. Os dois se entendiam não só no aspecto profissional como também no lado pessoal. A primeira parceria foi um trabalho pequeno, apresentar uma campanha com anúncios publicitários para a United Cerebral Palsy, organização sem fins lucrativos de ajuda a portadores de paralisia cerebral.

Os dois criaram um anúncio em preto e branco, sóbrio, que mostrava um menininho usando enormes e agressivos aparelhos nas pernas ao lado da linha de três pontos de uma quadra de basquete da liga infantil. Usando boné do New York Knicks, ele tinha uma expressão — Roger sempre defendeu a ideia de que era a expressão do menino que garantia o sucesso do anúncio — que estava longe de ser triste: era simplesmente sonhadora. Quase feliz, na verdade. O texto dizia apenas: BILLY BELLAMY NUNCA VAI FAZER UMA CESTA DE TRÊS. Abaixo: BILLY TEM PARALISIA CEREBRAL. Mais abaixo, em fonte menor: AJUDE A GENTE, CAMPEÃO.

As doações para a UCP aumentaram consideravelmente. Bom para eles, bom para Vic e Roger. A dupla Trenton-Breakstone estava formada. Meia dúzia de campanhas bem-sucedidas se seguiram, com Vic se encarregando sobretudo do conceito mais geral e Roger se responsabilizando pela execução da ideia.

Para a Sony Corporation foi a foto de um homem de terno, sentado de pernas cruzadas, na faixa do meio de uma autoestrada com dezesseis pistas, um grande rádio Sony no colo e um sorriso de pura satisfação na cara. O texto dizia: THE POLICE, ROLLING STONES, VIVALDI, MIKE WALLACE, THE KINGSTON TRIO, PAUL HARVEY, PATTI SMITH, JERRY FALWELL. E, abaixo disso: OLÁ, LOS ANGELES!

Para o pessoal da Voit, fabricante de material esportivo para natação, bolaram um anúncio que mostrava um homem que era a antítese perfeita do rato de praia de Miami. De pé, em pose arrogante, com os ombros desalinhados na praia dourada de algum paraíso tropical, o modelo era um cinquentão com tatuagens, barriga de chope, braços e pernas musculosos e uma cicatriz rugosa ao longo de uma das coxas. Nos braços, o sangue bom trazia um par de pés de pato Voit. Dizia o texto: AMIGO, EU GANHO A VIDA MERGULHANDO, NÃO DOU MOLE PARA O AZAR. Havia muito mais por trás, coisas que Roger sempre chamou de blá-blá-blá, mas o texto em negrito era o gancho de fato. Vic e Roger queriam que o texto dissesse NÃO DOU MOLE PARA NINGUÉM, mas não conseguiram convencer a Voit. Uma pena, Vic gostava de deixar claro quando tomava umas e outras: teriam vendido muito mais pés de pato.

E havia a Sharp.

A Sharp Company de Cleveland estava em décimo segundo lugar entre as Grandes Indústrias de Alimentação dos Estados Unidos quando o velho Sharp, não sem relutância, decidiu procurar a Agência Ellison em Nova York, após vinte anos de parceria com uma agência local. A Sharp era maior que a Nabisco, antes da Segunda Guerra Mundial, o velho tinha prazer em destacar. O filho tinha quase o mesmo prazer em destacar que a Segunda Guerra Mundial tinha acabado havia trinta anos.

A conta — que começou com um contrato experimental de seis meses — foi entregue a Vic Trenton e Roger Breakstone. No fim do período de teste, a Sharp tinha pulado da décima segunda para a nona posição no mercado de biscoitos, bolos e cereais. Um ano depois, quando Vic e Roger pediram as contas e se mudaram para o Maine para abrir o próprio negócio, a Sharp Company já tinha alcançado o sétimo lugar.

A campanha foi matadora. Para a Sharp Cookies, Vic e Roger desenvolveram o Bond Mira, um xerife desajeitado cujos revólveres atiravam biscoitos em vez de balas — ChockaChippers em alguns comerciais, GingerSnappies em outros, Oh Those Oatmeals nos demais —, tudo um oferecimento da equipe de efeitos especiais. Os comerciais sempre terminavam com o Bond Mira sentado no alto de uma pilha de biscoitos, ar triste e revólveres descarregados. "Bem, os bandidos escaparam", dizia ele a milhões de norte-americanos quase todos os dias, "mas eu fiquei com os biscoitos. São os melhores biscoitos do Oeste... talvez até do mundo inteiro, acho." Aí o Bond Mira mordia um biscoito. Sua expressão sugeria que estava tendo o equivalente gastronômico ao primeiro orgasmo de um garoto. Corta.

Para a linha de bolos prontos — dezesseis variedades que iam do bolo de laranja ao cheesecake, passando pelo bolo de chocolate — foi criado o que Vic chamava de anúncio do George e da Gracie. O comercial abria com George e Gracie saindo de um jantar muito chique, em que a mesa de doces ostentava todos os tipos possíveis de guloseimas. Corta para uma casinha muito modesta e com pouca iluminação. George está sentado diante de uma simplória mesa de cozinha, coberta com uma toalha xadrez. Gracie tira um Bolo de Laranja Sharp (ou Cheesecake, ou Bolo de Chocolate) do congelador da velha geladeira e põe na mesa. Os dois ainda estão com as roupas da festa. Sorriem um para o outro com carinho, amor e cumplicidade, duas pessoas que estão absolutamente na mesma sintonia. Entra um fade para a seguinte frase, sobre um fundo preto: ÀS VEZES, TUDO O QUE VOCÊ QUER É UM BOLO SHARP. Nenhuma palavra é dita ao longo do comercial, que ganhou um prêmio Clio.

Outro premiado foi o Professor Cereal Sharp, reconhecido no mercado como "o anúncio mais responsável já produzido para a programação infantil em todos os tempos". Vic e Roger tinham considerado a peça sua obra-prima... mas agora era justamente o Professor Cereal Sharp que voltava para assombrar os dois.

Interpretado por um ator na casa dos sessenta anos com reconhecido talento para representar personagens excêntricos, o Professor Cereal Sharp estrelava um comercial sóbrio e de tom corajosamente adulto em meio ao mar de anúncios infantis recheados de animação dos concorrentes, que vendiam chicletes, bicicletas, bonecas, figuras de ação... e também cereais.

O comercial se passava em uma sala de aula vazia, uma cena identificada na hora pelo público cativo dos programas infantis que rodavam desenhos animados como Pernalonga e Papa-Léguas nas manhãs de sábado. O Professor Cereal Sharp usava paletó, colete com gola V e camisa com o colarinho aberto. O visual e o jeito de falar eram levemente autoritários. Vic e Roger conversaram com cerca de quarenta professores e meia dúzia de psiquiatras infantis e descobriram que aquele era o modelo de figura de autoridade com que a meninada se sentia mais à vontade, e o tipo que pouquíssimas crianças tinham em casa hoje em dia.

O Professor Cereal estava sentado à mesa, o que lhe conferia certo ar de informalidade — a alma de um sujeito de verdade estava escondida sob o paletó de tweed verde-acinzentado, poderia pensar o jovem telespectador —, embora falasse devagar, em tom grave. Não dava ordens. Não falava alto. Não tentava persuadir. Nem tentava engambelar ou puxar o saco. Falava para milhões de telespectadores que usavam camiseta, comiam cereal e assistiam a desenhos animados como se fossem *gente de verdade*.

"Bom-dia, crianças", dizia o Professor, em voz baixa. "Este é um comercial de cereal. Escutem com atenção. Eu sei muita coisa sobre cereais, porque sou o Professor Cereal Sharp. Os Cereais Sharp — Twinkles, Cocoa Bears, Bran-16 e Sharp All-Grain Blend — são os mais gostosos dos Estados Unidos. E fazem bem para você." Uma pausa dramática, e então o Professor Cereal Sharp sorria... e, quando ele sorria, o telespectador *sabia* que a alma de um camarada de verdade estava ali. "Acreditem em mim, porque eu sei. Sua mãe sabe. Achei que você ia querer saber também."

Um rapaz entrava no anúncio naquele momento e entregava ao Professor Cereal Sharp uma tigela de Twinkles, Cocoa Bears ou algo do gênero. O Professor Cereal Sharp dava uma colherada, depois olhava para dentro de todas as salas de estar do país e dizia: "Não, nada de errado aqui".

O velho Sharp não gostava da última frase, nem da ideia de que alguma coisa *pudesse* estar errada com um dos cereais. Depois de muita insistência, Vic e Roger acabaram conseguindo convencê-lo, mas não com argumentos racionais. Fazer anúncios não era um negócio racional. Era comum você fazer o que achava certo, mas isso não significava entender *por que* aquilo parecia certo. Vic e Roger achavam que a última frase era ao mesmo tempo simples e poderosa. Saindo da boca do Professor Cereal Sharp era o toque final, tão reconfortante quanto um cobertor quentinho. "Nunca vou machucar você" era a mensagem implícita. Neste mundo em que pais se divorciavam, em que crianças mais velhas costumavam bater até cansar nas mais novas sem motivo, em que o time adversário muitas vezes arrasava com o seu na liga de beisebol, em que os mocinhos nem sempre venciam como na TV, em que você nem sempre era convidado para a melhor festa de aniversário, enfim, neste mundo em que *tanta coisa* dava errado, sempre haveria Twinkles, Cocoa Bears e All-Grain Blend, e eles sempre seriam saborosos. "Não, nada de errado aqui."

Com uma pequena ajuda do filho de Sharp (Roger comentaria mais tarde que qualquer um seria capaz de jurar que o rapaz tinha sido o responsável por criar e escrever o anúncio), o conceito do Professor Cereal foi aprovado e o comercial passou a marcar presença constante nas manhãs de sábado e também nos intervalos de programas infantis que iam ao ar durante a semana. Os cereais conquistaram uma fatia de mercado ainda maior que os demais produtos da Sharp, e o Professor Cereal se transformou em uma instituição dos Estados Unidos. A frase "Não, nada de errado aqui" se tornou um desses bordões nacionais, significando quase a mesma coisa que "fica frio" ou "relaxa".

Quando decidiram abrir o próprio negócio, Vic e Roger seguiram à risca o protocolo e não procuraram nenhum cliente antigo até que a relação com a Agência Ellison estivesse formal e amistosamente extinta. Os primeiros seis meses em Portland foram um período de muita pressão e preocupação para todos. O filho de Vic e Donna, Tad, tinha só um ano de idade. Donna, que morria de saudade de Nova York, se revezava entre o mau humor, a petulância e o medo puro e simples. Roger tinha uma úlcera antiga — um ferimento de batalha causado pelos anos de guerra no mundo da publicidade em Nova York —, que voltou com força quando ele e a esposa perderam o filho, o que o levou a se transformar em um consumidor discreto, porém contumaz, de antiácidos. Para Vic, Althea parecia ter se recuperado tão bem quanto possível, diante das circunstâncias. Donna, porém, observou que a plácida Althea trocou a dose única de bebida pouco alcoólica antes do jantar por duas doses antes e três depois. Embora os dois casais já tivessem passado férias na região, juntos e separados, Vic e Roger não imaginaram quantas portas se fechariam automaticamente para dois sujeitos vindos "de fora", como diziam os nascidos no Maine.

Eles realmente teriam falido, como Roger lembrou, se a Sharp não tivesse decidido ficar com os dois. E na sede da empresa, em Cleveland, as opiniões tinham sofrido uma irônica reviravolta. Agora era o velho Sharp quem queria continuar com Vic e Roger, e o filho (então com quarenta anos) pretendia abrir mão da dupla, argumentando, não sem alguma lógica, que seria loucura entregar a conta a uma agência insignificante localizada mil quilômetros ao norte do centro nervoso de Nova York. O fato de a Ad Worx estar afiliada a uma empresa de análise de mercado da Big Apple não fez diferença alguma para convencer o filho, como não fizera diferença para outras empresas cujas campanhas haviam sido criadas por Vic e Roger nos últimos anos.

— Se lealdade fosse papel higiênico — disse Roger, amargurado —, íamos passar aperto na hora de limpar a bunda, meu parceiro.

A Sharp, porém, continuou com os dois, garantindo a margem de que precisavam desesperadamente. "Funcionou durante quarenta anos com uma agência da nossa cidade e, se os rapazes querem se mudar daquela cidade sem Deus, estão apenas demonstrando o bom e velho bom senso", falou o velho.

E estava falado. O velho Sharp decretou, o filho se calou e, durante os últimos dois anos e meio, o Bond Mira continuou atirando, George e Gracie continuaram comendo Bolos Sharp em seu modesto apartamento e o Professor Cereal Sharp continuou dizendo às crianças que nada havia de errado. A produção dos comerciais agora era feita por uma pequena produtora independente em Boston, e a empresa de análise de mercado de Nova York prosseguiu fazendo seu trabalho com competência. Além disso, três ou quatro vezes por ano, Vic ou Roger voavam para Cleveland para reuniões com Carroll Sharp e o jovem Sharp —jovem esse já com as têmporas grisalhas. Todo o resto do trâmite entre cliente e agência era feito por telefone ou pelo correio. O processo talvez fosse estranho e sem dúvida complicado, mas parecia funcionar bem.

Foi então que apareceu o cereal Red Razberry Zingers.

Vic e Roger já sabiam do Zingers havia algum tempo, claro, mas o cereal só foi lançado efetivamente no mercado norte-americano dois meses antes, em abril de 1980. Em geral, os cereais da Sharp eram levemente adoçados ou não continham açúcar. A marca All-Grain Blend, que assinalou a entrada da Sharp no mercado de cereais "naturais", fazia bastante sucesso. No entanto, o Red Razberry Zingers mirava um segmento que preferia produtos mais açucarados: os consumidores de marcas como Count Chocula, Frankenberry e Lucky Charms, produtos pré-adoçados que ocupavam a zona cinzenta entre cereais e doces.

Entre meados de setembro e início de outubro de 1979, o Zingers passou no teste de mercado realizado em Boise, estado de Idaho, em Scranton, na Pensilvânia, e em Bridgton, cidade que Roger escolheu para morar no Maine. Com um estremecimento, Roger disse a Vic que não deixaria as filhas chegarem a três metros daquela coisa (embora tenha gostado quando Althea comentou que as gêmeas imploraram por uma caixa assim que viram o produto na prateleira do supermercado).

— Aquilo tem mais açúcar do que cereal e parece um tição aceso.

Vic assentiu e respondeu com inocência, sem saber que suas palavras eram proféticas:

— Na primeira vez que olhei para a caixa, pensei que estava cheia de sangue.

— Então, o que me diz? — repetiu Roger, que já tinha comido metade do sanduíche enquanto Vic remoía a triste cadeia de acontecimentos. Estava cada vez mais certo de que, em Cleveland, o velho Sharp e o filho cada vez mais velho cogitavam matar o mensageiro por causa da mensagem.

— Acho que não custa tentar — respondeu Vic.

Roger deu um tapinha no ombro do sócio.

— Este é o cara — saudou. — Pode acabar seu sanduíche.

Vic, porém, não tinha mais fome.

Os dois haviam sido convocados a Cleveland para uma "reunião de emergência" que aconteceria três semanas depois do Dia da Independência — vários gerentes de vendas regionais e executivos estavam de férias e demoraria pelo menos esse tempo para conseguir reunir todos na sede da Sharp. Uma das pautas da agenda tinha relação direta com a Ad Worx: "uma avaliação da parceria até o momento", dizia a carta. O que significava, concluiu Vic, que o filho estava usando o desastre com o Zingers para finalmente demitir a dupla.

Cerca de três semanas após o lançamento nacional do Red Razberry Zingers, anunciado com empolgação — para não dizer com solenidade — pelo Professor Cereal Sharp ("Não, nada de errado aqui"), uma mãe levou a filha ao hospital, quase histérica, por pensar que a menina estava tendo uma hemorragia interna. A garotinha, que apenas contraiu um vírus de baixa patogenicidade, vomitou o que a mãe de início achou ser uma enorme quantidade de sangue.

Não, nada de errado aqui.

O episódio tinha acontecido em Iowa City, estado de Iowa. No dia seguinte, foram mais sete ocorrências. No outro, vinte e quatro. Em todos os casos, os pais das crianças com vômitos ou diarreia correram para o hospital, acreditando que os filhos tinham alguma hemorragia interna. Depois disso, o número de casos explodiu — primeiro, centenas; depois, milhares. Em nenhum deles a causa dos vômitos ou da diarreia era o cereal, mas ninguém levou isso em consideração diante do crescente furor.

Não, nem uma coisinha errada aqui.

Os casos se espalharam do oeste para o leste. O problema era o corante que dava a cor vermelha característica do Zingers. O corante em si era inofensivo, mas isso também não foi levado em consideração. Alguma coisa tinha dado errado e, em vez de digerir o corante vermelho, o corpo humano simplesmente o passava adiante. O corante expelido estava presente em um único lote de cereal, mas era um lote imenso. Um médico disse a Vic que, se fosse realizada uma autópsia em uma criança que tivesse morrido logo após ter ingerido uma tigela grande do Red Razberry Zingers, o exame revelaria um trato digestivo tão vermelho quanto um sinal de pare. O efeito era estritamente temporário, mas isso também não foi levado em consideração.

Roger comentou que, se fosse para morrer, que morressem atirando. Propôs uma maratona de reuniões com a equipe da Image-Eye, sediada em Boston, que produziu os comerciais. Queria conversar com o Professor Cereal Sharp em pessoa. O ator estava tão envolvido com o papel que ficou mental e emocionalmente arrasado com o acontecido. Já em Nova York eles encontrariam o pessoal do marketing. O mais importante de tudo seriam as quase duas semanas no Ritz-Carlton de Boston e no UN Plaza de Nova York, duas semanas em que Vic e Roger estariam lado a lado, digerindo as informações recebidas e fazendo brainstormings, como nos velhos tempos. Roger esperava que o processo levasse à criação de uma campanha de resposta que deixasse boquiabertos o velho Sharp e o filho. Em vez de ir a Cleveland de cabeça baixa, prontos para a guilhotina, os dois apareceriam com planos de batalha delineados para reverter os efeitos dos estragos causados pelo Zingers. Essa era a teoria. Na prática, ambos sabiam que as chances eram tão pequenas quanto as de acertar um arremesso de três antes do meio da quadra no último segundo de jogo.

Vic tinha outros problemas. Sentia que, durante os últimos oito meses, ele e a mulher estavam se afastando. Ainda amava a esposa e praticamente idolatrava Tad, mas a situação estava indo de incômoda a ruim, e Vic pressentia algo ainda pior — e tempos ainda piores — logo à frente. Talvez em um horizonte bem próximo. Como a viagem, uma grande maratona que passaria por Boston, Nova York e Cleveland, aconteceria no período que ele deveria passar em casa, fazendo coisas com a família, talvez não fosse uma ideia tão boa. Nos últimos tempos, quando olhava para Donna, via uma estranha escondida atrás das retas, dos ângulos e das curvas do rosto da esposa.

Sem falar na dúvida que ficava martelando em sua cabeça todas as noites em que não conseguia dormir, noites cada vez mais corriqueiras. Será que ela tinha um amante? Não tinham dormido juntos muitas vezes, recentemente. Será que ela o estava traindo? Vic esperava que não, mas será que acreditava nisso? Acreditava mesmo? Diga a verdade, sr. Trenton, ou será obrigado a arcar com as consequências.

Vic não tinha certeza, nem queria ter. Temia que, se tivesse certeza, seria o fim do casamento. Ainda era completamente apaixonado por Donna e nunca cogitou a ideia de uma pulada de cerca, mas até conseguiria perdoá-la se isso acontecesse. Só não admitiria ser traído em sua própria casa. *Não aceite um chifre calado, pois vai acabar dando na pinta, e as crianças vão rir de você na rua.* Ele...

— Como? — perguntou Vic, saindo do devaneio. — Não entendi, Roger.

— Eu disse: "aquela porcaria de cereal vermelho". Fecham aspas. Foi exatamente isso.

— Verdade. Um brinde a isso.

— Um brinde — disse Roger, erguendo a tulipa.

Vic bebeu.

Gary Pervier sentou-se no gramado maltratado da frente de casa, que ficava no sopé da colina Seven Oaks, na Town Road, mais ou menos uma semana depois do deprimente almoço de negócios de Vic e Roger no Yellow Sub. Bebia um screwdriver composto de vinte e cinco por cento de suco de laranja de caixinha e setenta e cinco por cento de vodca Popov. Sentado à sombra de um olmo que estava nos últimos estágios da grafiose, ele descansava o traseiro sobre as tiras rotas de uma cadeira de jardim de terceira categoria que estava nos últimos dias de vida útil. Gary bebia vodca Popov porque era barata. Tinha comprado uma grande quantidade de garrafas em New Hampshire, onde a bebida era ainda mais barata, na última vez que fora até lá renovar o estoque. A Popov era barata no Maine, mas era ridiculamente barata em New Hampshire, um estado que se destacava no que dizia respeito às melhores coisas da vida — uma loteria estadual com prêmios polpudos, bebida barata, cigarro barato e atrações turísticas como a Vila do Papai Noel e o parque de diversões Cidade das Seis Armas. Assim era o bom e velho New Hampshire. A cadeira aos poucos se assentou naquele gramado em petição de miséria, cavando uma cova. A casa atrás do gramado também estava em petição de miséria: era uma ruína cinzenta, toda descascada e cheia de goteiras. As janelas estavam caindo aos pedaços. A chaminé se erguia contra o céu como um bêbado que tenta se levantar depois de um tombo. As telhas arrancadas na última grande tempestade do inverno passado ainda pendiam perigosamente em alguns dos ramos do olmo moribundo. *Não é o Taj Mahal*, costumava dizer Gary, *mas estou cagando para isso.*

Naquele opressivo dia de calor de fim de junho, Gary estava bêbado como um gambá. O que era comum. Ele não fazia a menor ideia de quem era Roger Breakstone. Nem fazia a menor ideia de quem era Vic Trenton. Também não fazia ideia de quem era Donna Trenton e, se fizesse, estaria cagando para ela. Ele conhecia os Camber e Cujo, a família morava no alto da colina, no final da Town Road. Como Joe Camber e ele bebiam juntos muitas vezes, e bebiam muito, Gary percebeu de maneira um tanto nebulosa que o homem já estava com meio caminho andado na estrada para o alcoolismo. Uma estrada que o próprio Gary já tinha cruzado até o fim.

— Não passa de um bêbado imprestável e estou cagando para ele! — disse Gary aos pássaros e às telhas que pendiam no olmo doente. Depois ergueu o copo, peidou e esmagou um inseto. Sol e sombras marcavam seu rosto. Atrás da casa, vários carros sem as entranhas quase desapareciam em meio ao mato alto. A hera que crescia no lado oeste da casa saiu totalmente de controle, cobrindo quase tudo. Uma janela dava para fora — ou quase — e, em dias ensolarados, brilhava como um diamante sujo. Dois anos antes, em um ímpeto de bêbado, Gary ergueu e jogou pela janela a cômoda de um dos quartos do segundo andar — mas não conseguia lembrar por quê. Ele mesmo colocou outro vidro, porque a janela tinha ficado com um vão que deixava entrar uma corrente de ar no inverno, mas a cômoda continuou exatamente no mesmo lugar onde caiu. Uma gaveta ficou saltada para fora, como uma língua.

Em 1944, quando tinha vinte anos, Gary Pervier invadiu e tomou sozinho uma casamata alemã na França e, depois dessa façanha, levou o que restava de seu esquadrão quinze quilômetros adiante, antes de desmaiar por causa dos seis ferimentos a bala que sofrera durante o ataque ao local onde estava a metralhadora. Por conta disso, recebeu uma das maiores distinções de seu país agradecido, uma Cruz de Serviços Distintos. Em 1968, procurou Buddy Torgeson em Castle Falls e mandou transformar a medalha em cinzeiro. Buddy ficou chocado. Gary disse que, se pudesse, mandaria transformar em penico para poder cagar em cima, mas a cruz era pequena demais. Buddy espalhou a história, e talvez a intenção de Gary fosse essa, talvez não.

Seja como for, o relato causou verdadeira comoção nos hippies das redondezas. No verão de 1968, a maioria desses hippies estava de férias com os pais ricos na Região dos Lagos de New Hampshire, antes de voltar em setembro para a faculdade, onde aparentemente estudava protesto, sexo, drogas e rock 'n' roll.

Depois que a condecoração foi transformada em cinzeiro por Buddy Torgeson, que trabalhava como soldador no tempo livre e como frentista no posto Esso de Castle Falls em horário comercial (agora eram todos postos Exxon, mas Gary Pervier estava cagando para isso também), uma versão da história chegou ao jornal de Castle Rock, o *Call*. A reportagem foi assinada por um repórter local caipirão, que interpretou o ato como um libelo contra a guerra. Foi então que os hippies começaram a aparecer na Town Road. A maioria queria dizer que Gary era "joia". Alguns queriam dizer que ele era "da pesada". Outros poucos queriam dizer que ele era "paz e amor".

Gary mostrou a todos a mesma coisa, sua Winchester .30-.06, e mandou que sumissem de sua propriedade. Para ele, todos não passavam de um bando de cabeludos comunistas canalhas chupadores de boceta cabeluda. Disse que estava cagando para eles e ia acabar deixando um rastro de miolos estourados de Castle Rock até Fryeburg. Depois de um tempo, os hippies pararam de aparecer, e foi o fim do caso da condecoração.

Uma das balas dos alemães arrancou o testículo direito de Gary Pervier. Um médico acabou encontrando a maior parte espalhada pelos fundilhos da cueca oficial do Exército utilizada por Gary. A maior parte do outro testículo sobreviveu, e algumas vezes Gary ainda conseguia ficar com o pau consideravelmente duro. De uma forma ou de outra, conforme sempre dizia a Joe Camber, ele estava cagando baldes para aquilo. O país agradecido concedera uma Cruz de Serviços Distintos ao seu herói. A junta médica agradecida de Paris lhe deu alta em fevereiro de 1945, e Gary teve direito a uma pensão de oitenta por cento por deficiência e um ferrenho vício em drogas. A cidade natal agradecida fez um desfile em sua homenagem em 4 de julho de 1945 (na época ele tinha vinte e um anos, não mais vinte, podia votar, tinha cabelos brancos nas têmporas e se sentia muito bem, obrigado). Os vereadores agradecidos suspenderam a cobrança de impostos da propriedade de Pervier em caráter vitalício. Aquela foi uma boa medida pois, do contrário, teria perdido a casa vinte anos atrás. Gary trocou a morfina por bebidas de alta gradação alcoólica e partiu então para o trabalho de sua vida: se matar da maneira mais lenta e agradável possível.

Em 1980, Gary tinha cinquenta e seis anos, o cabelo completamente grisalho e era mais irritado que um touro com uma manivela de macaco de carro enfiada no cu. Os únicos indivíduos que ele conseguia suportar eram Joe Camber, o filho dele, Brett, e o enorme são-bernardo de Brett, Cujo.

Gary se recostou de novo na cadeira decadente, quase caindo de costas, e bebeu mais um pouco do screwdriver. O coquetel estava em um copo que ganhara em um McDonald's. Tinha um bicho roxo no vidro. Um bicho chamado Shake. Gary ia muitas vezes ao McDonald's de Castle Rock, onde ainda dava para comprar hambúrguer barato. Os hambúrgueres eram bons, já o tal de Shake... e o Papa Burguer... e o merda do Ronald McDonald... bem, Gary Pervier estava cagando para eles.

Um enorme vulto marrom-alaranjado se moveu na grama alta à sua esquerda e, instantes depois, Cujo, que tinha saído para uma de suas andanças, surgiu no maltratado jardim da frente da casa de Gary. Cujo o viu e latiu uma vez, educadamente. Depois se aproximou, balançando o rabo.

— Cujo, seu filho da puta — disse Gary, colocando o copo de screwdriver no chão e vasculhando metodicamente os bolsos, em busca de biscoitos para cachorro. Sempre mantinha alguns à mão para Cujo, que era um cão à moda antiga, criado solto, com o pelo manchado de terra.

Encontrou dois biscoitos no bolso da camisa e estendeu para o animal.

— Senta, rapaz. Senta.

Mesmo que estivesse deprimido ou revoltado, Gary sempre acabava se divertindo ao ver aquele cachorro de noventa quilos se sentar como um coelho.

Cujo se sentou e Gary viu um corte pequeno, porém feio, no focinho do são-bernardo. Jogou os biscoitos em forma de osso e Cujo os abocanhou no ar, sem esforço. Deixou um cair entre as patas dianteiras e começou a mastigar o outro.

— Bom rapaz — disse Gary, estendendo o braço para fazer um carinho na cabeça de Cujo. — Bom...

Cujo começou a rosnar. Um rosnado que vinha do fundo da garganta. Era quase um ronco, quase um eco. Cujo olhou para Gary. Havia algo frio e interrogativo no olhar, algo que deixou Gary arrepiado. Ele recolheu o braço depressa. Com um cachorro do tamanho de Cujo, era melhor ficar esperto, a menos que se quisesse passar o resto da vida limpando a bunda com um gancho.

— O que é que você tem, rapaz? — perguntou Gary, que nunca tinha ouvido Cujo rosnar desde que o cão fazia parte da família dos Camber. Para dizer a verdade, Gary jamais imaginou que o velho Cujo um dia rosnasse para ele.

Cujo balançou o rabo um pouco e foi até Gary para ganhar carinho, como se estivesse envergonhado pelo lapso momentâneo.

— Isso, é assim que se faz — disse Gary, mexendo no pelo daquele cachorro enorme.

O calor fora insuportável naquela semana, mas o pior ainda estava por vir, tinha avisado George Meara, repetindo a afirmação da tia Evvie Chalmers. Gary imaginou que essa era a razão do rosnado. Cachorros sofriam mais com o calor do que seres humanos, e ele se perguntou que mal havia em um bicho daqueles ficar irritado vez por outra. Mas com certeza tinha sido estranho ouvir Cujo rosnar daquele jeito. Se Joe Camber contasse que passou por algo parecido, Gary não teria acreditado.

— Pega o outro biscoito — ordenou Gary, apontando.

Cujo se virou, foi até o biscoito, pegou, botou na boca — um longo fio de saliva pendendo no canto — e depois soltou. Olhou para Gary como se pedisse desculpas.

— Você? Recusando comida? — perguntou Gary, incrédulo. — Você?

Cujo pegou o biscoito e comeu.

— Assim está melhor. Um pouquinho de calor não vai te matar. Também não vai me matar, mas faz um estrago filho da puta nas minhas hemorroidas. Que se dane, estou cagando se elas ficarem do tamanho de uma bola de pingue-pongue. Sabia disso? — perguntou, matando um mosquito.

Cujo se deitou ao lado da cadeira e Gary pegou o screwdriver de novo. Estava quase na hora de ir embora e se refrescar, como diziam as vagabundas de luxo do Country Club.

— Refrescar é o caralho — disse Gary. Ele apontou para o telhado da casa e uma mistura melada de suco de laranja e vodca caiu sobre o braço macilento e queimado de sol. — Olha só aquela chaminé, Cujo. Está caindo aos pedaços. E quer saber? Estou cagando. A casa inteira pode desabar que vou continuar cagando baldes. Sabia disso?

Cujo agitou o rabo um pouco. Ele não sabia o que o HOMEM estava dizendo, mas os sons eram familiares, e os padrões, reconfortantes. Aquela polêmica vinha se repetindo dezenas de vezes por semana desde que... bem, no que dizia respeito a Cujo, desde sempre. Cujo gostava daquele HOMEM, que sempre tinha comida. Ultimamente, Cujo não andava com muita vontade de comer, mas, se o HOMEM queria que ele comesse, era isso que faria. Depois ficaria deitado ali — como estava —, ouvindo a conversa reconfortante. No fim das contas, Cujo não estava se sentindo muito bem. Não tinha rosnado para o HOMEM por causa do calor, mas apenas porque não se sentia bem. Por um instante — só um instante — teve vontade de morder o HOMEM.

— Parece que você arranhou o focinho num espinheiro — prosseguiu Gary. — O que você estava perseguindo? Uma marmota? Um coelho?

Cujo agitou o rabo um pouco. Gafanhotos chichiavam nos enormes arbustos. Atrás da casa, a madressilva crescia, agitada pelo vento, atraindo as abelhas sonolentas das tardes de verão. Tudo na vida de Cujo deveria estar bem, mas de alguma forma não era o caso. Ele simplesmente estava se sentindo mal.

— Eu estou cagando se todos os dentes daquela caipira da Geórgia caírem de podres. E o mesmo vale para os dentes daquele idiota que se acha o máximo — vociferou Gary, levantando-se, trôpego. A cadeira tombou e dobrou sozinha. Quem apostasse que Gary Pervier também estava cagando para isso, ganharia. — Com licença, garoto. — Ele entrou e preparou outro screwdriver. A cozinha era um cenário de horror sibilante, tomado de moscas sobrevoando sacos de lixo abertos, latas de comida e garrafas de bebida vazias.

Quando Gary voltou com um novo coquetel na mão, Cujo já tinha ido embora.

No último dia de junho, Donna Trenton foi ao centro de Castle Rock (que os locais chamavam de "cidade", mas pelo menos *esta* gíria regional ela ainda não tinha adotado) deixar Tad na colônia de férias e comprar algumas coisas no mercado Agway. Ao voltar para casa, estava cansada e esbaforida e, diante da visão da combalida van Ford Econoline de Steve Kemp, com motivos de deserto pintados nas laterais, teve um súbito acesso de fúria.

A raiva estivera fermentando o dia todo. Vic havia contado sobre a iminente viagem no café da manhã e, quando ela protestou que precisaria ficar sozinha com Tad durante dez dias, duas semanas ou sabe Deus quanto tempo mais, ele deixou claro o que estava em jogo. Ela tinha levado um susto e não gostava de ficar assustada. Até aquela manhã, tinha tratado o caso Red Razberry Zingers como piada — uma ótima piada à custa de Vic e Roger. Jamais sonhara que uma coisa tão absurda pudesse ter consequências tão sérias.

E depois Tad reclamou por precisar ir para a colônia de férias, dizendo que um menino maior tinha lhe dado um empurrão na sexta anterior. O menino se chamava Stanley Dobson, e Tad estava com medo de ser empurrado de novo. Tad chorou e se agarrou à blusa da mãe quando foi levado para o campo da Legião Americana onde ficava a colônia de férias, e Donna precisou desprender os dedos do filho um por um, o que a fez se sentir mais nazista do que mãe: *Você ir parra colônia de férrias, ja? Ja, mein mama!* Às vezes Tad parecia ainda mais novinho do que era, e absolutamente vulnerável. Todos os filhos deviam ser precoces e espertos, não é? Os dedos de Tad estavam sujos de chocolate e deixaram marcas na blusa de Donna, que se lembrou das impressões digitais de sangue que vira e mexe apareciam em revistas baratas de mistério.

Para piorar, o Ford Corcel começou a ficar estranho na volta do mercado, engasgando várias vezes, como se passasse por um ataque de soluços automobilísticos. O problema acabou diminuindo, mas o que acontecia uma vez podia acontecer de novo e...

... e, para colocar a cereja no bolo, ali estava Steve Kemp.

— Hoje eu não quero saber de palhaçada — murmurou ela, pegando a sacola do supermercado e saindo do carro. Donna era uma bela mulher de vinte e nove anos, alta, de cabelos escuros e olhos cinzentos. De alguma maneira, conseguia parecer toleravelmente fresca, apesar do calor incessante, da blusa com as impressões de Tad e do short cinza de academia, que parecia colado aos quadris e ao bumbum.

Ela subiu as escadas e entrou correndo em casa pela porta da varanda. Steve estava sentado na cadeira de Vic na sala de estar, bebendo uma cerveja de Vic e fumando um cigarro — provavelmente dele próprio. A TV estava ligada e passava, em cores, os dramas da série General Hospital.

— Chegou a princesa — disse Steve com aquele sorriso assimétrico que ela já achara tão charmoso e perigosamente atraente. — Achei que você não ia volt...

— Saia já daqui, seu filho da puta — interrompeu ela, com voz monótona, e sumiu cozinha adentro.

Colocou a sacola do supermercado na bancada e começou a desempacotar as compras. Já não se lembrava da última vez que sentira tanta raiva, que ficara tão furiosa a ponto de o estômago se embrulhar com toda a força, dando um nó. Talvez em uma das intermináveis discussões com a mãe. Em um daqueles shows de horrores, antes de sair para a escola. Quando Steve chegou por trás e a enlaçou com os braços bronzeados, Donna não pensou duas vezes e desferiu uma cotovelada na barriga dele, o que de nada serviu para acalmá-la, porque ele previu aquela reação. Como Steve jogava muito tênis, parecia que o cotovelo de Donna tinha batido em uma parede de pedra revestida de borracha rígida.

Ela se virou e olhou para aquele rosto barbudo e sorridente. Ela tinha um metro e oitenta e ficava três centímetros mais alta que Vic quando usava salto alto, mas Steve tinha quase dois metros.

— Você não me ouviu? Saia daqui agora!

— Agora? E por quê? — perguntou ele. — O garotinho está na colônia fazendo um cocar com miçangas ou atirando flechas em maçãs na cabeça de um monitor... ou sei lá mais o quê... o maridinho está pegando no pesado no escritório... e agora é hora da dona de casa mais linda de Castle Rock e deste humilde poeta e craque do tênis fazerem todos os sinos da catedral do sexo bimbalharem na mais perfeita harmonia.

— Eu vi que você estacionou na entrada da minha garagem — respondeu Donna. — Por que você não aproveita para colar na sua van um cartaz com a frase ESTOU COMENDO A DONNA TRENTON ou algo assim?

— Tenho todas as razões do mundo para estacionar na entrada da garagem — retrucou ele, ainda sorrindo. — A cômoda está lá. Pronta para uso, esperando suas roupas. Que tal aproveitar e ir tirando logo essas que está vestindo?

— Pode colocar a cômoda na varanda. Eu mesma cuido dela. Enquanto você faz isso, eu preencho o cheque.

O sorriso dele diminuiu um pouco. Pela primeira vez desde que Donna entrara, aquele charme superficial perdera um pouco de terreno, abrindo espaço para que ela visse como era o sujeito que estava por trás: alguém de quem não gostava nem um pouco, que a fazia se sentir mal quando pensava nos dois juntos. Donna mentiu para Vic, traiu-o e foi para a cama com Steve Kemp. Ela queria que o sentimento que a invadia agora fosse algo tão simples quanto se redescobrir, como acontecia após um terrível acesso de febre. Ou quanto se redescobrir como esposa de Vic. No entanto, escavando fundo, o que restava era o simples fato de que Steve Kemp — poeta publicado, reformador de móveis itinerante, reparador de cadeiras, bom jogador de tênis amador, excelente amante para as tardes — era um merda.

— Fala sério — disse ele.

— Ah, como é que alguém consegue resistir ao belo e sensível Steven Kemp? Só pode ser brincadeira. Mas não é. Eu quero que você, belo e sensível Steven Kemp, coloque a cômoda na varanda, pegue o cheque e desapareça.

— Não fale assim comigo, Donna. — As mãos dele pousaram nos seios dela e apertaram. Doeu. Donna começou a ficar com um pouco de medo, além de raiva. (Mas ela não teve um pouco de medo desde o início? Isso não fazia parte do prazer sujo e secreto daquilo tudo?)

Ela deu um tapa naquelas mãos.

— Não brinque comigo — ameaçou Steve, que não estava mais sorrindo. — Está quente demais.

— *Eu*? Brincar com *você*? Você já estava aqui quando eu entrei. — O medo que sentia a deixou mais furiosa que nunca. Steve usava uma barba negra e espessa que subia pelas maçãs do rosto, e Donna de repente percebeu que, embora tivesse visto o pau de Steve bem de perto (e colocado na boca), nunca tinha reparado de verdade no rosto.

— Quer dizer que você comeu e se lambuzou, mas agora não quer mais? É isso? E que se fodam os meus sentimentos?

— Tire esse bafo de cima de mim — disse ela, empurrando-o e indo pegar o leite na geladeira.

Por aquela Steve não esperava. Com o empurrão acabou se desequilibrando e dando um passo em falso para trás. A testa de repente ficou crispada e as maçãs do rosto adquiriram um tom vermelho-vivo. Donna já o vira daquele jeito nas quadras de tênis atrás dos prédios da Bridgton Academy, depois de perder um ponto fácil. Viu Steve jogar várias vezes — inclusive dois sets em que arrasou com facilidade um esfalfado e esbaforido Vic — e, nas poucas partidas que perdeu, a reação que ele demonstrou a deixou completamente incomodada por ter se envolvido daquela forma. Steve publicou poemas em mais de vinte revistas de pequena circulação e também lançou um livro, *Em busca do pôr do sol*, publicado por uma pequena editora de Baton Rouge chamada The Press Over the Garage. Formado pela universidade Drew, estado de Nova Jersey, tinha opiniões firmes sobre arte moderna, o futuro referendo sobre energia nuclear do Maine e os filmes de

Andy Warhol, e reagia a uma dupla falta da mesma forma como Tad reagia à ordem de ir para a cama.

Steve foi atrás dela e agarrou seu ombro, virando Donna para olhá-la nos olhos. Ela deixou cair a caixa de leite, que se espalhou no chão.

— Olha só isso! Que beleza, hein, gostosão?

— Ouça bem, você não vai me fazer de gato e sapato. Entend...

— *Some daqui!* — gritou Donna, a saliva respingando na testa e nas maçãs do rosto de Steve. — *O que eu preciso fazer para te convencer? Quer que eu desenhe? Você não é bem-vindo aqui! Vai ser o presente de Deus para outra mulher!*

— Sua vagabunda traidora — A voz traía ressentimento, o rosto estava feio. Ele continuou segurando o braço dela.

— E leve a cômoda com você. Pode jogar no lixo.

Donna se desvencilhou e pegou o pano que ficava pendurado na torneira da cozinha. As mãos estavam tremendo, o estômago, revirado, e uma dor de cabeça começava a dar sinal de vida. Parecia que ia vomitar a qualquer momento.

Ela se abaixou e ficou de quatro para limpar o leite derramado.

— Você está se achando a rainha do pedaço — disparou ele. — Por acaso a sua boceta é folheada a ouro? Você adorou tudo. Você gritou pedindo mais.

— Acertou o tempo verbal, campeão — respondeu Donna, sem olhar para cima. O cabelo estava caído sobre o rosto, o que ela achou ótimo. Assim ele não veria como ela estava pálida e angustiada. A sensação era de que estava presa em um pesadelo. Ela tinha a impressão de que, se olhasse para o espelho naquele instante, veria uma bruxa horrorosa e má. — Saia daqui, Steve. Eu não vou pedir de novo.

— E se eu não sair? Vai ligar para o xerife Bannerman? É isso. Liga para ele e diz: "Alô, George, aqui é a mulher do Homem de Negócios. O cara com quem eu andei trepando escondido não quer ir embora. Pode vir aqui e levar ele?". É isso que você vai dizer?

O medo aumentou. Antes de se casar com Vic, Donna trabalhava como bibliotecária em uma escola de Westchester, e seu maior pesadelo era ter que mandar pela terceira vez — e com a voz mais alta possível — as crianças falarem mais baixo, *agora*, por favor. Quando pedia isso, elas sempre se calavam — pelo menos o suficiente para Donna sobreviver até o intervalo. Mas e se por acaso não obedecessem? Esse era o pesadelo. E se não se calassem de jeito nenhum? Como é que ficariam as coisas? A pergunta a apavorava. Donna temia até pensar que uma pergunta dessas tivesse que ser feita, mesmo a si própria, na calada da noite. Tinha medo de usar a voz mais alta, e só o fazia quando era absolutamente necessário. Porque era naquele ponto que a civilização chegava a uma encruzilhada. Era ali que o mar virava lama. Se não ouviam quando você usava sua voz mais alta, só restava o grito como derradeiro recurso.

O medo que sentia agora era semelhante. A única resposta à pergunta do homem, claro, seria dizer que gritaria se ele chegasse perto. Mas ela gritaria mesmo?

— Vá embora, por favor — pediu ela, em voz mais baixa. — Acabou.

— E se eu achar que não acabou? E se eu decidir estuprar você aí no chão, em cima dessa merda de leite derramado?

Ela olhou para ele, em meio ao emaranhado de cabelos. O rosto ainda estava pálido e os olhos estavam grandes demais, emoldurados pela tez branca.

— Então você vai precisar lutar. E, se eu tiver uma chance de rasgar suas bolas ou arrancar seus olhos, não vou hesitar.

Por um breve instante, antes que Steve fechasse a cara, Donna achou que ele estava em dúvida. Ele sabia que ela era rápida e estava em ótima forma. Sabia que precisava suar para conseguir derrotá-la no tênis. Embora fosse bem provável que salvasse as bolas e os olhos, ela poderia muito bem deixar uns sulcos no seu rosto. Era uma questão de saber até onde ele estava disposto a ir. Donna sentiu algo pesado e desagradável no ar da cozinha, como uma lufada selvagem, e percebeu com desalento que era uma mistura de medo e raiva que saía pelos poros dos dois.

— Vou levar a cômoda de volta à minha loja — disse Steve. — Por que você não manda seu maridinho lindo buscar, Donna? Podemos ter uma conversa bem interessante.

Então saiu, empurrando a porta que dividia a sala de estar e a varanda com tanta força que quase quebrou o vidro. Um instante depois, o motor da van rugiu, depois ficou bufando em ponto morto, então subiu a rotação quando Steve engatou a marcha e saiu cantando pneu.

Donna terminou de limpar o leite devagar, levantando vez ou outra para torcer o pano na pia de aço inoxidável. Ficou olhando o fio de leite escorrer pelo ralo. Tremia da cabeça aos pés, em parte por causa da reação, em parte de alívio. Mal tinha ouvido a ameaça velada de Steve de contar tudo para Vic. Só conseguia pensar, sem parar, na cadeia de acontecimentos que desencadeara aquela cena horrorosa.

Acreditava sinceramente que tinha escorregado para o caso com Steve Kemp de maneira quase acidental. Era como um enorme vazamento de esgoto vindo de uma tubulação enterrada. Uma tubulação de esgoto semelhante, acreditava ela, corria por baixo dos jardins bem-cuidados da maioria dos casamentos dos Estados Unidos.

Ela não queria se mudar para o Maine e ficou de queixo caído quando Vic comunicou a ideia. Apesar das férias que passaram ali (e talvez as próprias férias possam ter reforçado a ideia), ela sempre considerou o estado como uma terra imprestável repleta de bosques, um lugar em que a neve formava uma camada de seis metros de altura no inverno e os habitantes ficavam praticamente isolados do mundo. A ideia de levar o filho para um ambiente daqueles a horrorizava. Ela vislumbrara — para si e, em voz alta, para Vic — a súbita irrupção de tempestades de neve, deixando o marido ilhado em Portland, e ela, em Castle Rock. Donna pensou e perguntou o que aconteceria em uma situação daquelas, caso Tad engolisse um remédio, se queimasse no forno ou sabe Deus mais o quê. Talvez parte da resistência viesse de uma obstinada recusa em abrir mão da agitação e da correria de Nova York.

Bem, ela precisava encarar os fatos — o pior não foi nada disso. O pior foi a convicção inabalável de que a Ad Worx não daria certo e de que eles teriam que voltar de mãos abanando e com o rabo entre as pernas. Só não aconteceu porque Vic e Roger se mataram de tanto trabalhar. O que para ela também significou ficar sozinha com uma criança em fase de crescimento e muito tempo livre.

Donna podia contar os amigos íntimos nos dedos de uma mão. Tinha certeza de que esses amigos estariam sempre ao seu lado, para o que desse e viesse, mas fazer amizades jamais foi algo rápido ou simples para ela. Chegou a cogitar uma revalidação para trabalhar em escolas no Maine — havia bilateralidade entre o estado e Nova York, era basicamente questão de preencher alguns formulários. Então ela poderia marcar reunião com o superintendente de escolas e entrar na lista de professores substitutos para o colégio de Castle Rock. Era uma ideia ridícula, que Donna deixou de lado depois de botar tudo na ponta do lápis. Os gastos com combustível e creche consumiriam a maior parte dos vinte e oito dólares pagos por dia de trabalho.

Eu me tornei a clássica Dona de Casa Norte-Americana, pensou Donna, em desespero, certo dia do inverno anterior, enquanto assistia à neve que caía se chocar contra as janelas da varanda. *Sentada aqui, dando feijão ou queijo quente e sopa Campbell de almoço a Tad, extraindo um pouco de vida dos seriados que passam na TV. Ou fazendo graça enquanto assistimos a uma rodada de* Roletrando. Ela poderia visitar Joanie Welsh, que tinha uma filhinha mais ou menos da idade de Tad, mas Joanie sempre a deixava incomodada. Era três anos mais velha e cinco quilos mais gorda, mas parecia não se incomodar com os quilinhos a mais. Dizia que o marido gostava dela assim. Joanie gostava da vida como ela era em Castle Rock.

Pouco a pouco, a merda acumulou e começou a voltar pelo encanamento. Donna começou a espezinhar Vic por causa de coisas insignificantes, descontando pelas coisas sérias que eram difíceis de definir e mais ainda de explicar. Coisas como perda, angústia e envelhecimento. Coisas como se sentir solitária e depois morrer de medo de ficar sozinha. Coisas como ouvir no rádio uma música que fazia lembrar do tempo de colégio e se debulhar em lágrimas por qualquer motivo. Coisas como sentir inveja de Vic porque a vida dele era uma luta diária para criar algo, porque ele era um cavaleiro andante com o brasão da família entalhado no escudo, enquanto a vida dela era ficar ali, passando o dia com Tad, tentando animá-lo quando ficava irritado, ouvindo suas reclamações, preparando lanches e refeições para ele. Era uma vida levada nas trincheiras. Muito tempo gasto ouvindo e esperando.

E durante todo aquele tempo ela imaginava que as coisas começariam a ficar mais fáceis quando Tad ficasse mais velho. A descoberta de que aquilo não era verdade desencadeou um leve terror. No ano anterior, Tad passava três manhãs por semana na creche Jack e Jill. Neste verão, eram cinco tardes por semana na colônia de férias. Quando o filho estava fora, a casa parecia assustadoramente vazia. Os vãos das portas entreabertas não tinham Tad para preenchê-los, a escada gemia sem Tad no meio do caminho, sentado ali de calça de pijama antes de subir para uma soneca, olhando, atento como uma coruja, um de seus livros de colorir.

As portas eram como a boca, a escada, como a garganta. Os cômodos vazios se transformaram em armadilhas.

Assim, ela passou a lavar o chão que não precisava ser lavado. Passou a assistir aos seriados. Então pensou em Steve Kemp, com quem teve um rápido flerte quando ele apareceu na cidade no outono anterior em uma van com placa da Virgínia e montou um negócio de reformas de móveis. Ela se pegou diante da TV sem fazer ideia do que estava acontecendo porque estava pensando como a pele bronzeada dele contrastava com as roupas brancas de tênis, ou como a bunda dele se contraía quando ele se deslocava rapidamente. E, por fim, tomou uma atitude. E hoje...

Donna sentiu o estômago revirar e correu para o banheiro, com as mãos coladas na boca, os olhos vidrados e esbugalhados, (mal) conseguindo chegar a tempo de botar tudo para fora. Olhou para o próprio vômito e, gemendo, botou para fora de novo.

Quando o estômago melhorou (embora as pernas ainda fossem uma tremedeira só, perdendo aqui, ganhando lá), ela se olhou no espelho do banheiro. O rosto mostrava um duro e nada lisonjeiro alívio sob a luz fluorescente. A pele estava branca demais, os olhos, avermelhados. O cabelo estava colado à cabeça, formando um capacete nada estético. Donna vislumbrou como ficaria quando estivesse velha, e o mais aterrorizante de tudo era que, naquele momento, se Steve Kemp estivesse ali, ela aceitaria fazer amor com ele se Steve a abraçasse e a beijasse e dissesse que não havia razão para medo, que o tempo era uma ilusão e a morte um sonho, que tudo estava bem.

Um som irrompeu de dentro dela, um grito soluçante que sem dúvida não nasceu de seu peito. Era o som de uma mulher insana.

Donna abaixou a cabeça e chorou.

Charity Camber sentou na cama de casal que dividia com o marido, Joe, e olhou para algo que trazia nas mãos. Tinha acabado de voltar da loja, a mesma desdenhada por Donna Trenton. Agora as mãos, os pés e as maçãs do rosto estavam frios e dormentes, como se ela tivesse andado de snowmobile com Joe por tempo demais. Porém, o dia seguinte seria 1º de julho, e o snowmobile estava guardado com cuidado no cômodo que servia de depósito nos fundos da casa, devidamente protegido por uma lona impermeável.

Não pode ser. Deve ter havido algum engano.

Mas não havia engano algum. Ela conferiu várias vezes e estava tudo certo.

Afinal, tem que acontecer com alguém, não é?

Verdade. Com alguém. Mas com ela?

Dava para ouvir Joe martelando alguma coisa na oficina, um som alto e ribombante que abria caminho pela tarde quente como um martelo que moldava metal fino. Houve uma pausa e, depois, baixinho:

— Merda!

O martelo bateu mais uma vez e houve uma pausa maior. Então Joe gritou:

— Brett!

Ela sempre sentia um arrepio quando Joe levantava a voz daquele jeito para chamar o filho. Brett amava muito o pai, mas Charity nunca conseguiu saber com certeza se a recíproca era verdadeira. Era um pensamento terrível, mas era verdade. Certa noite, uns dois anos antes, ela tivera um pesadelo horrível, que achou que jamais esqueceria. Sonhou que o marido enfiava um forcado direto no peito de Brett. Os dentes varejaram o menino e furaram as costas da camiseta, erguendo aquele corpo como as varetas que sustentavam uma barraca a erguiam no ar. "O desgraçado não veio quando eu chamei", dizia o marido do sonho, e ela acordou com um espasmo ao lado do marido de verdade, que de cueca boxer dormia um sono bêbado a seu lado. O luar atravessava a janela e pousava sobre a cama: um fluxo de luz fria e indiferente. Sentada, Charity percebeu quanto uma pessoa podia ficar assustada e como o medo era um monstro de dentes amarelados, criado por um Deus enfurecido para devorar os incautos e os ineptos. Joe usou as mãos contra a mulher algumas vezes ao longo do casamento, e ela aprendeu. Charity podia não ser um gênio, mas sua mãe não criara os filhos para ser *idiotas*. Agora fazia o que Joe mandava e raramente discutia. Imaginava que Brett também era assim, mas por vezes temia pelo filho.

Charity foi até a janela bem a tempo de ver Brett cruzar o jardim correndo e entrar no celeiro. Cujo estava logo atrás dele, parecendo desanimado e com calor.

Ouviu uma voz abafada:

— Segure isso aqui para mim, Brett.

Outra, mais abafada:

— Claro, papai.

As marteladas recomeçaram, com aquele impiedoso som de picador de gelo: Péim! Péim! Péim! Ela imaginou Brett segurando algo contra algo — um formão contra um rolamento travado, ou talvez um prego contra o trinco de uma fechadura. O marido, com um cigarro Pall Mall pendendo do canto da boca fina, as mangas da camiseta arregaçadas, manejando um martelo de dois quilos. E se ele estivesse bêbado... E se sua mira estivesse meio ruim...

Imaginou o grito agonizante de Brett enquanto o martelo transformava sua mão em uma massa rubra e cruzou os braços diante daquela visão.

Olhou para o que tinha nas mãos e se perguntou se havia alguma maneira de usar aquilo. Mais do que tudo no mundo, ela queria ir a Connecticut encontrar a irmã, Holly. Já fazia seis anos desde o verão de 1974 — ela lembrava muito bem, porque fora um péssimo verão, com exceção daquele agradável fim de semana. Foi em 1974 que os problemas noturnos de Brett começaram: agitação, pesadelos e, com frequência cada vez maior, casos de sonambulismo. Foi o ano em que Joe começou a beber muito. As noites maldormidas e o sonambulismo de Brett acabaram cessando. As bebedeiras de Joe, não.

Brett tinha quatro anos na época. Agora tinha dez e nem se lembrava mais da tia Holly, casada havia seis anos. Holly tinha um menino, com o mesmo nome do pai, e uma menina. Charity não conhecia os próprios sobrinhos, só pelas fotos que Holly mandava de vez em quando pelo correio.

Ela ficou com medo de pedir a Joe, que estava cansado de ouvir a esposa falar sobre o assunto. Se pedisse de novo, talvez apanhasse. Já fazia quase dezesseis meses desde a última vez em que sugerira um curto período de férias em Connecticut. Joe não era muito de viajar. Para ele, Castle Rock estava de muito bom tamanho. Uma vez por ano, ele, o bebum do Gary Pervier e mais alguns camaradas rumavam para Moosehead, ao norte, para caçar cervos. Em novembro passado, Joe quis levar Brett junto. Charity teve que bater e *não arredar* o pé um milímetro, apesar dos taciturnos resmungos do marido e dos olhos marejados do filho. Jamais deixaria o menino sair para uma viagem de duas semanas com aquele bando, ouvindo todo o tipo de conversa vulgar e piadas sujas, vendo homens se transformando em animais depois de começarem a beber sem parar durante dias e semanas a fio. Todos com armas carregadas, andando pelo mato. Quando um bando de bêbados saía por aí empunhando armas, era certo que, mais dia, menos dia, alguém acabaria se machucando, independentemente dos chapéus ou dos coletes laranja fluorescentes. Só que a vítima não seria Brett. Não o filho dela.

O martelo continuava atingindo o aço em batidas ritmadas e regulares. Então, parou. Ela relaxou um pouco. Depois, as marteladas recomeçaram.

Charity imaginou que, mais cedo ou mais tarde, Brett iria com o grupo e ela perderia o filho. Ele também entraria para o clube e, a partir daí, ela não passaria de uma serviçal de cozinha que mantinha a sede social arrumada para aqueles homens. Sim, esse dia chegaria, e ela sabia e sofria com isso. Ainda assim, pelo menos tinha conseguido adiar a tragédia por mais um ano.

E este ano? Será que conseguiria manter Brett em casa em novembro? Talvez não. De uma forma ou de outra, seria melhor — não que tudo ficasse bem, mas pelo menos ficaria melhor — se ela conseguisse levar Brett a Connecticut primeiro. Levar o filho lá para mostrar como…

… como…

Ah, pode dizer, nem que seja só para si mesma.

(como viviam pessoas decentes)

Se ao menos Joe deixasse que fossem sozinhos… Mas não havia nenhuma razão para Charity imaginar que, só porque Joe podia viajar sozinho ou com os amigos, ela também tinha esse direito, nem mesmo com Brett junto. Tratava-se de uma das regras básicas do casamento deles. Mesmo assim, ela não conseguia deixar de pensar como seria melhor ir sem ele — sem Joe sentado na cozinha de Holly, enxugando cerveja, olhando para Jim, marido de Holly, de cima a baixo com aqueles insolentes olhos castanhos. Seria melhor sem Joe, que não faria questão nenhuma de esconder que mal podia esperar para ir embora, até o ponto em que Holly e Jim também mal pudessem esperar a hora em que eles fossem embora…

Ela e Brett.

Só os dois.

Eles poderiam ir de ônibus.

Charity pensou: *Novembro passado, ele queria levar Brett para caçar.*

Depois pensou: *Será que daria para fazer uma negociação?*

Então uma onda de frio a atingiu, preenchendo os espaços vazios em seus ossos com fibra de vidro. Será que *ela* concordaria com essa negociação? Joe poderia levar Brett a Moosehead no outono se concordasse com a viagem de ônibus dos dois a Stratford…

Condições financeiras eles tinham — agora —, mas isso não bastava para convencer o marido. Joe poria as mãos no dinheiro e seria a última vez que Charity veria a cor dele. A menos que jogasse as cartas bem direitinho. Bem… direitinho.

A cabeça dela começou a funcionar mais depressa. As marteladas tinham parado. Viu Brett sair do celeiro, saltitante, e deu graças a Deus. Alguma parte premonitória dela estava convencida de que, se algum dia o menino se ferisse gravemente, seria naquele lugar sombrio, que tinha o chão de tábuas coberto de serragem e graxa velha acumulada.

Devia haver algum jeito. *Tinha* que haver.

Se ela estivesse disposta a arriscar.

Ela segurava um bilhete de loteria entre os dedos e, enquanto olhava para a janela, pensativa, virava-o várias vezes na mão.

Quando voltou à loja, Steve Kemp estava agitado e furioso. A loja ficava na fronteira oeste de Castle Rock, na Route 11. Ele a alugara de um fazendeiro com propriedades em Castle Rock e na cidade vizinha, Bridgton. O fazendeiro não era um estranho qualquer, era O Estranho.

A loja era dominada pelo tanque de decapagem de Steve, um caldeirão de ferro ondulado que parecia grande o suficiente para ferver uma congregação inteira de missionários de uma só vez. Em volta do tanque, como pequenos satélites rodeando um grande planeta, estavam os trabalhos de Steve: cômodas, penteadeiras, cristaleiras, estantes de livros, mesas. O ar cheirava a verniz, composto decapante e óleo de linhaça.

Uma muda de roupa limpa estava guardada em uma velha bolsa de viagem da TWA: Steve pretendia se trocar depois de fazer amor com a puta de luxo. Imediatamente arremessou a bolsa para o outro lado da loja, e ela rebateu na parede dos fundos e caiu em cima de uma penteadeira. Ele foi até lá, desferiu um soco na bolsa e, no momento em que ela caía, deu um chute tão forte que ela se chocou contra o teto, antes de desabar de lado no chão, como uma marmota morta. Depois Steve ficou parado, respirando fundo, inalando os odores intensos, encarando com olhar ausente as três cadeiras cujos assentos de palha prometera consertar até o fim da semana. Os polegares estavam enfiados no cinto. Os punhos, cerrados. A boca fazia beicinho. Parecia um menino emburrado que acabou de levar um sermão.

— Vagabunda de *merda*! — murmurou, antes de ir atrás da bolsa de viagem. Fez menção de chutá-la outra vez, depois mudou de ideia e segurou a alça. Atravessou o galpão e foi até a casa de três cômodos anexa à loja. Teve a impressão de que estava ainda mais quente na casa. Um calor insano de verão. Que não deixava pensar direito. A cozinha estava abarrotada de louça suja. As moscas voavam ao redor de uma bolsa plástica verde da Hefty cheia de latas de atum e Beefaroni. Na sala, reinava uma velha TV preto e branco Zenith, que ele resgatara do depósito de lixo em Naples. Um grande gato malhado e castrado, que se chamava Bernie Carbo, dormia em cima da TV, como se estivesse morto.

Era no quarto que ele escrevia. A cama dobrável estava aberta, desarrumada, e os lençóis tinham manchas duras de porra. Por mais que trepasse (e as duas últimas semanas tinham sido transa zero), ele se masturbava muito. A masturbação, acreditava, era um sinal de criatividade. A mesa de trabalho ficava ao lado da cama. Uma enorme máquina de escrever Underwood, modelo antigo, estava em cima. Havia manuscritos empilhados em ambos os lados. Mais manuscritos, alguns em caixas, alguns presos com elástico, estavam empilhados em um canto. Steve escrevia muito e se mudava muito, e a principal bagagem eram suas obras — poemas, em sua maioria, alguns contos, uma peça surrealista em que os personagens falavam ao todo nove palavras, e um romance que ele atacara, sem sucesso, por seis ângulos diferentes. Fazia cinco anos que não morava em algum lugar tempo suficiente para desfazer todas as malas.

Certo dia de dezembro do ano anterior, enquanto se barbeava, ele descobrira os primeiros fios brancos na barba. A descoberta desencadeou uma terrível depressão que durou várias semanas. Desde então, nunca mais tocou em uma lâmina de barbear, como se o ato de fazer a barba fosse a causa dos fios brancos. Steve tinha trinta e oito anos e se recusava a aceitar a ideia de ser tão velho, mas às vezes aquele pensamento se aproveitava de alguma brecha e o surpreendia. Ser tão velho assim — menos de setecentos dias antes dos quarenta — o horrorizava. Ele realmente acreditava que ter quarenta anos era para os outros.

Aquela puta, pensou várias vezes. *Aquela puta*.

Já tinha abandonado dezenas de mulheres desde que se deitou pela primeira vez com uma bela, vaga, delicada e indefesa professora substituta de francês, ainda no começo do ensino médio, mas só levara um chute no traseiro duas ou três vezes. Como tinha um talento natural para perceber que seria escanteado, acabava o relacionamento antes. Era um mecanismo de defesa, como passar a rainha de espadas para alguém ao jogar Copas. Era preciso tomar essa decisão enquanto ainda estava por cima, para não ficar na pior. Assim, dava para se safar. Assim, dava para não pensar na idade. Ele sabia que Donna estava perdendo o interesse, mas ela lhe parecia uma mulher que podia ser manipulada com certa facilidade, pelo menos durante algum tempo, por uma combinação de fatores psicológicos e sexuais. Pelo medo, se ele precisasse ser rude. O fato de não ter funcionado deixou Steve magoado e furioso, como se tivesse sido açoitado.

Tirou as roupas, jogou a carteira e a bolsa de viagem sobre a mesa, foi até o banheiro e tomou um banho. Quando terminou, estava se sentindo um pouco melhor. Tirou uma calça jeans e uma camisa de cambraia desbotada da bolsa e se vestiu. Pegou uns trocados, colocou no bolso da frente e se deteve, olhando especulativamente para a carteira Lord Buxton. Alguns cartões de visita tinham caído. Isso sempre acontecia, porque eram muitos.

A carteira de Steve Kemp mais parecia a de um acumulador. Uma das coisas que ele quase sempre pegava e metia lá eram cartões de visita. Serviam como ótimos marcadores de livros, e o espaço em branco do verso era ótimo para anotar endereços, informações ou números de telefone. Às vezes pegava logo dois ou três, se estivesse em uma loja de ferragens ou se um corretor de seguros batesse à porta. Steve invariavelmente pedia o cartão de prestadores de serviços estampando um sorriso imbecil no rosto.

Quando Donna e ele ainda estavam no auge de uma ardente paixão, Steve viu o cartão do marido dela em cima da TV. Donna estava tomando banho ou algo assim. Ele não hesitou em pegar. Sem nenhum motivo especial. Só pelo hábito de acumulador.

Abriu a carteira e remexeu os cartões, que eram de corretores da Prudential Seguros da Virgínia, de corretores de imóveis do Colorado e de uma dezena de outros prestadores de serviço. Por um instante, pensou que perdera o cartão do Maridinho Lindo, mas o pedaço de papel apenas tinha se metido entre duas notas de dólar. Steve pescou o cartão e ficou olhando. Tinha um fundo branco e letras em azul, estilosamente escritas em minúsculas, sr. Empresário Triunfante. Discreto, mas interessante. Nada exibido.

roger breakstone ad worx vic trenton
congress street, 1633
telex: ADWORX portland, maine 04001 tel (207) 7990-8600

Steve puxou uma folha de uma pilha de papel barato para mimeógrafo e abriu espaço diante de si. Olhou depressa para a máquina de escrever. Melhor não. As letras de uma máquina de escrever eram únicas como impressões digitais. Foi a defeituosa letra "a" minúscula que entregou de bandeja o culpado, Inspetor. A decisão do júri foi rápida, só o tempo de um chá.

Aquele não seria um caso de polícia, não, senhor, de maneira alguma, mas uma boa dose de cautela nunca era demais. Papel barato, encontrado em qualquer papelaria, e nada de máquina de escrever.

Pegou uma caneta Pilot Razor Point na lata de café no canto da mesa e escreveu em letras maiúsculas:

OLÁ, VIC.
QUE BELA MULHER VOCÊ TEM.
ADOREI TREPAR COM ELA ATÉ CANSAR.

Parou, batendo a caneta contra os dentes. Estava começando a se sentir bem de novo. No comando. Era certo que ela era uma mulher bonita, e sempre havia a possibilidade de que Trenton não desse importância ao que ele escrevera até ali. Falar era fácil, e enviar uma carta difamatória a alguém custava menos que um café. Mas estava faltando alguma coisa... Sempre faltava alguma coisa. O que seria?

De repente, ele abriu um sorriso e seu rosto se iluminou. Agora era fácil perceber por que nunca tivera dificuldades com mulheres desde a noite com a vaga e bela professora substituta de francês.

Então, acrescentou:

O QUE VOCÊ ACHA DA MARQUINHA QUE ELA TEM LOGO ACIMA DOS PELOS PUBIANOS? ACHO QUE PARECE UM PONTO DE INTERROGAÇÃO. VOCÊ TEM ALGUMA PERGUNTA?

Era o bastante. Sua mãe sempre dizia para não ir com muita sede ao pote. Ele pegou um envelope e colocou o bilhete dentro. Fez uma pausa, em seguida meteu o cartão de visitas dentro do envelope e escreveu o endereço do escritório de Vic com as mesmas letras que usara para a mensagem. Depois de refletir mais um pouco, decidiu mostrar alguma compaixão pelo pobre coitado e acrescentou a palavra PESSOAL abaixo do endereço.

Encostou a carta no peitoril da janela e se recostou na cadeira, sentindo-se outra vez em plena forma. Tinha certeza de que, naquela noite, conseguiria escrever algo.

Uma picape com placa de fora do estado parou na entrada. Tinha um grande armário Hoosier na traseira. Algum sortudo conseguira fazer um ótimo negócio em algum bazar.

Steve saiu de casa. Adoraria reformar aquele armário de qualidade e ainda ganhar algum dinheiro, mas duvidava que fosse ter tempo para o trabalho. Assim que enviasse a carta, o passo seguinte seria uma mudança de ares. Não uma grande mudança, pelo menos não por enquanto. Steve achava que merecia ficar na região mais algum tempo, o suficiente para mais uma visita à Pequena Miss Pernas Longas... quando o Maridinho Lindo não estivesse por perto, obviamente. Steve já jogara tênis com Vic e sabia que o homem não era muito impetuoso — era magro, usava óculos de aro grosso, tinha um backhand fraquinho —, mas nunca se sabia quando um Maridinho Lindo podia se soltar da coleira e cometer algum ato pouco social. Muitos deles tinham armas em casa. Steve precisava se certificar de que não havia nenhum risco antes de aparecer do nada. Seria apenas uma última visita antes de sair de cena. Talvez ele fosse para Ohio durante algum tempo. Talvez para a Pensilvânia. Ou Taos, no Novo México. Como um engraçadinho que gostava de colocar pólvora no cigarro de alguém, ele queria ficar por perto (a uma distância segura, claro) para ver o circo pegar fogo.

O motorista da picape e a mulher estavam olhando para dentro da loja, para ver se havia alguém. Steve saiu com as mãos nos bolsos e um sorriso no rosto. A mulher logo sorriu de volta.

— Olá, pessoal. O que posso fazer por vocês? — perguntou, pensando que enviaria a carta tão logo se livrasse do casal.

Era fim de tarde e o sol se punha, vermelho, redondo e abrasador. Com a camisa amarrada na cintura, Vic examinava o motor do Corcel de Donna, que estava ao seu lado, de short branco, blusa xadrez vermelha sem mangas e pés descalços, parecendo jovem e fresca. Tad, apenas de sunga, corria com o triciclo em volta da casa como um louco, em uma brincadeira que parecia juntar os patrulheiros Ponch e Jon de *CHiPs* em uma perseguição a Darth Vader.

— Beba seu chá gelado antes que esquente, Vic — disse Donna.

— Aham.

O copo estava ao lado do motor. Vic tomou dois goles, pôs de novo onde estava, sem olhar, e o copo caiu — bem nas mãos de Donna.

— Nossa, que defesa!

Ela respondeu, sorrindo:

— É que percebo na hora quando sua cabeça está longe. Olha só. Não derramou nem uma gota.

Os dois trocaram sorrisos — um momento de felicidade, pensou Vic. Talvez fosse imaginação, ou quem sabe o desejo de acreditar, mas ultimamente tudo parecia ter voltado aos bons tempos. As palavras agressivas tinham diminuído. Havia muito menos momentos de silêncio e frieza ou — talvez ainda pior — de mera indiferença. Ele não sabia qual era a causa, mas estava aliviado.

— Para um campeonato amador, foi de alto nível. Mas você ainda tem um grande caminho a percorrer antes de chegar ao profissional.

— Então, o que tem de errado com o carro, treinador?

Ele havia retirado o filtro de ar e deixado no chão da entrada da garagem.

— Nunca vi um frisbee igual a esse, papai — comentara Tad alguns momentos antes, dando a volta com o triciclo em torno da peça.

Vic se inclinou e começou a cutucar com a chave de fenda o carburador, ao acaso.

— Deve ser o carburador. Acho que o bico da válvula de injeção está meio entupido...

— E isso é grave?

— Não muito — respondeu ele —, mas pode deixar você a pé se entupir de vez. É a peça que controla a entrada da gasolina no carburador e, sem gasolina, você não chega a lugar algum. É uma lei universal, amor.

— Papai, pode vir me empurrar no balanço?

— Daqui a pouco, Tad.

— Oba, oba! Vou esperar lá atrás.

Tad foi para os fundos da casa, onde no verão anterior Vic construíra um balanço e uma miniacademia, enquanto tomava gim-tônica para dar uma energizada, consultando desenhos e trabalhando depois do jantar nos dias úteis, e sob os berros do locutor dos jogos dos Red Sox de Boston no radinho a pilha, aos fins de semana. Tad, na época com três anos, ficava solenemente sentado nos degraus do porão, segurando o queixo com as mãos, às vezes indo buscar coisas, mas na maior parte do tempo assistindo a tudo em silêncio. Ah, o verão passado. Aquele, sim, tinha sido agradável, e não tão insuportavelmente quente quanto o atual. Parecia que Donna enfim tinha sossegado e percebido que o Maine, Castle Rock e a Ad Worx poderiam ser algo bom para todos.

Foi quando uma sombra misteriosa e obscura pairou sobre ele, e o pior era aquela sensação perturbadora, quase psicótica, de que tudo estava ainda pior do que imaginava. De repente, as coisas da casa começaram a parecer sutilmente fora de lugar, como se mãos invisíveis tivessem mexido nelas. Vic passou a ser invadido pela ideia absurda — seria absurda, mesmo? — de que a mulher estava trocando a roupa de cama mais vezes. Os lençóis estavam sempre limpos e então, certa noite, aquela clássica e desagradável pergunta martelou em sua mente: *Quem está dormindo na minha cama?*

Agora as coisas estavam aparentemente um pouco mais tranquilas. Não fosse o insano caso dos Razberry Zingers e a viagem apaga-incêndio pairando sobre sua cabeça, Vic poderia dizer que aquele também seria um bom verão. Talvez até chegasse a ser. As coisas podiam mudar para melhor, às vezes. Nem toda ilusão virava desilusão. Ele acreditava nisso, embora sua crença ainda não tivesse sido posta à prova.

— Tad! — gritou Donna. — Leve seu triciclo para a garagem!

— Mas mamãe…

— Agora, monsieur, por favor...

— Messiê — arremedou Tad, rindo. — Mas você não guardou o seu, mamãe...

— Porque seu pai está consertando...

— Eu sei, mas...

— Sem mas, Tad — interrompeu Vic, pegando o filtro de ar. — Obedeça à sua mãe. Já, já empurro você no balanço.

Tad montou no triciclo e saiu em direção à garagem, imitando o barulho de uma ambulância a plenos pulmões.

— Por que você está colocando o filtro de novo? — perguntou Donna. — Você não ia consertar?

— Esse é um serviço que precisa ser muito bem-feito, e não tenho as ferramentas certas. Mesmo que tivesse, acho que eu ia acabar piorando a situação.

— Merda — reclamou ela, irritada, chutando um pneu. — Essas coisas nunca acontecem antes do fim da garantia... — O carro tinha acabado de ultrapassar os trinta mil quilômetros e ainda faltavam seis prestações para ser quitado.

— Isso também é uma lei universal — respondeu Vic, recolocando o filtro no lugar e apertando a borboleta.

— Acho que eu poderia levar o carro até South Paris enquanto o Tad estivesse na colônia de férias, mas precisaria pegar outro emprestado enquanto o Corcel estivesse no conserto, já que você não vai estar aqui. Será que o carro consegue chegar lá, Vic?

— Com certeza, mas você não precisa fazer isso. Leve na oficina do Joe Camber. Fica só a dez quilômetros daqui e ele trabalha bem. Lembra quando ele consertou o rolamento da roda do Jaguar? Ele usou um guincho improvisado, feito com peças e postes antigos de telefonia, e só cobrou dez dólares. Se eu tivesse ido àquela oficina de Portland, eles iam meter a faca...

— Aquele sujeito me deixou nervosa — disse Donna. — E olha que nem foi por estar bêbado que nem um gambá.

— O que foi que deixou você nervosa, então?

— Aquele olhar dele.

Vic achou graça.

— Meu amor, ninguém consegue olhar para você impunemente.

— Sei — retrucou ela. — Não é que uma mulher se incomode sempre com olhares masculinos, o problema é quando o sujeito fica comendo você com os olhos. — Donna se deteve um instante (de um modo estranho, pensou Vic), olhando para o sol vermelho se pondo a oeste. Depois olhou para o marido de novo. — Parece que alguns homens têm um filme chamado *O rapto das Sabinas* passando o tempo todo na cabeça e que você é a... personagem principal.

Vic teve a curiosa e desagradável sensação de que Donna estava falando de várias coisas ao mesmo tempo — de novo. Mas não queria tocar no assunto naquele fim de tarde, quando tinha acabado de se livrar de um mês de agonia.

— Acho que ele é inofensivo, meu amor. Joe tem mulher e filho...

— É, acho que sim — respondeu ela, porém cruzando os braços no peito e segurando os cotovelos com as mãos, como fazia sempre que ficava nervosa.

— Vamos fazer assim: eu mesmo levo o Corcel no sábado e deixo lá, se for preciso. Combinado? Mas acho bem provável que ele consiga dar um jeito na hora. Fico um tempo por lá, tomo umas cervejas com ele e faço um carinho no cachorro. Lembra daquele são-bernardo?

Ela sorriu, agradecida:

— Lembro até do nome. Ele quase nocauteou o Tad com uma lambida. Lembra?

— Claro. Tad ficou brincando com aquele cachorro a tarde inteira. "*Cuujo... Aqui, Cuuujo!*"

Os dois riram juntos.

— Às vezes me sinto uma idiota — disse Donna. — Se eu soubesse usar o câmbio manual, poderia ficar com o Jaguar enquanto você estivesse viajando...

— Melhor, não. O Jaguar tem lá suas esquisitices. É preciso conversar muito com ele...

Vic fechou o capô do Corcel com um estrondo.

— *Ah, seu IDIOTA!* — reclamou Donna. — O copo de chá gelado estava lá dentro!

E Vic fez uma cara de surpresa tão engraçada que ela desatou a gargalhar. Um minuto depois, ele começou a rir também. As gargalhadas ficaram tão fortes que os dois acabaram apoiados um no outro, como um casal de bêbados.

Tad veio correndo para ver o que estava acontecendo, de olhos arregalados. Por fim, convencido de que tudo estava bem, apesar de os pais estarem agindo como malucos, começou a rir também. Foi mais ou menos neste momento que Steve colocou a carta no correio, a três quilômetros de distância.

Mais tarde, enquanto a noite caía e o tempo refrescava e os primeiros vaga-lumes começavam a riscar o ar no fundo do quintal, Vic empurrava o filho no balanço.

— Mais alto, papai! Mais alto!

— Se eu empurrar mais alto, você vai virar de cabeça para baixo.

— Então me segura no alto, papai! Bem no alto!

Vic deu um empurrão forte, impulsionando o balanço contra um céu que começava a se encher de estrelas, e correu para baixo do balanço para segurar o filho no alto. Tad gritou de alegria, com a cabeça pendendo para trás e os cabelos esvoaçantes.

— Foi *muuuuuito* legal, papai! Fica embaixo de novo!

Vic segurou o filho no alto, desta vez pela frente, e Tad ficou suspenso no ar daquela noite quente e sem vento. Tia Evvie Chalmers morava bem perto dali, e os gritos de alegria e susto de Tad foram a última coisa que ela ouviu. O coração parou de bater quando uma de suas paredes finas como papel se rompeu subitamente (e quase sem dor), enquanto Evvie estava sentada na cozinha, com uma xícara de café na mão e um de seus cigarros da marca Herbert Tareyton na outra. Ela se inclinou para trás e a vista escureceu no instante em que ouviu um grito de criança. No primeiro momento, achou que fosse um grito de alegria. Porém, ao perder os sentidos, subitamente jogada para a frente como se tivesse sido empurrada com força, mas não sem certa delicadeza, teve a impressão de que a criança gritava de medo, de agonia. Logo depois estava morta, e sua sobrinha Abby só encontraria o corpo no dia seguinte, junto ao café tão gelado quanto a defunta, o cigarro reduzido a um perfeito e delicado tubo de cinzas e a dentadura inferior se projetando da boca enrugada como se fosse um compartimento repleto de dentes.

Pouco antes da hora de Tad ir para a cama, pai e filho se sentaram na escada dos fundos da casa. Vic tomava cerveja. Tad, leite.

— Papai…

— Que foi?

— Queria que você não viajasse na semana que vem.

— Mas eu vou voltar.

— Eu sei que vai, mas...

Tad estava de cabeça baixa, procurando se controlar para segurar o choro, e Vic passou a mão pelo pescoço do filho.

— Mas o que, garotão?

— Quem é que vai gritar com o monstro para espantar ele do meu closet? A mamãe não conhece ele… É só você que conhece…

Agora lágrimas escorriam pelo rosto de Tad.

— Tem mais alguma coisa?

A ideia das Palavras para Monstros (Vic dera o nome de Catecismo para Monstros, mas, como Tad tinha dificuldades com o termo, decidira simplificar as coisas) surgira no fim da última primavera, quando o filho começou a sofrer com pesadelos e medos noturnos. O menino dizia que havia alguma coisa no closet e que às vezes, quando a porta se abria, conseguia ver o que estava lá dentro: uma criatura de olhos amarelados que queria devorá-lo. Donna achava que aquilo tinha relação com o livro *Onde vivem os monstros*, de Maurice Sendak. Vic comentou com Roger (mas não com Donna) sobre a hipótese de que Tad talvez tivesse pescado algum relato distorcido sobre os assassinatos em série ocorridos ali em Castle Rock e concluído que o assassino — que se tornou uma espécie de bicho-papão na cidade — estava vivo e se escondia em seu closet. Roger achava que era possível: afinal, em se tratando de crianças, *tudo* era possível.

A própria Donna começou a ficar um pouco assustada depois que os problemas de Tad se estenderam por algumas semanas. Certo dia, durante o café da manhã, meio em tom de brincadeira, meio em tom de nervosismo, ela disse a Vic que parecia que as coisas no closet do filho tinham sido mexidas. Vic respondeu que fora o próprio Tad.

— Você não está entendendo — rebateu Donna. — Tad nunca mais entrou lá, Vic… nunca. Ele tem medo.

Donna acrescentou que, às vezes, tinha a impressão de que o closet realmente cheirava mal depois dos pesadelos de Tad, sempre acompanhados pelo medo que o filho sentia ao acordar. Era como se um animal estivesse enjaulado ali. Preocupado, Vic foi até o closet para conferir se sentia algum cheiro estranho. Cogitava que Tad pudesse estar com sonambulismo e talvez fosse até o closet para urinar em meio a algum ciclo de sonhos estranhos. Não sentira cheiro algum além de naftalina. O closet tinha pouco mais de dois metros quadrados, com uma parede acabada de um lado e do outro uma apenas rebocada. Era tão estreito quanto uma cabine-dormitório de trem. Não havia bicho-papão ali, e Vic sem dúvida não foi parar em Nárnia. Saiu lá de dentro com algumas teias de aranhas no cabelo. E só.

Donna primeiro sugeriu o que chamava de "pensamentos para sonhos agradáveis" para combater os terrores noturnos de Tad, e depois orações. Tad disse que a coisa no closet já tinha roubado os pensamentos para sonhos agradáveis, e que as orações não adiantavam nada, já que Deus não acreditava em monstros. Donna chegara a perder a paciência — em parte, talvez porque também estivesse assustada com a história do closet. Um belo dia, quando estava pendurando algumas camisas do filho, a porta se fechou silenciosamente às suas costas e ela levou uns bons quarenta segundos tateando no escuro até conseguir sair. Daquela vez, ela própria sentira o cheiro — algo quente, próximo e violento. Um cheiro que lembrava o suor de Steve Kemp depois que os dois acabavam de fazer amor. O resultado foi que ela disse a Tad, de maneira curta e grossa, que monstros *não* existiam e que ele devia tirar aquilo da cabeça, abraçar o ursinho e dormir.

Já Vic tinha uma visão mais profunda e uma lembrança mais clara daquela porta do closet, que se transformou em uma boca idiota e torta, aberta na escuridão da noite, um lugar em que coisas estranhas faziam ruídos parecidos com sussurros, em que de vez em quando roupas penduradas pareciam homens pendurados. Ele se lembrava vagamente das sombras que a luz da rua projetava nas paredes naquelas longas quatro horas que se seguiam ao crepúsculo, e dos estalos que pareciam ser a casa se acomodando ou talvez — só *talvez* — algo à espreita.

A solução encontrada foi o Catecismo para Monstros ou, para um menino de quatro anos que não se interessava por semântica, Palavras para

Monstros. De qualquer jeito, era nada mais (ou menos) do que um encantamento primitivo para manter o mal afastado. Vic inventara aquilo certo dia, durante o almoço, e acabou funcionando, o que causou um misto de alívio e desgosto em Donna, que vira todos os seus esforços com psicologia, Treinamento de Eficácia Parental e, por fim, rígida disciplina fracassarem um a um. Vic proferia as palavras ao lado da cama de Tad, como uma bênção, todas as noites, com o filho já preparado para dormir, nu debaixo de um lençol, na escuridão escaldante do quarto.

— Você acha mesmo que isso vai servir de alguma coisa a longo prazo? — perguntou Donna. Sua voz soava divertida e irritada ao mesmo tempo. A conversa ocorrera em meados de maio, quando a tensão entre os dois estava no ápice.

— Publicitários não dão a mínima para o longo prazo — respondeu Vic. — Nossa preocupação é oferecer alívio imediato. E eu sou bom no que faço.

— Mas não vai ter ninguém para dizer as Palavras para Monstros, este é o problema, e um *problemão* — Tad explicava agora, enxugando as lágrimas do rosto, contrariado e envergonhado.

— Preste atenção — disse Vic. — Eu deixei tudo escrito. É assim que eu consigo dizer as mesmas palavras todas as noites. Vou imprimir e pendurar na parede do seu quarto. Assim, a mamãe pode ler para você todas as noites enquanto eu estiver viajando.

— Você vai mesmo fazer isso? Promete?

— Claro que vou. Promessa é dívida.

— Não vai esquecer, hein?

— Pode deixar, garotão. Vou fazer isso hoje mesmo.

Tad enlaçou o pai, e Vic lhe deu um abraço apertado.

Naquela mesma noite, depois que Tad dormiu, Vic entrou na ponta dos pés no quarto do filho e prendeu uma folha de papel na parede. Colocou ao lado do Calendário Fantástico da Marvel, bem à vista de Tad. Impresso em letras maiúsculas e claras estava o seguinte:

Para Tad

Monstros, fiquem bem longe deste quarto!
Aqui não tem nada para vocês.
Nada de monstros embaixo da cama do Tad!
Vocês não cabem ali embaixo.
Nada de monstros se escondendo no closet do Tad!
Lá é muito apertado.
Nada de monstros olhando pela janela do Tad!
Não tem onde se segurar do lado de fora.
Nada de vampiros, lobisomens ou bichos que mordem.
Aqui não tem nada para vocês!
Ninguém machuca o Tad, ninguém encosta no Tad esta noite.
Aqui não tem nada para vocês.

Vic ficou olhando para o papel durante muito tempo, pensando que devia dizer a Donna, pelo menos mais duas vezes antes de viajar, para não se esquecer de ler as palavras para o filho todas as noites. Era preciso que ela tivesse plena consciência da importância que as Palavras para Monstros tinham para Tad.

Quando ia sair, reparou que a porta do closet estava entreaberta. Era só uma fresta. Fechou bem a porta e deixou o quarto.

Naquela mesma noite, muito mais tarde, a porta se abriu de novo. Os relâmpagos de verão rasgavam o céu vez ou outra, tatuando estranhas sombras ali.

Tad, porém, não acordou.

Na manhã seguinte, às sete e quinze, a van de Steve Kemp entrou na Route 11 a caminho da Route 302, que ficava a alguns quilômetros de distância. Uma vez lá, ele deveria dobrar à esquerda e seguir em direção sudeste, cruzando o estado até chegar a Portland. Steve pretendia ficar na Associação Cristã de Moços da cidade durante algum tempo.

No painel da van havia uma pilha organizada de cartas já endereçadas — desta vez, não escritas em letras maiúsculas, mas batidas à máquina, que estava na parte de trás da caminhonete, junto com as outras coisas de Steve. Ele levara apenas uma hora e meia para empacotar tudo o que tinha em Castle Rock, incluindo Bernie Carbo, que dormia em uma caixa ao lado de uma das portas traseiras: ele e Bernie levavam pouca bagagem.

A datilografia nos envelopes era de nível profissional. Os dezesseis anos de escrita criativa tinham pelo menos feito de Steve um ótimo datilógrafo. Ele encostou o carro diante da mesma caixa do correio em que colocara a carta anônima para Vic Trenton na noite anterior e postou as demais. Steve não teria a menor preocupação em deixar de pagar o aluguel da loja e da casa se fosse sair do estado. No entanto, como pretendia ficar em Portland, achou mais prudente fazer tudo como mandava a lei. Desta vez não precisaria fazer nada às pressas, de qualquer jeito, pois tinha mais de seiscentos dólares em espécie metidos no pequeno esconderijo atrás do porta-luvas da van.

Além de postar o cheque para quitar o aluguel, devolveu vários adiantamentos que havia recebido por trabalhos maiores. Cada cheque vinha acompanhado por uma carta muito atenciosa em que Steve pedia desculpas pela inconveniência, mas sua mãe tinha ficado doente, e a enfermidade era grave (os machões norte-americanos se derretiam com histórias envolvendo mães). Os clientes que contrataram seus serviços poderiam recolher os móveis na loja — a chave estava sobre o batente da porta, à direita. Ele só pedia a gentileza de que colocassem a chave no mesmo lugar após recolherem suas peças. Agradecido, muito grato, blá-blá-blá, lero-lero e ponto final. Seria um pouco inconveniente, mas sem maiores transtornos.

Depois de despachar as cartas, Steve saboreou a satisfação de não ter deixado nenhum furo. Seguiu para Portland, cantando "Sugaree" junto com a Grateful Dead. Acelerou a van até noventa por hora, torcendo para que o trânsito continuasse fluindo e ele conseguisse chegar a Portland ainda a tempo de arranjar uma quadra no Clube de Tênis do Maine. No fim das contas, o dia parecia bom. Se o sr. Publicitário ainda não tivesse recebido a carta-bomba, sem dúvida estaria com ela em mãos naquele mesmo dia. *Matei a pau*, pensou Steve, caindo na gargalhada.

Às sete e meia, enquanto Steve Kemp pensava em jogar tênis e Vic Trenton se lembrava de que tinha que ligar para Joe Camber para falar do problema no Corcel de Donna, Charity Camber preparava o café da manhã do filho. Joe tinha ido a Lewiston meia hora antes, na esperança de encontrar um limpador de para-brisa para um Camaro modelo 1972 em algum ferro-velho da cidade. A ausência de Joe casava bem com os planos que Charity elaborara com calma e cuidado.

Ela serviu o prato de ovos mexidos com bacon a Brett e depois se sentou ao lado do filho. O menino levantou os olhos do livro que estava lendo, um tanto surpreso. Em geral, depois de servir o café, Charity se ocupava das atividades domésticas matinais. Quem puxasse muita conversa antes que ela terminasse a segunda xícara de café corria o risco de tomar um belo de um esporro.

— Posso falar com você um instante, Brett?

A surpresa do filho se transformou em espanto. Ao olhar para ela, o menino logo percebeu algo completamente diferente da natureza taciturna da mãe. Ela estava nervosa. Brett fechou o livro e respondeu:

— Claro, mãe.

— O que você acha... — ela limpou a garganta e recomeçou. — O que você acha de ir a Stratford, em Connecticut, visitar a tia Holly, o tio Jim e suas primas?

Brett abriu um sorriso. Ele só saíra do Maine duas vezes em toda a vida, a última quando foi com o pai até Portsmouth, New Hampshire, para um leilão de carros velhos. Na ocasião, Joe arrematara um Ford 58 com motor Hemi.

— Acho uma ótima ideia! Quando?

— Pensei em segunda-feira. Depois do fim de semana da Independência. Ficaríamos lá uma semana. Que tal?

— *Legal!* Nossa, achei que o papai estava com muito serviço para a próxima semana. Ele deve ter...

— Eu ainda não falei com seu pai sobre isso.

O sorriso de Brett desabou. Ele pegou um pedaço de bacon e começou a mastigar.

— Bom... só sei que ele prometeu que tiraria o motor da colheitadeira International do Richie Simms. E o sr. Miller, da escola, ficou de trazer o Ford aqui por causa de um problema na transmissão e...

— Eu estava pensando em irmos só nós dois, no ônibus da Greyhound que sai de Portland.

Brett parecia indeciso. Na varanda dos fundos, do lado de fora da porta telada, Cujo subiu devagar os degraus e desabou na parte sombreada do piso de tábuas, grunhindo. Olhou para o MENINO e para a MULHER com olhos cansados e vermelhos. Estava se sentindo muito mal, muito mal mesmo.

— Pô, mãe, não sei...

— Não fale pô, Brett. É a mesma coisa que falar palavrão.

— Desculpe...

— Você *gostaria* de ir? Se o seu pai deixasse?

— Claro que sim! Você acha que podemos?

— Quem sabe? — disse ela, olhando pensativamente para a paisagem do lado de fora da janela sobre a pia.

— Stratford é muito longe daqui, mamãe?

— Uns quinhentos quilômetros, mais ou menos.

— Pô... quer dizer, puxa, é muito longe! Será que...

— Brett.

Ele olhou para ela com atenção redobrada. Aquela intensidade característica estava de volta ao rosto e à voz da mãe. Aquele nervosismo.

— O que foi, mamãe?

— Sabe se o seu pai está precisando de alguma coisa lá na oficina? Alguma coisa que ele esteja querendo comprar?

O brilho se apagou um pouco nos olhos de Brett.

— Bom, ele sempre precisa de chaves inglesas... E está querendo um novo jogo de tornéis. Também precisa muito de um novo capacete de soldador, porque o velho está com um furo no protetor de rosto.

— Não, não. Estou falando de alguma coisa importante, Brett. Alguma coisa cara.

Brett pensou por um instante, depois sorriu.

— Bem, o que ele está precisando mesmo é de um guincho Jörgen para suspender os motores. Com um desses, tirar o velho motor da colheitadeira International do Richie Simms seria fácil pra ca... muito fácil. — Brett ficou vermelho e logo continuou: — Mas não dá para comprar um negócio desses para ele, mãe. É muita despesa.

É muita despesa. Era assim que Joe dizia que algo era caro. Ela odiava a expressão.

— Quanto custa?

— Bom, no catálogo da Jörgen está mil e setecentos dólares, mas acho que o papai conseguiria comprar a preço de atacado com o sr. Belasco da revendedora de máquinas Portland. Papai diz que o sr. Belasco tem medo dele.

— E você acha isso bonito? — perguntou ela, ríspida.

Brett se recostou na cadeira, meio assustado com o jeito enfurecido da mãe. Nunca a vira agindo daquela forma. Até mesmo Cujo, lá na varanda, levantou de leve as orelhas.

— Então? Você acha bonito?

— Não, mamãe — respondeu ele, mas Charity ficou arrasada ao perceber que o filho estava mentindo. Se alguém conseguia meter tanto medo em outra pessoa a ponto de conseguir um preço de varejo, esta era uma grande vantagem. Ela notou a admiração que havia na voz de Brett, embora nem ele mesmo se desse conta disso. *Brett quer ser como o pai quando crescer. Sente orgulho quando Joe amedronta alguém. Ai, meu Deus.*

— Meter medo em alguém não é nada bonito — argumentou Charity. — Para conseguir isso, basta ter voz alta e vontade de parecer malvado. Não tem nada de bonito nisso. — Ela falou mais baixo e sacudiu a mão em direção ao filho. — Coma os seus ovos. Não vou gritar com você. Acho que é o calor.

Ele comeu, porém em silêncio e com cuidado, olhando para ela de vez em quando. Havia muitas minas enterradas naquela manhã.

— E quanto seria o preço de atacado? Mil e trezentos? Mil?

— Não sei, mamãe...

— E o sr. Belasco mandaria entregar aqui? Afinal, é uma compra grande.

— Acho que mandaria, sim. Se nós tivéssemos tanto dinheiro.

Charity levou a mão ao bolso do vestido. O bilhete da loteria estava bem ali. O número do milhar, 76, e o da centena, 434, correspondiam aos divulgados pela loteria estadual duas semanas antes. Ela conferira os números várias vezes, sem conseguir acreditar. Tinha jogado cinquenta centavos, como fazia todas as semanas desde o lançamento da loteria, em 1975, e ganhara cinco mil dólares. Ainda não tinha ido receber o prêmio, mas desde então nunca perdera o bilhete de vista ou do alcance da mão.

— Nós temos o dinheiro — sentenciou.

Brett olhou para ela, espantado.

Às dez e quinze, Vic deu uma fugida da Ad Worx para ir tomar café no Bentley's, já que não tolerava o "chafé" servido no escritório. Passara a manhã inteira redigindo anúncios para a Granja Decoster. Não era fácil, já que detestava ovos desde criança, quando a mãe o obrigava a comer um quatro vezes por semana. O melhor que conseguira bolar até o momento era O QUE É BOM... VEM DO OVO. Nada fantástico. Pensara na imagem de um ovo com um zíper, mas não conseguia materializar a ideia em palavras. Era uma imagem interessante, mas aonde poderia chegar? Até agora, a lugar nenhum. Melhor pedir ajuda ao Tadder, pensou ele, no momento em que a garçonete trazia um café e um muffin de mirtilo. Tad adorava ovos.

Claro que não era o anúncio dos ovos a razão do desalento. Era ter que se ausentar de casa por doze dias. Mas não havia outro jeito. Roger o convencera. Eles teriam que viajar e tentar reverter a situação de qualquer maneira.

O bom e velho falastrão Roger, que Vic amava quase como um irmão, teria adorado ir até o Bentley's tomar um café e alugar os ouvidos do amigo. Desta vez, porém, Vic precisava ficar sozinho. Precisava refletir. Eles passariam a maior parte das duas próximas semanas juntos, correndo atrás de tudo, a começar na segunda-feira, e aquilo já era o bastante, até mesmo para dois melhores amigos.

Sua mente divagou para o fiasco do Red Razberry Zingers e Vic se deixou levar, sabendo que, às vezes, a retomada calma e sem pressa de uma situação ruim poderia — para ele, pelo menos — trazer uma nova ideia, uma forma diferente de ver as coisas.

O episódio em si era bem ruim, e o Zingers tinha sido retirado do mercado. Era bem ruim, mas não uma catástrofe. Nem se comparava com o incidente dos cogumelos enlatados. Ninguém morreu ou ficou doente, e serviu para mostrar aos consumidores que toda empresa tinha lá os seus deslizes uma vez ou outra. Bastava olhar para o caso do copo que o McDonald's havia oferecido de brinde em uma promoção. O problema era que a tinta dos copos tinha mais chumbo do que o aceitável. Os copos foram retirados imediatamente do mercado e passaram a conviver naquele limbo promocional habitado por criaturas como o Speedy da Alka-Seltzer e o favorito de Vic, a goma de mascar Big Dick.

Os copos foram péssimos para a reputação do McDonald's como empresa, mas ninguém acusou o Ronald McDonald de tentar envenenar seus consumidores pré-adolescentes. E ninguém chegou a acusar o Professor Cereal Sharp, embora ele tenha sido alvo de piadas de comediantes como Bob Hope e Steve Martin, e embora Johnny Carson tenha dedicado todo o monólogo de abertura do *Tonight Show* — cheio de duplos sentidos elaborados com cuidado — ao caso do Red Razberry Zingers. Desnecessário dizer, o Professor Cereal Sharp sumiu da televisão. Desnecessário dizer também que o ator que fazia o Professor ficou furioso com a forma como os acontecimentos se voltaram contra ele.

— Poderia ter sido pior — comentou Roger, depois que a primeira onda sísmica abrandou um pouco e já não se faziam três ligações de longa distância por dia entre Portland e Cleveland.

— Poderia? Como? — perguntou Vic.

— Imagina se a gente trabalhasse na conta da Vichysoisse Bon Vivant. Explicar uma contaminação por toxina botulínica não ia ser sopa.

— O senhor quer mais café?

Vic ergueu os olhos para a garçonete. Ia recusar, mas depois assentiu.

— Meia xícara, por favor.

Ela serviu o café e se afastou. Vic ficou ali, remexendo a xícara, sem beber, distraído.

A onda de preocupação dos consumidores com a saúde, misericordiosamente breve, cessou quando vários médicos deram entrevistas às TVs e aos jornais dizendo que o corante era inofensivo. Casos parecidos já haviam ocorrido antes. As sopas servidas nos voos de uma companhia aérea foram associadas a estranhas descamações alaranjadas que, por fim, mostraram ser nada além de resíduos da tinta laranja dos salva-vidas usados nas demonstrações de segurança aos passageiros antes da decolagem. Muitos anos antes, o corante alimentício usado em uma marca de salsichas causara o mesmo efeito intestinal provocado pelo Red Razberry Zingers.

Os advogados do velho Sharp entraram com uma ação por danos morais contra os fabricantes do corante, no valor de muitos milhões de dólares, um caso que provavelmente se arrastaria na Justiça por cerca de três anos, mas que foi resolvido por meio de um acordo fora dos tribunais. Mas isso não importava, o fato era que o processo oferecera uma janela para que o público descobrisse que a culpa — *absolutamente temporária* e *completamente inofensiva* — não havia sido da Sharp Company.

Contudo, as ações da Sharp haviam despencado na Bolsa. Desde então, a companhia conseguira recuperar apenas metade da diferença em relação ao valor original. Os cereais também tiveram uma queda brusca nas vendas, mas já tinham recuperado todo o terreno perdido com a traiçoeira face escarlate Zingers. Na verdade, o All-Grain Blend da Sharp estava vendendo ainda mais do que antes.

Então, nada de errado aqui, certo?

Nada disso. Pelo contrário.

Era o Professor Cereal Sharp que estava errado. O coitado jamais poderia retornar aos comerciais. Depois do medo vieram as gracinhas, e o Professor, com seu visual sóbrio e cercado por um ambiente que lembrava uma sala de aula, foi literalmente morto a risadas.

George Carlin, em seu stand-up: "É, este mundo é louco. Louco mesmo". Ele pousava a cabeça sobre o microfone, como se meditasse, depois voltava a olhar para a frente. "Os paus-mandados do Reagan estão fazendo uma campanha de merda na TV, certo? Os russos estão tomando a dianteira na corrida armamentista. Estão construindo milhares de mísseis, certo? Então Carter aparece na TV para fazer seu pronunciamento e diz: 'Meus compatriotas, no dia que os russos tomarem a dianteira na corrida armamentista, toda a juventude dos Estados Unidos vai cagar vermelho'".

O público caía na gargalhada.

"Aí o Ronnie telefona para o Jimmy e pergunta: 'Diga, senhor presidente, o que a Amy comeu no café da manhã?'"

Gargalhada gigantesca na plateia. Carlin fazia uma pausa. A *verdadeira* frase de efeito era dita em tom baixo e insinuante:

"Nããaaao... nada de errado aqui."

O público se contorcia de rir e aplaudia enlouquecidamente. Carlin balançava a cabeça com ar de tristeza. "Merda vermelha, cara. Uau. Pensem só nisso."

Esse era o problema. George Carlin era o problema. Bob Hope era o problema. Johnny Carson era o problema. Steve Martin era o problema. Todas as barbearias do país eram o problema.

Agora, bastava levar em consideração o seguinte: as ações da Sharp caíram nove pontos e só recuperaram quatro pontos e meio. Os acionistas acabariam pedindo a cabeça de alguém em uma bandeja. Então... quem seria o bode expiatório? De quem foi a brilhante ideia de criar o Professor Cereal Sharp? Esses candidatos não eram os favoritos? E daí que o Professor já estava no ar fazia quatro anos quando o desastre com o Zingers aconteceu? E daí que quando o Professor Cereal Sharp e seus colegas (Bond Mira e George e Gracie) entraram em cena, as ações da Sharp estavam 3,25 pontos mais baixas do que o valor de mercado atual?

Podiam esquecer tudo isso. Mas não podiam se esquecer do seguinte: bastava o *fato novo*, bastava *anunciar publicamente* para o mercado que a Ad Worx tinha perdido a conta da Sharp — bastava apenas isso, provavelmente, para que as ações subissem um ponto e meio ou dois. E quando a nova campanha publicitária começasse, os investidores veriam nela um sinal de que as antigas dificuldades tinham sido superadas e talvez as ações até subissem mais um ponto.

Claro, pensou Vic, enquanto mexia a xícara de café com adoçante, *tudo isso não passa de teoria*. Além disso, mesmo que a teoria se confirmasse na prática, ele e Roger acreditavam que qualquer ganho a curto prazo para a Sharp poderia cair por terra se uma nova campanha publicitária — produzida às pressas por uma equipe que não conhecesse a Sharp Company como os dois, ou que não estivesse familiarizada com as características do competitivo mercado de cereais — não funcionasse bem.

E foi então que a nova ideia, a nova forma de ver o problema, iluminou sua mente. Chegou com tudo, sem pedir licença. A xícara de café ficou a meio caminho da boca, e os olhos de Vic se arregalaram. Em sua cabeça surgiu a imagem de dois homens — quem sabe ele e Roger, quem sabe o velho Sharp e o filho já grisalho — cobrindo uma sepultura. As pás não paravam. A luz vacilante de um lampião tremulava na noite de ventania. Uma leve chuva caía. Os coveiros lançavam olhares furtivos para trás de quando em quando. Era um enterro noturno, um ato sigiloso realizado às escuras. Estavam enterrando o Professor Cereal Sharp às escondidas *e aquilo era errado.*

— Muito errado! — falou Vic, entredentes.

Claro que era errado. Se o enterrassem na calada da noite, o coitado jamais conseguiria fazer o que precisava ser feito: pedir desculpas.

Vic tirou a caneta Pentel do bolso interno do casaco, pegou um guardanapo de papel e escreveu às pressas:

O Professor Cereal Sharp precisa pedir desculpas.

Ficou olhando para o que escrevera. As letras ficavam mais grossas e borradas à medida que a tinta era absorvida pelo papel. Abaixo da primeira frase, ele acrescentou:

Enterro decente.

E mais abaixo:

Enterro à LUZ DO DIA.

Ele ainda não sabia o que aquilo significava. Era mais uma metáfora do que algo que fizesse sentido, mas era assim que lhe ocorriam as melhores ideias. E havia alguma coisa ali. Disso ele tinha certeza.

Cujo estava deitado no chão da oficina, meio adormecido. Fazia calor ali, mas do lado de fora estava ainda pior… e a luz do dia estava clara demais. Como nunca tinha estado. Na verdade, ele nunca tinha percebido a intensidade da luz. Mas agora percebia. A luz forte machucava os olhos. O calor incomodava. E o focinho ainda doía no local da mordida.

Doía e queimava.

O HOMEM tinha ido a algum lugar e, logo depois que saiu, o MENINO e a MULHER saíram também. Cujo ficara sozinho. O MENINO enchera a tigela para o cão, mas Cujo comeu só um pouco. A comida fazia com que se sentisse pior, e não melhor. Mal tocou na tigela.

Quando ouviu o rugido de um caminhão virando na entrada da oficina, Cujo se levantou e foi até a porta do celeiro, já sabendo que se tratava de um estranho. Conhecia bem o barulho da picape do HOMEM e do carro da família. Ficou parado na porta, olhando lá para fora, ofuscado pela claridade que machucava os olhos. O caminhão entrou de ré e parou diante da oficina. Dois homens desceram e foram até os fundos. Um deles abriu a porta corrediça da caçamba do caminhão. O chiado metálico doeu nos ouvidos de Cujo. Ele ganiu e voltou para o conforto da escuridão.

O caminhão era da revendedora de máquinas. Três horas antes, Charity Camber e o filho, ainda não refeito do espanto, tinham entrado na loja da Brighton Avenue. Lá Charity preencheu um cheque para comprar um guincho Jörgen novo — o preço de atacado fora exatamente de 1241,71 dólares, incluindo impostos. Antes de ir à revendedora, ela passou na lotérica da Congress Street para preencher o formulário de solicitação do prêmio. Brett, terminantemente proibido de entrar com a mãe, ficou esperando na calçada, com as mãos nos bolsos.

O funcionário informou a Charity que ela receberia um cheque nominal da loteria pelo correio. Em quanto tempo? Duas semanas, no máximo. Já viria com a dedução dos impostos, cerca de oitocentos dólares. O valor do desconto foi calculado com base nos rendimentos anuais de Joe, conforme declarados por ela.

A dedução na fonte não causou irritação alguma a Charity. Ainda sem conseguir acreditar que era verdade, ela ficou com a respiração em suspenso até o momento em que o funcionário confirmou a validade do bilhete. Então o rapaz fez um sinal de concordância com a cabeça, deu os parabéns a Charity e até tirou o gerente do escritório para conhecer a sortuda. Nada daquilo importava. O que importava agora era que ela já podia respirar outra vez, pois o bilhete não estava mais sob sua responsabilidade. Tinha sido devolvido às entranhas da loteria. O Cheque Chegaria pelo Correio — que frase maravilhosa, mística e fantástica.

E ainda assim ela sentiu uma ligeira pontada ao ver, suando frio de nervoso, o bilhete meio amarrotado sendo grampeado ao formulário preenchido e arquivado. A Sorte sorriu para ela. Pela primeira e talvez única vez na vida, a pesada cortina de musselina do dia a dia se abrira um pouco para ela, deixando entrever um mundo claro e brilhante do outro lado. Charity era uma mulher pragmática e conhecia o ódio e o medo que nutria pelo marido, mas também tinha consciência de que envelheceriam juntos e que ele morreria e deixaria muitas dívidas e talvez um filho desencaminhado — algo que ela não podia cogitar, nem mesmo no fundo do coração, mas que temia muito!

Se ela estivesse entre os ganhadores de um dos Sorteios Especiais que aconteciam duas vezes por ano ou se tivesse levado uma bolada dez vezes maior, talvez acalentasse a ideia de abrir aquela horrível cortina de musselina de ponta a ponta, de pegar o filho pela mão e fugir com ele para qualquer lugar além da Town Road, da Oficina do Camber, Especializada em Carros Importados, e de Castle Rock. Era provável que levasse Brett a Stratford com o claro propósito de saber quanto custaria um apartamento pequeno na cidade.

No entanto, só uma pequena fresta da cortina se abrira. Nada mais. Ela só vira a Sorte por um breve, maravilhoso, desconcertante e inexplicável momento, como a bela coreografia de uma fada sobre trevos de quatro folhas na luz orvalhada da aurora… uma vez e nunca mais. Por isso, sentiu um aperto no coração ao ver o bilhete desaparecer, embora aquele pedaço de papel viesse roubando seu sono. Sabia que passaria o resto da vida comprando um bilhete de loteria por semana e nunca mais ganharia quantia maior que dois dólares em um sorteio.

Nada disso importava. De cavalo dado não se olhavam os dentes. Não se você fosse inteligente.

Mãe e filho seguiram então para a revendedora de máquinas Portland, e Charity preencheu o cheque, lembrando a si mesma de passar no banco depois e cobrir o cheque, transferindo dinheiro da poupança para a conta-corrente. Ela e Joe conseguiram guardar pouco mais de quatro mil dólares na poupança ao longo de quinze anos. O suficiente para pagar três quartos das dívidas pendentes, sem incluir a hipoteca da fazenda. Ela não podia excluir a hipoteca, obviamente, mas sempre excluía. Não se atrevia a pensar naquela maldita hipoteca senão na hora de fazer o pagamento de uma prestação. Agora, no entanto, eles poderiam raspar a poupança, se quisessem, e depois depositar o cheque da loteria, quando chegasse por correio. Tudo o que perderiam seriam os juros de duas semanas.

O vendedor da Portland, Lewis Belasco, prometera entregar o guincho naquela mesma tarde, e realmente cumpriu a palavra.

Joe Magruder e Ronnie DuBay colocaram o guincho na plataforma elevatória pneumática do caminhão e o pousaram devagar na empoeirada entrada da oficina.

— Quem diria que o velho Joe Camber faria uma compra dessas? — comentou Ronnie.

Magruder concordou.

— Pois é. A mulher dele mandou a gente colocar no celeiro. É lá que funciona a oficina. Segura firme, Ronnie, que essa coisa pesa pra burro.

Joe Magruder segurou de um lado, Ronnie, do outro, e os dois levaram, aos trancos e barrancos, o guincho para dentro do celeiro.

— Vamos colocar essa porcaria no chão — ordenou Ronnie. — Não estou conseguindo enxergar nada. Melhor a gente se acostumar com a escuridão primeiro, para não sair trombando com tudo.

Colocaram o guincho no chão com um estrondo. Como tinha vindo da forte claridade da tarde lá fora, Joe quase não conseguia enxergar. Só distinguia um vago contorno das coisas — um carro suspenso pelo macaco, uma bancada de trabalho, pranchas que mal se delineavam e pareciam subir até um sótão.

— Essa coisa deve... — Ronnie começou a frase, mas parou no meio, de maneira abrupta.

Do fundo da escuridão, além da parte dianteira do carro suspenso pelo macaco, vinha um rosnado grave e gutural. Ronnie sentiu o suor do esforço subitamente ficar pegajoso. Os pelos do pescoço se eriçaram.

— Puta merda, você ouviu isso? — sussurrou Magruder.

Ronnie já era capaz de enxergar Joe, que tinha os olhos esbugalhados de pavor.

— Ouvi.

Era um som grave e forte, como de um motor de popa em marcha lenta. Ronnie sabia que só um cachorro enorme produziria um som daqueles. E, quando um cachorro enorme rosnava assim, era bem provável que avançasse. Não tinha visto nenhuma placa de CUIDADO COM O CÃO quando chegou, mas muitos desses caipiras do caralho não estavam nem aí para isso. De uma coisa ele tinha certeza: era bom que o bicho que fazia aquele barulhão estivesse acorrentado.

— Joe? Você já veio aqui antes?

— Uma vez. É a porra de um são-bernardo grande como um touro. Só que antes ele não rosnava.

Joe engoliu em seco, e Ronnie sentiu um aperto na garganta.

— Ai, meu Deus! Olhe ali, Ronnie.

Os olhos de Ronnie estavam quase se acostumando à escuridão, e aquela visão ainda meio borrada emprestava à imagem um ar fantasmagórico, quase sobrenatural. Sabia que não devia demonstrar medo diante de um cão agressivo — o bicho sentiria o cheiro —, mas não conseguiu evitar a tremedeira. O cachorro estava nas profundezas do celeiro, além do carro erguido pelo macaco. Era mesmo um são-bernardo: apesar da penumbra, dava para ver os grossos pelos brancos e marrons e os ombros largos. A cabeça estava voltada para baixo. Os olhos do cão miravam os dois homens com dura e profunda hostilidade. Não estava acorrentado.

— Vá recuando bem devagar, Ronnie. Não corra, pelo amor de Deus!

Os dois começaram a se afastar, e o cão começou a andar lentamente na direção deles. Parecia caminhar com dificuldade. Na verdade, não estava caminhando porra nenhuma, pensou Ronnie. Estava *espreitando*. O bicho não estava para brincadeira. O motor estava em pleno funcionamento, pronto para a partida. A cabeça continuava baixa. O rosnado mantinha o mesmo tom. O cachorro dava um passo para a frente a cada passo que a dupla dava para trás.

Para Joe Magruder, o pior momento foi quando ficaram outra vez expostos à intensa claridade do sol. Joe ficou ofuscado, praticamente cego. Já não conseguia ver o cão. Se o bicho atacasse naquele momento...

Esticou o braço para trás e sentiu a lateral do caminhão. Foi o suficiente para perder o controle. Saiu em disparada até a cabine.

Do outro lado, Ronnie DuBay fez o mesmo. Chegou até a porta do carona e ficou procurando a maçaneta por um instante que pareceu uma eternidade. Agarrou-se ao puxador da porta. Ainda estava ouvindo aquele rosnado grave, semelhante ao de um motor Evinrude de 80 hp. Não conseguia abrir a porta e só estava esperando que o animal arrancasse um pedaço da bunda. Por fim, o polegar conseguiu achar o botão, a porta se abriu e ele se jogou dentro da cabine, arfando.

Olhou pelo retrovisor lateral e viu o cão parado na porta do celeiro. Olhou para Joe, que estava ao volante e lhe sorria, sem graça. Ronnie retribuiu o sorriso, com os lábios trêmulos.

— É só um cachorro — disse Ronnie.

— Pois é. E cão que ladra não morde.

— Beleza, então vamos voltar lá e colocar aquele guincho no lugar.

— Vá pro inferno!

— Vá você. E leve junto aquele cavalo que está ali fora.

Os dois riram. Ronnie deu um cigarro a Joe.

— Vamos dar o fora daqui?

— Só se for agora — respondeu Joe, ligando o caminhão.

Na metade do caminho de volta a Portland, Ronnie disse, como que pensando em voz alta:

— Aquele cachorro ainda vai fazer merda.

Joe estava dirigindo com o braço para fora da janela. Olhou rapidamente para Ronnie.

— Fiquei apavorado e não tenho vergonha de admitir. Um cachorro já partiu para cima de mim durante uma entrega. Mesma situação, não tinha ninguém em casa. Tive que dar um belo chute no saco do bicho. Que se dane se ele ficou machucado. Quem não prende cachorro bravo não tem direito de reclamar, sabe? Agora... *aquele* monstro?! Viu o tamanho da fera? Aquele desgraçado deve pesar mais de cem quilos.

— Acho melhor ligar para o Joe e contar o que aconteceu — ponderou Ronnie. — Para evitar que o cachorro arranque o braço dele. O que você acha?

— O Joe já fez alguma coisa por você, Ronnie? — perguntou Joe Magruder, com um sorrisinho.

O outro balançou a cabeça, pensativo.

— Ele não me chupa como você, isso é certo.

— E o boquete que a sua mulher me fez ontem também não foi ruim.

— Ajoelha aí, sua bichinha.

Os dois gargalharam. Ninguém ligou para Joe Camber. Quando voltaram à revendedora Portland, já estava quase na hora de fechar. Levaram quinze minutos para fazer o relatório da entrega. Belasco foi até os dois e perguntou se o Camber estava em casa para receber a mercadoria. Ronnie DuBay disse que estava. Belasco, que era um babaca de primeira categoria, caiu. Joe Magruder desejou a Ronnie um bom fim de semana e um Dia da Independência do caralho. Ronnie disse que pretendia se enfiar na cama e só sair debaixo dos lençóis no domingo à noite. Os dois bateram o ponto antes de sair.

Nenhum deles pensou mais em Cujo até ler sobre o cachorro nos jornais.

* * *

Vic passou a maior parte da tarde que antecedia o longo fim de semana discutindo os detalhes da viagem com Roger, cuja preocupação com detalhes beirava a paranoia. Roger já tinha contratado uma agência para reservar o voo e o hotel. O avião para Boston sairia do aeroporto de Portland às sete e dez de segunda-feira. Vic prometeu que pegaria Roger de Jaguar às cinco e meia: embora achasse que era cedo demais, conhecia bem as manias do amigo. Os dois discutiram os aspectos gerais da viagem, evitando entrar em pontos específicos. Vic não externou as ideias que tivera no café e guardou o guardanapo no bolso do casaco esporte. Roger ficaria mais receptivo quando eles estivessem longe de casa.

Vic cogitou sair cedo, mas acabou decidindo voltar e conferir a correspondência da tarde. Lisa, a secretária, já tinha ido embora, antecipando o feriado. Que inferno, não existiam mais secretárias que trabalhassem até as cinco, fosse ou não feriado. Para Vic, era mais um sinal da decadência da civilização ocidental. Era bem provável que naquele momento a bela Lisa, que tinha vinte e um aninhos e quase nenhum peito, estivesse presa no tráfego que seguia pela rodovia interestadual para o sul, a caminho de Old Archard ou Hamptons, metida em uma calça jeans apertada e em uma blusinha sumária. *Manda ver, Lisa, sua musa*, pensou Vic, com um sorrisinho.

Só havia uma carta, ainda fechada, sobre a mesa.

Ele apanhou o envelope com curiosidade e logo avistou a palavra PESSOAL escrita em letras maiúsculas, bem abaixo do endereço. Percebeu então que o endereço também estava escrito no mesmo estilo, com letras grossas.

Ficou segurando o envelope, virando e revirando e sentindo uma vaga onda de inquietação se infiltrar no que era, até o momento, uma sensação cansada de bem-estar. Então, lá nas profundezas do seu ser, de modo quase imperceptível, veio um súbito impulso de rasgar a carta em dois, quatro, oito pedacinhos, e depois jogar tudo no lixo.

Vic resistiu àquele desejo, abriu o envelope e tirou de dentro uma única folha de papel.

Mais letras maiúsculas.

A mensagem simples — seis frases — foi como uma punhalada no coração. Tanto que Vic não se sentou, e sim desabou sobre a cadeira. Emitiu um grunhido abafado, como o som de um homem que de repente perdesse todo o ar. A mente entrou em parafuso, dominada por nada além de ruído branco durante um tempo que ele não conseguia — nem poderia — precisar ou compreender. Se Roger entrasse ali naquele momento, sem dúvida julgaria que Vic estava tendo um ataque cardíaco. E, de certa forma, estava mesmo. O rosto estava branco como uma folha de papel. A boca, aberta. Olheiras azuladas apareceram sob os olhos.

Leu novamente a carta.

Depois, mais uma vez.

De início, os olhos foram atraídos para a primeira pergunta

O QUE VOCÊ ACHA DA MARQUINHA QUE ELA TEM LOGO ACIMA DOS PELOS PUBIANOS?

Só pode ser um engano, pensou, confuso. Ninguém sabe disso além de mim... e, bem, da mãe dela. E do pai. Em seguida, magoado, sentiu as primeiras pontadas de ciúme: *Até o biquíni cobre a marca... o biquíni minúsculo...*

Vic passou uma e, depois de colocar a carta na mesa, as duas mãos pelo cabelo. Aquela sensação de punhalada e de falta de ar havia voltado a dominar seu peito: aquela sensação de que o coração bombeava ar em vez de sangue. Sentiu medo, dor e confusão. Dos três, o sentimento dominante, a emoção que se sobrepunha, era um medo terrível.

A carta o encarou e gritou:

ADOREI TREPAR COM ELA ATÉ CANSAR.

Agora era naquela linha que seus olhos se fixavam, sem querer sair. Vic ouviu o ronco de um jatinho no céu lá fora, partindo do aeroporto, subindo e desaparecendo, rumo a destinos desconhecidos, e pensou ADOREI TREPAR COM ELA ATÉ CANSAR. *Cruel, muito cruel.* Sim, senhoras e senhores, de fato. Era como o corte de uma faca sem fio. TREPAR COM ELA ATÉ CANSAR, que imagem era aquela? Zero de sofisticação. Era como levar na cara o tiro de uma pistola d'água carregada com ácido.

Ele se esforçou para pensar de maneira coerente e

(ADOREI)

simplesmente

(TREPAR COM ELA ATÉ CANSAR)
não conseguia.

Agora os olhos seguiram até a última frase, que Vic leu inúmeras vezes, como se estivesse tentando decifrar o sentido das palavras no cérebro. Aquele medo gigantesco não deixava.

VOCÊ TEM ALGUMA PERGUNTA?

Claro. De repente, tinha perguntas de todo tipo. A questão era que não parecia querer saber a resposta de nenhuma delas.

Outro pensamento martelou em sua mente: e se Roger ainda não tivesse ido embora? O amigo costumava botar a cabeça na porta do escritório de Vic antes de sair, se a luz estivesse acesa. Era provável que tomasse a mesma atitude naquele dia, por conta da viagem. Vic entrou em pânico e lhe ocorreu uma lembrança absurda da adolescência, de quando se trancava no banheiro para se masturbar, incapaz de resistir à tentação, mas sempre morrendo de medo de que todos soubessem exatamente o que estava fazendo. Se Roger aparecesse, logo perceberia que algo estava errado. Como Vic não queria que isso acontecesse, levantou e foi até a janela do sexto andar, para olhar o estacionamento do prédio. O Honda Civic amarelo reluzente de Roger não estava mais lá. Ele já tinha ido para casa.

Desnorteado, Vic passou a aguçar o ouvido. O escritório da Ad Worx estava em silêncio total, imerso naquela quietude ressonante que parecia ser a única marca dos locais de trabalho após as cinco da tarde. Nem sequer era possível ouvir os passos do velho sr. Steigmeyer, o encarregado do prédio, circulando por ali. Vic teria que bater o ponto de saída na recepção. Teria que…

Agora *havia* um barulho. No primeiro momento, Vic não descobriu o que era. Um instante depois, já sabia. Eram gemidos. O som de um animal com o pé esmagado. Ainda olhando pela janela, viu os carros saírem do estacionamento de dois em dois, depois de três em três, em meio a uma nuvem de lágrimas.

Por que não conseguia ficar furioso? Por que estava tão *assustado*?

Uma palavra antiga e absurda lhe veio à mente. *Enjeitado*, pensou. *Fui enjeitado.*

Os gemidos continuavam. Vic tentou travar a garganta, sem sucesso. Abaixou a cabeça e agarrou a grade de calefação que passava por baixo da janela, na altura de sua cintura. Apertou com força até os dedos doerem, até o metal da grade reclamar com estalidos.

Quando tinha chorado pela última vez? Chorou na noite que Tad nasceu, mas de alívio. Chorou quando o pai morreu, após lutar pela vida com todas as forças nos três dias que se seguiram a um ataque cardíaco, e aquelas lágrimas, derramadas aos dezessete anos, eram como as de agora: queimavam, não queriam brotar, pareciam mais um sangramento do que um choro. Só que naquela idade era mais fácil chorar, mais fácil sangrar. Aos dezessete anos, ele ainda esperava fazer isso muitas vezes ao longo da vida.

A lamúria passou. Ou pelo menos Vic achou que havia passado. Foi então que deixou escapar um lamento grave, um som trêmulo e áspero, e pensou: *Fui eu? Meu Deus, este som saiu de mim?*

As lágrimas começaram a escorrer pelo rosto. Emitiu outro som áspero, depois mais um. Agarrou-se à grade de calefação e chorou.

Quarenta minutos depois, Vic estava sentado no Deering Oaks Park. Tinha ligado para casa e avisado que chegaria tarde. Donna começou a fazer perguntas e quis saber por que ele estava parecendo estranho. Vic se limitou a dizer que chegaria em casa antes de anoitecer. Pediu que não esperasse por ele e desse o jantar a Tad. Desligou antes que a esposa tivesse tempo de perguntar algo mais.

Agora estava sentado no parque.

As lágrimas consumiram quase todo o medo. Restava apenas um torpe resquício de raiva. Era o segundo nível daquela escavação emocional. Mas raiva não era a palavra certa. Talvez fúria. Ele estava possesso. Era como se tivesse sido mordido por algo. Uma parte de Vic percebeu que seria perigoso voltar para casa naquele momento... perigoso para os três.

Seria muito agradável esconder os destroços aumentando os estragos. Seria (ele precisava admitir) um prazer irracional socar a cara daquela mulher adúltera.

Estava sentado diante do lago e dos patos. Do outro lado, viu um animado grupo brincando de frisbee. Vic reparou que as quatro garotas e dois dos garotos estavam de patins. Patins eram a grande moda daquele verão. Avistou uma jovem de tomara que caia empurrando um carrinho com pretzels, amendoins e latas de refrigerante. O rosto era delicado, fresco e inocente. Um dos garotos jogou o frisbee para ela, que agarrou com classe e devolveu. *Na década de 1960*, pensou Vic, *ela estaria em um vilarejo, cuidadosamente catando insetos em plantações de tomate*. Agora, provavelmente fazia parte da Administração de Pequenas Empresas e ocupava uma boa posição.

Vic e Roger costumavam ir ao parque para um almoço rápido. Isso acontecera no primeiro ano. Em seguida Roger percebeu que, apesar de parecer muito agradável, o lago exalava um leve porém irremediável cheiro de podridão... e o casebre que ficava na pedra do meio do lago era todo branco não por causa da pintura, e sim por ser bombardeado por cocô de gaivota. Algumas semanas depois, Vic vira um rato morto, já em decomposição, flutuando na beira do lago, entre camisinhas e embalagens de chiclete. Pelo que lembrava, os dois nunca mais voltaram ali.

O frisbee, vermelho reluzente, flutuava pelo ar.

A imagem despertada pela raiva de Vic continuava passando como uma cena, e ele não conseguia se livrar dela. Era tão cruel quanto a própria escolha de palavras do remetente anônimo, mas Vic não conseguia afastá-la dos pensamentos. Continuava vendo os dois trepando no quarto do casal. Na cama dos dois. O que passava naquele filme mental era tão explícito quanto os filmes pornográficos exibidos no State Theater da Congress Street. Donna gemia e brilhava suavemente de suor, linda. Todos os músculos estavam retesados. Apresentava aquele mesmo olhar faminto que os dois estampavam quando o sexo era bom, com os olhos mais escuros. Ele conhecia a expressão, a postura, os sons. E pensara — *pensara* — que era o único a conhecer tudo aquilo. Nem mesmo a mãe e o pai dela sabiam daquilo.

Depois ficou pensando no pênis — na pica — que o homem metia nela. *De quatro.* A expressão surgiu e ficou reverberando, estúpida, na mente de Vic, recusando-se a ir embora. Via os dois trepando, com Gene Autry como trilha sonora: *I'm back in the saddle again, out where a friend is a friend...*

Aquilo incomodava, ultrajava e deixava Vic enfurecido.

O frisbee subiu muito alto, depois desceu. Ele acompanhou a trajetória.

Já suspeitava de algo, verdade. Mas suspeitar não era saber. Pelo menos, agora tinha consciência. Conseguiria escrever um ensaio sobre a diferença entre suspeitar e saber. O que tornava tudo duplamente cruel era o fato de que havia começado a acreditar pra valer que as suspeitas eram infundadas. E, mesmo que não fossem, o que os olhos não veem o coração não sente. E o ditado estava certo? Se alguém atravessasse uma sala escura com um buraco profundo bem no meio e passasse a centímetros da abertura, não precisaria jamais saber que quase caiu. Não era preciso ter medo. Não se as luzes estivessem apagadas.

Bem, ele não tinha caído no buraco. Tinha sido *empurrado* para dentro. A questão era: o que fazer agora? A parte enfurecida, magoada e ferida, que gemia com voz profunda, não estava nem um pouco inclinada a ser "adulta" e reconhecer que, em muitos casamentos, podiam acontecer deslizes de uma ou das duas partes. *Fodam-se o fórum da* Penthouse, *as histórias da* Playboy, *ou seja lá o que for, é da minha mulher que estamos falando, ela andou trepando com alguém*

(*out where a friend is a friend*)

quando eu virei as costas, quando Tad não estava em casa…

As cenas voltavam a ser exibidas, lençóis amarrotados, corpos enlaçados, sons suaves. Frases e palavras de sacanagem se amontoavam como um bando de sádicos se amontoava para observar um acidente: foda, boceta cabeluda, meter o ferro, gozar pra caralho, não trepo por grana e não trepo por fama, mas quando meto na sua cama sua mulher gama, meu pau na sua xota, só no surubão, aquela trepada boa…

Com a minha mulher!, pensou ele, cheio de agonia, com as mãos crispadas. *Com a minha mulher!*

A parte raivosa e ferida, no entanto, reconhecia — a contragosto — que ele não devia voltar para casa e bater em Donna até cansar. Por outro lado, ele poderia pegar Tad e ir embora. Que se danassem as explicações. Ela que tentasse impedir, se tivesse coragem para isso. Ele duvidava que fosse o caso. Pegaria Tad e levaria o filho para um hotel, depois contrataria um advogado. Cortar o cordão umbilical e não olhar para trás.

Só que, se pegasse e levasse Tad para um hotel, o filho não ficaria assustado? Não iria perguntar por que ele estava fazendo aquilo? O menino tinha apenas quatro anos, seria capaz de entender que algo estava absurda e assustadoramente errado? E também havia a viagem a Boston, Nova York e Cleveland. Vic não estava nem aí para a viagem, pelo menos não naquele momento. Por ele, o velho Sharp e o filho podiam comprar uma passagem só de ida para o inferno. O problema era que Vic não estava sozinho. Ele tinha um sócio, que por sua vez tinha esposa e duas filhas. Mesmo em uma situação delicada como aquela, mesmo invadido pela dor, Vic sabia que devia pelo menos fazer uma tentativa de salvar a conta — o que poderia significar a salvação da própria Ad Worx.

E havia ainda outra pergunta a fazer, mesmo que ele não quisesse: qual seria a verdadeira razão para pegar Tad e ir embora sem nem sequer ouvir a versão de Donna? O fato de a esposa dormir com outro estaria prejudicando Tad? Vic achava que não. A verdade era que sua mente logo se agarrou ao fato de que a maneira mais certa e profunda de magoar Donna (pagando na mesma moeda a mágoa profunda que ele estava sentindo naquele momento) seria usando Tad. Mas Vic estaria mesmo disposto a transformar o filho no equivalente emocional de um pé de cabra ou de uma marreta? Com certeza, não.

Outras perguntas.

A carta. Pensou por um instante na carta. Não no que ela dizia, não nas seis linhas de pura baixaria, com o estilo cáustico. Pensou na carta *em si*. Alguém tinha acabado de matar a galinha — perdão pelo trocadilho — dos ovos de ouro. Por que o amante de Donna lhe enviou a carta?

Porque a galinha já não botava mais ovos de ouro, claro. E o remetente anônimo da carta devia estar puto da vida.

Será que Donna dispensou o sujeito?

Vic tentava encarar as coisas por outro ângulo, mas não conseguia. Sem a força súbita, chocante e devastadora, a frase ADOREI TREPAR COM ELA ATÉ CANSAR não era uma típica manobra no estilo "se eu não tenho, você também não vai ter"? Se algo não podia ser seu, que mijasse em cima para que ninguém mais quisesse. Embora sem motivo lógico, causava satisfação. O ambiente renovado e bem mais leve em casa reforçava essa tese. E explicava o palpável sentimento de alívio irradiado por Donna. Ela tinha rompido com o amante, que decidiu se vingar do marido com uma carta anônima.

Última pergunta: isso fazia alguma diferença?

Vic tirou a carta do bolso do casaco e ficou virando e revirando o envelope, sem abrir. Olhou o frisbee vermelho flutuar no céu e se perguntou o que faria agora.

* * *

— Por Deus, o que é aquilo? — perguntou Joe Camber.

Cada palavra saiu espaçada, quase sem inflexão. Ele estava à porta, olhando para a mulher. Charity estava pondo a mesa para o marido. Ela e Brett já haviam jantado. Joe chegou com o caminhão cheio de tranqueiras, embicou na entrada da oficina e deu de cara com aquilo.

— É um guincho — respondeu Charity, que havia mandado Brett para a casa de Dave Bergeron, um amiguinho. Não queria que o filho estivesse presente se a coisa ficasse feia. — Brett disse que você estava querendo um guincho Jörgen.

Joe atravessou a sala. Era um homem magro e ossudo, porém de compleição forte, nariz fino e grande, e um jeito de andar silencioso e ágil. O chapéu verde de feltro estava enfiado na parte de trás da cabeça, deixando à mostra a testa cada vez mais alta, na qual uma marca de graxa sobressaía. O bafo era de quem tinha bebido. Os pequenos olhos castanhos apresentavam uma expressão dura. Joe era um homem que não gostava de surpresas.

— Estou esperando uma resposta, Charity — cobrou.

— Sente. O jantar vai esfriar.

O braço dele se esticou como um pistão. Dedos grossos morderam o braço dela.

— Que merda é essa que você fez? Não acabei de dizer que estou esperando uma resposta?

— Veja como fala comigo, Joe Camber. — O braço estava doendo muito, mas ela não queria dar ao marido a satisfação de ver a dor em seu rosto ou em seus olhos. Em vários sentidos ele era como um animal e, embora isso a deixasse excitada quando era mais jovem, aquela sensação já tinha ficado para trás. Charity percebeu, ao longo dos anos de convívio, que às vezes poderia assumir o comando das ações, desde que se mostrasse corajosa. Nem sempre, mas às vezes.

— Quero que você me diga que merda é essa, Charity!

— Sente para jantar que eu conto — respondeu ela, com a voz controlada.

Ele se sentou e ela trouxe um prato com um belo bife de alcatra.

— E desde quando nós podemos nos dar ao luxo de comer como os Rockfeller? Você vai me explicar tudo isso direitinho.

Ela trouxe o café e uma batata assada, já cortada.

— Você estava precisando de um guincho, não estava?

— Eu não disse que não, só que não tenho dinheiro para comprar um. — Joe começou a comer, sem tirar os olhos dela. Charity sabia que ele não bateria nela naquele momento. A hora era agora, enquanto ele ainda estava relativamente sóbrio. Se fosse para bater nela, seria depois de voltar da casa de Gary Pervier, após encher a cara de vodca e ter seu orgulho de macho ferido.

Charity se sentou diante dele e disse:

— Ganhei na loteria.

O queixo de Joe caiu, depois voltou a se mexer. Ele encheu a boca de carne.

— Claro que ganhou. E amanhã o velho Cujo vai começar a cagar ovos de ouro. —Joe apontou o garfo para o cão, que andava de um lado para outro da varanda, inquieto. Brett não gostava de levar seu cachorro até a casa dos Bergeron porque, como eles criavam coelhos, Cujo ficava enlouquecido.

Charity enfiou a mão no bolso do avental, pegou a cópia do recibo preenchido pelo funcionário da lotérica e estendeu ao marido.

Com os dedos grossos, Joe Camber desdobrou o papel amassado e examinou de ponta a ponta. Os olhos se fixaram no valor

— Cinco... — começou a dizer, mas fechou a boca com um estalo.

Charity ficou observando, calada. Ele não sorriu. Não deu a volta na mesa para lhe dar um beijo. Para um homem com a cabeça de Joe, pensou ela com amargura, quando a sorte sorria assim, só podia significar que algo ainda estava por vir.

Finalmente ele ergueu os olhos.

— Você ganhou cinco mil dólares?

— Menos os impostos.

— Desde quando você joga na loteria?

— Compro um bilhete de cinquenta centavos toda semana... e não me venha dar lição de moral, Joe Camber, porque isso é muito menos do que você gasta com bebida.

— Cuidado com suas palavras, Charity — avisou Joe. Os olhos nem piscavam. — Muito cuidado com suas palavras, porque você pode ter que engolir uma a uma.

Ele voltou a comer o bife. Por trás da expressão dura estampada no rosto, Charity ficou um pouco mais tranquila. Pela primeira vez cutucou a onça com vara curta e não foi mordida. Pelo menos, não ainda.

— E o dinheiro? — perguntou ele. — Quando a gente recebe?

— O cheque chega em duas semanas, mais ou menos. Tirei dinheiro da poupança para comprar o guincho. O funcionário da lotérica me disse que o formulário de solicitação vale tanto quanto o prêmio.

— E aí você saiu e comprou aquela coisa?

— Isso. Perguntei ao Brett se ele sabia do que você mais estava precisando. É um presente.

— Obrigado. — Ele continuou comendo.

— Eu dei um presente a você e agora quero uma retribuição, Joe.

Ele continuou comendo, sem tirar os olhos dela. Não disse uma só palavra. Os olhos estavam absolutamente inexpressivos. Comia sem tirar o chapéu, ainda enfiado na parte de trás da cabeça.

Charity falou devagar de propósito, pois sabia que a precipitação seria um erro.

— Quero viajar uma semana. Com o Brett. Quero visitar Holly e Jim em Connecticut.

— Não — respondeu ele, e continuou comendo.

— Podemos ir de ônibus e ficar na casa deles. Vai ser barato. Ainda vai sobrar muito dinheiro. Um dinheiro que caiu do céu. Vai custar três vezes menos que o guincho. Já liguei para a rodoviária e perguntei o preço da passagem.

— Não. Preciso do Brett aqui para me ajudar.

Ela apertou os punhos embaixo da mesa, mal podendo conter a fúria que sentia, mas manteve o rosto calmo e impassível.

— Você se vira muito bem sem ele durante o período escolar.

— Eu disse não, Charity.

Ela se deu conta, com um misto de irritação e amargura, que ele estava se divertindo com aquilo. Sabia que a esposa queria muito fazer a viagem. Sabia que ela tinha planejado tudo. Estava se divertindo com o sofrimento dela.

Charity se levantou e foi até a pia, não porque tivesse alguma coisa a fazer, mas porque precisava de um tempo para se controlar. A estrela vespertina olhava para ela, alta e remota. Abriu a torneira. A porcelana tinha um tom amarelado. Como Joe, a água da casa era fria.

Talvez desapontado, sentindo que a mulher tinha desistido rápido demais, Camber elaborou mais o argumento.

— O menino precisa aprender a ter responsabilidade. Não vai fazer mal algum me ajudar neste verão, em vez de passar os dias e as noites enfiado na casa do Dave Bergeron.

Ela fechou a torneira.

— Fui eu que mandei ele para lá.

— *Você*? Por quê?

— Porque eu já imaginava que isso poderia acontecer — respondeu ela, voltando-se para o marido. — Mas eu disse a ele que você nos deixaria ir, por causa do dinheiro e do guincho.

— Você devia saber que cometeu um pecado com o menino — replicou Joe. — Na próxima, pense melhor antes de soltar essa língua. — Ele sorriu para ela com a boca cheia e pegou um pedaço de pão.

— Você pode vir junto, se quiser.

— Ah, claro! Só preciso dizer ao Richie Simms que ele não vai conseguir fazer a primeira colheita do ano. Além do mais, por que eu teria vontade de encontrar aqueles dois? Pelo que conheço deles, e pelo que você me conta, são dois metidos a besta. Você só gosta deles porque também quer se meter a besta — falou Joe, levantando a voz aos poucos e passando a cuspir comida. Quando começava a ficar assim, ele assustava Charity, que desistia. Na maioria das vezes. Hoje, não. — Acho que você gostaria que o menino fosse um metido a besta que nem eles. É isso que acho. Acho que você quer virar o menino contra mim. Não é isso?

— Por que você nunca chama ele pelo nome?

— Melhor fechar a porra da porta da casa agora, Charity — respondeu Joe, olhando duro para ela. Um rubor subia pelo seu rosto, chegando à testa. — Agora mesmo. Obedeça.

— Não. Ainda não acabamos.

Ele deixou o garfo cair, estupefato.

— O quê? O que foi que você disse?

Charity foi até ele, entregando-se completamente à raiva pela primeira vez no casamento. Tudo estava guardado dentro dela, borbulhando e corroendo como ácido. Ela sentia tudo aquilo engasgado. Não se atreveria a gritar, porque se gritasse seria o fim. Manteve a voz baixa.

— É claro que você acha isso da minha irmã e do marido dela. Não poderia ser diferente. Olhe só para você sentado aí, comendo com as mãos sujas e sem tirar o chapéu. Você não quer que Brett vá lá e veja como as outras pessoas vivem. Do mesmo jeito que eu não quero que ele veja como você e seus amigos ficam quando caem no mundo. Foi por isso que não deixei ele ir caçar com vocês em novembro.

Charity fez uma pausa e ele ficou ali sentado, com uma fatia de pão na mão e o queixo sujo com o molho do bife. Ela percebeu que a única coisa que o impedia de partir para cima dela era a absoluta surpresa por ouvi-la falar daquele jeito.

— Vamos fazer um trato — propôs ela. — Você fica com o guincho e eu estou disposta a abrir mão do resto do dinheiro, algo que muitas mulheres não estariam. Mas, se você é assim tão ingrato, ainda cedo mais um pouco. Se você deixar o Brett ir comigo a Connecticut, eu deixo ele ir com você para Moosehead na próxima temporada de caça. — Ela sentiu um arrepio percorrer seu corpo todo, como se tivesse acabado de oferecer a própria alma em um acordo com o demônio.

— Eu vou dar uma coça em você — disse ele, incrédulo, falando como se ela fosse uma criança que não entendeu uma situação de causa e efeito muito simples. — Vou levar ele para caçar comigo se eu quiser, quando eu quiser. Você não está careca de saber disso? Ele é *meu* filho, pelo amor de Deus. *Se* eu quiser, *quando* eu quiser. — Deu um breve sorriso, satisfeito com o som emitido. — Entendeu?

Ela cravou seus olhos nos dele.

— Não vai levar, não — rebateu.

Ele se levantou num pulo, derrubando a cadeira.

— Vou dar um basta nisso — continuou ela. Teve o impulso de dar um passo para trás, mas isso também seria o fim. Um movimento em falso, um sinal de fraqueza e ele avançaria.

Joe estava tirando o cinto.

— Vou ter que dar uma coça em você, Charity — disse, em tom de lamento.

— Vou dar um basta nisso, do jeito que puder. Vou até a escola dizer que ele fugiu de casa. Vou até o xerife Bannerman dizer que ele foi sequestrado. Mas, acima de tudo... vou dar um jeito para que o Brett não queira ir.

Joe tirou o cinto e ficou segurando, com o lado da fivela balançando de um lado para outro, como um pêndulo, próximo ao chão.

— Ele só vai viajar com você e seu bando de vagabundos bêbados antes dos quinze anos se eu deixar — confrontou ela. — Você pode até me bater com esse cinto, Joe Camber, mas nada vai mudar essa situação.

— Então vai ser assim?

— Vai ser assim porque eu quero que seja assim.

De repente, porém, ele parecia não estar mais na sala com ela. O olhar se distanciou, como se refletisse. Ela já vira o marido assim outras vezes. Alguma coisa tinha acabado de ocorrer a Joe, um fato novo a ser laboriosamente colocado na balança. Ela rezava para que, fosse lá o que fosse, o fato a favorecesse. Ela jamais tinha ido tão longe no enfrentamento e agora estava com medo.

Camber subitamente sorriu.

— Você é mesmo corajosa, hein? Está cuspindo fogo.

Charity não disse nada.

Joe começou a enfiar o cinto nas calças outra vez. Continuava sorrindo, e os olhos continuavam distantes.

— Você acha mesmo que pode cuspir fogo, como aquelas mexicanas?

Ela continuou calada e atenta.

— E se eu disser que vocês podem ir, o que acontece? Você acha que a gente pode esperar mais da vida?

— O que você está querendo dizer?

— Só estou querendo dizer que tudo bem. Vocês podem ir.

Ele cruzou a sala com passos apressados e ágeis, e ela gelou ao pensar que ele poderia ter feito a mesma coisa momentos antes para lhe dar uma surra de cinto. E quem estaria lá para impedir? Em briga de marido e mulher, ninguém metia a colher. Ela nada poderia ter feito ou dito. Por causa de seu orgulho. Por causa de Brett.

Ele colocou a mão no ombro dela. Deixou cair até um dos seios. Então apertou.

— Vamos lá, estou com tesão.

— E o Brett...

— Ele só vai chegar depois das nove. Vamos lá. Eu já disse, vocês podem ir. Você poderia pelo menos agradecer, não é?

Um certo absurdo cósmico chegou aos lábios de Charity e passou por eles antes que ela pudesse se conter:

— Tire o chapéu.

Ele o atirou de qualquer jeito para o outro lado da cozinha. Estava sorrindo. Os dentes eram muito amarelos. Os incisivos superiores eram postiços.

— Se já tivéssemos a grana, poderíamos transar em cima de uma cama cheia de verdinhas — disse ele. — Já vi isso num filme.

Joe levou a esposa para o quarto e ela ficou esperando que ele ficasse violento, mas isso não aconteceu. O sexo foi como costumava ser, seco e rápido, mas sem violência. Ele não a machucou de propósito e, naquela noite, talvez pela décima ou décima primeira vez desde que se casaram, Charity gozou. Ela se entregou, de olhos fechados, sentindo o queixo dele bem em cima de sua cabeça. Abafou o gemido que chegou aos lábios. Ele ficaria desconfiado se ela gemesse. Ela não tinha certeza se ele sabia que o que sempre acontecia com os homens, no final, às vezes também acontecia com as mulheres.

Pouco depois (e ainda uma hora antes de Brett chegar da casa dos Bergeron), Joe saiu sem avisar. Charity imaginou que o marido tivesse ido à casa de Gary, onde começaria a bebedeira. Ficou deitada na cama, imaginando se o que havia feito e prometido valia mesmo a pena. As lágrimas ameaçaram chegar, mas ela se segurou. Continuou ali, deitada, com os olhos secos. Pouco antes de Brett entrar em casa, algo anunciado pelos latidos de Cujo e pelo bater da porta dos fundos, a lua se ergueu em todo o seu esplendor prateado. *A lua não está nem aí*, pensou ela, mas aquilo não lhe trouxe o menor conforto.

— O que foi? — perguntou Donna.

A voz estava sem energia, quase derrotada. Os dois estavam sentados na sala de estar. Vic só chegara em casa quase na hora de Tad ir para a cama, trinta minutos antes. O filho estava dormindo no quarto, com as Palavras para Monstros pregadas em cima da cabeceira. A porta do closet estava muito bem fechada.

Vic se levantou e foi até a janela, que naquele momento dava apenas para a escuridão. *Ela já sabe*, pensou, com tristeza. Talvez não soubesse de todos os detalhes, mas com certeza já tinha entendido a situação. Durante todo o caminho de volta para casa ele tentou decidir se confrontava a esposa, se encarava o problema, se tentava conviver com a ferida... ou se simplesmente enterrava tudo a sete palmos. Tinha rasgado o bilhete depois que deixou o Deering Oaks Park e jogado os pedacinhos pela janela do carro no caminho para casa. *Vic Sujismundo*, pensou. Agora, a escolha já não estava mais em suas mãos. Dava para ver no vidro da janela um pálido reflexo de Donna, cujo rosto era um círculo branco emoldurado pela luz amarela do abajur.

Vic então se virou para ela, sem ter a menor ideia do que iria dizer.

Ele sabe, pensou Donna.

Não era a primeira vez que aquele pensamento martelava em sua mente, porque as últimas três horas tinham sido as mais longas de toda a sua vida. Pela voz de Vic no telefone ao avisar que chegaria mais tarde, estava claro que ele sabia. De início ela entrou em pânico — o pânico puro e impotente de um passarinho preso em uma gaiola. O pensamento lhe ocorrera em itálico e com exclamações nos moldes de uma revista em quadrinhos: *Ele sabe! Ele sabe! Ele SABE!!* Donna deu o jantar a Tad em meio a uma nuvem de pavor, tentando imaginar o que, pela lógica, poderia acontecer depois, mas não conseguiu. *Quando acabar, vou lavar os pratos*, pensou. *Depois secar. Depois guardar. Depois ler histórias para o Tad dormir. Depois vou sair navegando até o abismo do mundo.*

O pânico foi substituído pela culpa. A culpa deu lugar ao terror. Depois, uma espécie de apatia fatalista se instalou, no momento em que alguns circuitos emocionais entraram silenciosamente em colapso. A apatia tinha até um quê de alívio. Agora não havia mais segredo. Ela ficou se perguntando se era coisa de Steve ou se Vic havia descoberto por conta própria. Tinha quase certeza de que havia o dedo de Steve na história, mas isso já não importava mais. Estava aliviada por Tad estar na cama, dormindo em segurança. A dúvida agora era como seria a manhã, quando o filho acordasse. E aquele pensamento lhe trouxe de volta ao início, ao misto de pânico e medo. Estava enjoada e perdida.

Da janela, Vic se virou para ela e disse:

— Recebi uma carta hoje. Uma carta anônima.

Não conseguiu terminar. Atravessou a sala outra vez, agitado, e Donna se pegou pensando como ele era um homem bonito, e que pena estar ficando grisalho tão cedo. Alguns homens jovens até ficavam bem grisalhos, mas Vic estava parecendo prematuramente velho e...

... e por que cargas-d'água estava ela pensando no *cabelo* dele? Não era o *cabelo* que a preocupava, ou era?

Com suavidade, ainda ouvindo o tremor na própria voz, Donna disse tudo que estava engasgado na garganta, cuspindo fora como um remédio amargo demais para engolir.

— Steve Kemp. O homem que reformou sua mesa na sala de estar. Cinco vezes. E nunca na nossa cama, Vic. Nunca.

Vic estendeu a mão para alcançar o maço de Winston que estava na mesinha de canto, ao lado do sofá, e o derrubou no chão. Pegou o maço, puxou um cigarro e acendeu. As mãos tremiam muito. Os dois não estavam se olhando. *Isso é péssimo*, pensou Donna. *Deveríamos ter essa conversa olhos nos olhos.* Mas ela não conseguiria dar o primeiro passo. Estava assustada e envergonhada. Já ele estava apenas assustado.

— Por quê?

— Isso importa?

— Importa para mim. Importa muito. A menos que você queira se separar. Neste caso, acho que não faz diferença. Estou furioso, Donna. Estou tentando não deixar essa... essa parte de mim assumir o controle porque, mesmo se nunca mais voltarmos a nos falar com franqueza, temos que fazer isso pelo menos desta vez. Você quer se separar?

— Olhe para mim, Vic.

Com grande esforço, ele olhou. Talvez estivesse furioso como dizia, mas o que Donna via no rosto do marido era apenas o semblante de um homem terrivelmente assustado. De repente, como se levasse o soco de um boxeador no queixo, ela percebeu que ele estava à beira do precipício.

A agência ia de mal a pior e, como se isso já não bastasse, havia algo ainda pior, a repugnante sobremesa servida após um pútrido prato principal: a crise no casamento. De repente, Donna foi invadida por uma onda de carinho pelo marido, por aquele homem que por vezes odiava e que, pelo menos nas últimas três horas, chegara a temer. Foi invadida por uma espécie de epifania. Acima de tudo, esperava que Vic continuasse pensando que estava furioso e não... não percebesse como o seu rosto traía seus sentimentos.

— Eu não quero me separar. Eu te amo. Acho que descobri isso de novo nestas últimas semanas.

Por um instante, ele pareceu aliviado. Caminhou outra vez até a janela, depois voltou para o sofá. Desabou ali e olhou para ela.

— Por quê, então?

A epifania se perdeu em meio a uma onda de raiva silenciosa e exasperada. *Por quê?* Uma pergunta tipicamente masculina, cuja origem estava muito distante de qualquer conceito de masculinidade que um homem ocidental inteligente do final do século XX poderia ter. *Preciso saber a razão.* Como se ela fosse um carro com um problema no bico da válvula de injeção que fazia o motor engasgar e ficar estalando ou um robô com o sistema em curto-circuito, que passara a servir bolo de carne no café da manhã e cereal no jantar. O que deixava as mulheres malucas, pensou de repente, não era exatamente o pensamento sexista. Era a insana busca masculina pela eficiência.

— Não sei se posso explicar. Tenho medo de que pareça idiota, mesquinho e trivial para você.

— Tente. Foi porque... — Ele pigarreou, pareceu cuspir mentalmente nas mãos (ali estava de novo a maldita preocupação com a *eficiência*), até que enfim arrancou das entranhas o que queria dizer. — Eu não estava satisfazendo você? Foi por isso?

— Não.

— Então o quê? — perguntou ele, desamparado. — Pelo amor de Deus, *o que foi*?

O.k.... foi você que pediu.

— Medo — respondeu ela. — Acho que principalmente medo.

— Medo?

— Quando o Tad ia para a escola, não tinha nada mais que me impedisse de ter medo. O Tad era... como é que chamam, mesmo? Ruído branco. O som que a TV faz quando não está sintonizada em nenhum canal.

— Mas ele ficava tão pouco tempo na escola — respondeu Vic, rápido, e ela sabia que ele estava prestes a ficar furioso, prestes a acusá-la de tentar botar a culpa em Tad. E, se ele ficasse realmente furioso, a situação entre os dois iria degringolar e viriam à tona muitas coisas que não deveriam ser ditas, pelo menos não ainda. Sendo a mulher que era, havia coisas que Donna jamais aturaria. Algo agora muito frágil estava sendo jogado de um lado para outro, e corria grande risco de cair.

— Isso era parte do problema — disse ela. — Ele não ficava muito na escola. Ainda passava a maior parte do tempo comigo, mas quando saía... era um contraste... — Donna olhou para Vic. — O silêncio parecia muito alto, em comparação. Foi aí que comecei a sentir medo. Com o jardim de infância, ano que vem. Quatro horas todos os dias, em vez de quatro horas três vezes por semana. E no ano seguinte, oito horas todos os cinco dias da semana. E então haveria ainda mais horas para preencher. Então eu fiquei com medo.

— Então você pensou em preencher um pouco o vazio trepando com alguém? — perguntou ele, com amargura.

Foi um golpe duro, mas, apesar da tristeza, ela continuou falando sobre o assunto da melhor maneira que podia, sem erguer a voz. Já que ele quis saber, agora ela contaria tudo.

— Eu não queria trabalhar como voluntária na biblioteca, nem fazer parte dos trabalhos voluntários do hospital, nem ficar encarregada de vender guloseimas, ou providenciar o troco ou evitar que todo mundo faça o mesmo prato de macarrão com queijo nos eventos beneficentes. Não queria ficar olhando para aquelas caras deprimentes, nem ficar ouvindo sempre as mesmas fofocas sobre quem está fazendo o que nesta cidade. Não queria lançar minhas garras na reputação de alguém.

As palavras agora saíam vomitadas. Donna não conseguiria impedi-las nem se quisesse.

— Eu não queria ser uma revendedora da Tupperware, nem da Amway, nem organizar demonstrações de produtos Stanley em casa. Além disso, eu não preciso fazer parte dos Vigilantes do Peso.

Ela parou por um breve segundo para respirar e sentir o peso daquele pensamento.

— Você não sabe o que é a sensação de vazio, Vic. Não pense que sabe. Você é homem, e os homens *fazem*. Homens fazem, mulheres tiram o pó. A gente tira o pó dos cômodos vazios e de vez em quando ouve o vento soprando do lado de fora. Só que, às vezes, parece que o vento está dentro de você. Aí você coloca um disco para tocar, um disco de Bob Sager ou JJ Cale ou sei lá quem, e *mesmo assim* continua ouvindo o vento, e então os pensamentos começam a brotar, ideias, nada que preste, mas elas brotam. E então você limpa os dois banheiros e lava a louça, até que um dia você está em uma loja de antiguidades, olhando bibelozinhos de cerâmica, e lembra que sua mãe também tinha uma cristaleira cheia de bibelôs como aqueles, e suas *tias* também, e sua *avó* também.

Vic olhava com atenção para ela, e tinha uma expressão de perplexidade tão sincera que Donna sentiu o próprio desespero vindo em ondas.

— Estou falando de *sentimentos*, não de algo que tenha acontecido de verdade.

— Eu sei, mas por quê…

— É isso que estou *explicando* para você! Estou explicando que eu passava tempo demais diante do espelho, vendo as mudanças no meu rosto, pensando que nunca mais alguém me acharia jovem, que nunca mais pediriam minha identidade quando eu pedisse um drinque em um bar. Comecei a ficar com medo porque, afinal, eu tinha crescido. Tad vai para o jardim de infância, e isso significa que depois ele vai para o *ensino fundamental*, para o *ensino médio*…

— Você está dizendo que arrumou um amante porque estava se sentindo *velha*? — Vic olhou para Donna, surpreso, e ela o amou por isso, porque ela achava que isso *era* uma parte do motivo. Steve Kemp ficou interessado nela e aquilo fez com que se sentisse bem, claro, foi o que tornou a paquera divertida no início. Mas estava longe de ser a melhor parte.

Ela tomou as mãos dele e falou com gravidade, pensando — *sabendo* — que talvez jamais voltasse a falar com tanta gravidade (ou sinceridade) com qualquer homem.

— E tem mais. É saber que você não pode mais esperar para ser adulta, que não pode mais esperar para se conformar com o que tem. É saber que suas opções ficam cada vez menores a cada dia que passa. Para uma mulher... não, para *mim*... encarar isso é uma brutalidade. Ser casada, tudo bem. Mas você sai para trabalhar e, mesmo quando está em casa, continua mergulhado no trabalho. Ser mãe, tudo bem também. Mas é algo que fica menor a cada ano, porque todos os anos o mundo me rouba mais um pedacinho dele.

"Homens... sabem o que são. Eles têm uma imagem do que são. Nunca chegam nem perto deste ideal, e isso acaba com eles, e talvez seja por isso que tantos morrem infelizes e antes da hora, mas *sabem* o que é ser adulto. De alguma forma, conseguem perceber o sentido de ter trinta, quarenta, cinquenta anos. Não escutam aquele vento ou, se escutam, encontram uma lança e arremetem contra ele, pensando que deve ser um moinho ou qualquer outra porra que precise ser derrubada.

"E o que uma mulher faz... o que *eu* fiz... é evitar a vida adulta a todo custo. Fiquei com medo dos sons que a casa faz quando Tad não está aqui. Uma vez... parece maluquice, mas é verdade... eu estava no quarto dele, trocando os lençóis, e me peguei pensando nas minhas amigas de colégio. Fiquei imaginando o que aconteceu com elas, para onde foram. Eu estava quase em estado de choque. E a porta do closet do Tad se abriu e... eu gritei e saí correndo dali. Não sei por quê... Na verdade, sei. Por um instante, pensei que Joan Brady sairia do closet do Tad sem cabeça, e as roupas estariam todas ensopadas de sangue e ela diria: 'Morri num acidente de carro quando tinha dezenove anos, voltando do Sammy's Pizza, e não estou nem aí'."

— Meu Deus, Donna!

— Fiquei com medo, foi isso. Fiquei com medo de começar a me interessar por bibelôs ou de pensar em fazer um curso de cerâmica, ioga ou algo do gênero. E o único lugar em que se pode fugir do futuro é no passado. Então... então eu comecei a flertar com ele.

Donna baixou o olhar e, de repente, enterrou a cara nas mãos. As palavras saíram abafadas, mas ainda compreensíveis.

— Foi divertido. Era como estar na faculdade de novo. Era como um sonho. Um sonho idiota. Era como se ele fosse um ruído branco. Ele abafava o som do vento. A paquera foi divertida. O sexo... não foi bom. Eu tive orgasmos, mas não foi bom. Não sei explicar a razão, só posso dizer que não deixei de amar você em nenhum instante e percebi que estava fugindo. —

Ela olhou para ele outra vez, chorando. — Ele está fugindo, também. É o que ele faz da vida. É poeta... ou pelo menos diz que é. Não entendi nada dos poemas que ele me mostrou. É um papa-léguas, fica rodando por aí, sonhando que ainda está na faculdade, protestando contra o Vietnã. Acho que foi por isso que foi com ele. Agora acho que você já sabe tudo o que tenho para contar. É uma historinha bem feia, mas é verdade.

— Minha vontade é dar porrada nele — disse Vic. — Se eu arrancasse sangue do nariz dele, acho que me sentiria melhor.

Donna sorriu, exausta.

— Ele se mandou. Depois do jantar, Tad e eu fomos comer uma sobremesa no Dairy Queen, já que você falou que chegaria tarde. Tinha uma placa de ALUGA-SE na janela da loja. Como eu disse, ele é um papa-léguas.

— Não havia poesia na carta que ele me escreveu — disse Vic, lançando um olhar rápido para ela, depois abaixando a cabeça de novo.

Ela tocou o rosto dele, que se encolheu um pouco. Aquilo doeu mais que tudo, mais do que ela poderia imaginar. A culpa e o medo voltaram em uma onda glacial, avassaladora. Ela, porém, não chorava mais. Pensou que não haveria mais lágrimas durante um longo tempo. A ferida e o choque eram profundos demais.

— Vic, eu sinto muito. Você está sofrendo e eu sinto muito.

— Quando foi que vocês terminaram?

Ela contou sobre o dia em que voltou para casa e encontrou Steve ali, sem mencionar o medo que sentiu de que pudesse ser estuprada.

— Então a carta foi o jeito que ele encontrou para se vingar de você.

Ela afastou os cabelos da testa e fez que sim. O rosto estava pálido e cansado. A pele sob os olhos estava marcada por tons roxos.

— Acho que sim.

— Vamos subir — disse ele. — Está tarde. Estamos cansados.

— Faz amor comigo?

Ele balançou a cabeça, devagar.

— Hoje, não.

— Tudo bem.

Antes de subirem as escadas, no primeiro degrau, Donna perguntou.

— O que vai acontecer agora, Vic?

Ele balançou a cabeça novamente.

— Não faço ideia.

— Vou ficar de castigo no intervalo, escrevendo "prometo que não vai acontecer de novo" quinhentas vezes no quadro? Vamos nos divorciar? Vamos esquecer o que aconteceu e nunca mais tocar no assunto? O que vamos fazer? — Donna não estava *se sentindo* histérica, apenas cansada, mas a voz se ergueu de uma forma que ela não pretendia. O pior era a vergonha. A vergonha de ser descoberta e ver no rosto dele o estrago causado pela traição. E ela odiou o marido, como odiou a si mesma, por se sentir tão profundamente envergonhada, porque não acreditava ser responsável pelos fatores que levariam à decisão final, se é que haveria uma decisão.

— Nós precisamos arrumar um jeito de consertar as coisas — respondeu Vic, mas Donna não se deixou enganar pela frase: ele não estava falando com ela. — O que aconteceu... — Vic olhou para ela, suplicante. — Ele foi o único, não foi?

Esta era a única pergunta imperdoável. A única que ele não tinha o direito de fazer. Ela o deixou para trás, subiu as escadas quase correndo, antes que o caldo entornasse, antes que recriminações e acusações idiotas que não resolveriam nada pudessem jogar ainda mais lenha na frágil fogueira da honestidade que eles conseguiram administrar.

Ambos dormiram muito mal naquela noite. E o fato de ter se esquecido de ligar para Joe Camber e perguntar se ele poderia consertar o Corcel claudicante da mulher esteve longe, muito longe de passar pela cabeça de Vic.

Joe Camber, aliás, estava sentado com Gary Pervier nas cadeiras bambas que pontilhavam o decadente quintal do vizinho. Sob as estrelas, bebiam martínis de vodca em copos do McDonald's. Vaga-lumes piscavam na escuridão, e as madressilvas pendentes na cerca da casa enchiam a noite quente com seu perfume pesado, doce demais.

Cujo costumava ficar ali também, correndo atrás dos vaga-lumes, latindo sem parar, divertindo os dois. Porém, naquela noite se limitou a ficar deitado entre ambos, com o focinho entre as patas. Os homens pensaram que ele estivesse dormindo, mas não estava. Simplesmente estava ali deitado, sentindo a dor que preenchia cada parte do corpo e deixava a cabeça zunindo. Estava cada vez mais difícil pensar no que iria acontecer em seguida, em sua vida simples de cachorro. Alguma coisa tomara o lugar do instinto. Quando dormia, os sonhos eram de uma clareza incomum e desagradável. Em um deles, Cujo atacara o MENINO, rasgando aquela garganta e arrancando as entranhas em tépidos pedaços. Acordou tremendo e ganindo.

Estava sempre com sede, mas já tinha começado a evitar a vasilha com água. Quando bebia, a água tinha gosto de palha de aço e dava dor nos dentes. Além disso, causava espasmos de dor nos olhos. Agora ele estava ali, deitado no gramado, sem se importar com os vaga-lumes e tudo o mais. A voz dos HOMENS era ruído sem importância vindo de algum lugar acima dele. Nada significava quando comparado a seu crescente sofrimento.

— Boston? — zombou Gary Pervier, caindo na gargalhada. — *Boston!* Que merda você pretende fazer em Boston? E por que acha que eu tenho dinheiro para ir junto? Acho que não consigo nem chegar a Norge enquanto meu cheque não compensar.

— Vai tomar no cu. Você está nadando em dinheiro — retrucou Joe, que já estava ficando muito bêbado. — É só tirar um pouco da grana que está dentro do seu colchão.

— Lá só tem pulga e percevejo — disse Gary, caindo de novo na gargalhada. — Está cheio de insetos e estou cagando para isso. Vamos tomar outra?

Joe só estendeu o copo: Gary tinha tudo o que era necessário ao lado da cadeira. Preparou o drinque com a prática, a habilidade e a firmeza características de um bêbado inveterado.

— Boston! — disse novamente, entregando o drinque a Joe. Em seguida perguntou, com malícia: — Vai curtir a vida, Joey? — Gary era o único homem em Castle Rock, talvez no mundo inteiro, que conseguiria chamar o outro de Joey sem se meter em encrenca. — Tá querendo uma comida diferente? Não sabia que você tinha ido a algum lugar mais longe que Portsmouth.

— Já fui a Boston umas duas ou três vezes. É melhor ficar esperto, seu pervertido, ou atiço meu cachorro contra você.

— Você não conseguiria atiçar esse cachorro contra um negão enlouquecido com uma navalha em cada mão — retrucou Gary, abaixando-se para fazer um carinho rápido no pelo de Cujo. — O que sua patroa está achando disso?

— Ela não sabe que nós vamos, nem precisa saber.

— É mesmo?

— Ela vai levar o menino até Connecticut para visitar a irmã e aquele imbecil do marido dela. Vão ficar fora uma semana. Ela ganhou uma grana na loteria. Não tem problema eu contar isso para você, até porque eles divulgam todos os vencedores na rádio. Está tudo no formulário de solicitação de prêmio que ela assinou.

— A patroa ganhou uma grana na loteria? Que beleza! Quanto?

— Cinco mil.

Gary assobiou. Cujo balançou as orelhas, desconfortável com o som.

Joe disse a Gary que Charity contara a novidade durante o jantar, sem mencionar a discussão e dando a entender que fora uma troca justa proposta por ele: o menino passaria uma semana em Connecticut com a mãe, depois outra com ele, em Moosehead, no outono.

— E você vai a Boston gastar uma parte do prêmio, não é, seu cachorrão — brincou Gary, dando um tapinha no ombro de Joe e rindo. — Você não perde tempo, não é?

— Por que perderia? Você sabe quando foi a última vez em que eu tive um dia de folga? Eu não sei, nem consigo lembrar. Mas tenho mais tempo livre esta semana. Pensei que ia levar um dia e meio para tirar o motor da colheitadeira do Richie do lugar, consertar uma válvula e coisa e tal, mas com o guincho não vou levar mais que quatro horas. Vou pedir para ele trazer a máquina amanhã e fazer o serviço à tarde. Também preciso consertar uma transmissão, mas é só o carro de um professor da pré-escola. Posso deixar para entregar depois. Tem outros pedidos no mesmo pé. Posso ligar para todos e dizer que vou tirar uns dias de férias.

— O que você pretende fazer em Boston?

— Acho que vou ver uns dois jogos da bosta do Boston Red Sox no estádio de Fenway. De lá, sigo para a Washington Street...

— A Zona de Combate! Você está querendo sacanagem, eu sabia! — Gary caiu na gargalhada e deu uma tapa na perna. — Vai assistir a um daqueles shows de strip e depois arrumar uma gonorreia!

— Não vai ser tão divertido se eu for sozinho.

— Bom, acho que posso ir junto se você estiver disposto a me adiantar uma parte desse seu dinheiro até que meu cheque compense.

— Posso fazer isso — concordou Joe. Gary era um bêbado, mas levava suas dívidas muito a sério.

— Já tem uns quatro anos que eu não sei o que é mulher — disse Gary, relembrando. — Perdi parte da fábrica de esperma na França. A que sobrou, às vezes funciona, às vezes, não. Vai ser divertido descobrir se eu ainda tenho alguma lenha para queimar.

— Isso aí — grunhiu Joe. Já estava tropeçando nas palavras, e os ouvidos tinham começado a zunir. — E não se esqueça do beisebol. Sabe quando foi a última vez em que estive no Fenway?

— Quando?

— Ses-sen-ta e oi-to — respondeu Joe, inclinando-se para a frente e cutucando o braço de Gary a cada sílaba, para enfatizar bem. Derramou grande parte do drinque enquanto fazia isso. — Antes do meu filho nascer. Os caras jogaram contra o Detroit Tigers e perderam de seis a quatro, aqueles imbecis. Norm Cash conseguiu um home run quase no fim do jogo.

— E quando você está pensando em sair?

— Segunda-feira à tarde, lá pelas três. Acho que minha mulher e o menino vão viajar de manhã cedo. Vou levar os dois até a rodoviária, em Portland. Assim fico livre o resto da manhã e metade da tarde e cuido do que for preciso...

— Vai de carro ou de caminhão?

— De carro.

Os olhos de Gary ficaram leves e sonhadores em meio à escuridão.

— Bebida, beisebol e boceta — disse ele, ajeitando-se na cadeira. — Estou cagando para tudo isso.

— Vamos?

— Vamos.

Joe deixou escapar um grito de empolgação e os dois caíram na risada. Nenhum deles percebeu que a cabeça de Cujo se erguera das patas com o som e que ele estava rosnando bem baixinho.

A manhã de segunda-feira surgiu em tons de pérola e cinza-escuro. A névoa estava tão densa que Brett Camber não conseguia ver da janela do quarto o carvalho que ficava no quintal lateral, a menos de trinta metros.

O resto da casa ainda cochilava, mas Brett já tinha dormido o suficiente. Ia fazer uma viagem e cada parte de seu ser vibrava com a novidade. Só ele e a mãe. Brett sentia que seria uma viagem muito legal e, no fundo, bem lá no fundo, além de qualquer pensamento consciente, estava feliz porque o pai não iria junto. Estaria livre para ser ele mesmo, não teria que tentar ficar à altura de algum ideal misterioso de masculinidade que seu pai tinha alcançado, mas que ele nem sequer tinha começado a compreender. Sentia-se muito bem, incrivelmente bem e incrivelmente vivo. Teve pena de todos que não estivessem saindo para viajar naquela linda e enevoada manhã, que em breve se tornaria mais um dia escaldante, assim que o nevoeiro baixasse. Pretendia se sentar no assento da janela e acompanhar cada quilômetro percorrido pelo ônibus no caminho entre o terminal da Greyhound — na Spring Street — e Stratford. Brett havia demorado muito tempo para pegar no sono na noite anterior e, ainda assim, ali estava ele, desperto, antes das cinco da manhã... Também, se ficasse mais um instante na cama, acabaria explodindo ou coisa assim.

Com muito cuidado para não fazer barulho, ele vestiu a calça jeans, a camiseta dos Cougars de Castle Rock, as meias brancas esportivas e o Keds. Depois desceu e preparou uma tigela de Cocoa Bears. Tentou comer quietinho, mas sabia que o barulho do cereal que ouvia dentro da cabeça reverberava por toda a casa. Ouviu o pai resmungar e se virar na cama de casal que dividia com a mãe, no segundo andar. As molas rangeram. Brett congelou. Depois de um instante de ponderação, levou a segunda tigela de Cocoa Bears para a varanda dos fundos, tomando o cuidado de não bater a porta telada.

Os cheiros do verão ficavam mais acentuados em meio ao denso nevoeiro, e o ar já estava esquentando. A leste, logo acima do manto indistinto que marcava um cinturão de pinheiros no fim do pasto, dava para ver o sol. Era tão pequeno e prateado quanto a lua cheia bem alta no céu. Mesmo naquele momento, a umidade era algo espesso, pesado e silencioso. O nevoeiro se dissiparia por volta das oito ou nove horas, mas a umidade permaneceria.

Agora, porém, tudo que via era um mundo misterioso e branco, e Brett estava tomado pelas alegrias secretas que esse mundo oferecia: o cheiro áspero do feno que estaria pronto para o corte dentro de uma semana, o odor do esterco e o perfume das rosas da mãe. Chegava até mesmo a sentir, de leve, o cheiro das triunfantes madressilvas de Gary Pervier, que aos poucos tomavam a cerca que marcava os limites da propriedade, enterrando-a sob o enlace das videiras de perfume excessivamente doce.

Brett deixou de lado a tigela de cereal e foi até onde sabia que o celeiro estaria. No meio do caminho até a entrada, olhou para trás e viu que a casa se transformara em nada mais que um contorno enevoado. Mais uns passos e ela foi engolida. Ele estava ali sozinho em meio à imensidão branca, tendo apenas um pequenino e prateado sol olhando para seu rosto. Sentia o cheiro de poeira, umidade, madressilva, rosas.

Foi então que o rosnado começou.

O coração chegou à boca do menino, que deu um passo para trás, com todos os músculos retesados como cordas esticadas. Já em pânico, o primeiro pensamento que lhe ocorreu, como o de uma criança que era subitamente atirada em um conto de fadas, foi o de que havia um lobo, e Brett olhou ao redor, agitado, sem conseguir ver nada além da vastidão branca.

De repente, Cujo emergiu da névoa.

Um som de gemido começou a escapar da garganta de Brett. O cachorro com quem ele crescera, que puxava com paciência o trenó do dono que tinha cinco anos e soltava gritos de alegria, preso a um arreio que Joe fizera na oficina, o cachorro que o esperava com tranquilidade ao lado da caixa de correio todas as tardes, até a chegada do ônibus escolar, com chuva ou com sol... aquele cachorro guardava apenas uma mínima semelhança com a aparição enlameada e pardacenta que aos poucos se materializava ao emergir da névoa da manhã. Os olhos grandes e tristes do são-bernardo agora estavam vermelhos, estúpidos e baixos: pareciam mais olhos de porco do que de cão. O pelo estava coberto por uma lama verde e marrom, como se ele tivesse rolado na área mais pantanosa da parte baixa da campina. O focinho estava enrugado, mimetizando um sorriso terrível que deixou Brett paralisado de terror. Ele sentiu o coração querendo saltar para fora da boca.

Uma espuma branca e grossa escorria entre os dentes do animal.

— Cujo — sussurrou Brett. — Cujô.

Cujo olhava para o MENINO e não o reconhecia mais: não reconhecia o rosto, nem os tons das roupas (ele não conseguia ver exatamente cores, não da forma como os humanos viam) nem o cheiro. O que via era um monstro de duas pernas. Cujo estava doente e agora tudo parecia monstruoso. A cabeça ribombava pesadamente, pedindo morte. Queria morder, rasgar e dilacerar. Uma parte dele via uma imagem nebulosa, em que saltava sobre O MENINO e o derrubava, antes de rasgar aquela carne até os ossos, antes de beber aquele sangue enquanto ainda pulsava, bombeado por um coração moribundo.

Foi então que o vulto monstruoso falou e Cujo reconheceu a voz. Era O MENINO, O MENINO, e O MENINO nunca lhe fizera mal. Houve um tempo em que ele amava O MENINO e teria morrido por ele, se fosse preciso. Ainda havia um resto daquele sentimento, o suficiente para afastar a imagem da morte até que ficasse tão turva quanto o nevoeiro que envolvia os dois. A imagem se desvaneceu e mergulhou novamente no rio caudaloso e barulhento da doença.

— Cujo? O que foi, rapaz?

O que restava do cachorro que Cujo fora antes da mordida do morcego no focinho se virou, e a fera doente e perigosa, dominada pela última vez, foi obrigada a virar junto. Cujo saiu aos trancos e barrancos, sumindo dentro da névoa densa. A espuma caía do focinho. Disparou a correr com dificuldade, na esperança de deixar a doença para trás, mas ela o acompanhou, zunindo e martelando, torturando-o com o ódio e a sede de matar. O são-bernardo começou a rolar de um lado para outro na grama alta, mordendo e revirando os olhos.

O mundo era um mar de cheiros enlouquecidos. Ele queria ir até a fonte para estraçalhar um a um.

Cujo começou a rosnar outra vez. Levantou-se e se embrenhou ainda mais no nevoeiro que, enfim, começava a se dissipar diante de um cachorro enorme, que pesava quase noventa quilos.

Depois que Cujo desapareceu no nevoeiro, Brett ficou na porta durante mais de quinze minutos, incapaz de decidir o que fazer. Cujo estava doente. Talvez tivesse comido uma isca envenenada ou coisa parecida. Brett sabia o que era raiva e, se já tivesse visto uma marmota, uma raposa ou um porco-espinho com aqueles mesmos sintomas, teria percebido que Cujo estava infectado. Mas nunca lhe passou pela cabeça que seu cachorro pudesse ter essa terrível doença que afetava o cérebro e o sistema nervoso. Estava mais inclinado a pensar em alguma isca envenenada.

Precisava avisar o pai, que então chamaria o veterinário. Talvez o próprio pai pudesse fazer alguma coisa, como fizera dois anos antes, quando arrancara espinhos de porco-espinho do focinho de Cujo com uma pinça, puxando cada um primeiro para cima, depois para baixo, depois para fora, com cuidado para não partir nenhum, pois isso causaria uma inflamação. Isso mesmo, a solução era avisar o pai. Ele faria alguma coisa, como no dia em que Cujo se metera com o sr. Porco-Espinho.

Mas e a viagem?

Ninguém precisava contar ao menino que a mãe conseguira a viagem por meio de algum estratagema desesperado, ou da sorte, ou das duas alternativas anteriores. Como acontecia com a maioria dos filhos, ele podia sentir o clima entre os pais, e sabia que as temperaturas mudavam de um dia para outro, como um guia experiente conhecia as curvas e os meandros de um rio que corria para o mar. Tinha sido por pouco e, mesmo com a concessão do pai, Brett sentia que o acordo fora duro e desagradável. Só teria certeza absoluta da viagem quando o pai deixasse os dois na rodoviária e fosse embora. Se comentasse sobre a doença de Cujo, será que o pai usaria isso como desculpa para segurar mãe e filho em casa?

Brett ficou imóvel na porta da oficina. Pela primeira vez na vida, estava em um beco sem saída, diante de um dilema mental e emocional. Depois de alguns instantes, começou a procurar por Cujo atrás do celeiro. Chamou o cão em voz baixa. Os pais ainda estavam dormindo e ele sabia bem como o som se propagava na névoa matinal. Não conseguiu encontrar seu cachorro em parte alguma... e deu o assunto por encerrado.

O despertador acordou Vic às quatro e quarenta e cinco. Ele se levantou, desligou o alarme e seguiu para o banheiro, ainda tonto de sono, praguejando mentalmente contra Roger Breakstone, que se recusava a chegar ao aeroporto de Portland vinte minutos antes do check-in, como qualquer passageiro normal. Roger não era assim. Era um homem prevenido. Sempre poderia haver um pneu furado, um bloqueio na estrada, uma enchente ou um terremoto. Alienígenas do espaço sideral poderiam decidir aterrissar na pista de pouso.

Vic tomou banho, fez a barba, engoliu suplementos e voltou ao quarto para se vestir. A grande cama de casal estava vazia e ele suspirou baixinho. O fim de semana que Donna e ele tinham acabado de passar não tinha sido dos mais agradáveis... Na verdade, podia dizer com toda a sinceridade que jamais desejaria encarar outro igual pelo resto da vida. Os dois mantiveram as aparências — por Tad —, mas Vic tinha a sensação de estar participando de um baile de máscaras. Não gostou de ter consciência dos músculos da face se mexendo quando sorria.

Dormiram juntos, mas pela primeira vez a cama king-size pareceu pequena demais para Vic. Dormiram virados, e o espaço entre os dois parecia uma terra de ninguém coberta com cuidado por lençóis. Ele passou as noites de sexta e de sábado em claro, já que morbidamente percebia todas as mudanças de posição de Donna, ouvindo o som da camisola contra o corpo da esposa. Ficou imaginando se ela também estava acordada, no outro lado do vazio que separava os dois.

Na noite anterior, domingo, os dois tentaram fazer alguma coisa a respeito do vazio no meio da cama. A parte do sexo foi razoavelmente bem-sucedida, apesar de hesitante (pelo menos nenhum dos dois chorou quando acabou: por alguma razão, ele tinha uma certeza doentia de que isso aconteceria com um dos dois). Vic, porém, duvidava que aquilo pudesse ser chamado de fazer amor.

Vestiu um terno leve de verão de cor cinza — tão cinza quanto a luz da manhã lá fora — e pegou as duas malas. Uma era muito mais pesada que a outra, porque levava a maior parte do arquivo da Cereais Sharp. Roger tinha se encarregado de levar todos os layouts.

Donna estava na cozinha fazendo waffles. O bule do chá estava no fogo, começando a chiar. Ela vestia um velho roupão azul de flanela que pertencia a Vic. O rosto estava inchado, como se o sono, em vez de servir de descanso, a tivesse nocauteado.

— Será que algum avião vai decolar com um tempo desses? — perguntou ela.

— A névoa vai se desfazer. Já está dando para ver o sol. — Ele apontou para a janela e então deu um beijo leve no pescoço da esposa. — Você não precisava ter levantado...

— Não tem problema. — Ela abriu a tampa do tostador e mostrou habilidade ao colocar o waffle no prato e estender para ele. — Queria que você não precisasse viajar — falou, baixinho. — Não agora. Não depois de ontem à noite.

— Não foi tão ruim, não é?

— Não como antes — respondeu Donna. Um sorriso amargo, quase secreto, despontou em seus lábios e desvaneceu. Ela bateu a massa de waffle, depois despejou mais uma porção no tostador e fechou a tampa pesada do aparelho. Ssssss. Despejou água fervente sobre dois sachês de chá Red Rose e levou as xícaras (uma escrita VIC, a outra, DONNA) à mesa. — Coma o seu waffle. Tem geleia de morango, se quiser.

Vic pegou o frasco e sentou-se à mesa. Passou geleia no waffle e ficou olhando ela derreter nos quadradinhos, como fazia quando era criança. A geleia era da marca Smucker's, que ele adorava. Passou com gosto. Parecia ótimo, só que Vic não estava com fome.

— Você vai dormir com alguém em Boston ou em Nova York? — perguntou ela, virando de costas. — Sabe, igualar o placar? Pagar na mesma moeda?

Ele teve um sobressalto — devia até ter ficado vermelho. Achou bom que ela estivesse de costas, pois sentiu que, naquele momento, seu rosto mostrava mais do que gostaria. Não que estivesse com raiva, mas a ideia de dar uma nota de dez dólares em vez de trocados ao recepcionista do hotel e depois pedir certas informações com certeza passara por sua cabeça. Sabia que Roger fazia isso de vez em quando.

— Vou estar ocupado demais para esse tipo de coisa.

— Como é mesmo aquele anúncio? Sempre tem espaço para gelatina Jell-O.

— Você está querendo me tirar do sério ou o quê, Donna?

— Esquece. Tome o seu chá e coma o waffle. Você precisa se alimentar.

Donna se sentou diante do outro waffle. Não passou geleia, só um fiozinho de xarope de milho Vermont Maid Syrup e nada mais. *Como a gente se conhece bem*, pensou ele.

— Que horas você vai passar para pegar o Roger?

— Depois de tensas negociações, decidimos que seria às seis.

Ela voltou a sorrir, mas desta vez o sorriso estava cheio de carinho e afeição.

— Ele leva esse negócio de chegar cedo a sério demais, não é?

— Nem me fale. Estou surpreso por ele ainda não ter ligado para saber se acordei.

O telefone tocou.

Os dois trocaram um olhar e, depois de uma pausa silenciosa e cúmplice, desataram a rir. Era um momento raro, sem dúvida mais raro que a relação que tiveram no escuro, cheios de dedos, na noite anterior. Vic viu como eram lindos os olhos da mulher, como eram brilhantes. Eram tão cinzentos quanto a névoa de verão lá fora.

— Atende rápido, antes que o Tad acorde — pediu ela.

Ele atendeu. Era Roger. Vic garantiu que estava de pé, vestido e pronto para a luta. Disse que pegaria o sócio às seis em ponto. Desligou pensando se contaria a Roger sobre Donna e Steve Kemp. Provavelmente não. Não porque os conselhos de Roger fossem ruins, porque não eram. O problema era que, mesmo que o amigo prometesse não contar a Althea, havia uma grande probabilidade de que não conseguisse cumprir a promessa. E Vic suspeitava que Althea não conseguiria resistir à tentação de compartilhar uma história tão picante em meio às fofocas das partidas de bridge. Pensar com tanto detalhe no assunto fez com que ele se sentisse deprimido de novo. Era como se, ao tentar resolver o problema dos dois, Donna e ele estivessem enterrando o próprio cadáver sob o luar.

— O bom e velho Roger — comentou Vic, sentando-se outra vez. Tentou sorrir, mas o sorriso pareceu errado. O momento de espontaneidade tinha passado.

— Será que a bagagem de vocês dois cabe no Jaguar?

— Acho que sim. Tem que caber. A Althea precisa do carro e você tem... puta merda, esqueci completamente de ligar para o Joe Camber e falar do problema do Corcel.

— Você tinha outras coisas em mente — disse ela, com uma débil ironia na voz. — Tudo bem. Não vou mandar o Tad para a creche hoje. Ele está resfriado. Acho que vou ficar em casa com ele pelo resto do verão, se você não se importar. Eu costumo me meter em encrenca quando ele não está por perto.

As lágrimas embargaram sua voz, que ficou trêmula e vacilante. Vic não sabia o que dizer ou como agir. Impotente, ficou assistindo à esposa pegar uma caixa de lenços Kleenex, assoar o nariz e enxugar os olhos.

— Como quiser — respondeu ele, abalado. — Como ficar melhor para você. — Ele se adiantou. — Ligue para o Camber. Ele está sempre em casa, e acho que não vai levar nem vinte minutos para fazer o conserto. Mesmo que seja preciso colocar outro carbu...

— Você vai pensar em nós enquanto estiver fora? — interrompeu ela. — Na nossa situação? No que vamos fazer?

— Vou.

— Ótimo. Eu também vou. Quer outro waffle?

— Não, obrigado.

A conversa estava ficando surreal. De repente, Vic sentiu uma necessidade urgente de sair o quanto antes. De súbito, a viagem se tornou necessária e interessante. Era uma oportunidade de deixar toda aquela confusão para trás. Ficar a quilômetros de distância de tudo. Ele foi invadido por uma inesperada onda de ansiedade. Já conseguia enxergar o avião da Delta furando a neblina que se dissipava, mergulhando no azul.

— Posso comer um waffle?

Os dois levaram um susto e olharam para trás. Tad estava de pé no corredor, enfiado em um pijama amarelo muito folgado, segurando um coiote de pelúcia pela orelha e trazendo o cobertor vermelho enrolado nos ombros. Parecia um indiozinho sonolento.

— Claro, vou fazer um para você — disse Donna, surpresa. Tad não costumava acordar cedo.

— Você acordou com o barulho do telefone, Tad? — perguntou Vic.

Ele balançou a cabeça.

— Acordei cedo porque queria me despedir, papai. Você precisa mesmo ir?

— Eu vou voltar rápido.

— Nem vai — disse Tad, triste. — Eu marquei na folhinha o dia da volta. A mamãe me mostrou qual era. Vou riscar todos os dias e a mamãe vai ler as Palavras para Monstros para mim todas as noites.

— E isso é bom, não é?

— Você vai ligar?

— Noite sim, noite não.

— Liga todas as noites — insistiu Tad, subindo no colo de Vic e colocando o coiote ao lado do prato do pai. Tad mordeu uma torrada. — *Todas* as noites, papai.

— Não dá para ligar todas as noites — explicou Vic, pensando no pesado cronograma planejado por Roger na sexta, antes da fatídica carta.

— Por que não?

— Porque...

— Porque o seu tio Roger é muito exigente, Tad — intercedeu Donna, colocando o waffle de Tad na mesa. — Venha aqui comer. Pode trazer o coiote. Papai vai ligar de Boston amanhã à noite e contar tudo o que aconteceu.

Tad foi até seu lugar na ponta da mesa. Tinha um grande jogo americano de plástico escrito TAD.

— Você vai trazer um presente para mim?

— Talvez. Se você se comportar. E talvez eu ligue para você hoje para dizer que cheguei bem em Boston.

— Combinado. — Vic ficou olhando, fascinado, Tad derramar um mar de xarope de milho em cima do waffle. — Que tipo de presente?

— Vamos ver — respondeu, e ficou assistindo a Tad comer o waffle. De repente lhe ocorreu que Tad gostava de ovos. Mexidos, fritos, pochês ou cozidos, o filho traçava todos.

— Tad?

— Que foi, papai?

— Se você quisesse que as pessoas comprassem ovos, o que diria?

Tad pensou.

— Eu diria que ovos são muito gostosos.

Os olhos de Vic e Donna se cruzaram de novo e os dois tiveram outro momento semelhante àquele em que o telefone tocara. Desta vez, o riso foi telepático.

A despedida foi leve. Só Tad, com sua imperfeita compreensão de como o período seria curto de fato, chorou.

— Você vai pensar no assunto? — perguntou Donna mais uma vez, quando Vic entrou no Jaguar.

— Vou.

Enquanto rodava até Bridgton para pegar Roger, Vic só pensava naqueles dois momentos de comunicação quase perfeita. Dois em uma só manhã, nada mau. E para isso precisaram de oito ou nove anos de vida conjugal, mais ou menos um quarto dos anos que cada um tinha vivido até então sobre a Terra. Vic se pegou pensando como todo o conceito de comunicação humana era ridículo — que esforço monstruoso e absurdo era necessário para conseguir um mínimo de entendimento. Depois de investir o tempo necessário e fazer ficar bom, era preciso ter cuidado. Claro que ele pensaria no assunto. A relação deles era boa e, embora alguns canais estivessem obstruídos no momento, entupidos por sabe Deus quanta sujeira (e parte dessa sujeira ainda podia estar podre), muitos outros pareciam desimpedidos e em boas condições gerais de uso.

Era preciso pensar com muito cuidado, mas talvez também fosse preciso não pensar demais de uma só vez. As coisas costumavam encontrar um jeito de parecer maiores do que eram de verdade.

Vic ligou o rádio e começou a pensar no pobre Professor Cereal Sharp.

Joe Camber parou em frente ao terminal da Greyhound em Portland às dez para as oito. A névoa já tinha se dissipado, e o relógio digital do Casco Bank and Trust já marcava vinte e três graus.

Estava dirigindo com o chapéu enterrado na cabeça, pronto para se irritar com quem freasse o carro bruscamente ou o fechasse. Odiava dirigir na cidade. Quando ele e Gary chegassem a Boston, Joe pretendia estacionar o carro e deixá-lo no mesmo lugar até a hora de voltar para casa. Os dois poderiam se locomover de metrô, se conseguissem se entender com as linhas, ou andar, se não conseguissem.

Charity estava usando seu melhor tailleur — de tom verde sóbrio — e uma blusa branca de algodão, com babados no pescoço. Estava de brincos, o que tinha despertado uma leve surpresa em Brett. Ele não conseguia se lembrar de ver a mãe usando brincos em nenhum lugar, só na igreja.

Brett foi falar sozinho com a mãe assim que ela subiu para o quarto para se vestir, depois de preparar um prato de aveia para o marido. Joe passou o café da manhã quase todo calado, grunhindo respostas monossilábicas para qualquer pergunta e depois se fechando para qualquer possibilidade de conversa ao sintonizar a rádio no programa de esportes. Os dois temiam que o silêncio pressagiasse uma explosão ou uma súbita mudança de ideia em relação à viagem.

Charity já tinha vestido a calça e estava colocando a blusa. Brett notou que ela estava de sutiã cor de pêssego, o que também o deixou impressionado. Não sabia que a mãe tinha roupas de baixo que não fossem brancas.

— Mãe — chamou Brett, com urgência.

Ela se virou para ele — dando a impressão de que tinha quase se assustado com o filho.

— Seu pai falou alguma coisa?

— Não... é o Cujo.

— O que tem o Cujo?

— Ele está doente.

— Como assim, doente?

Brett contou que comeu a segunda tigela de Cocoa Bears sentado no degrau da varanda, falou da caminhada em meio à névoa e da súbita aparição de Cujo, que estava com olhos vermelhos e selvagens e com o focinho pingando espuma.

— E ele não estava conseguindo andar direito — continuou Brett. — Ele estava, tipo, mancando. Acho que é melhor contar para o papai.

— Não — respondeu a mãe em um tom seco, segurando os ombros do filho com tanta força que chegou a machucar. — Não faça isso de jeito nenhum!

Ele olhou para ela, surpreso e assustado. Charity soltou os ombros de Brett e falou mais baixo.

— Você só tomou um susto porque viu Cujo saindo da névoa desse jeito. Não deve ter nada de errado com ele. Certo?

Brett ficou tentando encontrar as palavras certas para fazer a mãe entender que Cujo parecia estar muito mal e que, por um instante, pensou que o cachorro avançaria contra ele. Não conseguiu. Talvez porque, no fundo, não quisesse encontrá-las.

— Se tiver algo de errado com Cujo — continuou Charity —, deve ser uma coisinha de nada. Ele deve ter brigado com um gambá.

— Eu não senti cheiro de gam...

— ... ou talvez ele tenha corrido atrás de uma marmota ou um coelho. Será que ele não foi atrás de um alce no pântano? Vai saber... Ele também pode ter comido uma urtiga.

— Acho que sim — disse Brett, hesitante.

— Seu pai não ia perder uma chance dessas. Eu até consigo ouvir ele dizendo. "Doente, é? Bom, o cachorro é seu, Brett. Trate de cuidar dele. Tenho trabalho demais para ficar tomando conta desse bicho."

Brett balançou a cabeça com ar triste. Pensava exatamente igual, e o pensamento era corroborado pela lentidão com que o pai tomava café enquanto o rádio berrava o programa de esportes na cozinha.

— Se você deixar para lá, o Cujo vai acabar indo atrás do seu pai com o rabo entre as pernas, e Joe vai cuidar dele. Ele adora aquele cachorro quase tanto quanto você, só que nunca vai admitir isso. Se perceber que tem alguma coisa errada, ele vai levar o Cujo ao veterinário em South Paris.

— É, acho que sim. — As palavras da mãe pareceram sensatas, mas ele continuava insatisfeito com a situação.

Ela se abaixou e deu um beijo no rosto do filho.

— Vamos combinar uma coisa: se você quiser, nós ligamos para o seu pai hoje à noite. Que tal? Assim, quando falar com ele, você aproveita para perguntar, como quem não quer nada, se ele deu comida para o Cujo. Aí você vai saber como estão as coisas.

— Boa ideia — concordou Brett.

Agradecido, ele sorriu para a mãe, que retribuiu o sorriso, aliviada por ter contornado o problema. Porém, perversamente, a situação gerou mais uma preocupação durante aquele tempo aparentemente interminável em que esperaram Joe trazer o carro até a varanda e, em silêncio, começar a colocar as quatro bagagens no porta-malas (em uma delas, Charity havia escondido todos os seis álbuns de fotos que tinha). A preocupação era que Cujo aparecesse no quintal antes que eles saíssem e deixassem o problema nas mãos de Joe Camber.

Cujo, porém, não apareceu.

Agora Joe estava abrindo a porta traseira do Ford Country Squire e entregando as duas malas menores a Brett. Em seguida, retirou as duas maiores.

— Mulher, você tem tanta mala que fico me perguntando se não está planejando fugir e se divorciar de mim em Reno, em vez de ir a Connecticut.

Charity e Brett sorriram, sem graça. Parecia uma tentativa de fazer piada, mas, com Joe Camber, era muito difícil ter certeza.

— Quem sabe um dia? — disse ela.

— Neste caso, eu teria que ir atrás de você e trazer você de volta com meu novo guincho — respondeu ele, sem sorrir. O chapéu verde estava enterrado na parte de trás da cabeça. — Garoto, você vai tomar conta da sua mãe?

Brett fez que sim.

— Acho bom. — Joe mediu o menino. — Você está ficando bem grande. Já deve estar com vergonha de dar um beijo de despedida no seu velho.

— Negativo, papai — disse Brett, dando um abraço apertado em Joe e um beijo no rosto mal barbeado, sentindo o cheiro azedo do suor e um resto do hálito de vodca da noite anterior.

Estava surpreso e estupefato com o amor que sentia pelo pai, um sentimento que ainda aflorava às vezes, sempre quando ele menos esperava (e com frequência cada vez menor nos últimos dois ou três anos, algo que a mãe não sabia nem acreditaria se lhe contassem). Era um amor que nada tinha a ver com a forma como Joe Camber tratava a mãe ou ele no dia a dia. Era uma coisa bruta, biológica, de que ele jamais se libertaria, um fenômeno com muitas lembranças ilusórias, do tipo que assombravam alguém a vida toda: o cheiro da fumaça do cigarro, a imagem do barbeador refletida no espelho, a calça pendurada na cadeira, certos palavrões.

O pai abraçou o filho e depois se virou para Charity. Pôs um dedo embaixo do queixo da esposa e levantou o rosto dela um pouco. Das plataformas que ficavam ao lado do prédio de tijolos à vista veio o som de um ônibus sendo ligado. O motor era um troar gutural e grave, movido a diesel.

— Divirta-se — disse ele.

Os olhos de Charity se encheram de lágrimas, que ela se apressou em limpar. O gesto era quase de raiva.

— O.k.

Abruptamente, a expressão dura, fechada e distante desceu sob o rosto do marido, como se fosse o elmo de um cavaleiro. Era o perfeito homem do interior outra vez.

— Vamos pegar aquelas malas, garoto! Parece que tem chumbo nesta aqui... Deus do céu!

Joe ficou com a esposa e o filho até que as quatro malas fossem despachadas, olhando com atenção para cada adesivo colado, sem notar a expressão de condescendente curiosidade do fiscal. Ficou observando o carregador colocar as malas dentro das entranhas do ônibus. Depois se virou mais uma vez para Brett.

— Quero falar com você um instante.

Charity ficou olhando os dois se afastarem. Ela se sentou em um dos bancos duros, abriu a bolsa, tirou um lenço e começou a mexer nele. Era a cara de Joe dizer para ela se divertir e depois tentar convencer o menino a voltar para casa com ele.

Na calçada, Joe disse:

— Vou dar dois conselhos a você, garoto. Acho que você vai ignorar os dois, pois garotos costumam fazer isso, mas isso nunca impediu um pai de tentar. O primeiro é o seguinte: este sujeito que você vai conhecer, este tal de Jim, não passa de um merda. Um dos motivos para eu permitir essa viagem é que você já está com dez anos, e nessa idade você já consegue diferenciar um homem de um molengão. Olhe para ele e você vai ver. Ele não faz nada, passa o dia sentado no escritório mexendo em papéis. Pessoas como ele causam metade dos problemas do mundo, pessoas que têm o cérebro desconectado das mãos. — As bochechas de Joe ganharam tons de um vermelho intenso. — Ele é um merda. Fique de olho nele e veja se não concorda comigo.

— Tudo bem — respondeu Brett, em voz baixa e controlada.

Joe Camber deu um sorrisinho.

— O segundo conselho que dou é ficar de olho nos seus bolsos.

— Mas eu não tenho dinh…

Camber lhe estendeu uma nota de cinco dólares amassada.

— Tem, sim. Não gaste tudo em um só lugar. O dinheiro dura pouco nas mãos do tolo.

— Está certo. Obrigado!

— Até a volta — despediu-se Camber, sem pedir outro beijo.

— Tchau, papai.

Brett ficou na calçada e viu o pai entrar no carro e ir embora. Foi a última vez que o viu com vida.

* * *

Naquela mesma manhã, às oito e quinze, Gary Pervier saiu cambaleando de casa com a cueca manchada de urina e deu uma mijada nas madressilvas. De maneira um tanto perversa, ele esperava o dia em que o álcool deixasse o mijo tão rançoso que matasse a trepadeira. Esse dia ainda não tinha chegado.

— Aaaaarrrgh, minha cabeça! — gritou, segurando a testa com a mão livre, enquanto usava a outra para regar a madressilva que engolira sua cerca. Os olhos estavam injetados. O coração palpitava e rugia como uma velha bomba d'água que jorrava mais ar do que água. Gary se encolheu ao sentir um violento espasmo estomacal assim que terminou de esvaziar a bexiga — os espasmos estavam cada vez mais comuns. Ao mesmo tempo, um peido demorado e pútrido ronronou pelo meio das pernas magrelas.

Ele se virou para voltar para casa, e foi então que ouviu o rosnado começar. Era um som grave e poderoso, que vinha de além do ponto em que o quintal tomado pela grama alta se misturava com o campo de feno.

Gary se virou devagar na direção de onde vinha o som, já sem pensar em dor de cabeça, nem em palpitações do coração, nem em espasmo. Fazia tempo que não tinha um flashback da guerra na França, mas acabou tendo um naquele momento. De repente, estava gritando:

— Alemães! Alemães! Abaixem todos!

Mas não eram alemães. Quando um clarão se abriu na grama, foi Cujo que apareceu.

— Ei, rapaz, está rosnando por... — começou Gary, antes de hesitar.

Já fazia vinte anos que não via um cão raivoso, mas era o tipo de visão que não saía mais da cabeça. Gary estava em um posto Amoco, a leste de Machias, voltando de uma viagem de camping ao sul da estrada para Eastport. Estava pilotando a velha moto Indian que teve durante um tempo em meados da década de 1950. Um cachorro amarelo, magricelo e arfante, aparecera naquele posto Amoco como um fantasma. As costelas subiam e desciam rápido, em espasmos rasos de respiração. A boca pingava espuma pelos dois lados, formando um fluxo contínuo de baba. Os olhos reviravam com selvageria. A parte traseira do lombo estava coberta de merda. O bicho não andava, cambaleava, como se uma alma nada caridosa tivesse aberto suas mandíbulas e enfiado muito uísque barato pelo gogó.

— Deus do céu, olha aquilo — alertou o frentista, deixando cair a chave inglesa que estava carregando.

Ele disparou até o pequeno e entulhado escritório, ao lado da oficina do posto, e voltou com uma Winchester .30-.30 nas mãos nodosas e cheias de graxa. Foi até o asfalto, apoiou um dos joelhos no chão e começou a atirar. O primeiro tiro foi baixo e rasgou uma das patas traseiras, que virou um rio de sangue. O cachorro amarelo nem sequer se mexeu, lembrou Gary, enquanto olhava fixamente para Cujo. O cão magricelo se limitou a ficar olhando ao redor, inexpressivo, como se não tivesse a menor ideia do que estava acontecendo com o próprio corpo. O segundo tiro do frentista quase partiu o animal em dois. As entranhas tingiram de vermelho e preto uma das bombas do posto. Um instante depois, chegaram mais três homens — três exemplos do que havia de melhor no Condado de Washington —, apertados dentro da cabine de uma Dodge 1940. Estavam todos armados. Desceram da picape e meteram mais oito ou nove balas no cachorro morto. Uma hora depois, enquanto o frentista estava acabando de colocar uma nova lâmpada no farol da moto Indian de Gary, a funcionária do Instituto do Meio Ambiente do Condado chegou em um Studebaker sem porta do lado do carona. Ela colocou longas luvas de borracha e cortou o que havia sobrado da cabeça do cachorro morto para enviar para a Agência de Vigilância Sanitária.

Cujo parecia ter muito mais vigor que aquele cão amarelo, mas os outros sintomas eram idênticos. *Ainda não fez tanto estrago*, pensou ele. *O que é até mais perigoso. Deus do Céu, preciso pegar minha arma...*

Gary começou a se afastar.

— Oi, Cujo... Oi, rapaz, cão bonzinho...

Cujo ficou no limite do gramado, com a enorme cabeça abaixada, os olhos vermelhos e opacos, rosnando.

— Bom rapaz...

Para Cujo, as palavras vindas do HOMEM nada significavam. Não passavam de sons sem sentido, como o vento. O que importava era o *cheiro* vindo do HOMEM, um cheiro quente, pungente e desagradável. O cheiro do medo. Era insuportável, enlouquecedor. Cujo de repente entendeu que o HOMEM o deixara doente. Ele se lançou para a frente, e o rosnado em seu peito se transformou num rugido furioso.

* * *

Assim que Gary viu o cachorro investindo contra ele, virou-se e começou a correr. Uma mordida ou um arranhão poderiam significar a morte. Correu na direção da varanda e da segurança do lar. Mas foram drinques demais, dias de inverno demais ao lado da lareira, noites de verão demais na cadeira de jardim. Gary ouviu Cujo se aproximando e, depois de uma terrível fração de segundo de silêncio, entendeu que Cujo tinha saltado.

Quando Gary alcançou o primeiro dos maltratados degraus da varanda, noventa quilos de são-bernardo o atingiram como uma locomotiva, derrubando-o e tirando-lhe o fôlego. O cachorro avançou no pescoço de Gary, que tentou se desvencilhar e ficar de pé. Cujo estava em cima dele, quase o sufocando com o pelo grosso da barriga, e não teve dificuldades em derrubá-lo de novo. Gary gritou.

Cujo mordeu seu ombro. As poderosas mandíbulas se fecharam, rasgando a pele nua, puxando tendões como se fossem fios. Continuou rosnando. Sangue em profusão. Gary sentiu o calor do líquido escorrendo pelo braço magro. Virou-se e começou a socar o cão. Cujo recuou um pouco e Gary conseguiu subir mais três degraus aos trancos e barrancos. Então Cujo lançou novo ataque.

Gary tentou chutar Cujo, que desviou e avançou mais uma vez, rosnando e mordendo. A espuma voava das mandíbulas e Gary sentiu o hálito da fera. Parecia podre — fedorento e amarelo. Gary preparou o punho direito e soltou no cão, acertando a estrutura óssea da mandíbula inferior. Foi pura sorte. O tremor do impacto subiu até seu ombro, que pegava fogo por causa da mordida profunda.

Cujo se afastou mais uma vez.

Com o peito magro e sem pelos se movendo depressa para cima e para baixo, Gary olhou para o cachorro. O rosto do homem estava cinza. A laceração no ombro jorrava sangue, que pingava sobre os maltratados degraus que levavam à varanda.

— Vem me pegar, seu filho da puta. Vem, vem, estou cagando para você. — Gary então gritou: — Está me ouvindo? Estou cagando para você!

Cujo, porém, deu mais um passo para trás.

* * *

As palavras continuavam sem fazer sentido, mas o cheiro de medo tinha sumido do HOMEM. Cujo já não tinha certeza se queria atacar. Sentia dores, dores terríveis, e o mundo era uma teia insana de sensações e impressões...

Gary se levantou, tremendo. Subiu de costas os dois últimos degraus e atravessou a varanda, sempre de costas, tentando encontrar a maçaneta da porta telada. O ombro queimava como se alguém tivesse derramado gasolina por baixo da pele. A cabeça gritava, enlouquecida: *Raiva! Peguei raiva desse bicho!*

Deixa isso para lá. Uma coisa de cada vez. A espingarda estava no closet da sala. Graças a Deus Charity e Brett Camber não estavam mais em casa, no alto da colina. Deus era misericordioso.

Encontrou a maçaneta e conseguiu abrir a porta. Manteve os olhos cravados em Cujo até conseguir entrar e fechar a porta telada. Sentiu então um enorme alívio. As pernas estavam bambas. Por um momento, o mundo começou a girar, mas ele conseguiu evitar o colapso botando a língua para fora e mordendo com força. Não era hora para desmaiar como uma garotinha. Depois que o cachorro estivesse morto ele poderia desmaiar, se quisesse. *Meu Deus, foi por pouco lá fora.* Gary chegou a pensar que ia bater as botas.

Ele se virou e seguiu pelo corredor escuro que levava ao closet, e foi então que Cujo atravessou a tela inferior da porta, com o focinho enrugado acima dos dentes, como em um esgar, disparando uma saraivada seca de latidos.

Gary gritou de novo e se virou bem na hora de segurar Cujo nos braços, depois que o cão saltou de novo. O homem levou o animal de volta para a sala, envergando para um lado e para outro, tentando se manter de pé. Por um instante, os dois quase pareciam valsar. Então Gary, que era vinte quilos mais leve, caiu. Ele mal percebeu o focinho de Cujo enterrado embaixo de seu queixo, mal percebeu que a doença deixara o focinho quente e seco. Tentou erguer as mãos e pensou que precisava apertar os olhos de Cujo com os polegares quando o cão agarrou e rasgou sua garganta. Gary gritou e Cujo avançou de novo. Gary sentiu o sangue quente lhe cobrir o rosto e pensou:

Santo Deus, é o meu sangue! As mãos bateram fraca e inutilmente contra o lombo de Cujo, sem causar nenhum estrago. Por fim, caíram.

Antes de perder os sentidos, Gary sentiu ao longe o aroma doce e enjoativo das madressilvas.

— O que é que você está vendo?

Brett se virou um pouco ao ouvir a voz da mãe. Só um pouco, porque não queria perder nem por um instante a vista que se descortinava sem parar diante de si. O ônibus já estava na estrada havia mais ou menos uma hora. Eles cruzaram a Million Dollar Bridge e entraram em South Portland (Brett olhou, em um misto de curiosidade e fascinação, os dois cargueiros enferrujados e sujos que estavam na baía), depois seguiram pela autoestrada que levava ao sul e agora estavam se aproximando da fronteira de New Hampshire.

— Tudo — respondeu Brett. — E você, mãe?

Ela pensou: *Seu reflexo no vidro. Pouco nítido, é verdade, mas é o que eu vejo.* Em vez disso, respondeu:

— O mundo, eu acho. Vejo o mundo se revelando diante de nós.

— Sabe de uma coisa, mamãe? Eu queria que a gente pudesse viajar de ônibus até a Califórnia, só para ver tudo que está nos livros de geografia da escola.

Ela achou graça e passou a mão pelos cabelos do filho.

— Acho que você ia acabar ficando cansado de tanta paisagem, Brett.

— Não, de jeito nenhum.

É bem provável que não ficasse, pensou Charity. De repente, ela se sentiu triste e velha. Quando ligara para Holly, na manhã de sábado, para saber se podiam ir, a irmã ficou muito contente, e aquela felicidade contagiou Charity e a fez se sentir jovem. Era estranho que a alegria do filho, aquela euforia quase palpável, a fizesse se sentir velha. E, no entanto…

Como será o futuro dele?, pensou, estudando a imagem fantasmagórica do rosto do filho superposto à paisagem em movimento, como se fosse um truque de tomada de cena. Brett era um menino inteligente, mais inteligente do que ela e muito mais inteligente do que Joe. Devia cursar uma faculdade, mas ela sabia que, assim que chegasse ao ensino médio, Joe logo pressionaria o filho para que fizesse cursos de mecânica automotiva para ajudar mais na oficina. Se fosse há dez anos, ele não conseguiria fazer isso, já que os orientadores educacionais não *permitiriam* que um rapaz inteligente como Brett optasse por cursos de natureza técnica. No entanto, naqueles tempos de matérias eletivas e faça o que bem entender, ela tinha muito medo que o pior acontecesse.

Isso a apavorava. Antes, conseguia se convencer de que a escola estava distante, muito distante — o ensino médio, a escola *de verdade*. O ensino fundamental era pura brincadeira para um menino como Brett, que aprendia as lições sem esforço. Era no ensino médio, porém, que as escolhas irrevogáveis começavam. As portas se fechavam com um clique baixinho, que só seria ouvido com clareza nos sonhos da maturidade.

Ela cruzou os braços e sentiu um arrepio, mas nem se deu ao trabalho de tentar se enganar que era por causa do ar-condicionado do ônibus, que estava frio demais.

Para Brett, o ensino médio estava a apenas quatro anos de distância.

Charity sentiu outro arrepio e, de repente, se surpreendeu desejando com amargura que não tivesse ganhado na loteria ou até que tivesse perdido o bilhete. Fazia apenas uma hora que estavam distantes de Joe, mas era a primeira vez em que estava separada de verdade do marido desde que se casaram, no final de 1966. Jamais imaginara que esta perspectiva fosse tão repentina, tão desconcertante e tão amarga. Imagine a cena: mulher e menino eram libertados do cativeiro em um castelo… mas havia uma pegadinha. Grandes ganchos estavam presos em suas costas, e esses ganchos estavam amarrados a elásticos invisíveis de alta resistência. Antes que conseguissem ir muito longe, TOING!, os dois eram puxados de volta ao castelo, onde ficariam presos durante os próximos catorze anos!

Charity deixou escapar da garganta um som que parecia um coaxar.

— Você disse alguma coisa, mamãe?

— Não. Foi só uma coceira na garganta.

Ela teve um terceiro arrepio, que eriçou todos os pelos dos braços. Lembrou-se de um verso que leu em uma aula de literatura, quando estava no ensino médio (queria ir para a faculdade, mas o pai ficou furioso com a ideia — ela estava achando que eram *ricos* para pagar uma faculdade? — e a mãe desatou a gargalhar com gosto e pena). Era um poema de Dylan

Thomas, e ela não conseguia se recordar de tudo, mas era algo sobre passar por provações de amor.

Na época, aquele verso lhe causara diversão e perplexidade, mas agora acreditava entender. Que outro nome alguém daria para aquele elástico invisível de alta resistência a não ser amor? Ela seria capaz de se enganar e dizer que não amava, mesmo agora, o homem com quem se casou? Que ficou com ele só por obrigação ou pelo bem do filho (*isso* arrancou uma risada amarga de Charity: se ela o deixasse, seria pelo bem do filho)? Que ele nunca lhe deu prazer na cama? Que ele não era capaz, às vezes nos momentos mais inesperados (como aquele na rodoviária), de ser carinhoso?

Ainda assim... ainda assim...

Brett continuava olhando pela janela, enfeitiçado. Sem se virar, ele perguntou:

— Você acha que o Cujo está bem, mamãe?

— Tenho certeza que sim.

Pela primeira vez, Charity se pegou pensando em divórcio de maneira concreta — o que poderia fazer para o sustento próprio e do filho, como seria o relacionamento entre os dois nesta situação impensável (*quase* impensável). Se ao fim da viagem ela e Brett não voltassem para casa, será que Joe iria atrás deles, como prometera na vaga ameaça que deixara no ar de Portland? Será que decidiria deixar Charity na pior, mas tentaria recuperar Brett por vias legais... ou ilegais?

Ela começou a aventar inúmeras possibilidades, pesando todas, subitamente pensando que um pouco de perspectiva não seria assim tão ruim. Doloroso, talvez. Útil, também.

O ônibus da Greyhound passou pela fronteira estadual, entrando em New Hampshire, e seguiu em direção sul.

O Boeing 727 da Delta levantou voo, fez a volta sobre Castle Rock — Vic sempre procurava sua casa, perto da esquina entre a Castle Lake e a 117, sempre sem sucesso — e avançou para o litoral. Era um voo de vinte minutos até o aeroporto de Logan.

Donna estava lá, cerca de cinco mil metros abaixo dele. Tad também. De repente, Vic ficou melancólico e teve uma premonição sombria de que nada daria certo, de que os dois eram loucos só de pensar que aquilo fosse possível. Quando uma casa desabava, era preciso construir outra. Não tinha como reconstruir a antiga com cola branca.

A comissária de bordo apareceu. Os dois estavam na primeira classe ("Melhor a gente aproveitar enquanto ainda pode, camarada", comentara Roger na última quarta, quando fez as reservas. "Nem todo mundo consegue ir à falência com estilo.") e só havia mais quatro ou cinco passageiros, a maioria lendo jornal, como Roger.

— O senhor deseja alguma coisa? — perguntou ela a Roger com aquele sorriso luminoso e profissional, que parecia dizer que estava em êxtase por acordar às cinco e meia para trabalhar em um voo pinga-pinga que ia de Bangor a Atlanta, com escalas em Portland, Boston e Nova York.

Roger balançou a cabeça com ar ausente, e ela então se voltou para Vic, com o mesmo sorriso extraterrestre.

— E para o senhor? Um pão doce? Um suco de laranja?

— Você pode me preparar um screwdriver? — perguntou Vic, e a cabeça de Roger subitamente surgiu por cima do jornal.

O sorriso da comissária não se alterou: pedidos de bebida antes das nove não eram novidade.

— Posso preparar, mas o senhor vai ter que se esforçar para beber tudo. Daqui até Boston é um pulo.

— Vou me esforçar — prometeu Vic, com solenidade, e ela seguiu o caminho até a cabine, resplandecente com seu sorriso luminoso e seu uniforme azul.

— O que você tem? — perguntou Roger.

— Como assim, o que eu tenho?

— Você sabe muito bem o que eu quero dizer. Nunca vi você tomar nem cerveja antes do meio-dia. Normalmente, nem antes das cinco.

— Estou botando o barco no mar.

— Que barco?

— O *Titanic.*

Roger fez um muxoxo.

— Piadinha bem ruim essa, hein?

De fato, era. Roger merecia algo melhor, mas, naquela manhã, com a melancolia o envolvendo como um cobertor mofado, Vic não conseguira pensar em nada. O máximo que conseguiu foi estampar um sorriso amarelo. Roger, porém, continuou olhando para ele com ar de censura.

— Olha só, tive uma ideia a respeito do Zingers. Vai ser dureza convencer o velho Sharp e o filho, mas pode ser que funcione — disse Vic.

Roger pareceu aliviado. Era assim que tudo sempre funcionara com os dois. Vic era o cara das ideias brutas; Roger, o responsável por lapidar e dar a forma final. Sempre trabalharam em equipe quando se tratava de materializar uma ideia para qualquer mídia, e também na questão da apresentação.

— Qual é?

— Só preciso de mais um pouquinho de tempo. Até a noite eu conto. E aí vamos ver quem tem lenha para queimar...

— ... e quem vai entregar os pontos — completou Roger, sorrindo e abrindo de novo o jornal no caderno de economia. — Tudo bem, desde que você me apresente a ideia hoje à noite. As ações da Sharp subiram mais oito pontos na última semana. Sabia disso?

— Maravilha — murmurou Vic, olhando de novo pela janelinha. O nevoeiro tinha se dissipado, e o dia estava claro como um cristal. As praias de Kennebunk, Ogunquit e York formavam uma imagem de cartão-postal: o mar azul-cobalto, a areia branquinha e a paisagem do Maine, com colinas baixas, campos abertos e espessos bosques de pinheiros que se estendiam a perder de vista para o oeste. Era lindo. E deixava a melancolia de Vic ainda pior.

Se eu não conseguir me controlar, vou chorar na merda do banheiro, pensou, em desespero. Seis frases em uma folha de papel barato tinham causado aquilo. O mundo era frágil, tão frágil quanto um ovo de Páscoa: lindo por fora, oco por dentro. Na semana anterior, Vic estava pensando em pegar Tad e ir embora. Agora se perguntava se Donna e Tad ainda estariam em casa quando ele e Roger voltassem. Seria possível que Donna pegasse o filho e se mandasse, provavelmente para a casa da mãe, em Poconos?

Claro que sim. Ela poderia muito bem chegar à conclusão de que precisavam dar um tempo superior a dez dias, porque dez dias não seriam suficientes, nem para ela nem para ele. Talvez dar um tempo de seis meses fosse melhor. Além do mais, ela estava com Tad agora. Isso já era meio caminho andado, não era?

E se..., falou uma voz rasteira e insinuante dentro de sua mente, *e se ela souber onde Steve Kemp está? Talvez ela decida ficar com ele. Tentar com ele por um tempo. Talvez tentem retomar o passado feliz que tiveram juntos. Agora, sim, taí uma ideia bem estranha para uma manhã de segunda,* disse para si mesmo, incomodado.

Só que o pensamento se recusava a ir embora. Quase ia, mas ficava.

Vic conseguiu beber cada gota do screwdriver antes de o avião pousar em Logan. Ganhou uma azia que, sabia bem, duraria a manhã inteira — como a ideia de Donna e Steve Kemp juntos, a queimação ficaria indo e voltando, mesmo que ele engolisse uma cartela inteira de antiácido —, mas pelo menos a melancolia dera alguma trégua, então talvez tivesse valido a pena. Talvez.

Joe Camber deu uma olhada no chão da oficina, abaixo de seu grande torno de bancada, e estranhou. Jogou o chapéu verde de feltro para trás da cabeça, continuou olhando para o que estava ali por mais um tempo, depois colocou os dedos entre os dentes e deu um assobio muito agudo.

— Cujo! Cadê você? Vem cá, Cujo!

Tornou a assobiar e depois se agachou, com as mãos nos joelhos. Tinha certeza de que o cão atenderia ao seu chamado. Cujo nunca ia longe. Mas o que ele faria em relação àquilo?

O cachorro havia cagado no chão da oficina. Jamais fizera aquilo antes, nem quando era pequeno. Como todo filhote, tinha mijado ali e acolá algumas vezes e feito picadinho do forro de uma ou duas cadeiras, mas aquilo nunca havia acontecido antes. Por um momento, Joe chegou a cogitar que fosse coisa de outro cachorro que tivesse entrado ali, mas logo desistiu da ideia. Até onde sabia, Cujo era o maior cão de Castle Rock. Cachorros grandes comiam muito e cagavam muito. Nenhum poodle, beagle ou qualquer uma das cinquenta e sete variedades de Heinz poderia ter feito um estrago daqueles. Joe ficou imaginando se o cachorro sentiu que Charity e Brett ficariam fora por algum tempo. Se esse fosse o caso, talvez tenha sido a maneira que Cujo encontrou para dizer o que pensava da ideia. Joe já ouvira falar de coisas assim.

Joe aceitara o cão como pagamento por um trabalho feito em 1975. O cliente era um sujeito caolho chamado Ray Crowell, que morava ao norte de Fryeburg. O tal Crowell passava a maior parte do tempo trabalhando nas florestas, embora fosse conhecido por ter jeito com cachorros — era bom na criação e no treinamento. Ele poderia levar uma vida bem decente fazendo o que o povo do interior da Nova Inglaterra costumava chamar de "cultivo de cachorros", mas tinha um temperamento difícil e afastou muitos clientes por causa da cara fechada.

— Preciso de um novo motor para o meu caminhão — disse Crowell a Joe naquela primavera.

— Sério?

— Tenho o motor, mas não posso pagar pelo serviço. Estou na pior.

Os dois estavam na oficina de Joe, capim na boca. Brett, então com cinco anos, brincava no jardim da frente da casa, e Charity pendurava roupas no varal.

— É uma pena, Ray, mas eu não trabalho de graça. Isso aqui não é uma instituição de caridade — ironizou Joe.

— A sra. Beasley acabou de ter uma ninhada — comentou Ray. A sra. Beasley era uma cadela são-bernardo de primeira linha. — Raça pura. Você faz o trabalho e eu deixo você escolher um dos filhotes. O que acha? Você vai sair ganhando, mas de que me adianta cortar troncos se não tiver um caminhão para fazer o transporte?

— Não preciso de cachorro — disse Joe. — Muito menos de um enorme como um são-bernardo. Bichos dessa raça não passam de máquinas de comer.

— Você não precisa de cachorro — concordou Ray, observando Brett, que agora estava sentado na grama, olhando para a mãe —, mas o seu filho vai gostar de ter um.

Joe abriu a boca, mas logo fechou. Apesar de não usarem nenhum tipo de proteção, ele e Charity não tiveram mais filhos depois de Brett, uma gravidez que já demorara a acontecer. Às vezes, olhando para o menino, uma vaga dúvida se formava na mente de Joe: será que ele se sentia solitário? Talvez sim. E talvez Ray Crowell estivesse certo. O aniversário de Brett estava chegando. Ele daria o filhote de presente para o filho.

— Vou pensar no assunto.

— Mas não demore muito — retrucou Ray, ofendido. — Posso ir até o Vin Callahan, em North Conway. Ele é tão bom quanto você, Camber. Talvez melhor.

— Talvez — disse Joe, sem medo. A ameaça de Ray Cromwell não lhe trazia um pingo de preocupação.

Mais tarde, naquela mesma semana, o gerente da loja Shop'n Save levou o Thunderbird até a oficina para que Joe desse uma olhada na transmissão. Era um problema pequeno, mas o gerente, que se chamava Donovan, ficou rodeando o carro como uma mãe coruja, vendo Joe drenar o fluido, colocar o novo e apertar os parafusos. O carro dava trabalho, verdade, mas era um T-Bird 1960 e estava nos trinques. Enquanto terminava o serviço e ouvia Donovan contar que a esposa queria que ele vendesse o carro, Joe teve uma ideia.

— Estou pensando em dar um cachorro para o meu filho — disse Joe, enquanto tirava o T-Bird do macaco.

— É mesmo? — perguntou Donovan, por educação.

— Pois é. Um são-bernardo. Ainda é filhote, mas vai comer muito quando crescer. Eu estava pensando que a gente podia fazer um trato. Se você me garantir um bom desconto na ração, pode ser na Gaines Meal, na Ralston-Purina, ou em qualquer uma que você venda, eu cuido do seu Thunderbird de vez em quando. Sem cobrar mão de obra.

Donovan adorou a oferta e os dois fecharam acordo. Joe ligou para Ray Crowell e disse que havia decidido ficar com o são-bernardo, se ele ainda tivesse interesse. Crowell tinha e, quando chegou o aniversário do filho, Joe deixou Brett e Charity de queixo caído ao colocar o inquieto e assustado filhote nos braços do menino.

— Obrigado, papai, muito obrigado, mesmo! — gritou Brett, abraçando o pai e cobrindo o rosto dele de beijos.

— De nada — disse Joe. — Mas é você quem vai tomar conta dele. O cachorro é seu, não meu. Se ele sair fazendo xixi e cocô pela casa toda, eu vou deixar ele do lado de fora do celeiro e dar para o primeiro que passar.

— Eu vou cuidar, papai... eu prometo!

Brett cumpriu a promessa na maior parte do tempo e, nos poucos deslizes, o pai e a mãe limparam a sujeira do cão sem reclamar. Além disso, Joe descobriu que era impossível ficar indiferente a Cujo. À medida que o cão foi crescendo (e cresceu absurdamente rápido, para se transformar em uma perfeita máquina de comer, conforme Joe previra), simplesmente tomou seu lugar na família Camber. Era um daqueles cachorros extremamente dóceis e tranquilos.

Cujo aprendeu rápido onde deveria fazer suas necessidades e nunca tinha desrespeitado as regras... até aquele momento. Joe se virou, de cara fechada, mãos enfiadas nos bolsos. Nenhum sinal de Cujo.

Foi para fora e assobiou outra vez. A porcaria do cachorro devia estar no riacho, refrescando-se do calor. Não dava para culpá-lo. Devia estar uns trinta graus à sombra. Mas Cujo não demoraria a voltar e, quando voltasse, Joe iria esfregar a cara do cachorro naquela merda toda. Teria pena se Cujo tivesse feito a sujeirada por saudade de Charity e Brett, mas não dava para deixar aquilo barato...

Um novo pensamento surgiu. Joe deu um tapa na testa. Quem daria comida a Cujo enquanto ele e Gary estivessem fora?

Joe pensou que aquele porcalhão poderia encher a pança se ele deixasse o saco de Gaines Meal ao lado do celeiro — já tinham uma tonelada daquilo armazenada no porão —, mas a ração ficaria empapada caso chovesse. Se ele deixasse dentro de casa ou do celeiro, talvez Cujo decidisse cagar no chão de novo. Além disso, quando o assunto era comida, o cachorro era um glutão incorrigível e feliz: era bem provável que devorasse metade da ração no primeiro dia, a outra metade no segundo, e ficasse zanzando por aí, morto de fome, até Joe voltar.

— Merda...

E nada de o cachorro aparecer. Provavelmente porque já sabia que Joe tinha encontrado a sujeira e agora estava morrendo de vergonha. Cujo era bem inteligente, como costumavam ser os cachorros, e saber (ou sentir) que tinha cometido um erro não estava além de suas capacidades mentais.

Joe pegou uma pá e limpou a sujeira. Derramou uma tampinha cheia do limpador industrial que mantinha sempre à mão, passou um pano e depois o enxaguou em um balde com água da torneira nos fundos da oficina.

Feito isso, pegou o caderninho espiral de anotação dos trabalhos e passou os olhos. A colheitadeira International de Richie estava pronta — o guincho facilitou demais o trabalho de tirar o motor. O conserto da transmissão havia sido adiado sem problemas, o professor era uma pessoa fácil de lidar, exatamente como Joe esperava. Além desses dois, havia mais meia dúzia de trabalhos pequenos na fila.

Joe entrou em casa (nunca se preocupou em instalar um telefone na oficina: "Eles cobram uma fortuna por outra linha", explicara a Charity) e começou a ligar para os clientes, informando que estaria fora da cidade por alguns dias, a trabalho. Voltaria bem a tempo de dar conta de tudo antes que os donos levassem os carros para outra oficina. E se um ou dois não quisessem esperar para consertar a ventoinha ou a mangueira do radiador, que fossem para o inferno.

Ligações feitas, voltou ao celeiro. As últimas obrigações antes da liberdade eram uma troca de óleo e uma retífica de motor. O dono prometera buscar o carro por volta de meio-dia. Joe arregaçou as mangas, pensando em como a casa ficava silenciosa sem Charity e Brett... e sem Cujo também. O são-bernardo costumava ficar deitado à sombra da porta do celeiro, ofegante, olhando Joe trabalhar. Às vezes Joe falava com ele, e Cujo sempre dava a impressão de estar ouvindo com atenção.

Abandonado, pensou ele, meio ressentido. *Abandonado pelos três.* Olhou para o lugar onde Cujo fizera a sujeira e balançou a cabeça outra vez, em um misto de confusão e nojo. A questão sobre o que fazer com a comida do cachorro voltou a lhe ocorrer e ele ficou de mãos atadas mais uma vez. Bem, mais tarde pensaria em alguém — algum menino — que estivesse disposto a alimentar Cujo por dois ou três dias.

Balançou a cabeça e ligou o rádio na estação WOXO, de Norway, no máximo. Só gostava de ouvir as notícias ou os programas de esporte, mas era uma companhia. Sobretudo quando todos tinham caído fora. Joe começou a trabalhar e não ouviu quando o telefone tocou em casa, umas doze vezes.

Tad Trenton estava no quarto no meio da manhã, brincando de carrinho. Em seus quatro anos de vida, acumulara mais de trinta caminhões, uma frota abrangente que ia desde os modelos de plástico de setenta e nove centavos que o pai costumava trazer quando comprava a revista *Time* quarta à noite, na loja Bridgton (era preciso ter muito cuidado ao brincar com os caminhões de setenta e nove centavos porque eram MADE IN TAIWAN e costumavam soltar todas as peças), até o seu top de linha, uma enorme escavadeira amarela da Tonka, que chegava aos seus joelhos quando a pá estava levantada.

Ele tinha vários "homens" para enfiar nas cabines dos caminhões. Alguns eram bonecos de cabeça redonda subtraídos dos brinquedos da PlaySkool. Outros eram soldados. Muitos eram o que Tad chamava de "caras da *Guerra nas estrelas*". Entre eles, Luke, Han Solo, a Escória Imperial (vulgo Darth Vader), um guerreiro de Bespin e o favorito absoluto de Tad, Greedo, que sempre ficava com a escavadeira.

Às vezes ele brincava de *Os gatões* com seus caminhões, às vezes de *As aventuras de B.J.*, às vezes de polícia e ladrão (a mãe e o pai o levaram para assistir a *Agarra-me se puderes* e a *Desta vez te agarro* em uma sessão dupla no Norway Drive-in e Tad ficara *muito* impressionado), às vezes de um jogo que ele mesmo tinha inventado: dez caminhões ladeira abaixo.

A brincadeira que Tad mais fazia — e estava fazendo agora — não tinha nome. Ele tirava os caminhões e os "homens" de seus dois baús de brinquedos e alinhava os veículos um a um em linhas paralelas diagonais, com os homens dentro, como se estivessem todos parados a quarenta e cinco graus em uma rua que só Tad enxergava. Depois levava os veículos até o outro lado da sala, um a um, devagar, e os alinhava daquele lado, para-choque com para-choque. Tad costumava repetir o ciclo dez ou quinze vezes, sem se cansar.

Vic e Donna ficavam impressionados com a brincadeira. Era meio perturbador ver o filho construir aquele padrão repetitivo, quase ritualístico. Os dois chegaram a perguntar, em momentos diferentes, por que o filho gostava tanto daquilo, mas Tad ainda não tinha vocabulário para explicar. *Os gatões*, polícia e ladrão e dez caminhões ladeira abaixo não passavam de brincadeiras de bate-bate. Já a brincadeira sem nome era silenciosa, pacífica, tranquila, organizada. Se o vocabulário de Tad *fosse* grande o suficiente, teria dito aos pais que era a maneira que encontrou de dizer Om e, assim, abrir as portas da contemplação e da reflexão.

Agora, enquanto brincava, Tad pensava que algo estava errado.

Os olhos foram automática e inconscientemente parar na porta do closet, mas o problema não estava lá. A porta estava trancada e, desde as Palavras para Monstros, nunca mais se abriu. Não, o algo errado estava em outro lugar.

Tad não sabia ao certo o que era, nem tinha certeza se queria descobrir. No entanto, assim como Brett Camber, já gostava de sondar as águas do rio parental em que navegava. Ainda há pouco, sentiu redemoinhos, bancos de areia, talvez armadilhas, tudo isso escondido bem abaixo da superfície. Talvez até fortes correntezas. Corredeiras. Qualquer coisa assim.

As coisas não estavam bem entre a mãe e o pai.

Dava para ver na maneira como eles se olhavam, como falavam entre si. Estava escrito no rosto de ambos, e também por trás do rosto. Estava nos pensamentos.

Tad terminou de mudar uma fila de caminhões estacionados a quarenta e cinco graus para o outro lado do quarto, levantou-se e foi até a janela. Os joelhos doíam um pouco porque ele já estava fazendo a brincadeira sem nome havia bastante tempo. Lá embaixo, no quintal, a mãe pendurava roupas no varal. Meia hora antes, ela tinha tentado ligar para o homem que poderia consertar o Corcel, mas o sujeito não estava em casa. Ela esperou por muito tempo que alguém atendesse e depois bateu o telefone no gancho, irritada. E sua mãe raramente ficava irritada com coisas bobas assim.

Enquanto Tad observava, Donna acabou de pendurar os dois últimos lençóis. Olhou para eles e... meio que deixou os ombros caírem. Foi até a macieira que ficava além do varal e, pela postura — as pernas afastadas, a cabeça baixa, os ombros levemente trêmulos —, Tad percebeu que ela estava chorando. Ele ficou observando a mãe durante algum tempo, depois voltou correndo para os caminhões. Tinha um buraco no meio do peito. Já estava com saudade do pai, muita saudade, mas aquela sensação era ainda pior.

Levou os caminhões para o outro lado do quarto, um a um, devagar, colocando os veículos de volta na fila de estacionamento a quarenta e cinco graus. Parou por um momento quando a porta telada bateu. Pensou que ela fosse ligar para ele, o que não aconteceu. Dava para ouvir os passos atravessando a cozinha, depois o rangido da cadeira preferida na sala de estar, assim que ela se sentou. Só que a TV não foi ligada. Tad pensou na mãe sentada ali, só... *sentada*... e afastou a ideia depressa da cabeça.

Terminou a fila de caminhões. Ali estava Greedo, o melhor de todos, na cabine da escavadeira, olhando sem ver — com aqueles olhos pretos e redondos — a porta do closet de Tad. Os olhos estavam bem abertos, como se ele tivesse visto algo ali, algo tão assustador que deixou seus olhos esbugalhados, algo muito nojento, algo *terrível*, algo que estava chegando...

Preocupado, Tad olhou para a porta do closet. Continuava trancada.

Como ele estava cansado de brincar, colocou os caminhões de volta no baú de brinquedos, batendo um no outro de propósito, para fazer barulho e avisar a mãe que estava prestes a descer para assistir à série de faroeste

Gunsmoke. Foi até a porta e depois parou, olhando, fascinado, para as Palavras para Monstros.

Monstros, fiquem bem longe deste quarto!
Aqui não tem nada para vocês.

Ele já sabia de cor. Gostava de ficar olhando para a folha de papel, de sondar as palavras, de olhar a impressão do papai.

Ninguém machuca o Tad, ninguém encosta no Tad esta noite.
Aqui não tem nada para vocês.

Em um impulso súbito e enérgico, puxou a tachinha que prendia o papel na parede e pegou as Palavras para Monstros com cautela — quase com reverência. Dobrou e colocou a folha de papel com cuidado no bolso de trás da calça jeans. Depois, já se sentindo melhor, desceu as escadas correndo para assistir às aventuras do xerife Dillon e seu companheiro Festus.

O último cliente pegou o carro meio-dia e dez e pagou em espécie. Joe meteu o dinheiro na carteira velha e gordurosa, pensando que não podia deixar de passar no banco Norway Savings para pegar mais quinhentos dólares antes que ele e Gary caíssem na estrada.

Ao se lembrar da viagem, Joe também se lembrou de Cujo e do problema da comida. Entrou no carro e foi até a casa de Gary Pervier, no sopé da colina. Estacionou na entrada da garagem. Começou a subir a escada da varanda e a saudação que estava prestes a fazer morreu na garganta. Deu meia-volta e se ajoelhou diante dos degraus.

Havia sangue ali.

Joe tocou as marcas. Estavam quase sólidas, mas ainda não completamente secas. Levantou-se de novo, preocupado, mas não muito: Gary devia ter bebido demais e tropeçado com um copo na mão. Joe só ficou preocupado de verdade quando se deu conta de que o painel enferrujado da porta telada estava arrebentado.

— Gary?

Nenhuma resposta. Joe imaginou se alguém que guardava algum rancor tinha vindo se vingar do velho Gary. Ou talvez algum viajante tivesse pedido informações e Gary escolheu o dia errado para dizer a alguém que enfiasse um foguete no rabo e fosse para a lua.

Joe subiu a escada. Havia mais marcas de sangue no piso de madeira da varanda.

— Gary! — voltou a chamar e, de repente, desejou estar sentindo o peso de sua espingarda no ombro direito.

No entanto, se alguém tivesse enchido Gary de porrada, se tivesse arrebentado o nariz ou até alguns dos últimos dentes daquele velho pervertido, esse alguém não estava mais por ali, porque o único carro estacionado na entrada, além do velho e enferrujado Ford LTD de Joe, era o Chrysler branco 1966 de Gary. E ninguém sairia andando pela Town Road. A casa de Gary Pervier ficava a mais de dez quilômetros da cidade e a quase quatro da Maple Sugar Road, que levava de volta à Route 117.

Ele deve ter se cortado, pensou Joe. *Por Deus, espero que ele só tenha cortado a mão, e não a garganta.*

Joe abriu a porta telada. Ela rangeu nos gonzos.

— Gary.

Silêncio. Havia na casa um odor nauseante, nada agradável, mas de início Joe pensou que fosse das madressilvas. A escada que levava ao segundo andar ficava à esquerda. Adiante estava o corredor da cozinha, a porta da sala de estar à direita, a meio caminho.

Havia algo no chão da sala, mas estava escuro demais para Joe perceber o que era. Parecia uma mesa de canto caída ou algo assim… mas, até onde Joe sabia, não havia nem nunca houvera mobília na entrada da casa de Gary. O sacana colocava as cadeiras de jardim ali quando chovia, mas as duas últimas semanas foram de sol. Além disso, as cadeiras estavam lá fora, ao lado do Chrysler de Gary, onde sempre ficavam. Ao lado das madressilvas.

Só que o cheiro não era de madressilva. Era de sangue. Muito sangue. E não havia mesa de canto caída.

Com o coração saltando pela boca, Joe correu até onde estava aquela silhueta. Ajoelhou-se ao lado para ver o que era e deixou um som que parecia um rangido escapar da garganta. De súbito, o ar do ambiente parecia quente demais, próximo demais. Parecia querer estrangulá-lo. Afastou os olhos do corpo, com a mão em concha sobre a boca. Alguém tinha assassinado Gary. Alguém tinha...

Não conseguiu evitar um novo olhar. Gary estava deitado em meio a uma poça de sangue. Os olhos, sem expressão, estavam voltados para o teto do corredor. A garganta estava aberta. Não só aberta, meu Deus, parecia que tinha sido rasgada *por dentes.*

Desta vez não houve luta contra a garganta. Desta vez Joe apenas deixou tudo vir em uma série de sons sufocados e desesperados. De maneira absurda, as profundezas de sua mente se voltaram para Charity com um ressentimento infantil: Charity conseguira a viagem *dela*, mas Joe não conseguiria a sua. E não teria a sua porque algum lunático filho da puta que se achava Jack, o Estripador, tinha acabado com o pobre do Gary Pervier e...

... e ele precisava chamar a polícia. Esquecer o resto. Esquecer que os olhos do velho pervertido estavam olhando para o teto nas sombras, esquecer o cheiro metálico do sangue misturado ao cheiro nauseante da madressilva.

Joe se levantou e saiu cambaleando até a cozinha. Mal percebia o gemido alto que vinha do fundo de sua garganta. O telefone estava na parede da cozinha. Ele precisava ligar para a polícia estadual, para o xerife Bannerman, para alguém...

Parou na soleira da porta. Os olhos, esbugalhados, pareciam querer saltar das órbitas. Havia uma montanha de cocô de cachorro na soleira da porta da cozinha... e, pelo tamanho da montanha, ele sabia qual cachorro estivera ali.

— Cujo — sussurrou. — Meu Deus, Cujo está com raiva!

Pensou ter ouvido um som às suas costas e se virou, com os pelos do pescoço completamente arrepiados. No corredor vazio só havia o corpo de Gary, o mesmo Gary que dissera outro dia que Joe não conseguiria atiçar Cujo contra um negão enlouquecido com uma navalha em cada mão, o mesmo Gary cuja garganta estava rasgada até o osso da coluna.

Não fazia sentido correr riscos. Joe se precipitou pelo corredor e quase escorregou no sangue de Gary, deixando uma longa pegada para trás. Soltou um novo gemido, mas, assim que fechou a pesada porta interna, sentiu-se um pouco melhor. Voltou à cozinha, desviando do corpo de Gary, e olhou para dentro, pronto para fechar a porta se Cujo estivesse ali. Pensou outra vez, distraído, que gostaria de ter o peso reconfortante da espingarda no ombro.

A cozinha estava vazia. Nada se mexia, exceto as cortinas, que se agitavam ao sabor da preguiçosa brisa que sussurrava pelas janelas. Dava para sentir o cheiro de garrafas de vodca vazias: um cheiro azedo, mas melhor que... que aquele outro. Os raios de sol batiam no linóleo desbotado, em padrões ordenados. O outrora branco telefone estava encardido pela gordura das muitas refeições de um homem solteiro, e também rachado por conta de algum tropeção de bêbado perdido no tempo, mas continuava pendurado na parede, como sempre.

Joe entrou e fechou a porta com firmeza atrás de si. Foi até as duas janelas abertas e não viu nada na confusão do quintal dos fundos, a não ser as sucatas enferrujadas dos dois carros anteriores ao Chrysler. Por precaução, fechou as duas janelas.

Foi até o telefone, empapado de suor, por conta do calor infernal que fazia na cozinha. A lista telefônica estava pendurada ao lado do aparelho por um fio de arame. Gary fizera o furo para o arame com a furadeira de Joe cerca de um ano antes, bêbado como um gambá e proclamando que estava cagando para aquilo.

Joe pegou a lista e depois soltou. Houve um baque surdo do papel contra a parede. As mãos pesavam uma tonelada. A boca estava viscosa, com gosto de vômito. Joe pegou a lista de novo e abriu com um movimento brusco que quase arrancou a capa. Ele podia ter discado zero para falar com a telefonista ou podia ter ligado para o disque-informações, mas, como estava em estado de choque, nada disso lhe ocorreu.

O som da respiração acelerada e ofegante, dos batimentos cardíacos disparados e do farfalhar das finas páginas da lista mascarou um ruído leve que despontava às costas de Joe: o rangido baixinho da porta do porão que Cujo abriu com o focinho.

Cujo tinha ido para o porão após matar Gary Pervier: a luz da cozinha estava brilhante demais, incômoda demais. Disparava cacos brancos e quentes que causavam agonia ao cérebro deteriorado. Como a porta do porão estava apenas encostada, Cujo descera os degraus aos trancos e barrancos, rumo ao agradável frescor da escuridão, antes de adormecer ao lado do velho baú do Exército de Gary. A brisa das janelas abertas acabou deixando a porta do porão entreaberta, mas não foi forte o suficiente para batê-la.

Os gemidos, o som da ânsia de vômito, os passos e os tropeços quando Joe cruzou o corredor para fechar a porta da frente da casa — tudo isso despertou Cujo e a dor que sentia. A dor e a fúria incessante e cega. Agora ele estava atrás de Joe, na soleira escura. A cabeça estava baixa. Os olhos, quase escarlates. O pelo grosso estava coberto de sangue coagulado e lama seca. Espuma pingava da boca, e os dentes estavam sempre à mostra, porque a língua estava começando a inchar.

Joe encontrou a seção de Castle Rock na lista. Foi até a letra S e correu o dedo trêmulo até SERVIÇOS MUNICIPAIS DE CASTLE ROCK, em uma caixa de texto bem na metade de uma coluna. Ali estava o número do xerife. Joe estava prestes a discar quando Cujo começou a rosnar, aquele rosnado que vinha do fundo do peito.

Todo o autocontrole pareceu fugir do corpo de Joe Camber. A lista telefônica escorregou dos dedos e bateu outra vez contra a parede. Ele se virou devagar na direção do rosnado e viu Cujo na soleira da porta do porão.

— Bom menino — sussurrou, com uma voz rouca e baba escorrendo pelo queixo.

Impotente, molhou as calças, e o cheiro forte de amoníaco da urina atingiu o focinho de Cujo como um tapa bem dado. O cão deu o bote. Apoiando-se em pernas que mais pareciam muletas, Joe desviou para o lado, e Cujo bateu contra a parede com tanta força que rasgou o papel de parede e derrubou um bloco de gesso, lançando uma nuvem de poeira branca e granulosa no ar. Já não rosnava mais: era uma série de sons profundos e rangentes, mais selvagens do que qualquer latido.

Joe foi recuando até a porta dos fundos da cozinha, mas um dos pés tropeçou em uma cadeira. Ele a abriu e agitou os braços como um louco, em busca de equilíbrio, e talvez tivesse conseguido evitar a queda se Cujo não tivesse saltado contra ele primeiro: uma máquina de matar coberta de sangue, com fios grossos de espuma voando das mandíbulas. E que exalava um fedor esverdeado e pantanoso.

— Meu Deus, me proteja! — berrou Joe.

Lembrando-se do cadáver de Gary, Joe cobriu a garganta com uma das mãos e tentou segurar Cujo com a outra. O são-bernardo fez um rápido recuo, rosnando, com o focinho enrugado em um enorme sorriso sem senso de humor, exibindo dentes que pareciam uma linha de lanças de portão levemente amareladas. Depois atacou de novo.

E, desta vez, avançou nos testículos de Joe Camber.

— Oi, filhote. Quer ir ao mercado comigo? E depois almoçar no Mario's?

Tad se levantou.

— Oba, quero! Vai ser ótimo!

Donna estava com a bolsa no ombro e vestia uma camisa azul desbotada e calça jeans. Tad a achou muito bonita. Estava aliviado por ver que não havia mais sinal de lágrimas porque, quando a mãe chorava, *ele* também chorava. Sabia que isso não era coisa de homenzinho, mas não conseguia evitar.

Donna já estava sentando ao volante e Tad a meio caminho do carro quando ele lembrou que o Corcel estava dando defeito.

— Mamãe.

— O que foi? Entre logo.

Ele hesitou, amedrontado.

— E se o carro pifar?

— Pifar...?

Donna olhou para ele intrigada e, pela expressão exasperada, Tad percebeu que a mãe tinha esquecido completamente do defeito. Ele mencionou o problema e agora ela estava triste de novo. A culpa era do Corcel ou dele? Tad não sabia bem, mas o sentimento de culpa dizia que era dele. Logo depois, o rosto da mãe ficou mais leve e ela deu aquele sorrisinho engraçado que ele conhecia tão bem, o sorriso especial que ela guardava só para ele. Tad se sentiu melhor.

— A gente só vai até a cidade, Tadder. Se o velho Corcel da mamãe apagar, a gente gasta mais dois dólares e volta para casa no único táxi que existe aqui em Castle Rock. Combinado?

— Combinado.

Ele entrou e conseguiu fechar a porta. Ela ficou observando com atenção, pronta para ajudar, e Tad imaginou que ela devia estar pensando no último Natal, quando fechou a porta no pé, que precisou ficar enfaixado quase um mês. Só que na época Tad ainda era um bebê, e agora estava com quatro anos. Já era quase um homenzinho. Sabia disso porque o pai comentara com ele. Tad sorriu para a mãe para mostrar que a porta não era problema, e ela retribuiu o sorriso.

— Está bem fechada?

— Está — respondeu Tad, mas mesmo assim ela abriu e fechou a porta de novo, porque as mães nunca acreditavam nos filhos, só quando contavam que fizeram alguma coisa errada, como derramar o açúcar tentando pegar a manteiga de amendoim ou quebrar uma janela tentando jogar uma pedra no teto da garagem.

— Coloque o cinto — pediu Donna, voltando a ser ela mesma. — Quando o tal do bico da válvula de injeção, ou seja lá o que for, dá problema, o carro dá muitos solavancos.

Um tanto apreensivo, Tad colocou o cinto. Estava torcendo para que não acontecesse um acidente, como ocorria com dez caminhões ladeira abaixo. Mais que isso, estava torcendo para que a mãe não chorasse.

— Tudo pronto para a decolagem? — perguntou ela, ajustando os óculos invisíveis.

— Tudo pronto — respondeu ele, rindo. Era uma brincadeira que sempre faziam.

— Voo autorizado?

— Voo autorizado.

— Então, lá vamos nós. — Donna virou a chave e deu ré para sair da garagem. No minuto seguinte, estavam a caminho da cidade.

Depois de dois quilômetros, eles relaxaram. Até então, Donna estava muito tensa ao volante, assim como Tad, no banco do carona. Porém, o Corcel andava tão bem que parecia ter saído da linha de montagem no dia anterior.

Eles foram até o mercado Agway e Donna gastou quarenta dólares, comprando o suficiente para os dez dias em que Vic estaria ausente. Tad insistiu tanto que conseguiu ganhar uma caixa de Twinkles e, se Donna não tivesse acabado com a festa, teria levado Cocoa Bears também. A Sharp enviava cereais para a família com regularidade, mas o estoque de casa havia acabado. Embora estivesse bem atarefada, Donna ainda teve tempo para pensar, com uma ponta de amargura, enquanto esperava na fila da caixa (Tad estava na cadeirinha do carrinho de compras, balançando as pernas, despreocupado), no quanto de dinheiro se gastava para encher três sacolas de compras. Era mais do que deprimente, era assustador. Assustador porque servia para lembrar que havia uma possibilidade — uma *probabilidade*, sussurrou uma vozinha em sua mente — de que Vic e Roger perdessem a conta da Sharp, o que poderia significar o fim da própria agência. Quanto custariam as compras, então?

Donna ficou assistindo a uma mulher gorda e de traseiro avantajado, metida em uma calça cor de abacate, sacar da bolsa um encarte cheio de cupons de desconto, e então viu a moça do caixa fazer cara de "Ai, meu Deus" para a colega do lado. Sentiu o pânico roendo sua barriga com dentes de rato. Será que a coisa chegaria a este ponto para eles? *Será?* Claro que não. Antes que o pior acontecesse, voltariam a Nova York e então...

Como não estava gostando nada daquele fluxo acelerado de pensamentos, afastou logo a profusão de ideias, antes que virasse uma avalanche e a enterrasse sob o peso de outra profunda depressão. Na próxima vez, não precisaria comprar café, o que já abateria três dólares da conta.

Donna empurrou Tad e as sacolas até o Corcel, depois botou as compras no porta-malas, o filho no banco do carona e ficou esperando até ouvir o barulho da porta se fechando. Embora tivesse vontade de fechar a porta, aquilo era algo que o filho sentia que devia fazer. Coisa de menino. Donna quase teve um ataque do coração em dezembro do ano anterior, quando Tad prendeu o pé. Ele gritou *tanto*! Ela quase desmaiou... e então Vic saiu voando de casa, de pés descalços, metido no roupão de banho, derramando poças de neve derretida calçada afora. E Donna deixou que ele tomasse conta da situação com a competência que ela quase nunca tinha em momentos de emergência, quando quase sempre ficava desorientada. Vic conferiu se o pé estava quebrado, depois trocou de roupa às pressas e levou mãe e filho até a emergência do hospital de Bridgton.

Compras guardadas, Tad sentado, ela foi para o volante e ligou o Corcel. *Agora ele vai pifar*, pensou, mas o carro rodou com suavidade pela rua até o Mario's, que servia pizzas maravilhosas com calorias suficientes para engordar um pequeno batalhão. Estacionou razoavelmente dentro da vaga entre dois carros, conseguindo a proeza de ficar a pouco menos de meio metro do meio-fio, e entrou com Tad, sentindo-se bem pela primeira vez naquele dia. Talvez Vic estivesse enganado, talvez fosse gasolina batizada ou sujeira no tanque de combustível. Talvez o problema tivesse se resolvido por si só. Donna não tinha a menor vontade de rodar até a oficina de Joe Camber, que ficava longe demais de tudo (com seu habitual humor, Vic sempre chamava o lugar de Cafundolândia do Leste — claro que ele podia fazer esse tipo de piada, ele era *homem*). Sem falar que ficou com um pouco de medo de Camber quando o conheceu: era o estereótipo do ianque caipirão e carrancudo do interior, que grunhia em vez de falar. E o cachorro... como era mesmo o nome? Parecia espanhol. Cujo, era isso. Cujo era o apelido de William Wolfe, embora Donna achasse impossível que Joe Camber tivesse dado ao são-bernardo o nome de um ladrão de bancos terrorista e sequestrador de jovens milionárias. Donna duvidava que Camber alguma vez na vida tivesse ouvido falar do Exército Simbionês de Libertação. O cachorro parecia muito amistoso, mas ela não conseguiu conter o nervosismo ao ver Tad fazendo carinho naquele gigante — da mesma forma que não podia evitar a angústia ao ficar ao lado do carro vendo Tad fechar a porta por conta própria. Cujo parecia grande o suficiente para engolir o menino inteirinho em duas bocadas.

Donna pediu um sanduíche quente de pastrami para Tad, porque o filho não era muito fã de pizza — *sem dúvida não foi do lado da* minha *família que ele puxou isso* — e uma pizza de pepperoni e cebola com porção dupla de queijo para si. Comeram em uma das mesas voltadas para a rua. *Depois que devorar esta pizza, vou ficar com um bafo daqueles*, pensou ela, logo percebendo que não fazia diferença. Tinha conseguido afastar o marido e o cara que costumava fazer visitas nas últimas seis semanas.

A ideia trouxe mais uma vez aquele sentimento de depressão, que Donna mais uma vez sufocou... mas já estava começando a se cansar do esforço.

Os dois estavam quase chegando em casa, ouvindo Springsteen no rádio, quando o Corcel começou a apresentar problema de novo.

Primeiro foi um pequeno engasgo. Depois um grande. Donna começou a pisar de leve no acelerador, um macete que costumava funcionar.

— Que foi, mamãe? — perguntou Tad, alarmado.

— Está tudo bem, Tad — respondeu Donna, mas não estava.

O Corcel começou a engasgar muito, jogando os dois para a frente com tanta força que as travas do cinto de segurança chegaram a funcionar. O motor passou a fazer muito barulho. Uma sacola virou no porta-malas, derrubando latas e garrafas. Donna ouviu algo se quebrar.

— *Porcaria de carro!* — gritou, em fúria exasperada.

A casa despontava logo depois do alto da colina, zombeteiramente perto, mas Donna duvidava que o carro conseguisse chegar lá. Assustado com o grito da mãe e com as falhas do carro, Tad começou a chorar, aumentando ainda mais a confusão, a preocupação e a raiva de Donna.

— *Quieto!* — gritou ela. — *Pelo amor de Deus, fica quieto, Tad!*

O menino começou a chorar ainda mais alto e levou a mão ao bolso de trás da calça, onde estavam guardadas as Palavras para Monstros. Tocar o papel dobrado fez com que se sentisse melhor, mas só um pouco.

Donna percebeu que teria que encostar o carro, não havia mais o que fazer. Começou a manobrar para o acostamento, aproveitando os últimos solavancos. Poderiam usar o reboque de brinquedo de Tad para levar as compras para casa e decidir o que fazer com o Corcel. Talvez...

Assim que as rodas do lado do carona tocaram o cascalho do acostamento, o motor deu dois tiros pelo escapamento e depois os engasgos melhoraram, como já havia acontecido outras vezes. Poucos minutos depois, Donna conseguia entrar no acesso à garagem de casa. Subiu a pequena inclinação, puxou o freio de mão e desligou o motor, depois se debruçou sobre o volante e chorou.

— Mamãe — chamou Tad, arrasado. *Não chore mais*, tentou acrescentar, mas a voz não saiu e ele só conseguiu mexer os lábios sem emitir som, como se estivesse com laringite. Limitou-se a olhar para a mãe, querendo reconfortá-la, mas sem saber como. Reconfortar a mãe era tarefa do pai, não dele, e por um momento odiou Vic por estar em outro lugar. A profundidade daquele sentimento deixou Tad em choque e assustado e, sem razão alguma, ele viu a porta do closet se abrindo e vomitando uma escuridão que cheirava a algo mau e amargo.

Por fim, Donna levantou a cabeça. O rosto estava inchado. Ela pegou um lenço na bolsa e enxugou os olhos.

— Desculpe, meu amor. Eu não estava gritando com você. Não mesmo. Eu estava gritando com esta... *coisa*. — Ao dizer isso, bateu com força no volante. — Ai! — gritou, levando a mão à boca. Depois, riu. Não era uma risada feliz.

— Acho que ainda está pifado — comentou Tad, triste.

— Acho que sim — concordou Donna, sentindo uma saudade quase insuportável de Vic. — Muito bem, vamos guardar as compras. Pelo menos conseguimos comprar tudo que era preciso, Zorro.

— É verdade, Pancho. Vou pegar meu reboque.

Tad trouxe o Redball Flyer até o carro e Donna botou as três sacolas no carrinho, depois de juntar o que tinha caído de uma delas. Um pote de ketchup havia derramado. O que mais poderia ser? Metade do pote de ketchup Heinz entornada no carpete azul-escuro do porta-malas. Parecia que alguém tinha cometido um *haraquiri*. Donna imaginou que conseguiria limpar o grosso com uma esponja, mas a mancha continuaria ali. Mesmo que usasse um produto de limpeza para carpetes, era bem provável que o estrago não sumisse completamente.

Donna puxou o reboque de brinquedo até a porta da cozinha na lateral da casa, e Tad ajudou, empurrando. Ela tirou as compras das sacolas e estava decidindo se guardava tudo ou voltava para limpar o ketchup quando o telefone tocou. Tad voou até o aparelho como um maratonista após o tiro de largada. Já estava craque em atender o telefone.

— Alô, quem está falando?

Ele ouviu a resposta, sorriu, depois passou o fone para a mãe.

Era só o que me faltava, pensou ela. Devia ser alguém que gostaria de falar sobre nada durante duas horas. Para Tad, ela perguntou.

— Sabe quem é, meu amor?

— Claro! É o papai.

O coração de Donna começou a bater mais rápido. Pegou o fone da mão de Tad e disse:

— Alô? Vic?

— Oi, Donna — era mesmo a voz dele, mas soava tão reservada… tão *cuidadosa*. Ela sentiu como se perdesse o pé, algo de que não precisava para coroar a atual conjuntura.

— Você está bem?

— Estou.

— Pensei que só ligaria mais tarde. Se ligasse...

— Bom, fomos direto para a Image-Eye. A equipe dessa produtora fez todos os comerciais do Professor Cereal Sharp, mas sabe da novidade? Os caras não conseguiram encontrar os filmes de nenhum. Roger está arrancando os cabelos.

— Imagino. Ele odeia que qualquer coisa saia do planejamento, não é?

— Você está até pegando leve — concordou Vic, suspirando. — Foi a mesma coisa que eu pensei, enquanto eles estavam...

Vic deixou a frase morrer pela metade, devagar, e o desespero de Donna, aquela sensação de estar *sem pé*, desagradável, passiva e infantil, se transformou em algo mais ativo, em medo. O marido *nunca* interrompia uma frase, nem mesmo quando algo acontecia do seu lado da linha e o distraía. Ela se lembrou de como ele estava na noite de quinta, tão esgotado e no limite.

— Vic, você está *bem*? — Donna percebeu como a própria voz soava alarmada e teve certeza de que ele havia percebido também. Até Tad tirou os olhos do livro de colorir que havia aberto no chão da sala para olhar a mãe com aqueles olhos brilhantes e a testinha levemente vincada.

— Estou bem. Pensei em aproveitar para ligar agora, já que eles ainda estão meio perdidos por aqui. Acho que não vou conseguir ligar à noite. E o Tad, como está?

— Está ótimo.

Donna sorriu para o filho, piscando o olho. Tad sorriu de volta e o vinco da testa diminuiu. Voltou então ao livro de colorir. *Vic parece cansado e não vou jogar nas costas dele tudo o que aconteceu com essa merda de carro*, pensou. Depois se surpreendeu fazendo exatamente isso.

Ouviu o tom lamentoso de autocomiseração abrindo espaço na voz e lutou para sufocá-lo. Por que contar o problema para Vic, meu Deus do céu? Ele parecia prestes a desabar e ela estava ali, reclamando do carburador do Corcel e de um pote de ketchup derramado.

— Parece que é mesmo o bico da válvula de injeção — disse Vic. Na verdade, ele parecia um pouco melhor agora. Um pouco menos deprimido. Talvez porque fosse um problema bem pequeno diante de tudo o que estava acontecendo. — O Joe Camber não tinha horário disponível hoje?

— Liguei para lá, mas ele não estava em casa.

— É provável que estivesse. Joe não tem telefone na oficina. Normalmente é a mulher e o filho que anotam os recados. Eles devem ter saído.

— Bom, talvez ele tenha saído também...

— Pode ser, mas eu duvido. Se existe um ser humano capaz de criar raízes, é o Joe Camber.

— Será que eu arrisco e vou direto até lá? — perguntou Donna, hesitante. Pensou no longo trecho deserto entre a 117 e a Maple Sugar Road... e tudo isso *antes* de chegar à estrada que leva à casa de Camber, tão distante de tudo que nem nome tinha. E se o tal do bico da válvula resolvesse pifar de vez em algum trecho do caminho? Seria um grande problema.

— Melhor não. Joe deve estar na oficina... a menos que você precise dele. Aí, ele não estará. A lei de Murphy nunca falha. — Vic parecia deprimido.

— O que eu faço, então?

— Ligue para a concessionária da Ford e peça um guincho.

— Mas...

— Faça isso. Se tentar dirigir trinta e cinco quilômetros até South Paris, é bem provável que o carro apresente problema e você fique a pé. Explique a situação assim que ligar. Talvez você consiga um carro emprestado. Caso contrário, será preciso alugar um.

— Alugar... mas isso não é caro?

— É.

Donna pensou de novo que era injusto jogar tudo aquilo nas costas do marido. Vic devia estar pensando que ela era incapaz de fazer qualquer coisa... exceto talvez trepar com o restaurador de móveis. Nisso ela era boa. Lágrimas de raiva e de pena de si mesma queimaram os olhos.

— Deixa que eu cuido de tudo — disse ela, lutando desesperadamente para manter a voz normal e despreocupada. O cotovelo estava apoiado na parede, enquanto a mão cobria os olhos. — Não se preocupe.

— Bom, eu... Merda, lá vem o Roger. Está coberto de poeira até o pescoço, mas pelo menos conseguiram encontrar os rolos de filme. Posso falar com o Tad?

Intermináveis perguntas se acumularam na ponta da língua de Donna. Estava tudo bem? Ele acreditava que tudo ficaria bem? Os dois conseguiriam superar aquilo e recomeçar? Tarde demais. Não havia mais tempo. Ela perdera a oportunidade reclamando do carro. Burra, estúpida.

— Claro. Ele vai se despedir por nós dois. Vic?

— Sim? — Ele parecia impaciente agora, pressionado pelo tempo.

— Eu te amo — disse ela e, antes que ele conseguisse responder, acrescentou. — Vou colocar o Tad na linha.

Donna passou o telefone, quase acertando a cabeça do filho com o aparelho, e foi até a varanda na entrada da casa, chutando uma almofada no caminho, em meio a uma cortina de lágrimas. Ficou sentada na varanda, olhando para a 117, agarrando os cotovelos, lutando para manter o controle — *controle-se, pelo amor de Deus, controle-se*. Que coisa incrível, essa! Como algo doía tanto sem ter causa física?

Às suas costas, Donna ouvia o murmúrio suave da voz de Tad contando ao pai que tinham almoçado no Mario's, que a mamãe comeu a pizza gordurosa preferida dela e que o Corcel estava funcionando bem até quase chegarem em casa. Depois disse ao pai quanto o amava. Por fim, o ruído suave do fone no gancho. Ligação encerrada.

Controle-se.

Donna sentiu que pelo menos ainda conseguia se controlar um pouco. Voltou à cozinha e começou a guardar as compras.

Charity Camber desceu do ônibus às três e quinze da tarde. Brett vinha logo atrás. Ela apertava a alça da bolsa em espasmos. De repente, sentiu um medo irracional de não reconhecer Holly. O rosto da irmã, guardado na memória como uma fotografia durante todos aqueles anos (a Caçula que Casou Bem), desapareceu de maneira súbita e misteriosa da lembrança, deixando apenas um espaço vazio e nebuloso onde antes estivera a imagem.

— Já está vendo ela? — perguntou Brett enquanto desciam. O menino ficou olhando para a rodoviária de Stratford com vívido interesse e nada mais. Sem dúvida não havia medo estampado em seu rosto.

— Espera, primeiro deixa eu ver tudo! — respondeu Charity, de modo ríspido. — Ela deve estar no café ou…

— Charity?

Ela se virou e ali estava Holly. A foto guardada na memória voltou, mas agora era uma transparência que se sobrepunha ao verdadeiro rosto da mulher que estava ao lado da máquina do Space Invaders no fliperama. O primeiro pensamento de Charity foi que Holly estava usando óculos — que engraçado! O segundo, chocante, foi que Holly tinha rugas — não muitas, mas não havia dúvidas de que estavam ali. O terceiro pensamento não foi bem um pensamento. Era uma imagem tão clara, real e emocionante quanto uma foto em sépia: Holly pulando de roupa de baixo no açude do velho Seltzer, com o rabo de cavalo contrastando com o céu, tapando o nariz com o dedão e o indicador para deixar tudo mais cômico. *E nada de óculos*, pensou Charity, antes de ser invadida pela dor, que apertou seu coração.

Ao lado de Holly, olhando com timidez para Charity e Brett, estavam um menino de mais ou menos cinco anos e uma menina de mais ou menos dois anos e meio. O volume da calça da menina denunciava que havia uma fralda por baixo. O carrinho de bebê estava ao lado.

— Oi, Holly — cumprimentou Charity, com voz tão fina que mal dava para ser ouvida.

As rugas eram pequenas e viradas para cima, que eram as marcas *boas*, como dizia a mãe delas. O vestido era azul-marinho: caro, mas não muito. O pingente no pescoço era bijuteria de alta qualidade. Isso se não fosse uma pequena esmeralda.

Houve então uma pausa. Um lapso de tempo. Nele, Charity sentiu o coração se encher de uma alegria tão intensa e completa que teve certeza de que jamais questionaria o custo daquela viagem. Naquele momento ela estava *livre*, o filho estava livre. Era sua irmã, e os filhos dela eram sangue do seu sangue. Não eram fotos, eram de carne e osso.

Entre risos e lágrimas, as duas mulheres se aproximaram — a princípio com hesitação, depois depressa — e trocaram um longo abraço. Brett permaneceu onde estava. Parecendo assustada, a menininha foi até Holly e agarrou a barra do vestido dela, talvez para evitar que sua mãe e aquela mulher desconhecida saíssem voando juntas.

O menino ficou olhando para Brett, depois se aproximou. Estava usando jeans baratos e uma camiseta com a frase LÁ VEM PROBLEMA.

— Você é meu primo Brett — disse ele.

— Sou.

— Meu nome é Jim, que nem o do meu pai.

— Sei.

— Você é do Maine — comentou Jim. Por trás dele, Charity e Holly falavam sem parar, interrompendo-se e rindo da pressa em contar tudo bem ali naquela rodoviária suja ao sul de Milford e ao norte de Bridgeport.

— Sou — respondeu Brett.

— Você tem dez anos.

— Isso.

— Eu tenho cinco.

— É mesmo?

— É, mas eu posso bater em você. *Iaaa*! — Jim atingiu o estômago de Brett, fazendo o primo se contorcer.

Brett emitiu um longo e surpreso "Ufff!". As duas mulheres engoliram em seco.

— Jimmy! — gritou Holly, em uma espécie de horror resignado.

Brett se levantou devagar e viu a mãe olhando para ele, com o rosto como paralisado.

— É, você consegue me bater mesmo — disse Brett, sorrindo.

E tudo ficou bem. Ele viu no rosto da mãe que tudo estava bem e ficou feliz.

Às três e meia, Donna decidiu deixar Tad com uma babá e tentar levar o Corcel até a oficina de Camber. Ligou de novo para o homem e, mais uma vez, ninguém atendeu. Pensou, no entanto, que, se ele não estivesse na oficina, era bem provável que não demorasse a voltar. Talvez já estivesse de volta antes que ela chegasse lá... sempre partindo do pressuposto de que ela *conseguiria* chegar. Vic comentara na semana anterior que Camber provavelmente teria alguma lata velha para emprestar caso o Corcel precisasse ficar para conserto na oficina. E isso foi o que mais pesou na decisão dela. Ainda assim, Donna pensou que seria errado levar Tad. Se o Corcel pifasse de vez naquela estrada vicinal e ela precisasse pegar uma carona, tudo bem, mas fazer o filho passar por aquilo era desnecessário.

Tad, porém, tinha outros planos.

Logo após conversar com o pai, foi para o quarto e se esparramou na cama com uma pilha de livros infantis. Quinze minutos depois, já estava dormindo, e teve um sonho que parecia absolutamente comum, mas tinha uma força estranha e horrorizante. Nele, Tad viu um menino mais velho jogando uma bola de beisebol para cima para depois tentar acertá-la com o taco. Errou duas, três, quatro vezes. Na quinta tentativa, acertou a bola... e o taco rachou bem no meio. O menino ficou segurando a parte de baixo por alguns instantes, depois foi pegar a parte de cima. Ficou olhando para a parte superior do taco e balançou a cabeça, contrariado, antes de arremessá-la no gramado malcuidado ao lado da entrada da garagem. Em seguida, o menino se virou e Tad viu, com um misto de dor e satisfação, que era ele mesmo aos dez ou onze anos de idade. Era ele. Sem sombra de dúvida.

Depois o menino foi embora e tudo ficou cinzento. Então Tad ouviu dois sons: o primeiro era o ranger de balanços; o segundo, grasnados abafados de patos. Aos sons e ao ambiente cinzento se somou uma súbita e assustadora sensação de que ele não estava conseguindo respirar, que estava sufocando. *E um homem surgiu em meio à neblina... um homem que usava uma capa de chuva preta e brilhante e trazia uma placa de pare na mão. O sujeito sorriu, e seus olhos eram moedas de prata brilhantes. Ergueu a mão para apontar para Tad, que, horrorizado, viu que não havia mão ali, apenas ossos, e o rosto dentro da brilhante capa de chuva de vinil não era um rosto. Era um crânio. Era...*

Tad acordou sobressaltado, com o corpo empapado de suor, o que apenas em parte tinha relação com o calor abrasador do quarto. Sentou-se e agarrou os ombros, respirando com dificuldade.

Clique.

A porta do closet estava se abrindo e, por um segundo, Tad viu que havia algo lá dentro. No instante seguinte, já tinha saído em disparada até a porta que dava para o corredor. Vislumbrou a imagem por apenas um segundo, o suficiente para saber que não era Frank Dodd, o homem na capa de chuva preta brilhante, o homem que assassinava mulheres. Não era ele. Era outra coisa. Uma coisa com olhos vermelhos como um pôr do sol sangrento.

Porém, como Tad não podia falar dessas coisas para a mãe, descontou em Debbie, a babá.

Ele não *queria* ficar com Debbie. Ela não tinha paciência, sempre deixava o toca-discos muito alto *et cetera, et cetera.* Quando viu que os argumentos não haviam convencido a mãe, apelou e deu a entender que Debbie seria capaz de lhe dar um tiro. Quando Donna cometeu o equívoco de desatar a rir ao imaginar Debbie Gehringer, uma adolescente míope de quinze anos de idade, atirando em alguém, Tad começou a chorar em desespero e saiu correndo para a sala. Precisava dizer à mãe que Debbie Gehringer não teria forças para manter o monstro no closet — que, se escurecesse antes de a mãe voltar, a criatura poderia acabar saindo de lá. Talvez fosse o homem de casaco preto, talvez fosse a fera.

Donna correu atrás do filho, arrependida por ter rido, perguntando-se como pudera ser tão insensível. O pai estava fora, e só isso já era razão suficiente para Tad ficar mal. Ele não queria ficar distante da mãe uma hora que fosse. E...

E se, de alguma forma, ele consegue perceber o que está acontecendo entre mim e Vic? Talvez ele tenha ouvido...

Não, ela achava que não. Nem *conseguia* pensar na possibilidade. Era só a situação cobrando seu preço.

A porta da sala estava fechada. Donna levou a mão à maçaneta, hesitou, depois bateu de leve. Nenhuma resposta. Voltou a bater e, como mais uma vez não houve resposta, entrou sem fazer barulho. Tad estava deitado com o rosto enterrado no sofá e segurava com firmeza uma das almofadas de apoio contra a cabeça. Era o comportamento que reservava para as maiores preocupações.

— Tad?

Nada.

— Desculpe ter rido.

Ele olhou para ela pelo canto da almofada macia e cor pérola do sofá. O rosto ainda estava molhado pelas lágrimas.

— Deixa eu ir com você, por favor — pediu. — Não me deixe aqui sozinho com a Debbie, mãe.

É um ator de primeira, pensou Donna. Um ator de primeira e um mestre da coerção. Ela logo percebeu a estratégia (ou pensou ter percebido) e reconheceu que seria melhor ceder... em parte porque suas próprias lágrimas estavam coçando outra vez. Ultimamente, parecia que sempre havia nuvens negras no horizonte.

— Filhote, você viu como o carro da mamãe ficou quando a gente estava voltando para casa. Ele pode pifar de vez no meio para a Cafundolândia do Leste e aí vamos precisar procurar a casa de alguém e pedir para usar o telefone, e talvez a gente precise andar muito...

— E daí?! Eu adoro andar!

— Eu sei, mas você pode ficar com medo.

Pensando na coisa dentro do closet, Tad resolveu gritar a plenos pulmões:

— *Eu não vou ficar com medo!* — E levou automaticamente a mão até o bolso de trás da calça, onde estavam guardadas as Palavras para Monstros.

— Não levante a voz assim. É feio, entendeu?

Ele baixou a voz.

— Eu não vou ficar com medo. Eu só quero ir com você.

Impotente, Donna olhou para o filho, sabendo que devia chamar Debbie Gehringer, sentindo-se vergonhosamente manipulada por um menino de quatro anos de idade. Se recuasse, seria pelos piores motivos possíveis. Pensou: *É como uma reação em cadeia que não para e está fazendo girar engrenagens que eu nem sabia que existiam. Ai, meu Deus, queria estar numa ilha deserta agora.*

Donna abriu a boca para dizer ao filho que ligaria para Debbie e os dois estariam liberados para fazer pipoca se Tad se comportasse, mas que ele teria que ir para a cama logo depois do jantar se fosse malcriado e *ponto final*. Em vez disso, falou:

— Tudo bem, pode vir junto. Mas, se o carro pifar de vez, vamos precisar ir até a casa de alguém e ligar para um táxi. E se a gente tiver *mesmo* que andar, não quero ouvir nenhuma reclamação, Tad Trenton.

— Não v...

— Deixa a mamãe terminar de falar. Não quero reclamação, nem quero que você me peça colo, porque eu não vou carregar você. Entendeu?

— Sim. Entendi tudo! — Tad pulou no sofá, já sem tristeza. — A gente vai agora?

— Acho que sim... Na verdade, por que a gente não prepara um lanche antes? Que tal um bom lanche e um leite quentinho na garrafa térmica?

— Caso a gente precise ficar fora a noite *toda*? — De repente, Tad pareceu hesitar.

— Não, meu amor. — Ela sorriu e abraçou o filho. — O problema é que a mamãe ainda não conseguiu falar com o sr. Camber. Seu pai disse que deve ser porque ele não tem telefone na oficina, então não sabe que eu estou ligando. Seu pai acha que a esposa e o filho dele devem ter saído...

— Ele devia ter um telefone na oficina. Que coisa mais *burra*.

— Por que você não diz isso a ele? — perguntou Donna, e Tad balançou a cabeça negativamente. — Se não tiver ninguém lá, a gente pode esperar lanchando no carro ou na varanda da casa.

Tad bateu palmas.

— Isso! Isso! Posso levar minha lancheira do Snoopy?

— Pode — respondeu Donna, cedendo de vez.

Ela encontrou uma caixa de barras de cereal Keebler e algumas embalagens de Slim Jims (Donna achava aquele embutido a coisa mais horrorosa do mundo, mas Tad era louco por ele). Embalou algumas azeitonas e fatias de pepino em papel laminado, encheu de leite a garrafa térmica de Tad e metade da garrafa térmica grande de Vic, a que costumavam levar quando iam acampar.

Por alguma razão, olhar para a comida separada deixou Donna com uma pulga atrás da orelha.

Olhou para o telefone e pensou em ligar mais uma vez para Joe Camber. Em seguida, concluiu que não havia necessidade, já que iriam para lá de uma forma ou de outra. Então pensou em perguntar de novo a Tad se ele não preferia ficar com Debbie Gehringer, e depois ficou se questionando por quê. Tad já tinha deixado claro sua preferência.

E foi então que Donna começou a sentir um mal-estar. Um mal-estar intenso, que nada tinha de físico. Correu os olhos pela cozinha, como se esperasse que a razão do desconforto estivesse ali. Não estava.

— A gente vai ou não vai, mamãe?

— Vai — disse ela, com o pensamento distante. Pegou o quadro de notas que ficava na parede ao lado da geladeira e anotou: "Tad e eu fomos levar o carro à oficina do J. Camber. Voltamos já".

— Pronto, Tad?

— Prontíssimo — respondeu ele, sorrindo. — Para quem é o bilhete, mãe?

— A Joanie ficou de passar aqui e deixar umas framboesas — respondeu vagamente. — A Alisson MacKenzie também, para me mostrar umas coisas da Amway e da Avon.

— Ah, tá.

Donna fez um cafuné nos cabelos do filho e eles saíram. O calor atingiu os dois como um martelo envolto em travesseiros. *Se bobear, esta porcaria de carro não vai nem dar a partida*, pensou.

Mas deu.

Eram quinze para as quatro da tarde.

Os dois seguiram para o sul pela Route 117 em direção à Maple Sugar Road, que ficava a cerca de oito quilômetros da cidade. O Corcel se comportou de maneira exemplar e, não fosse aquele surto de engasgos de motor na volta das compras, Donna teria se perguntado por que fazer tanto barulho por nada. No entanto, como o surto de engasgos *existiu*, ela se empertigou e continuou dirigindo, sem passar dos sessenta quilômetros por hora, mantendo a direita o máximo possível quando um carro se aproximava. O fluxo era grande na estrada, porque a circulação de veranistas já tinha começado. O Corcel não tinha ar-condicionado, por isso as janelas ficaram abertas.

Um enorme Continental com placa de Nova York, puxando um trailer gigantesco com duas lambretas, ultrapassou o Corcel em plena curva, com o motorista buzinando sem parar. A mulher no banco do carona, uma gorda de óculos de sol, olhou para Donna e Tad com desprezo imperial.

— Vai se foder! — gritou Donna, mostrando o dedo médio para a mulher. Ela se virou depressa. Tad olhou para a mãe, um pouquinho nervoso, mas Donna sorriu para o filho. — Não se preocupe, garotão. Está tudo bem. É só um casal de forasteiros idiotas.

— Tá — respondeu Tad, cauteloso.

Olha só para mim, pensou. *Ianque da cabeça aos pés. Vic ficaria orgulhoso.*

Não conseguiu conter um sorriso porque, para quem nascia no Maine, qualquer um que viesse de outro lugar será um forasteiro até a hora de descer à cova. Com direito a um lembrete na lápide: HARRY JONES, CASTLE CORNERS, MAINE *(Nascido em Omaha, Nebraska).*

Os turistas costumavam seguir em direção à 302, onde virariam para o leste em direção a Naples, ou para o oeste em direção a Bridgton, Fryeburg e North Conway, no estado de New Hampshire, cidade de pistas de esqui, parques de diversões chinfrins e restaurantes baratos. Donna e Tad não chegariam até o entroncamento com a 302.

Embora a casa dos Trenton ficasse em uma colina com vista para o centro de Castle Rock e seus belos espaços públicos, era preciso andar cerca de oito quilômetros até conseguir ver algo além de bosques dos dois lados da rua. Muito raramente, os bosques davam lugar a lotes ocupados por uma casa ou um trailer e, à medida que se distanciavam, as casas ficavam cada vez mais pobres. O sol brilhava com força e ainda havia cerca de quatro horas de claridade, mas o vazio deixou Donna inquieta mais uma vez. Não era tão ruim ali, na 117, mas quando saíssem da estrada principal...

O ponto de saída era marcado por uma placa com a inscrição MAPLE SUGAR ROAD quase ilegível, de tão apagada. Ela fora bastante depredada pelos disparos de revólveres calibre .22 ou armas de chumbinho usadas por jovens da região. A estrada era de mão dupla e apresentava um asfalto irregular, cheio de rachaduras e desníveis. Passava por duas ou três casas em mau estado e por um velho e maltratado trailer RoadKing, que ficava sobre uma base de concreto prestes a desmoronar. Na frente havia um quintal, e Donna percebeu que vários brinquedos baratos de plástico estavam espalhados pelo gramado, tomado por ervas daninhas. Uma placa pendurada de qualquer jeito em uma árvore na entrada do terreno dizia FILHOTES DE GATO GRÁTIS. Uma criança barriguda de uns dois anos de idade estava por ali. Uma fralda Pampers ensopada de xixi estava caindo abaixo do pintinho. A boca estava aberta e o menino tinha um dedo enfiado no nariz e outro no umbigo. Ao olhar para ele, Donna não pôde evitar um arrepio.

Pare com isso. Pelo amor de Deus, o que está acontecendo com você?

Os bosques voltaram a ficar densos nas laterais da estrada. Um velho Ford Fairlane 68 enferrujado no capô e em volta dos faróis passou na outra pista. Um garoto cabeludo e sem camisa dirigia como se estivesse sozinho na estrada. O carro devia estar a mais de cento de vinte por hora. Donna se encolheu. Foi o único veículo que passou por eles.

Os dois agora seguiam por um trecho de subida íngreme da Maple Sugar Road e, quando passavam por um campo ou um grande jardim, a maravilhosa vista do oeste do Maine se descortinava na direção de Bridgton e Fryeburg. O Long Lake brilhava ao fundo como o pingente de safira de uma mulher obscenamente rica.

Estavam subindo mais um trecho abrupto de uma das colinas erodidas (o acostamento da estrada estava cheio de bordos descabelados e empoeirados por causa do calor) quando o Corcel começou a engasgar. Donna prendeu a respiração e pensou: *Ah, não. Agora não. Corta essa, carrinho de merda! Agora não!*

Inquieto, Tad se mexeu de um lado para outro no banco do carona e se agarrou ainda mais à lancheira do Snoopy.

Donna começou a apertar de leve o acelerador, repetindo em pensamento as mesmas palavras, como uma ladainha pouco articulada: *Agora não, agora não, agora não.*

— Mamãe, é...

— Calma, Tad.

Os engasgos ficaram cada vez piores. Frustrada, Donna começou a pressionar o acelerador mais forte — e o Corcel saltou para a frente, com o motor voltando a funcionar bem.

— Eeee! — comemorou Tad, com um grito tão alto e inesperado que fez a mãe dar um pulo.

Dois quilômetros depois, chegaram a um cruzamento sinalizado por outra placa de madeira, desta vez com a inscrição TOWN ROAD. Donna entrou, sentindo-se triunfante. Pelo que lembrava, a casa de Camber ficava a pouco mais de dois quilômetros dali. Se o Corcel entregasse os pontos, ela e Tad conseguiriam chegar a pé.

Passaram por uma casa caindo aos pedaços, que tinha um Ford LTD enferrujado e um velho e enorme carro branco na garagem. Pelo retrovisor, Donna percebeu que a madressilva tinha tomado completamente a lateral da casa mais banhada pelo sol. Um pouco adiante, um campo se abriu à esquerda e o Corcel começou a subir uma ladeira longa e íngreme.

No meio do caminho, o carro começou a falhar outra vez, e com engasgos ainda piores.

— Será que ele consegue subir, mamãe?

— Ah, consegue — respondeu Donna, contrariada.

O velocímetro do Corcel caiu de sessenta para quarenta. Donna travou o câmbio automático na marcha mais baixa, pensando que isso poderia ajudar na compressão ou coisa parecida. Só que o carro começou a engasgar cada vez mais. O cano de descarga parecia um pelotão de fuzilamento, assustando Tad, que começou a gritar. A velocidade baixou para a de um maratonista, mas pelo menos já dava para ver a casa de Camber e o celeiro vermelho que servia de oficina.

Afundar o pé no acelerador tinha funcionado antes e, por um instante, o motor pareceu dar resposta. O velocímetro saltou de vinte para trinta, depois voltou a engasgar. Donna tentou afundar o pé mais uma vez, só que, em vez de funcionar normalmente, o motor começou a querer morrer. Uma porcaria de luz vermelha passou a piscar, sinalizando que o Corcel estava prestes a parar de vez.

Porém, isso já não era problema, pois o carro estava passando pela caixa de correio de Camber. Eles tinham chegado. Havia um pacote pendurado na tampa da caixa, e Donna mal reparou no remetente enquanto passava por ali: J. C. Whitney & Co.

A informação logo se perdeu em meio a pensamentos mais importantes. O foco de Donna no momento era levar o carro até a entrada da garagem. *Depois, o carro pode parar à vontade*, pensou ela. *Ele vai precisar ter que consertar, se quiser entrar ou sair da garagem.*

A oficina ficava um pouco afastada da casa. Se o caminho fosse uma subida mais longa, como era na casa dos Trenton, o Corcel não teria conseguido chegar lá. Mas, como logo após o aclive inicial havia trechos planos ou de leve declive, Donna só precisou colocar o carro em ponto morto e deixar que a inércia levasse os dois até as grandes portas entreabertas do celeiro-oficina.

Assim que Donna foi pisar no freio e parar o Corcel, o motor começou os engasgos de novo… desta vez, fraquinhos. A luz vermelha continuou piscando, como um coração batendo devagar, depois acendeu de vez. Foi aí que o carro morreu.

Tad olhou para a mãe.

Ela sorriu para o filho.

— Tad, meu camaradinha, nós chegamos.

— É, mas será que tem alguém em casa?

Havia uma picape verde-oliva estacionada ao lado do celeiro. Era o carro de Camber, e não o de um cliente. Donna se lembrava da última vez. Só que as luzes estavam apagadas lá dentro. Ela esticou o pescoço para a esquerda e viu que não havia ninguém em casa. Além disso, um pacote estava pendurado na tampa da caixa de correio.

O remetente era J. C. Whitney & Co. Donna sabia que era uma fábrica de peças automotivas pois, na adolescência, seu irmão recebia o catálogo da empresa. Embora um pacote da J. C. Whitney & Co para Joe Camber fosse a coisa mais natural do mundo, se ele estivesse em casa, com certeza já teria recolhido a correspondência.

Não tem ninguém em casa, pensou, desanimada, e sentiu uma leve raiva de Vic. *Joe sempre está em casa, pode apostar. Se fosse possível, ele criaria raízes na oficina, sem dúvida. Ele só não está quando você mais precisa.*

— Bem, não custa dar uma olhada — comentou Donna, abrindo a porta.

— Não consigo tirar o cinto de segurança — reclamou Tad, forçando em vão a trava.

— Calma, não precisa tentar até sangrar. Vou dar a volta e solto você.

Donna saiu do Corcel, bateu a porta e deu dois passos para a frente, com o intuito de contornar o carro e soltar Tad. Isso daria a Camber a chance de sair e ver quem tinha chegado, caso ele não estivesse fora. Donna não gostava da ideia de tentar chamar a atenção dele depois de ir até lá sem avisar. Podia ser uma bobagem, mas, desde aquela cena abjeta e assustadora com Steve Kemp na cozinha, Donna voltou a prestar mais atenção ao fato de estar desprotegida, mais até do que prestava quando tinha dezesseis anos e os pais permitiram que começasse a namorar.

O silêncio chamou sua atenção na hora. Estava tão quente e quieto que chegava a dar nos nervos. Claro que havia sons ao redor, mas, mesmo depois de alguns anos de experiência em Castle Rock, o máximo que ela podia dizer dos próprios ouvidos era que tinham se adaptado devagar do nível "cidade grande" para "cidade pequena"... e agora nem estava mais na cidade pequena.

Ouviu pássaros cantando e um incômodo grasnido de corvo em algum ponto do grande campo, que se estendia pelas bordas da colina que tinham acabado de subir. Uma leve brisa deu sinal de vida e os carvalhos que rodeavam o caminho até a oficina se mexeram, criando desenhos aos pés de Donna com suas sombras. Ela, no entanto, não ouvia nenhum ruído de motor, nem sequer de um trator ou de uma colheitadeira à distância. Ouvidos de cidade grande e cidade pequena eram mais sensíveis a barulhos produzidos pelo homem, os sons da natureza tendiam a ficar de fora da cuidadosamente construída rede de percepção seletiva. A ausência total de barulhos do dia a dia gerava inquietação.

Eu teria ouvido se ele estivesse trabalhando no celeiro, pensou Donna. Porém, os únicos sons que escutou foram os próprios passos sobre o piso de cascalho da entrada da oficina e um zunido baixo, quase inaudível — sem nenhum esforço consciente, a mente de Donna o rotulou como o som do transformador de energia que ficava em um dos postes da estrada.

Quando chegou à frente do carro e começou a contornar o Corcel, ouviu um novo som. Um rosnado grave e denso.

Donna se deteve, movendo a cabeça para os lados, tentando identificar a fonte daquele som. Por um instante, não conseguiu, mas depois ficou horrorizada, não pelo som em si, mas por não saber de onde estava vindo. Parecia vir do nada. Parecia vir de todos os lugares. Então algum radar interno — um dispositivo de sobrevivência, quem sabe — foi ligado a plena força, e ela entendeu que o rosnado vinha de dentro da oficina.

— Mamãe! — gritou Tad, colocando o rosto para fora da janela aberta até onde o cinto permitia. — Não consigo tirar essa porcaria…

— *Shhh!*

(*rosnados*)

Ela deu um passo titubeante para a frente, com a mão direita levemente apoiada no capô do Corcel, com os nervos esticados como finos cabos de detonação, não em pânico, mas em um estado de alerta absoluto, pensando: *O cachorro não rosnava antes.*

Cujo saiu da oficina de Joe Camber. Donna olhou para ele, prendendo a respiração. Era o mesmo cachorro. Era Cujo, mas…

Mas, ai, meu

(*ai, meu Deus*)

Os olhos do cão se cravaram nos dela. Estavam vermelhos e reumáticos. Soltavam alguma substância viscosa. O cachorro parecia estar chorando balas de goma. O pelo castanho estava duro, misturado com lama e…

Sangue, aquilo é

(é sangue, sangue, Jesus Cristo)

Donna não conseguia se mexer. Nem respirar. Parecia haver uma maré vazando em seus pulmões. Ela já tinha ouvido falar da paralisia causada por medo, mas nunca imaginou que podia ser tão abrangente. O cérebro e as pernas tinham perdido a conexão. O filamento cinzento que corria pelo centro da espinha tinha desligado os sinais. As mãos eram blocos de carne anestesiados ao sul dos pulsos, sem nenhum tipo de sensibilidade. A urina brotou. Donna não percebeu, a não ser por uma vaga e distante sensação de calor.

E o cachorro parecia saber. Os olhos terríveis e destituídos de pensamento não largavam os grandes olhos azuis de Donna Trenton. Cujo foi seguindo em frente devagar, quase languidamente. Estava bem na soleira da porta de entrada da oficina. Agora, no piso de cascalho, a oito metros de distância. E não parou de rosnar em momento algum. Era um som grave e gutural, quase apaziguador em meio à ameaça. Caía muita espuma do focinho. E Donna não conseguia se mexer de maneira alguma.

Foi então que Tad viu o cão, reconheceu o sangue que manchava o pelo e gritou — um som agudo e cortante que fez Cujo desviar os olhos. E foi o que arrancou Donna do estado de paralisia.

Ela se virou, tremendo, batendo a perna contra o para-choque do Corcel, o que provocou uma onda de dor nos quadris. Correu para o outro lado do carro. O rosnado de Cujo se transformou em um rugido enfurecido e ele investiu contra Donna. Na corrida, ela escorregou no piso de cascalho e só conseguiu se reequilibrar apoiando o braço contra o capô do Corcel. O osso do cotovelo se chocou contra o metal, arrancando um grito de dor dela.

A porta do carro estava fechada. Donna fechara automaticamente ao sair do Corcel. O botão cromado abaixo da maçaneta de repente lhe pareceu absurdamente brilhante, lançando flechas de sol contra os olhos. *Não vou conseguir abrir a porta, entrar e fechar*, pensou, e a percepção de que podia estar à beira da morte foi crescendo. *Não vai dar tempo. Não tem jeito.*

Donna abriu a porta de supetão, ouvindo a própria respiração entrar e sair do fundo da garganta em espasmos. Tad gritou de novo. Era um grito glacial, entrecortado.

Donna se sentou, quase caindo, no banco do motorista. Vislumbrou Cujo vindo em sua direção, com as patas traseiras já preparadas para o salto que faria o cão de noventa quilos cair em seu colo.

Puxou a porta do carro com as duas mãos, com violência, acertando o volante com o braço direito e tocando a buzina com o cotovelo. Bem a tempo. Uma fração de segundo depois de a porta se fechar houve um impacto pesado e sólido contra a lateral do carro, como se alguém tivesse arremessado uma grande tora contra o Corcel. A onda de rugidos enfurecidos do cão parou na hora, dando lugar ao silêncio.

Ele deve ter desmaiado, pensou Donna, histericamente. *Graças a Deus, graças a Deus...*

No instante seguinte, o rosto deformado de Cujo, coberto de espuma, surgiu do lado de fora da janela de Donna, a centímetros de distância, como um monstro de filme de terror que decidia dar ao público um grande susto, quase saindo da tela. E outra vez experimentou aquela sensação paralisante e terrível de que o cachorro estava olhando para *ela*, não para uma mulher presa no carro com o filho, mas para *Donna Trenton*, como se só estivesse esperando que ela aparecesse ali.

Cujo começou a latir de novo, e o som era extremamente alto, mesmo com os vidros fechados. De repente, ela se deu conta de que, se não tivesse fechado a janela mecanicamente ao parar o carro (um conselho insistente do pai: pare o carro, feche as janelas, puxe o freio de mão, pegue as chaves, tranque o carro), adeus, garganta. Seu sangue estaria espalhado pelo volante, pelo painel, pelo para-brisas. Donna foi salva por uma ação automática, da qual nem conseguia se lembrar.

Então gritou.

O rosto horrível do cão desapareceu de vista.

Donna se lembrou de Tad e olhou para ele. Quando viu o filho, foi invadida por um novo medo, que a perfurou como uma broca. Tad não havia desmaiado, mas também não estava consciente. Havia afundado no banco, com o olhar vazio e atordoado. O rosto estava muito pálido. Os lábios, azulados nos cantos.

— Tad! — Donna estalou os dedos diante dos olhos do filho, que piscou de modo letárgico ao ouvir o som seco. — Tad!

— Mamãe — disse ele, pesadamente. — Como é que o monstro do meu closet conseguiu sair? Eu estou sonhando? Estou tendo um pesadelo?

— Vai ficar tudo bem — respondeu ela, arrepiada com o que o filho disse sobre o closet. — Vai...

Ela viu o rabo e parte de cima do dorso do cachorro passarem pelo capô do Corcel. Estava indo para o lado de Tad...

E a janela de Tad não estava fechada.

Donna se jogou por cima do filho, movendo-se em um espasmo muscular tão intenso que chegou a bater os dedos na maçaneta da janela. Girou o mais rápido que podia, ofegante, sentindo Tad se debatendo embaixo de si.

O vidro já estava três quartos fechado quando Cujo pulou na janela. O focinho se enfiou pela parte vazia e foi forçado para cima pelo vidro. O som dos latidos enlouquecidos preencheu o interior do carro. Tad gritou de novo e agarrou a própria cabeça, cruzando os antebraços sobre os olhos. Tentou esconder o rosto na barriga da mãe, o que diminuiu a força que ela fazia para levantar o vidro da janela, em um esforço cego para escapar.

— Mamãe! Mamãe! Mamãe! *Faz parar! Faz ele ir embora!*

Havia algo morno escorrendo pelas costas das mãos de Donna. Ela viu com um horror crescente que uma mistura de lama e sangue pingava da boca do cão. Usando toda a força, conseguiu forçar o vidro para cima mais um pouco... e então Cujo recuou. Donna só conseguiu vislumbrar os traços do são-bernardo, desfigurados e enlouquecidos, uma caricatura insana do antigo e manso rosto de Cujo. Em seguida, o animal voltou a ficar sobre as quatro patas e Donna viu o dorso.

Foi fácil girar o que faltava da manivela. Donna fechou a janela, depois limpou as costas da mão na calça jeans, dando gritinhos de nojo.

(ai Jesus, ai Maria, mãe de Deus)

Tad voltara ao estado de apatia anterior. Desta vez, quando Donna estalou os dedos diante do rosto do filho, não houve reação.

Ele vai ficar traumatizado com isso, meu Deus. Meu doce Tad, se pelo menos eu tivesse deixado você com a Debbie.

Pegou o filho pelos ombros e começou a balançá-lo devagar.

— Estou tendo um pesadelo? — repetiu a pergunta.

— Não — respondeu Donna. Tad soltou um gemido: um som baixo e dolorido que partiu o coração da mãe. — Mas está tudo bem. Tad? Está tudo bem. O cachorro não vai conseguir entrar. As janelas estão fechadas. Ele não vai entrar. Não vai conseguir pegar a gente.

As últimas palavras conseguiram furar a barreira do estado de choque, trazendo um pouco de brilho aos olhos de Tad.

— Então vamos para casa, mamãe. Eu não quero ficar aqui.

— Claro, claro. Vamos...

Como um grande projétil castanho, Cujo saltou sobre o capô do Corcel e investiu contra o para-brisas, latindo. Tad gritou mais uma vez e arregalou os olhos, cravando as mãozinhas nas bochechas, provocando linhas vermelhas na pele.

— Ele não pode pegar a gente! — gritou Donna. — Você está me ouvindo? Ele não consegue entrar, Tad!

Cujo se chocou contra o para-brisa, causando um som abafado, recuou e ficou arranhando o capô. Deixou vários riscos na pintura. Depois atacou de novo.

— *Quero ir para casa!* — gritou Tad.

— Vem aqui, me abraça forte, Tadder. Não se preocupe.

Não fazia sentido dizer aquilo... mas o que mais ela poderia dizer?

Tad enterrou o rosto nos seios da mãe no exato momento em que Cujo atingiu o para-brisa mais uma vez. Muita espuma se espalhou pelo vidro quando ele tentou abrir caminho a mordidas. Os olhos insanos e desorientados do cão olhavam fixamente para os de Donna. Vou estraçalhar você, diziam. Você e o menino. Assim que conseguir entrar nesta lata de sardinhas, vou comer vocês dois vivos. Vou devorar pedaço a pedaço enquanto vocês gritam.

É raiva, pensou Donna. *Este cachorro tem raiva.*

Cada vez mais assustada, ela olhou para além do cachorro e da picape de Joe Camber. Será que o cachorro mordeu o próprio dono?

Donna buzinou. O som alto e agudo fez o cachorro recuar e quase perder o equilíbrio.

— Você não gosta do barulho, não é? — gritou ela, triunfante. — Dói no ouvido, não é? — disse, antes de buzinar mais uma vez.

Cujo abandonou o capô com um salto.

— Mamãe, vamos para casa, *por favor!*

Ela virou a chave na ignição. Nada de o motor funcionar. Tentou algumas vezes, mas o carro não ligou. Por fim, desistiu.

— Meu amor, não dá para a gente ir. O carro...

— Eu quero ir para casa! Quero ir agora! *Agora!*

Donna sentiu a cabeça latejando. Pontadas agudas e dolorosas, em perfeita sintonia com as batidas de seu coração.

— Tad, me escuta. O carro não quer ligar. É a porcaria da válvula de novo. A gente precisa esperar o motor esfriar. Então o carro vai pegar, eu acho. E aí a gente vai embora.

Tudo o que precisamos fazer é sair da entrada da oficina do Camber e chegar até o ponto de descida da colina, pensou. *Aí, mesmo que o carro pife, não tem problema, porque dá para seguir em ponto morto. Se eu não me apavorar e meter o pé no freio, acho que dá até para chegar perto da Maple Sugar Road... ou então...*

Donna se lembrou da casa no sopé da colina, a com o lado leste dominado por madressilvas. Havia gente lá. Dois carros estavam parados na entrada.

Gente!

Donna voltou a buzinar. Três toques curtos, três toques longos, três toques curtos, reiteradas vezes, o único código morse de que ela ainda se lembrava de seus dois anos de escoteira. Os donos da casa lá embaixo conseguiriam ouvir. Mesmo que não entendessem a mensagem, pelo menos subiriam para ver quem estava causando tanta confusão na porta do Joe Camber — e por que razão.

E o cachorro, cadê? Ela não estava conseguindo ver onde a fera estava. Mas não havia problema. O cachorro não tinha como entrar no carro, e em breve alguém viria ajudar.

— Vai ficar tudo bem — disse Donna. — É só a gente esperar.

A sede da Image-Eye Studios estava instalada em um prédio sujo com fachada de tijolos. O escritório comercial ficava no quarto andar e havia dois estúdios no quinto. No sexto e último andar havia uma sala de projeção mal refrigerada, grande o suficiente para abrigar dezesseis poltronas em quatro fileiras de quatro.

No início daquela manhã, Vic Trenton e Roger Breakstone se sentaram na terceira fileira de poltronas, deixando os casacos de lado e afrouxando as gravatas por causa do calor. Assistiram aos comerciais do Professor Cereal Sharp cinco vezes cada um. Eram vinte no total. Destes, três eram os fatídicos anúncios do Red Razberry Zingers.

O último rolo de seis comerciais havia acabado uma hora e meia antes, quando o projecionista se despediu e saiu para seu emprego noturno, exibir filmes no Cinema Orson Welles. Quinze minutos depois, Rob Martin, presidente da Image-Eye, também se despediu com um boa-noite mal-humorado, dizendo que a porta de sua sala estaria aberta para eles pelos próximos dois dias, caso precisassem. Não disse, porém, o que estava passando pela cabeça dos três: a porta estaria aberta se Vic e Roger encontrassem algo relevante para dizer.

Rob tinha todo o direito de estar melancólico. Veterano do Vietnã, perdera uma perna durante a ofensiva do Tet e havia aberto a I-E no final de 1970, com a indenização por incapacidade física e muita ajuda da família. Desde então, o estúdio lutou para manter a cabeça fora d'água, em geral aproveitando as migalhas que sobravam dos banquetes que a mídia oferecia aos maiores estúdios de Boston. Vic e Roger escolheram trabalhar com Rob porque, de certa forma, ele era como um espelho dos dois — lutando para se estabelecer, para chegar até aquela milagrosa linha do sucesso e se manter acima dela. E, claro, Boston era bom porque era mais fácil chegar lá do que em Nova York.

A Image-Eye havia decolado nos últimos dezesseis meses. Rob conseguiu capitalizar o fato de que a produtora estava fazendo os comerciais da Sharp para aportar outros clientes e, pela primeira vez, os negócios pareciam estar sólidos. Em maio, pouco antes de o cereal jogar lama no ventilador, Rob enviou a Vic e Roger um cartão que mostrava um ônibus municipal de Boston indo embora. Na traseira estavam quatro garotas adoráveis, naquela posição em que Napoleão perdeu a guerra, mostrando o bumbum metido em calças jeans bem justas. No verso do cartão, em estilo tabloide, vinha o texto: IMAGE-EYE FECHA CONTRATO COM LINHAS MUNICIPAIS DE BOSTON. NUNCA UMA TRASEIRA FOI TÃO ATRAENTE. Divertido, à época. Nem tanto agora. Desde o fiasco do Zingers, dois clientes (incluindo a Cannes-Look Jeans) encerraram a parceria com a I-E e, caso a Ad Worx perdesse a conta da Sharp, Rob perderia mais contratos, o que o deixava irritado e apavorado... Emoções que Vic entendia bem.

Vic e Roger ficaram sentados, fumando em silêncio, durante quase cinco minutos. Até que Roger quebrou o silêncio e disse, em voz baixa:

— Isso tudo me dá vontade de vomitar, Vic. Vejo o sujeito sentado à mesa, olhando para mim com cara de quem comeu e não gostou, provando uma colher daquele cereal cheio de corante vermelho, dizendo "Não, nada de errado aqui", e começo a sentir náusea. Fisicamente falando. Ainda bem que o projecionista teve que ir embora. Se eu assistisse aos comerciais mais uma vez, teria que ficar com um desses sacos de vômito de avião no colo.

Roger apagou o cigarro no cinzeiro que ficava no braço da poltrona. Ele *realmente* parecia estar se sentindo mal. O rosto tinha um tom amarelo que deixou Vic preocupado. Podia chamar de estado de choque, esgotamento mental ou o que fosse, mas na verdade aquilo era medo puro e simples, além da sensação de estar encurralado. Era como olhar para a escuridão e ver que algo o faria em pedaços.

— Fiquei dizendo um tempão a mim mesmo — confessou Roger, acendendo outro cigarro — que pensaria em algo, sabe. *Alguma coisa.* Eu não conseguia imaginar que a coisa era tão ruim assim, mas o efeito cumulativo dos comerciais... é como ouvir o Jimmy Carter dizendo: "Nunca mentirei para você". — Roger deu uma tragada profunda, fez uma careta e apagou o cigarro no cinzeiro. — Era de esperar que George Carlin, Steve Martin e a merda do *Saturday Night Live* fizessem a festa. O Professor me parece tão *hipócrita* agora... — A voz começara a ficar trêmula. Ele se calou.

— Eu tenho uma ideia — disse Vic.

— Verdade, você me disse no avião. — Roger olhou para ele, sem muita esperança. — Então me diga qual é.

— Eu acho que o Professor Cereal Sharp tem que fazer um último comercial. Precisamos convencer o velho Sharp disso. Não o filho. O pai.

— E o que o velho profe vai vender desta vez? — perguntou Roger, abrindo um botão da camisa. — Veneno para ratos ou Agente Laranja?

— Pare com isso, Roger. Ninguém foi envenenado.

— Mas poderia ter sido — retrucou Roger, rindo de maneira estridente. — Às vezes eu me pergunto se você realmente entende o que é publicidade. É cutucar onça com vara curta. Nós cutucamos esta onça e ela está prestes a voltar e nos estraçalhar com uma bocada.

— Roger...

— Vivemos num país onde o sujeito ganha a primeira página dos jornais por ter colocado o Quarteirão do McDonald's na balança e descoberto que o sanduíche pesava um pouquinho menos que o esperado. Onde uma revista obscura da Califórnia publica um relatório dizendo que uma colisão traseira pode causar uma explosão do tanque de combustível do Corcel e a Ford treme nas bases…

— Nem me fale nisso — interrompeu Vic, dando uma risadinha. — Minha mulher tem um Corcel e eu já tenho problemas demais.

— Só estou dizendo que fazer um novo comercial com o Professor Cereal Sharp me parece tão oportuno quanto ouvir Richard Nixon fazer outro discurso sobre o Estado da União. Ele está com o nome sujo na praça. O jogo acabou para ele! — discursou Roger, depois olhou para Vic, que retribuiu o olhar, com gravidade. — O que você quer que ele diga, Vic?

— Que sente muito.

Roger encarou Vic, piscando, como se não entendesse. Depois jogou a cabeça para trás e desatou a rir.

— Que sente muito. *Sente muito?* Meu Deus, que maravilha. É essa a sua grande ideia?

— Calma aí, Roger. Você nem está me dando a chance de falar. Você não é assim.

— Está certo, não sou. Diga em que você está pensando, mas não consigo acreditar que esteja…

— Falando sério? Não duvide disso. Você, que é versado no assunto, me diga qual é a base de um anúncio bem-sucedido? Qual é a razão para investir em publicidade?

— A base da publicidade bem-sucedida é que as pessoas querem acreditar. Elas não compram um produto, compram uma ideia.

— Exatamente. Quando o técnico da Maytag diz que é o sujeito mais solitário do mundo, as pessoas querem acreditar que existe um sujeito assim em algum lugar, ouvindo o rádio porque não tem nada para fazer, batendo uma punheta de vez em quando. As pessoas querem acreditar que seus eletrodomésticos Maytag *jamais* precisarão de assistência técnica. Quando Joe DiMaggio aparece na TV dizendo que a cafeteira Mr. Coffee poupa café e poupa dinheiro, as pessoas querem acreditar *nisso*. Se…

— Mas não foi isso que botou o nosso na reta? As pessoas queriam acreditar no Professor Cereal Sharp, mas ele decepcionou todo mundo. Assim como queriam acreditar em Nixon, e *ele*…

— Nixon, Nixon, Nixon! — interrompeu Vic, irritado, surpreso com a própria veemência. — Essa comparação está deixando você cego. Já ouvi você comparar os dois umas duzentas vezes desde que deu merda, mas a comparação *não funciona!*

Roger o encarou, surpreso.

— Nixon era um sacana, sabia que era um sacana, mas jurou que não era. O Professor Cereal Sharp disse que não havia nada de errado com o Red Razberry Zingers e havia algo errado, mas ele não sabia. — Vic se inclinou para o lado e apertou de leve o antebraço de Roger, para enfatizar. — Não houve quebra de confiança. Ele precisa dizer isso, Roger. Ele precisa aparecer diante dos norte-americanos e dizer que não houve quebra de confiança. O que houve foi um erro cometido pela empresa que fabrica o corante do alimento. O erro *não* foi cometido pela Sharp. Ele precisa dizer isso. Acima de tudo, precisa dizer que sente muito pelo erro e que, embora ninguém tenha ficado *doente*, lamenta o susto que o cereal deu em tanta gente.

Roger assentiu, depois se encolheu.

— Certo, eu consigo ver o mote, mas nem o velho nem o filho vão comprar essa ideia, Vic. Eles querem enterrar o...

— Eu sei, eu sei, eu sei — berrou Vic, fazendo Roger se encolher mais na cadeira, antes de se levantar e ficar andando de um lado para outro no corredor da sala de projeção. — Eu sei o que eles querem, e eles têm razão, o Professor Cereal Sharp acabou. Acabou e precisa ser enterrado, como o Zingers *já foi*, mas eles precisam entender que o enterro não pode ser na calada da noite, e nós temos que convencer aqueles dois disso. Esse é o ponto! O velho e o filho querem tratar o professor como a máfia trata os fracassados... ou como um familiar assustado enterra um parente que morreu de cólera.

Ele se inclinou sobre Roger e se aproximou tanto que os narizes quase se tocaram.

— Nosso trabalho é fazer os dois entenderem que o Professor Cereal Sharp não descansará em paz enquanto não for enterrado à luz do dia. E eu quero que o país inteiro chore no funeral.

— Então você está... — Roger começou a falar, antes de se calar de repente.

Por fim, Vic viu aquela expressão vaga e assustada deixar os olhos do sócio. Uma mudança súbita e aguda transpareceu no rosto de Roger, e o medo deu lugar a uma expressão um tanto desvairada. Ele começou a sorrir.

Vic ficou tão aliviado ao ver aquele sorriso que, pela primeira vez desde o bilhete de Kemp, se esqueceu de Donna e de tudo o que tinha acontecido. Vic mergulhou de cabeça no trabalho e só depois se daria conta, um tanto espantado, que havia tempos não experimentava aquela sensação pura, estranha e maravilhosa de estar imerso em algo que fazia bem.

— Na superfície, não passa de uma repetição das coisas que a Sharp vem dizendo desde o episódio — continuou Vic. — Mas quando isso sai da boca do *próprio* Professor Cereal Sharp…

— O ciclo se fecha — murmurou Roger, acendendo outro cigarro.

— Exatamente. Talvez a gente consiga convencer o velho de que é necessária uma última cena para concluir a farsa do Red Razberry Zingers. Limpar a barra. Deixar tudo para trás…

— Tomar o remédio amargo. Isso tem apelo com o velho, com certeza. Pagar penitência em público… autoflagelar-se…

— E, em vez de ficar na memória como um sujeito digno que escorregou e caiu de cara na lama, com todo mundo rindo ao redor, o professor sai de cena como o general Douglas MacArthur, dizendo que velhos soldados nunca morrem, apenas somem de vista. Essa é a parte superficial. O que precisamos encontrar é o que está por trás, um *tom*… um *sentimento*… — Vic estava cruzando a fronteira para o território de Roger. Se conseguisse delinear a forma do que pretendia dizer, da ideia que lhe ocorrera enquanto tomava café no Bentley's, Roger assumiria a partir dali.

— MacArthur — repetiu Roger, com suavidade. — Mas é isso, não é? O tom é de despedida. O sentimento é de arrependimento. As pessoas precisam sentir que ele foi tratado de maneira injusta, mas que agora é tarde. E… — Ele olhou para Vic, quase sobressaltado.

— O que foi?

— Horário nobre.

— Hã?

— Os comerciais. Precisam ser exibidos em horário nobre. São anúncios para os pais, não para os filhos. Concorda?

— Concordo, concordo.

— Se a gente conseguir fazer isso tudo dar certo…

— Vamos conseguir — interrompeu Vic, sorrindo. Depois, usando uma expressão que Roger sempre repetia. — Isso é do caralho, Roger. E nós vamos mostrar para eles que é do caralho. Desde que a gente consiga formatar a ideia direitinho antes de chegar a Cleveland, é claro...

Os dois se sentaram e discutiram o assunto durante mais uma hora na acanhada sala de projeção. Quando voltaram para o hotel, suados e exaustos, já era noite.

— Já podemos ir para casa, mamãe? — perguntou Tad, ainda apático.

— Daqui a pouco, meu amor.

Donna ficou olhando para a chave na ignição. Havia três outras no chaveiro: a da casa, a da garagem e a do porta-malas do Corcel. O chaveiro tinha uma tira de couro com o desenho de um cogumelo. Ela o comprara em abril na Swanson's, uma loja de departamentos de Bridgton. Em abril, Donna estava desiludida e assustada, sem fazer a mínima ideia do que era sentir medo de verdade. Medo de verdade ela sentiu quando lutou para fechar a janela de seu filho enquanto um cão raivoso babava nas costas de sua mão.

Estendeu o braço e chegou a tocar a tira de couro, antes de recolher a mão.

A verdade era a seguinte: ela estava com medo de tentar.

Eram sete e quinze da noite e ainda estava claro, embora a sombra do carro já estivesse muito maior no chão, quase chegando à porta da garagem. Embora Donna não tivesse como saber, o marido e Roger ainda estavam assistindo aos comerciais do Professor Cereal Sharp na Image-Eye, em Boston. Ela não entendia por que ninguém respondia a suas buzinadas. Se fosse um livro, alguém já teria aparecido há muito tempo. Era a recompensa que a heroína recebia por ter tido uma ideia tão genial. Só que ninguém apareceu.

Com certeza o som havia chegado até a casa caindo aos pedaços no sopé da colina. Talvez todos estivessem bêbados lá. Ou talvez os donos dos dois carros que estavam na entrada da residência tivessem ido a algum lugar em um terceiro veículo. Donna bem que gostaria de avistar a casa, mas ela ficava escondida pelo flanco da colina.

Por fim, desistiu de buzinar. Temia que, se continuasse, a bateria do carro, que ainda era a original, acabaria se esgotando. Ainda acreditava que o Corcel voltaria a pegar quando o motor esfriasse. Tinha sido assim todas as outras vezes.

É, mas você está com medo de tentar porque... se o carro não ligar... o que fazer depois?

Estava prestes a girar a chave quando o cachorro reapareceu. Cujo estava deitado na frente do Corcel, fora do campo de visão. Seguiu devagar até o celeiro, com a cabeça baixa e o pelo molhado. Andava de maneira desconjuntada e trôpega, como um bêbado no fim de uma longa e amarga caminhada. Sem olhar para trás, mergulhou nas sombras do celeiro e desapareceu.

Donna afastou a mão da chave mais uma vez.

— Mamãe, quando é que a gente vai?

— Deixa eu pensar um minutinho, meu amor.

Donna olhou para a esquerda. Bastaria correr oito passos para chegar até a porta dos fundos da casa de Camber. Na escola, era a melhor corredora da equipe, e ainda corria com regularidade. Ganharia sem dificuldade do cachorro e entraria na casa, tinha certeza. Lá dentro haveria um telefone. Bastava ligar para o xerife Bannerman para aquele terror chegar ao fim. Por outro lado, se tentasse ligar o carro e o motor falhasse de novo... o cachorro voltaria correndo. Donna não sabia quase nada sobre raiva, mas se lembrava de ter lido em algum lugar que animais raivosos tinham uma sensibilidade quase sobrenatural para sons. O barulho poderia enlouquecer o bicho.

— Mamãe?

— Shh, Tad! Silêncio!

Oito passos. Pense bem.

Mesmo se Cujo estivesse observando tudo da garagem, escondido, ela tinha certeza — ela *sabia* — que podia ganhar a corrida até a porta dos fundos. Depois, um telefonema e... Sem falar que um homem como Joe Camber com certeza tinha uma arma. Provavelmente várias. Que prazer ela não teria em explodir a cabeça daquela merda de cachorro e espalhar aqueles miolos pelo chão!

Oito passos. Pense um pouco mais.

E se a porta estivesse trancada?

Vale a pena correr o risco?

O coração começou a disparar, enquanto Donna avaliava as possibilidades. Se estivesse sozinha, seria uma coisa. Mas e se a porta estivesse trancada? Ela ganharia do cachorro em uma corrida até a porta, mas não até a porta e de volta ao carro. Não se ele viesse correndo, não se pulasse nela como antes. E o que Tad faria? O que seria de Tad se visse a mãe sendo atacada por um cão raivoso de noventa quilos, sendo estraçalhada e devorada...

Não. Eles estavam a salvo ali.

Tente ligar o carro de novo!

Donna estava prestes a virar a chave quando uma voz em sua mente implorou que, por segurança, esperasse um pouco mais, até o motor ter esfriado totalmente...

Esfriar totalmente? Fazia mais de três horas que eles estavam ali.

Pegou a chave e virou.

O motor ameaçou pegar uma, duas, três vezes — depois ligou com um rugido.

— Graças a Deus! — gritou Donna.

— Mamãe, nós já vamos? Nós já vamos? — perguntou Tad, com voz estridente.

— Vamos — respondeu ela, engatando a ré. Cujo saiu do celeiro... depois ficou parado, assistindo. — Vai se foder, cachorro! — berrou ela, triunfante.

Donna pisou no acelerador. O Corcel andou cinquenta centímetros, se tanto — e morreu.

— Não! — vociferou ela, quando as malditas luzes vermelhas se acenderam de novo. Cujo deu mais dois passos quando o motor morreu, mas se limitou a ficar ali, com a cabeça baixa. *Só me vigiando*, pensou Donna mais uma vez. A sombra do cão se estendia para muito além dele, bem definida, como uma silhueta recortada de cartolina preta.

Donna mexeu no comutador de ignição de partida e mudou de ON para START. O motor chegou a girar de novo, mas desta vez nem pegou. Donna começou a ouvir um barulho de respiração pesada e ofegante e, durante vários segundos, não percebeu que aquele ruído saía dela — de modo vago, teve a impressão de que o som vinha do cachorro. Ela girou a chave e ficou segurando, fazendo uma careta horrorosa, praguejando contra o carro, esquecida de Tad, usando palavras que mal sabia conhecer. Durante todo o tempo, Cujo ficou ali, fazendo sombra e vigiando.

Por fim, o cachorro se deitou, como se tivesse chegado à conclusão de que os dois não conseguiriam escapar. Ela odiou aquele cão mais ainda. Mais ainda do que quando Cujo tentou forçar a entrada pela janela de Tad.

— Mamãe... Mamãe... Mamãe!

Aquele chamado vinha de longe e não tinha importância. O importante agora era a merda deste carro filho da puta. Ele ia ter que pegar. Ela ia *fazer* o carro pegar, nem que fosse por *pura... força... de vontade!*

Donna já não fazia ideia de quanto tempo estava sentada ali, apoiada no volante, com os cabelos caindo sobre os olhos, tentando fazer o carro pegar, sem sucesso. O que finalmente a despertou do transe não foram os gritos de Tad — que se tornaram meros gemidos —, e sim o som do motor, que tentava ligar durante cinco segundos, depois morria, depois tentava outra vez por mais cinco segundos e voltava a morrer. E, ao que parecia, demorava cada vez mais a dar sinal de vida.

Donna estava acabando com a bateria.

Desistiu.

Voltou a si aos poucos, como alguém que voltava de um desmaio. Então se lembrou da gastroenterite que tivera na faculdade — tudo o que havia dentro de seu corpo tomava o elevador ou caía de paraquedas — e como, no fim, desmaiara em uma das cabines do banheiro do alojamento. Quando voltou a si, a sensação era parecida, como se ainda fosse a mesma pessoa, mas algum pintor invisível estivesse adicionando cor ao mundo, primeiro até chegar ao normal, depois saturando tudo. As cores gritavam. Tudo parecia artificial e falso, como um cartaz de loja de departamentos — MERGULHE NA PRIMAVERA, talvez, ou PRONTOS PARA O APITO INICIAL?

Tad estava encolhido de medo da mãe, com os olhos bem apertados e o dedão da mão esquerda na boca. A mão direita apalpava o bolso da calça onde estavam as Palavras para Monstros. A respiração estava ofegante.

— Tad, querido, não se preocupe.

— Você está bem, mamãe? — perguntou ele, com um fiapo de voz.

— Estou. Você também. Pelo menos estamos em segurança. Uma hora o carro vai funcionar. É só esperar.

— Pensei que você estava com raiva de mim.

Ela pegou o filho nos braços e deu um abraço forte. Dava para sentir o cheiro do suor nos cabelos dele, misturado ao perfume do xampu Johnson's Baby Chega de Lágrimas. Donna pensou na embalagem do xampu, guardada com toda a segurança na segunda prateleira do armário do banheiro, no segundo andar da casa. Ah, se ela pudesse encostar naquela embalagem! Mas tudo o que havia ali era um resto de perfume.

— Não, meu amor. De você, não. Nunca.

Tad retribuiu o abraço.

— Ele não consegue pegar a gente aqui, consegue?

— Não.

— Ele não vai conseguir... comer um pedaço do carro para entrar, vai?

— Não.

— Eu odeio ele — disse Tad, pensativo. — Quero que ele morra.

— Eu também.

Donna olhou pela janela e viu que o sol estava começando a se pôr. Um temor supersticioso a invadiu naquele momento. Lembrou-se de quando era criança e das brincadeiras de pique que sempre acabavam quando as sombras caíam e se transformavam em lagoas púrpura, quando um chamado místico corria pelas ruas dos subúrbios de sua infância, talismânico e distante — a voz alta de uma criança anunciando que o jantar estava na mesa, as portas prontas para se fechar contra a noite.

Licença para todos! Licença para todos!

O cachorro a observava. Parecia loucura, mas Donna já não tinha mais dúvidas. Aqueles olhos dementes e insensíveis se fixavam sem hesitação nos dela.

Não, você está imaginando coisas. É só um cachorro. Um cachorro doente. Tudo já está bem complicado... pare de ver nos olhos do bicho coisas que não existem, falou para si mesma.

Alguns minutos depois ela pensou que os olhos de Cujo eram como os olhos de alguns retratos, que pareciam nos seguir quando íamos de um ponto a outro do cômodo onde estavam pendurados. O cachorro, porém, estava olhando para ela. E... e havia algo de familiar naquilo.

Não, disse Donna para si mesma, tentando afastar o pensamento, mas já era tarde.

Você já viu esses olhos *antes, não é? Na manhã seguinte ao primeiro pesadelo de Tad, na manhã em que os cobertores e os lençóis voltaram à cadeira, com o ursinho em cima da pilha. Por um instante, quando você abriu a porta do closet, você viu apenas uma forma indefinida com olhos vermelhos, alguma coisa no closet do Tad pronta para atacar. Era ele, era*

Cujo. Tad estava certo o tempo todo, só que o monstro não estava no closet... estava aqui fora. Estava

(pare com isso)

aqui fora só esperando para

(PARE COM ISSO, DONNA!)

Ela ficou encarando o cachorro, imaginando que conseguia ouvir seus pensamentos. Pensamentos simples. O mesmo padrão, repetido diversas vezes, apesar do formigamento febril da doença e do delírio.

Mate a MULHER. Mate o MENINO. Mate a MULHER. Mate...

Pare com isso, ordenou para aquela voz mental, sem delicadeza. *O cachorro não pensa mais e não é um bicho-papão que saiu do closet de uma criança. É só um cão doente e ponto. Daqui a pouco você vai acabar pensando que ele é um castigo de Deus por causa do...*

Cujo se levantou de repente — quase como se tivesse sido chamado — e desapareceu dentro do celeiro mais uma vez.

(*quase como se tivesse sido chamado pelo celeiro*)

Donna soltou uma gargalhada trêmula, quase histérica.

Tad levantou a cabeça.

— O que foi, mamãe?

— Nada, meu amor...

Ela olhou para as trevas do celeiro-oficina, depois para a porta da casa. *Trancada? Destrancada? Trancada? Destrancada?* Pensou em uma moeda jogada para cima, girando sem parar. Pensou no giro do tambor de um revólver com cinco espaços vazios e uma bala. *Trancada? Destrancada?*

O sol já tinha se posto e tudo que restava do dia era uma linha branca pintada no horizonte. Parecia ter a mesma espessura de uma linha branca pintada no meio da pista de uma estrada. Em breve, também a linha desapareceria. Grilos cricrilavam na relva alta à direita da entrada da oficina, produzindo aquele cricri despreocupado e alegre.

Cujo continuava no celeiro. *Dormindo?*, perguntou-se Donna. *Comendo?*

Na hora, ela se lembrou de que tinha trazido comida. Meteu-se entre os dois bancos dianteiros e pegou a lancheira do Snoopy e um guardanapo de papel marrom que guardava o lanche. A garrafa térmica tinha rolado para a traseira, provavelmente quando o carro começou a engasgar mais forte na estrada. Donna teve que se esticar toda, o que fez a blusa sair da calça, para conseguir alcançar a garrafa com os dedos. Tad, que estava meio adormecido, acabou acordando. A voz do menino refletia um medo agudo que aumentou ainda mais o ódio que ela sentia pelo animal.

— Mamãe! *Mamãe!* O que você...

— Só estou pegando a comida e a garrafa térmica — disse ela, acalmando o filho.

— Ah, tá. — Tad voltou a se acomodar no banco, colocando o dedo na boca de novo.

Donna agitou a garrafa de leve, para ver se tinha se quebrado, mas só ouviu o leite escorrendo de um lado para outro. Menos mal...

— Tad, quer comer alguma coisa?

— Eu só quero dormir — respondeu ele, sem tirar o dedo da boca e sem abrir os olhos.

— Você precisa repor as energias, amiguinho...

Tad nem sorriu.

— Não estou com fome. Estou com sono.

Donna olhou para o filho, aflita, mas achou melhor não insistir. O sono era a defesa natural de Tad — talvez a única —, e já havia passado quase meia hora do horário habitual de o filho ir para a cama. Claro que, se estivessem em casa, ele tomaria um copo de leite e comeria um ou dois biscoitos antes de escovar os dentes... depois, talvez, pediria uma história dos livros do Mercer Mayer... e...

Ela sentiu o calor e o ardor das lágrimas chegando e tentou afastar aqueles pensamentos. Abriu a garrafa com mãos trêmulas e encheu meio copo de leite. Colocou em cima do painel e pegou uma barrinha de cereal. Bastou uma dentada para perceber que estava morta de fome. Comeu mais três barrinhas, bebeu mais um gole de leite, abocanhou quatro ou cinco azeitonas e acabou com o que restava no copo. Arrotou baixinho... e depois lançou um olhar atento para o celeiro.

Havia uma sombra mais escura diante da porta. Só que não era só uma sombra. Era o cachorro. Era Cujo.

Ele está nos vigiando.

Não, ela não acreditava naquilo. Nem que vira uma imagem de Cujo na pilha de cobertores do closet do filho. Ela não acreditava… mas… mas uma parte de seu ser teimava em acreditar. Só que essa parte era irracional.

Donna sondou a estrada pelo retrovisor. Estava escuro demais para conseguir enxergar, mas ela sabia que o cão ainda estava lá, e sabia que ninguém passaria por ali naquele momento. Da outra vez em que vieram à oficina de Camber, no Jaguar de Vic, os três se divertiram e riram muito juntos (*O cachorro era muito manso naquela época*, murmurou o cérebro de Donna. *Tadder cobriu o bicho de carinho e riu muito, lembra?*). Vic contara que cinco anos atrás o depósito de lixo de Castle Rock ficava no fim da Town Road. Assim que a nova fábrica de reciclagem de lixo entrou em operação no outro lado da cidade, a estrada simplesmente passou a ter fim quatrocentos metros depois da casa de Camber, fechada por uma grossa corrente que ia de um lado a outro da pista. A placa pendurada na corrente dizia ENTRADA PROIBIDA. DEPÓSITO DE LIXO FECHADO. Não havia lugar para ir além da casa de Camber.

Donna se perguntou se alguém em busca de um lugar deserto para parar não se aventuraria por ali. Porém, não conseguia cogitar nem que os jovens mais fogosos fossem se arriscar a namorar no antigo lixão. Até aquele momento, ninguém aparecera.

A linha branca do horizonte se transformara em uma fraquíssima claridade… mas Donna temia que até mesmo aquilo fosse uma ilusão. Era uma noite sem luar.

Por incrível que parecesse, ela também começou a bocejar. Talvez o sono também lhe servisse como defesa natural. E o que mais poderia fazer? O cão ainda estava lá (pelo menos era o que ela achava: a escuridão já era tanta que era impossível ter certeza se era uma silhueta real ou apenas uma sombra qualquer). A bateria precisava descansar, antes que ela pudesse tentar outra vez. Por que não dormir também?

Aquele embrulho na caixa do correio. Aquele embrulho da J. C. Whitney.

Donna se acomodou no banco. Um vinco desorientado se formou na sua testa. Ela virou a cabeça, mas, dali onde estava, não conseguia ver a caixa de correio, encoberta pela fachada da casa. Fosse como fosse, já tinha visto o pacote pendurado na tampa da caixa. Por que estava pensando naquilo? Fazia alguma diferença?

Donna continuava segurando o potinho Tupperware com as azeitonas e as fatias de pepino cuidadosamente embrulhadas. Em vez de continuar comendo, tampou o pote branco de plástico e guardou na lancheira de Tad. Nem pensou muito na razão de estar sendo tão cuidadosa com a comida. Voltou a se acomodar e deitou o banco do carro. Pretendia pensar mais um pouco no embrulho pendurado na caixa de correio — havia algo ali, ela tinha quase certeza —, mas sua mente não demorou a escorregar para outra ideia, uma que ganhou fortes contornos de realidade quando Donna começou a adormecer.

Os Camber foram visitar parentes em alguma cidade vizinha, a duas ou três horas de distância. Talvez em Kennebunk, Hollis ou Augusta. Devia ser um encontro de família.

Já meio adormecida, a mente de Donna viu cinquenta pessoas ou mais diante de um gramado bonito, do tipo que aparecia em comerciais de TV. Havia fogo em uma churrasqueira de pedra. Em volta de uma longa mesa sustentada por cavaletes estavam reunidas pelo menos quarenta pessoas, passando bandejas com milho cozido e pratos com ervilhas, feijão-fradinho e feijão-vermelho. Havia também bandejas com salsichas grelhadas (o estômago de Donna roncou diante daquela imagem). A mesa estava coberta por uma toalha de xadrez bem caseira. Tudo isso organizado por uma encantadora senhora de cabelos completamente brancos, enrolados em um coque. Imersa de corpo e alma em seu sonho, Donna percebeu, sem nenhuma surpresa, que a mulher era sua mãe.

Os Camber estavam lá, mas não eram de verdade. Joe Camber se parecia com Vic, metido em um macacão da Sears bem limpo, e a sra. Camber usava o vestido de seda verde-claro de Donna. O filho deles se parecia com como Tad seria quando estivesse no quarto ano da escola.

— Mamãe?

A cena tremeu e começou a desaparecer. Donna tentou se agarrar à imagem porque era tranquila e encantadora: era o clichê da vida em família que jamais tivera, o tipo de situação que ela e Vic jamais teriam com o único filho planejado e suas rotinas programadas com cuidado. Com uma tristeza crescente, ela se perguntou por que nunca havia encarado as coisas daquela forma até então.

— Mamãe?

A cena tremeu mais uma vez e começou a escurecer. A voz que vinha de fora penetrava a visão como uma agulha penetrava a casca de um ovo. Ia deixar pra lá. Os Camber estavam em um encontro de família e não tardariam a aparecer, por volta das dez da noite, felizes e empanturrados. Tudo ficaria bem. O Joe Camber com o rosto de Vic cuidaria de tudo. Tudo estaria bem outra vez. Havia certas coisas que Deus jamais permitiria. Seria...

— Mamãe!

Donna despertou em um pulo, surpresa por se ver atrás do volante do Corcel e não em casa, na cama... mas só por um segundo. A cena encantadora e surreal de familiares reunidos em volta da mesa em um churrasco estava começando a se dissolver e, em quinze minutos, Donna nem se lembraria mais do que havia sonhado.

— Hã? O que foi?

De repente, de maneira terrível, o telefone começou a tocar dentro da casa dos Camber. O cão se levantou, movimentando sombras que acabariam por se unir em sua forma grande e rude.

— Mamãe, eu preciso ir ao banheiro.

Ao ouvir o telefone, Cujo começou a rugir. Não latia, *rugia*. De súbito, resolveu investir contra a casa. Chocou-se com tanta força contra a porta que ela chegou a tremer nas dobradiças.

Não, pensou Donna, sentindo-se mal. *Não faça isso... por favor... pare... por...*

— Mamãe, eu preciso...

O cachorro atacava a madeira da porta a mordidas. Donna ouvia os sons de destruição causados por aqueles dentes.

— ... fazer xixi.

O telefone tocou seis vezes. Oito. Dez. Então parou.

Donna percebeu que estava prendendo a respiração. Deixou o ar sair por entre os dentes em um suspiro baixo e quente.

Cujo estava diante da porta, com as patas traseiras no chão e as dianteiras no degrau mais alto. Continuava emitindo aquele rosnado baixo que saía do peito: um som odioso, de causar pesadelos. Voltou-se por fim e ficou olhando para o Corcel — Donna via a espuma seca no focinho e no peito —, depois regressou às sombras e se misturou a elas. Era impossível dizer para onde tinha ido. Talvez estivesse na oficina. Talvez do lado de fora.

Tad puxava a manga da camisa da mãe como um desesperado.

— Mamãe, eu preciso *muito* fazer xixi!

Donna olhou para o filho, impotente.

Brett Camber colocou o fone no gancho.

— Ele não atendeu. Acho que não está em casa.

Charity balançou a cabeça, mas não estava muito surpresa. Ficou aliviada por Jim ter pedido que telefonassem do escritório, que ficava no primeiro andar, longe da "sala da família", que era à prova de som. Lá havia várias prateleiras com jogos de tabuleiro e uma TV Panasonic de tela grande, com um videocassete e um Atari instalados. No canto, ficava uma bela jukebox Wurlitzer de estilo antigo, mas que funcionava de verdade.

— Ele deve estar no Gary — comentou Brett, desconsolado.

— Imagino que ele esteja com o Gary, sim — concordou ela, mas a frase não significava exatamente que os dois estavam na casa de Gary Pervier.

Charity notara o olhar distante de Joe quando o marido enfim aceitou a proposta que permitira a ela estar ali, na casa da irmã. Torcia para que Brett não pensasse em ligar para o disque-informações para pedir o número de Gary Pervier, pois duvidava que alguém fosse atender o telefone por lá. Suspeitava de que aqueles dois cachorrões velhos estariam fora naquela noite, uivando para a lua.

— Você acha que o Cujo está bem, mamãe?

— Claro que sim. Duvido que seu pai sairia de casa se o Cujo não estivesse bem — respondeu Charity, falando a verdade: ela não acreditava que Joe faria algo assim. — Vamos esquecer o assunto por hoje. Você liga para o seu pai amanhã de manhã. Aliás, já está na hora de ir para a cama. São mais de dez da noite e o dia foi muito agitado.

— Mas não estou cansado.

— Eu sei, mas é melhor conter um pouco a empolgação. Já tirei sua escova de dentes da mala e a sua tia separou as toalhas de rosto e de banho. Você sabe onde fica o quarto?

— Sei, sim. Você também vai dormir, mamãe?

— Mais tarde. Vou sentar para conversar com a Holly mais um pouco. A gente tem muitos assuntos para colocar em dia...

— Ela se parece com você, sabia? — comentou Brett, com timidez.

Charity olhou para o filho, surpresa.

— Você acha? É, acho que parece, sim. Um pouco.

— E o Jimmy, sabia que ele tem um gancho de direita poderoso? Pou! — zombou Brett, caindo na gargalhada.

— Ele machucou você?

— De jeito nenhum. — Brett passou os olhos pelo escritório de Jim, notando a máquina de escrever Underwood sobre a mesa, a agenda telefônica de metal em formato de tambor, o arquivo cheio de pastas organizadas com cuidado com os nomes em ordem alfabética. Ele olhava tudo com uma expressão de cautela e curiosidade que Charity não conseguia compreender ou avaliar. Brett parecia estar muito distante. — Como é que ele poderia me machucar? Ele é muito pequeno. E é meu primo, certo?

— Certo.

— Temos o mesmo sangue. — Ele parecia estar meditando sobre o assunto.

— E você gosta de seus tios Jim e Holly?

— Eu gosto dela. Dele, ainda não sei. Aquela jukebox é muito legal mesmo, mas… — Brett balançou a cabeça, um tanto impaciente.

— O que foi, Brett?

— Ele tem tanto *orgulho* dela! Foi a primeira coisa que me mostrou, como se fosse o brinquedo de uma criança, sabe?

— Bem, faz pouco tempo que ele comprou — sugeriu Charity, sem conseguir evitar que um vago temor começasse a rodopiar em seu pensamento, de certa forma conectado ao marido: o que Joe disse ao filho quando os dois se afastaram na rodoviária? — E todo mundo gosta de uma novidade, Brett. Holly me escreveu quando eles enfim conseguiram comprar a jukebox, dizendo que Jim sonhava com uma dessas desde a juventude. Muita gente… meu querido, muita gente gosta de comprar coisas… para mostrar a si mesmos que estão bem de vida, eu acho. Não tem uma regra, mas em geral é alguma coisa que a pessoa não podia comprar porque era pobre.

— E o tio Jim era pobre?

— Não sei. Só sei que eles não são pobres agora.

— O que eu quero dizer é que ele não tem uma *ligação* com a jukebox. Entende o que eu quero dizer? — Brett olhou bem para a mãe. — Ele comprou o aparelho e contratou alguém para consertar, depois chamou *mais alguém* para instalar e agora vive dizendo que a jukebox é dele, só que ele ... quer dizer, ele... ah, sei lá.

— Você está querendo dizer que ele não fez a jukebox com as próprias mãos? — Embora o medo de Charity estivesse ainda maior e mais palpável, ela conseguiu manter a doçura na voz.

— Isso! Isso mesmo! Ele comprou a jukebox, mas num tem nenhuma relação...

— Não tem...

— Sim, que seja, *não tem* nenhuma relação com o aparelho e mesmo assim fica se gabando...

— Ele disse que a jukebox é uma máquina frágil e complexa...

— O papai teria conseguido consertar. Ele teria feito ela funcionar direitinho, e aí ela seria *dele* — disse Brett, sem rodeios, e Charity pensou ter ouvido uma porta se fechar de repente, com um estrondo assustador. Mas não era na casa. Era em seu coração.

— Brett, nem todo mundo leva jeito para consertar coisas — argumentou Charity (e sua própria voz soou fraca e defensiva a seus ouvidos).

— Eu sei — respondeu ele, ainda analisando o escritório. — Só acho que o tio Jim não precisava se gabar disso só porque tem dinheiro, sabe? É isso que eu não gos... que me incomoda.

De repente, Charity ficou furiosa com Brett. Queria pegá-lo pelos ombros e sacudi-lo. Queria erguer a voz até conseguir gritar a verdade para dentro da cabeça do filho. Dizer que dinheiro não caía do céu, que era sempre o resultado de algum esforço prolongado, e que isso era a base do caráter. Queria berrar que, enquanto o pai aperfeiçoava as capacidades práticas de mecânico e enchia a cara de uísque Black Label com os amigos atrás de um posto de gasolina qualquer, sentado em pilhas de pneus carecas e contando piadas sacanas, Jim Brooks cursava uma faculdade de Direito e queimava a cuca para conseguir boas notas, porque quem conseguia boas notas conseguia o diploma, e o diploma abria as portas para que pessoas tivessem mais oportunidades de ser alguém na vida. Não que fosse garantia de sucesso, mas quem tinha diploma pelo menos podia *tentar*.

— Agora vá para o quarto e se arrume para dormir. Vamos guardar o que você pensa do seu tio para nós. Mas... dê uma chance a ele, Brett. Não julgue seu tio só por isso — disse ela, apontando para a jukebox.

— Pode deixar.

Charity foi com o filho até a cozinha, onde Holly estava fazendo chocolate quente para os quatro. Jim Junior e Gretchen já estavam na cama havia tempo.

— Conseguiu falar com o Joe? — perguntou Holly.

— Não, ele deve estar de prosa com um amigo... Vamos tentar amanhã.

— Quer um chocolate quente, Brett?

— Quero sim, obrigado.

Charity ficou observando o filho se sentar à mesa. Viu que ele apoiou o cotovelo e depois tirou depressa, ao lembrar que não era uma postura educada. O coração dela estava tão repleto de amor, esperança e medo que parecia querer explodir no peito.

Tempo, pensou ela. *Tempo e perspectiva. É disso que ele precisa. Se eu tentar forçar, vou acabar perdendo meu filho.*

Quanto tempo ela tinha? Só uma semana. E então Brett estaria outra vez sob a influência de Joe. E então, mesmo em um momento como aquele, ao sentar ao lado do filho e agradecer a Holly pelo chocolate quente, seus pensamentos se voltaram outra vez para a ideia do divórcio.

No sonho de Donna, Vic aparecia.

Ele caminhava até o carro e abria a porta do motorista. Estava usando seu melhor terno, um modelo cinza-escuro de três peças (quando usava aquela combinação, Donna sempre brincava, dizendo que estava parecendo o presidente Gerald Ford, só que com cabelo). *Vamos lá, vocês dois*, dizia ele, com aquele sorrisinho peculiar. *Hora de ir para casa antes que os vampiros saiam dos caixões.*

Donna tentou avisar que o cachorro estava com raiva, mas as palavras não saíram de sua boca. E, de repente, Cujo despontou da escuridão, de cabeça baixa, soltando aquele rosnado grave que sua garganta não parava de produzir. *Cuidado!*, Donna tentou gritar. *A mordida é fatal!* Mas nenhum som saiu.

Porém, antes que Cujo avançasse, Vic se virou e apontou o dedo para o cão. O pelo do cachorro ficou imediatamente branco. Os olhos vermelhos e reumáticos se enfiaram para dentro da cabeça como bolas de sinuca em uma caçapa. O focinho caiu e se estilhaçou contra o cascalho do chão, como um copo de vidro preto. No momento seguinte, tudo o que restava diante da oficina era um casaco de pele ao vento.

Não tenha medo, disse Vic no sonho. *Não tenha medo do cachorro, ele não passa de um casaco de pele. Você já recebeu a correspondência? Não se preocupe com o cachorro, a correspondência está chegando. Ela que é importante, entendeu? A correspondência...*

A voz dele foi desaparecendo em um longo túnel, cada vez mais fraca e cheia de eco. Até que de súbito não era um sonho com a voz de Vic, mas a lembrança de um sonho — Donna estava desperta e tinha as faces cobertas de lágrimas. Tinha chorado enquanto dormia. Olhou para o relógio e mal conseguiu ver a hora: uma e quinze da manhã. Olhou para Tad e constatou que o filho ressonava com o dedo enfiado na boca.

Não se preocupe com o cachorro, a correspondência está chegando. Ela que é importante.

De repente, o significado do pacote pendurado na caixa de correio voou como uma flecha atirada pelo subconsciente, e Donna pensou em algo que não fora capaz de perceber antes. Talvez porque fosse tão óbvio, tão claro, tão elementar, meu caro Watson. Ontem foi segunda e o correio tinha passado por lá. O pacote da J. C. Whitney era uma prova irrefutável disso.

Hoje era terça e o correio passaria de novo.

Lágrimas de alívio rolaram por suas faces ainda úmidas. Ela teve que se conter para não sacudir e acordar Tad para dizer que tudo ficaria bem, que até as duas horas da tarde, no máximo — muito provavelmente entre dez e onze da manhã, se a entrega de correspondência ocorresse ali com a mesma pontualidade de outros cantos da cidade —, aquele pesadelo teria um fim.

O carteiro passaria por ali mesmo que não houvesse correspondência para os Camber, e isso era o mais lindo de tudo. Ele teria que aparecer para ver se o sinalizador da caixa estava levantado, o que significa que havia correspondência a enviar. Para fazer a conferência, ele teria que se deslocar até aquele ponto, o último endereço da Town Road, e hoje seria recebido por uma mulher que estava quase histérica de alívio.

Donna olhou para a lancheira de Tad e pensou na comida armazenada. Havia reservado uma parte do lanche para o caso de... bem, vai que... Agora isso não importava tanto, embora fosse bem provável que Tad acordasse com fome pela manhã. Ela comeu o resto dos pepinos fatiados. Tad não ligava mesmo para pepino. *Será um café da manhã muito estranho para ele*, pensou Donna, sorrindo. *Barrinhas de cereal, azeitonas e um Slim Jim ou dois.*

Enquanto mastigava as duas ou três últimas fatias de pepino, percebeu que seu maior pavor tinha relação com as coincidências, com aquela série absolutamente aleatória de coincidências que sugeriam algo traçado pelo destino, que criava a impressão de um cachorro consciente de tudo e tão... tão obcecado por ela. Vic ficaria fora por dez dias. Essa era a coincidência número um. Vic ter ligado mais cedo, coincidência número dois. Se não tivesse conseguido falar com a esposa e o filho naquela hora, teria ligado depois, e continuaria ligando até começar a se perguntar onde os dois estavam. A ausência dos três membros da família Camber, ao menos naquela noite, era a coincidência número três. Mãe, filho e pai. Eles tinham...

De repente, Donna foi assaltada por um pensamento terrível, que congelou suas mandíbulas na última mordida no pepino. Tentou afastar a ideia, mas ela acabou voltando. E voltou porque tinha uma lógica perversa.

E se todos estivessem mortos no celeiro?

A imagem ganhou contornos por trás dos olhos dela em um instante. Era uma cena nítida e doentia como as visões que alguém tinha quando despertava no meio da madrugada. Os três corpos largados pelo chão como brinquedos estragados, a serragem manchada de vermelho em torno dos cadáveres, os olhos vidrados abertos para as trevas do telhado, onde andorinhas arrulhavam e esvoaçavam, as roupas rasgadas e mastigadas, partes de corpos...

Isso é loucura, é...

Talvez o cão tivesse abocanhado o menino primeiro. Pai e mãe estavam na cozinha, ou talvez no quarto dando uma rapidinha, quando ouviram os gritos e saíram correndo...

(*pare com isso, pare já*)

... saíram correndo, mas o menino já estava morto, o cachorro havia arrancado sua garganta e, enquanto os pais continuavam atordoados com a morte do filho, o são-bernardo saía das sombras, velha e terrível máquina de matar, sim, o velho monstro surgia das sombras, raivoso e sedento. Ele atacava primeiro a mulher e o homem tentava salvá-la... (*Não*, ele teria *buscado a arma ou rachado a cabeça do animal com a chave inglesa ou outra ferramenta. Além disso, onde está o carro? Havia um carro aqui antes que todos saíssem para uma viagem em família — você me ouviu, VIAGEM EM FAMÍLIA —, levando o carro e deixando a picape.*)

Então por que ninguém foi dar comida ao cão?

Esta era a lógica da coisa, e parte dela apavorava Donna. Por que ninguém foi alimentar o animal? Porque, se você ia ficar fora um ou dois dias, pedia para alguém vir dar comida ao cachorro e, em troca, ficava de dar comida ao gato, ao peixe ou ao papagaio de quem prestou ajuda quando essa pessoa se ausentasse. Então, cadê...

E o cachorro continuava voltando para o celeiro.

Será que a comida estava lá?

Essa é a resposta, disse a mente de Donna, aliviada. *Joe não tinha ninguém para alimentar o cão, por isso deixou uma bandeja cheia de ração lá dentro. Gaines Meal ou algo do gênero.*

Então ela esbarrou no mesmo dilema em que Joe Camber havia esbarrado naquele longo dia. Um cachorro de grande porte comeria tudo de uma só vez e depois ficaria com fome. Com certeza seria melhor pedir a um amigo que alimentasse o cão enquanto a família estivesse fora. Por outro lado, talvez os Camber tivessem enfrentado um contratempo. Talvez o encontro de família tivesse mesmo acontecido, e Joe acabou bebendo demais e apagando. Talvez uma dessas opções, talvez outra.

Será que o cachorro está comendo no celeiro?

(e o que ele está comendo lá? Gaines Meal ou gente?)

Donna cuspiu o resto do pepino na mão e sentiu o estômago revirar, querendo botar para fora o que já tinha digerido. Ela usou toda a força de vontade para controlar o impulso e, como era capaz de ser muito determinada quando queria, conseguiu. Os Camber deixaram um pouco de comida para o cachorro e saíram no carro. Não era preciso ser um Sherlock Holmes para deduzir isso. O resto não passava de ataque de pânico.

A imagem da morte, no entanto, continuava tentando voltar à tona. A visão predominante era a serragem cheia de sangue, serragem que agora tinha uma cor escura semelhante à de uma salsicha.

Pare. Se for para pensar em alguma coisa, pense na correspondência. Pense que logo mais estará sã e salva.

Foi então que ela ouviu um ruído baixo, arrastado, de algo arranhando a porta do carro do lado do motorista.

Donna não queria olhar, mas não conseguiu se conter. A cabeça começou a se virar, como se forçada por mãos invisíveis, porém poderosas. Ela conseguia ouvir os tendões do pescoço estalando baixinho. Cujo estava ali, olhando para ela. A cara do cão estava a menos de quinze centímetros de seu rosto. Só o vidro da janela do carro separava os dois. Aqueles olhos vermelhos e turvos encaravam fixamente os olhos dela. O focinho da fera parecia ter sido completamente coberto por um creme de barbear que acabou secando.

Cujo estava sorrindo para ela.

Donna sentiu um grito crescendo no peito, queimando a garganta como ferro, porque conseguia sentir o cachorro pensando nela, dizendo: *Eu vou pegar você, moça. Eu vou pegar você, criança. Pode pensar no carteiro à vontade. Vou matar ele também, se for preciso, como matei os Camber, como vou matar você e seu filho. É melhor ir se acostumando com a ideia. Você também pode…*

O grito estava entalado na garganta. Era algo vivo se debatendo para sair, e tudo fervilhava no mesmo instante: quando Tad precisou fazer xixi, ela abriu uma fresta de dez centímetros de seu lado e levantou o filho para que ele pudesse se aliviar ali, pela janela, e ficou o tempo todo vigiando o cachorro. Tad demorou um bom tempo até conseguir fazer xixi, e os braços dela começaram a doer. Depois ela teve aquele sonho e as visões da morte, e agora aquilo…

O cachorro estava sorrindo para ela, estava sorrindo para ela, Cujo era seu nome e sua mordida era fatal.

O grito precisava sair

(mas o Tad)

ou ela perderia o juízo.

(está dormindo)

Donna cerrou os dentes contra o grito da mesma forma como travou a garganta contra a ânsia de vômito. Lutou, debateu-se e, por fim, sentiu o coração bater mais devagar e soube que tinha conseguido se controlar.

Donna sorriu para o cão, estendeu os dois punhos fechados e mostrou os dois dedos do meio. Segurou o gesto contra o vidro, que agora estava levemente embaçado do lado de fora, com a respiração de Cujo.

— Vai se foder — sussurrou.

Após um tempo que pareceu interminável, o cachorro baixou as patas dianteiras e voltou para o celeiro. Os pensamentos de Donna retomaram o mesmo curso sombrio

(o que ele está comendo lá?)

e então ela fechou uma porta com força em algum lugar de sua mente.

Donna sabia, porém, que não conseguiria mais dormir por um longo tempo, e assim foi até o amanhecer. Levantou o banco e ficou sentada diante do volante, tremendo, tentando o tempo todo se convencer de que era ridículo, realmente ridículo, pensar que o cachorro era algum tipo de aparição repugnante que havia escapado do closet de Tad ou que o maldito cão estivesse mais por dentro da situação do que ela.

Vic acordou sobressaltado quando ainda era noite escura, com a respiração ofegante e com a garganta seca como sal. O coração marretava o peito e ele estava totalmente desorientado — tanto que, por um instante, pensou que estava caindo e tentou se agarrar à cama.

Fechou os olhos por um momento, lutando para se recompor, juntando os pedaços.

(você está no)

Abriu os olhos e viu uma janela, um criado-mudo, um abajur.

(Ritz-Carlton Hotel em Boston, Massachusetts)

Relaxou. Depois de encontrar o ponto de referência, tudo se resolveu com um *clique* reconfortante, e Vic chegou a se perguntar por que tinha ficado tão perdido e desconectado da realidade, ainda que apenas por um momento. Era por estar em um lugar desconhecido, supôs. Por isso, mas também pelo pesadelo.

Pesadelo é pouco! Meu Deus, foi assustador. Ele não se lembrava de um pesadelo tão tenso desde que fora atormentado por sonhos de queda durante o início da puberdade. Vic pegou o relógio que estava no criado-mudo com as duas mãos e trouxe para perto do rosto. Vinte para as duas da manhã.

Roger roncava de leve na outra cama e, agora que os olhos de Vic tinham se acostumado à escuridão, ele conseguia ver o amigo, dormindo de barriga para cima. Roger tinha chutado os lençóis para o pé da cama e usava um pijama absurdo com o desenho de pequenas flâmulas universitárias amarelas.

Vic botou as pernas para fora da cama, foi na ponta dos pés até o banheiro e fechou a porta. Os cigarros de Roger estavam na bancada e Vic aproveitou para pegar um. Estava precisando. Sentou-se no vaso e fumou, jogando as cinzas na pia.

Um pesadelo fruto da ansiedade, diria Donna, e Deus era testemunha de que não faltavam razões para Vic estar ansioso. Ainda assim, ele fora para a cama às dez e meia da noite mais animado do que em qualquer dia da semana anterior. Depois de voltarem ao hotel, os dois passaram meia hora no bar, burilando a ideia do pedido de desculpas, quando Roger extraiu das entranhas da velha carteira que carregava consigo o telefone da casa de Yancey Harrington. Era o ator que fazia o papel do Professor Cereal Sharp.

— É melhor ver se ele aceita fazer o comercial antes de seguir em frente — comentou Roger, pegando o telefone e discando o número de Harrington, que morava em Westport, Connecticut. Vic não sabia o que esperar. Se fosse pressionado por Roger a dar um palpite, diria que seria necessário puxar um pouco o saco de Harrington: o ator estava arrasado pelo fatídico episódio Zingers e por considerar que o acontecimento tinha afetado sua imagem.

Os dois sócios tiveram uma grata surpresa. Harrington aceitou na hora. Reconhecia que a situação era irreversível e sabia que o Professor estava acabado ("O pobre homem é carta fora do baralho", disse ele, com tristeza), mas achou que o último comercial poderia colocar um ponto final na questão para a empresa. Colocar o trem de novo nos trilhos, por assim dizer.

— Pura conversa para boi dormir — disse Roger, sorrindo, depois de desligar. — Ele adorou a ideia de um ato final. Poucos têm uma oportunidade dessas em publicidade. Ele pagaria a passagem para Boston do próprio bolso, se fosse preciso.

Em seguida, radiante, Vic fora para a cama e caíra no sono quase no mesmo instante. Então, teve o pesadelo. Ele estava diante da porta do closet de Tad, dizendo ao filho que não havia nada ali, nada mesmo. "Vou mostrar para você de uma vez por todas", disse. Abriu a porta do closet e viu que as roupas e os brinquedos de Tad tinham desaparecido. Havia uma floresta crescendo ali — velhos pinheiros e abetos, antigas madeiras de lei. O chão do closet estava coberto de folhas que exalavam um cheiro bom. Vic mexeu um pouco o pé para conferir se o piso de tábua corrida estava por baixo. Não estava. O pé cavou um solo escuro e rico em matéria orgânica.

Vic entrou no closet e a porta se fechou às suas costas. Até aí, tudo bem. Não faltava luz para ver os arredores. Encontrou uma trilha e começou a segui-la. De repente, percebeu que tinha uma mochila nas costas e um cantil pendurado no ombro. Ouvia o sussurro misterioso do vento entre os abetos e o canto de passarinhos ao longe. Há sete anos, muito antes da Ad Worx, os dois casais de amigos saíram para uma caminhada em uma parte da Trilha dos Apalaches durante as férias, e a geografia do sonho lembrava muito aquela região. Só fizeram a trilha uma vez, pois desde então os quatro preferiram passar as férias no litoral. Vic, Donna e Roger se divertiram muito, mas Althea Breakstone odiou fazer a trilha na natureza, além de ter voltado para casa toda empolada, por causa da alergia a carvalho.

A primeira parte do sonho foi bastante agradável. Apesar de toda a estranheza, a ideia de que tudo aquilo estava no closet de Tad era maravilhosa. Foi então que Vic chegou a uma clareira e viu... mas tudo já estava começando a se dissolver, como costumava acontecer com os sonhos assim que a pessoa acordava.

O outro lado da clareira era um paredão cinzento e íngreme que se erguia a trezentos metros do chão. A seis metros de altura havia uma caverna — não, não era profunda o suficiente para ser chamada de caverna. Era mais como uma abertura, uma depressão na rocha que, por acaso, tinha o piso reto. Donna e Tad estavam encolhidos ali, tentando se esconder de algum monstro que tentava subir até o local para depois pegar e devorar os dois.

Parecia a cena do *King Kong* original, quando o gorilão balançava o tronco em que estava para se livrar dos homens que tentavam resgatar Fay Wray e tentava pegar o único sobrevivente. O problema era que o sujeito tinha se enfiado em um buraco e Kong não conseguia colocar as garras nele.

O monstro do sonho não era um gorila gigante. Era um... o quê? Dragão? Não, nada disso. Não era dragão, nem dinossauro, nem troll. Ele não conseguia entrar. Fosse lá o que fosse, não conseguia entrar e pegar Donna e Tad, então ficava só esperando do lado de fora, como um gato esperando com assustadora paciência a saída do rato.

Vic começou a correr, mas, por mais rápido que fosse, não conseguia chegar mais perto do outro lado da clareira. Embora ouvisse os gritos de Donna por socorro, quando ele gritava de volta, as palavras pareciam morrer a meio metro de distância. Foi Tad quem o enxergou, por fim.

— Elas não funcionam — berrou Tad, em um misto de impotência e desespero que deixou Vic apavorado. — Papai, as Palavras para Monstros não funcionam! Ai, papai, elas não funcionam! Elas nunca funcionaram! Você mentiu, papai! Você mentiu!

Vic continuou correndo, mas era como se estivesse correndo em uma esteira. Depois olhou para a base daquele paredão alto e cinzento e viu um mar de ossos velhos e crânios sorridentes, alguns deles recobertos de musgo.

Foi então que acordou.

Que monstro era aquele, afinal?

Vic não conseguia lembrar. O sonho já começava a parecer uma cena distante, observada pelo lado errado de um telescópio. Ele jogou o cigarro no vaso, deu descarga e abriu a torneira para escorrer as cinzas da pia.

Urinou, apagou a luz e voltou para a cama. Enquanto se deitava, olhou para o telefone e teve um impulso súbito e irracional de ligar para casa. Irracional? Irracional era pouco. Faltavam dez minutos para as duas da manhã. A única coisa que conseguiria com um telefonema a esta hora seria acordar a esposa e quase matá-la de susto. Sonhos não deviam ser interpretados de modo literal, todo mundo sabia disso. Quando seu casamento e sua empresa estavam correndo risco de sair dos trilhos ao mesmo tempo, não havia nada de mais se o cérebro pregasse uma peça dessas, certo?

Só para ouvir a voz dela e saber que está tudo bem...

Deu as costas para o telefone, ajeitou a cabeça no travesseiro e fechou os olhos, decidido.

Ligue para ela de manhã, isso fará com que você se sinta melhor. Ligue para ela logo depois de tomar café.

Aquela resolução serviu para acalmá-lo e, em pouco tempo, Vic conseguiu dormir de novo. Desta vez, não sonhou — ou, se sonhou, os sonhos não chegaram a deixar marcas na mente consciente. Quando o despertador do telefone tocou na terça, ele tinha se esquecido do sonho com a fera na clareira. Tinha apenas uma vaga lembrança de ter acordado no meio da noite. Vic não ligou para casa naquele dia.

* * *

Charity Camber acordou às cinco em ponto naquela manhã de terça e também passou por um breve período de desorientação — papel de parede amarelo em vez de paredes de madeira, cortinas verdes com estampas coloridas em vez de chita branca, uma cama de solteiro estreita em vez da cama de casal que tinha começado a afundar no meio.

Quando percebeu onde estava — Stratford, Connecticut —, foi invadida por uma onda de alegria pelo que viria: teria o dia inteiro para conversar com a irmã, para relembrar os velhos tempos e descobrir o que ela havia feito nos últimos anos. Além disso, Holly tinha falado em ir até Bridgeport fazer compras.

Charity acordara uma hora e meia antes do horário habitual, provavelmente duas horas ou mais antes que a agitação começasse na casa da irmã. O problema era que ninguém dormia direito em uma casa que não era sua antes da terceira noite — uma das afirmações da mãe delas, e era verdade.

O silêncio começou a dar lugar a pequenos sons no período em que Charity ficou deitada, porém desperta, olhando para a claridade do amanhecer, que penetrava pelas cortinas meio fechadas... as primeiras luzes da aurora eram sempre brancas, claras e agradáveis. Charity ouviu uma tábua rangendo. O mau humor matinal de um gaio-azul. O primeiro trem do dia, com destino a Westport, Greenwich e Nova York.

A tábua rangeu de novo.

E mais uma vez.

Não era a casa se acomodando. Eram passos.

Em sua fina camisola rosa, Charity se sentou na cama, o lençol e as cobertas enrolados na altura dos seios. Agora, os passos desciam a escada devagar. Eram leves, de alguém descalço ou então só de meias. Eram de Brett. Quando se vivia muito tempo com alguém, os passos logo passavam a ser reconhecíveis. Era um desses mistérios que aconteciam sem explicação com o passar dos anos, como os contornos de uma folha sendo impressos em uma pedra.

Charity afastou as cobertas, levantou-se e foi até a porta. O quarto dava para o corredor do segundo andar, e ela só conseguiu ver o alto da cabeça de Brett desaparecendo escada abaixo, uma parte de cabelo resistindo mais algum tempo antes de sumir também.

Foi atrás dele.

Quando Charity chegou ao topo da escada, Brett tinha acabado de sumir pelo corredor que acompanhava toda a extensão da casa, desde a porta da entrada até a cozinha. Ela abriu a boca para chamar o filho... depois fechou de novo. Estava intimidada pela casa adormecida que não era a sua.

Havia alguma coisa na maneira como ele andava... a postura do corpo... mas havia anos que...

Desceu a escada descalça, às pressas, sem fazer barulho. Foi até a cozinha atrás de Brett. Ele estava usando apenas uma leve calça azul de pijama, cujo cordão de algodão branco caía até o fim da virilha. Embora mal estivessem em meados do verão, ele já estava bem curtido de sol — era naturalmente moreno como o pai e ficava bronzeado com facilidade.

De pé na porta da cozinha, Charity viu o perfil do filho, banhado pela mesma claridade bela e pálida da manhã, procurando alguma coisa nos armários acima do forno, da bancada e da pia. Seu coração materno estava repleto de curiosidade e medo. *Ele é lindo*, pensou. *Tudo que nós temos ou tivemos de lindo um dia está presente nele.* Foi um momento que Charity jamais esqueceu — viu o filho ali apenas de calça do pijama e, por um instante, teve uma vaga compreensão do mistério de uma meninice que, em breve, ficaria para trás. Seus olhos de mãe amaram as curvas graciosas dos músculos do filho, a linha de suas nádegas e a sola lisa de seus pés. Ele parecia... absolutamente perfeito.

Charity via aquilo tudo com clareza porque Brett não estava acordado. Na infância, o menino tivera episódios de sonambulismo. Mais ou menos uns vinte e cinco, entre os quatro e oito anos. Quando não conseguiu mais aguentar a preocupação — e o medo —, Charity marcou uma consulta com o dr. Gresham (sem que Joe soubesse). Não que temesse que Brett estivesse ficando maluco — qualquer um era capaz de ver como o filho era inteligente e normal —, mas sim que ele se machucasse durante alguma crise. O dr. Gresham comentou que isso era muito improvável, e que a maioria das ideias equivocadas sobre sonambulismo se devia a filmes baratos que não se baseavam em pesquisas sérias.

— Nós conhecemos muito pouco a respeito de sonambulismo — disse o médico —, mas sabemos que é mais comum em crianças do que em adultos. A mente e o corpo interagem em um processo de constante crescimento e amadurecimento, sra. Camber, e muitos dos pesquisadores da área acreditam que o sonambulismo pode ser um sintoma de um desequilíbrio entre os dois, que não só é temporário como também pouco significativo.

— Como as dores de crescimento? — perguntou ela, cheia de dúvidas.

— Exatamente — respondeu Gresham, com um sorriso. O médico pegou o bloco de anotações e desenhou uma curva em formato de sino, sugerindo que o sonambulismo de Brett chegaria a um ponto máximo, permaneceria ali durante algum tempo, e depois começaria e diminuir até desaparecer.

Charity voltou para casa um pouco mais aliviada com a convicção médica de que Brett não saltaria de uma janela ou iria parar no meio de uma estrada enquanto estivesse sonâmbulo, mas sentia que ainda precisava saber mais. Uma semana depois, levou o filho ao consultório de novo. Fazia um ou dois meses que Brett havia completado seis anos. Gresham fez uma bateria completa de exames e declarou que o menino era absolutamente normal sob todos os aspectos. De fato, o médico parecia estar certo. A última "caminhada noturna" de Brett fora há mais de dois anos.

A última até aquele momento, claro.

Brett abriu os armários um a um, fechando direitinho antes de ir para o próximo, conferindo as panelas de Holly, outros eletrodomésticos Jenn-Air que não ficavam à mostra nas bancadas, panos de prato dobrados com cuidado, cremes para café e um jogo de copos Depression, ainda incompleto. Brett tinha os olhos abertos, porém inexpressivos, e Charity teve certeza de que o filho estava vendo o conteúdo de outros armários, em outro lugar.

Reviveu então a antiga e quase esquecida sensação de terror impotente que invadia os pais diante das situações por que passavam os filhos nos primeiros anos de vida: os dentes que nasciam, as vacinas que causavam febres assustadoramente altas como uma espécie de bônus, a difteria, as otites, a mão ou a perna que, de repente, começava a sangrar sem razão aparente. *Em que será que ele está pensando?*, perguntou-se. *Onde estará? E por que agora, após dois anos sem recaídas? Será que estava estranhando a casa?* Ele não parecia muito incomodado... pelo menos, não até aquele momento.

Brett abriu o último armário e tirou de lá uma vasilha rosa, que colocou na bancada. Depois, pegou alguma coisa no ar e pareceu colocar na vasilha. Charity sentiu um calafrio correr pela espinha ao perceber o que Brett estava fazendo. Era uma rotina que cumpria todos os dias em casa: dar comida a Cujo.

Deu um passo involuntário em direção ao filho, mas logo se deteve. Não que acreditasse nas histórias sobre o que podia acontecer se acordasse um sonâmbulo — que a alma se separaria do corpo para sempre, levando à loucura ou à morte súbita —, nem que precisasse ser acalmada pelo dr. Gresham em relação ao assunto. Já havia retirado um livro emprestado da Biblioteca de Portland... mas também não precisara dele. Tinha bom senso para saber que a única coisa que acontecia quando você tentava acordar um sonâmbulo era que ele acordava — nada mais, nada menos que isso. Talvez houvesse lágrimas ou uma leve histeria, o tipo de reação causado pela desorientação, nada mais.

De qualquer jeito, Charity nunca acordara o filho enquanto estava sonâmbulo e não ousaria fazer isso agora. Bom senso era uma coisa, medo irracional era outra e, de repente, ela ficou apavorada, sem saber a razão. O que poderia haver de tão horrível na representação do filho dando comida ao cachorro? Era algo perfeitamente natural, tendo em vista que Brett estava muito preocupado com Cujo.

Ele se agachou, segurando a vasilha, e o cordão do pijama formou um ângulo reto com o plano horizontal do piso de linóleo vermelho e preto da cozinha. O rosto fez uma careta de tristeza em câmara lenta. Ele falou, mas as palavras saíam guturais, atropeladas, quase ininteligíveis, como em geral acontecia com quem falava durante o sono. E não havia emoção nelas, já que estavam em seu íntimo, guardadas em um casulo de sonho forte o bastante para desencadear uma crise de sonambulismo após dois anos sem episódios. Nada havia de inerentemente melodramático nas palavras, ditas aos borbotões em um rápido suspiro sonâmbulo, mas isso não impediu que Charity levasse a mão ao pescoço. A pele estava gelada, muito gelada.

— Cujo não está mais com fome — disse Brett com as palavras cavalgando no suspiro. Levantou-se de novo, segurando a vasilha colada ao peito. — Não está mais... não está mais.

O menino permaneceu imóvel algum tempo ao lado da bancada, e Charity fez o mesmo na porta da cozinha. Uma lágrima furtiva desceu pelo rosto de Brett. Ele colocou a vasilha de novo na bancada e caminhou para a porta. Os olhos estavam abertos, mas passaram pela mãe com indiferença, sem enxergá-la. Parou e olhou para trás.

— Procure no meio das ervas daninhas — disse a alguém que não estava ali.

Depois caminhou de novo em direção à mãe. Charity se afastou para o lado, sem tirar a mão da garganta. Brett passou por ela depressa, sem fazer barulho com os pés descalços, e seguiu pelo corredor até a escada.

Ela se virou para seguir o menino, mas se lembrou da vasilha que continuava sobre a bancada vazia, pronta para começar o dia, como se fosse o ponto focal de uma pintura estranha. Charity pegou a vasilha, mas ela acabou escapando pelos seus dedos que, para sua surpresa, estavam suados e escorregadios. Lutou por um segundo para segurá-la outra vez, imaginando o barulho que faria se caísse no chão da casa ainda adormecida. Agarrou o recipiente com as duas mãos, depois colocou de volta na prateleira e fechou a porta do armário. Ficou parada por um instante, ouvindo o coração aos pinotes. Era uma intrusa naquela cozinha. Depois foi atrás do filho.

Chegou à porta do quarto de Brett no exato momento em que ele voltava a se meter na cama, puxava as cobertas e se virava para o lado esquerdo, posição em que costumava dormir. Embora soubesse que tudo estava terminado, Charity ainda ficou ali por mais algum tempo.

Ouviu alguém tossir no fim do corredor e lembrou, mais uma vez, que estava em uma casa que não era sua. Sentiu uma enorme saudade de casa. Por alguns instantes, foi como se o estômago estivesse cheio de gás anestesiante, do tipo que os dentistas usavam. Sob a claridade daquela manhã agradável, os pensamentos sobre o divórcio pareciam imaturos e desconectados da realidade, como os de uma criança. Era fácil pensar nessas coisas ali. Aquela não era sua casa, não era seu lugar.

Por que a representação da alimentação de Cujo e aquelas palavras rápidas, suspiradas, lhe causaram tanto pavor? *Cujo não está mais com fome, não está mais.*

Charity voltou ao quarto e ficou na cama até o sol aparecer e iluminar o cômodo. Na mesa de café, Brett era o mesmo de sempre. Não falou em Cujo e pareceu ter se esquecido de ligar para casa, pelo menos naquele momento. Depois de um dilema interno, Charity decidiu dar o assunto por encerrado.

Fazia muito calor.

Donna abriu o vidro da janela mais um pouquinho — uma fresta de um quarto, o máximo a que se atreveu — depois se inclinou sobre Tad para fazer o mesmo com a janela dele. Foi então que percebeu a folha de papel amarrotada no colo do filho.

— O que é isso, Tad?

O filho olhou para ela. Tinha círculos amarronzados sob os olhos.

— São as Palavras para Monstros.

— Posso ver?

Ele segurou a folha com força por um instante antes de deixar a mãe pegar. Havia uma expressão de alerta e de possessividade estampada no rosto do filho, e ela ficou com ciúme. Foi por um momento breve, mas muito intenso. Até então, Donna vinha conseguindo manter o filho são e salvo, mas era aquele feiticinho de Vic que importava para Tad. Depois, o sentimento se dissipou em espanto, tristeza e insatisfação. Ela era a culpada por meter o filho naquela situação. Se não tivesse cedido à vontade dele em relação à babá...

— Guardei no bolso ontem, antes de sairmos para as compras. Mamãe, o monstro vai comer a gente?

— Não é um monstro, Tad, é só um *cachorro*. E ele não vai comer a gente! — As palavras saíram mais duras do que ela pretendia. — Eu já disse a você que, quando o carteiro vier, nós vamos voltar para casa.

Eu também já disse para ele que o carro funcionaria logo, que logo apareceria alguém, que os Camber logo estariam de volta...

Mas por que pensar naquilo?

— Você me devolve as Palavras para Monstros?

Por um momento, Donna teve um impulso insano de rasgar aquele papel amarelado, manchado de suor, de transformar a folha em pedacinhos e jogar pela janela como confete. Acabou devolvendo a Tad e passando as mãos pelos próprios cabelos, envergonhada e apavorada. Pelo amor de Deus! O que estava acontecendo com ela, pelo amor de Deus? Que pensamento sádico! Por que deixar as coisas ainda piores para o filho? Seria por causa de Vic? Por causa dela? Por que, então?

Estava quente demais — até para pensar. O suor escorria por seu rosto e dava para ver as gotas rolando pela face de Tad também. O cabelo do filho estava empapado e desgrenhado, e parecia dois tons mais escuro do que era. *Ele precisa lavar o cabelo*, pensou ela, do nada, lembrando-se de novo do xampu Johnson Baby Chega de Lágrimas, guardado com toda a segurança na prateleira do armário do banheiro, à espera de alguém que o pegasse e pusesse uma tampa ou duas na palma da mão.

(*não perca o controle*)

Não. Claro que não. Ela não tinha nenhuma *razão* para perder o controle. Tudo ficaria bem. Ou não? Claro que sim. O cão já não aparecia fazia mais de uma hora. E o carteiro... Já eram quase dez da manhã. Ele logo chegaria, e então o calor dentro do carro não faria nenhuma diferença. "Efeito estufa", era assim que se chamava. Donna já tinha lido alguma coisa a respeito em um folheto do Serviço de Proteção aos Animais que explicava que ninguém devia deixar o cachorro trancado no carro quando estava quente assim, mesmo que por pouco tempo. Efeito estufa. O folheto dizia que a temperatura de um carro estacionado em pleno sol poderia ultrapassar os sessenta graus se as janelas estivessem fechadas, por isso era cruel e perigoso deixar um animal de estimação trancado no carro enquanto se fazia compras ou se ia ao cinema. Donna soltou uma risadinha curta e aguda. A situação era exatamente oposta naquele momento, não era? Era o cachorro que mantinha as pessoas trancadas.

Bem, o carteiro estava chegando. O carteiro estava chegando e tudo estaria terminado. Já não tinha importância que só restasse um quarto de leite na garrafa térmica ou que, no início da manhã, ao precisar ir ao banheiro, ela tivesse usado — ou tentado usar — a pequena garrafa térmica de Tad, que acabou transbordando, deixando o Corcel cheirando a urina, um cheiro desagradável que parecia ficar pior à medida que o calor aumentava. Depois de tampar a garrafa, Donna acabou jogando o recipiente pela janela e ouviu o barulho do vidro se quebrando contra o chão de cascalho. Em seguida, chorou.

No entanto, nada tinha importância. Claro que era humilhante tentar fazer xixi numa garrafa térmica, mas isso não fazia diferença porque o carteiro iria passar — ele já devia estar carregando a traseira do furgãozinho branco e azul na sede dos correios da Carbine Street, que tinha a fachada toda coberta de hera... talvez até já tivesse começado a fazer as entregas na sua rota diária, subindo a Route 117 em direção à Maple Sugar Road. Em breve tudo estaria acabado. Ela levaria Tad para casa e os dois subiriam para os quartos. Depois tirariam as roupas e tomariam banho juntos. Porém, antes de entrar na banheira com o filho, ela pegaria aquele vidro de xampu, colocaria a tampa com cuidado na beira da pia e lavaria primeiro a cabeça de Tad, depois a sua.

Tad estava lendo outra vez o papel amarelo, e os lábios se moviam sem emitir som. Não estava lendo de verdade, pois só conseguiria fazer isso dentro de dois anos (*Se nós conseguirmos sair desta*, insistia em sussurrar sua mente traiçoeira). Estava apenas repetindo o que havia decorado. Era a mesma estratégia usada por autoescolas para preparar analfabetos para a prova por escrito. Donna tinha lido isso em algum lugar também, ou talvez visto na TV, e... não era impressionante a quantidade de lixo que a mente humana conseguia armazenar? E não era impressionante como aquilo vinha à tona quando a mente não estava ocupada com outra coisa? Como se fosse um triturador de lixo subconsciente funcionando ao contrário.

Aquilo levou Donna a pensar em algo que havia acontecido na casa dos pais, no tempo em que morava com eles. Menos de duas horas antes de um dos Famosos Coquetéis (era assim que o pai de Donna sempre se referia aos eventos, com um tom satírico que automaticamente conferia aos encontros letras maiúsculas — o mesmo tom satírico que, muitas vezes, tirava Samantha do sério), o triturador de lixo da pia da cozinha acabou, de alguma forma, cuspindo dejetos na bancada do bar e, quando a mãe ligou outra vez o aparelho para se livrar de toda a sujeira, houve uma explosão de gosma verde que atingiu até o teto. Donna tinha uns catorze anos na época, e lembrou que ficou não só assustada como também sentida com a raiva histérica da mãe. Sentida porque a mãe estava tendo um ataque diante das pessoas que mais a amavam e precisavam dela só por dar importância à opinião de um grupo de conhecidos que iria até lá para beber e comer de graça. Assustada porque não via *lógica* no ataque de fúria da mãe... e também pela expressão que enxergou nos olhos do pai. Como um desgosto resignado. Foi a primeira vez em que realmente acreditou — com todas as forças — que cresceria e se tornaria mulher, uma mulher com pelo menos a chance de *lutar* para ser *melhor* que a própria mãe, que mergulhava naquele estado assustador por causa de uma coisa tão pequena...

Donna fechou os olhos e tentou afastar todo aquele fluxo de pensamentos, incomodada com as fortes emoções evocadas pelas lembranças. Serviço de Proteção aos Animais, efeito estufa, trituradores de lixo e o que mais? Como Perdi a Virgindade? Seis Férias Adoráveis? O *carteiro*, esse era o assunto a se pensar, o maldito *carteiro*.

— Mamãe, quem sabe o carro não liga agora?

— Meu amor, estou com medo de tentar porque a bateria está muito fraca.

— Mas a gente está sentado aqui sem fazer nada — disse Tad, soando petulante, cansado e nervoso. — O que tem se a bateria está fraca se a gente está aqui sem fazer nada? Tenta!

— Não me venha dar ordens, garoto malcriado, ou eu vou esquentar o seu traseiro!

Tad se encolheu diante da voz seca e irritada da mãe, e Donna se sentiu culpada mais uma vez. O filho estava sendo irritante... mas quem poderia culpá-lo? Além disso, ele tinha razão, e foi essa razão que a deixou irritada. Mas Tad não era capaz de entender. O verdadeiro motivo para não tentar ligar o carro de novo era o temor de que a tentativa atraísse o cachorro mais uma vez. Donna temia que o som atraísse Cujo, e isso era a última coisa que queria que acontecesse.

Mal-humorada, girou a chave na ignição. O motor do Corcel tentou arrancar lentamente, emitindo uma reclamação. Engasgou duas vezes, mas não pegou. Donna desligou a chave e apertou a buzina. Saiu um som baixo e indistinto que, provavelmente, não seria ouvido nem sequer a vinte metros de distância, muito menos na casa no sopé da colina.

— Pronto — disse ela, de maneira dura e cruel. — Está satisfeito agora? Ótimo.

Tad desatou a chorar. Começou da maneira como sempre começava quando era bebê, com a boca trêmula fazendo biquinho, as lágrimas escorrendo pelo rosto antes mesmo dos primeiros soluços. Ela puxou o filho para si, pedindo desculpas, dizendo que não queria ser malvada. Confessou que também estava irritada, mas que tudo estaria resolvido quando o carteiro aparecesse, e então eles voltariam para casa e ela lhe lavaria o cabelo. E pensou: *Uma chance de lutar para ser uma mulher melhor que a mãe. Sei. Claro, ingênua. Você é igualzinha a ela. Esse é o tipo de coisa que ela diria numa situação dessas. Quando você está se sentindo mal, o que você faz é espalhar a tristeza, compartilhar a miséria. Tal mãe, tal filha, certo? Talvez, quando Tad crescer, ele vá alimentar por mim o mesmo sentimento que eu aliment...*

— Por que está tão quente, mamãe? — perguntou Tad, com voz fraca.

— Por causa do efeito estufa — respondeu ela, sem sequer pensar.

Não era capaz de lidar com tudo aquilo e teve plena consciência do fato. Se essa situação fosse de algum modo uma prova definitiva sobre a maternidade — ou sobre a vida adulta —, ela teria rodado. Há quanto tempo os dois estavam presos naquele lugar? No máximo, quinze horas. E ela já estava enlouquecendo, perdendo o controle.

— Posso tomar um refrigerante quando a gente voltar para casa, mamãe? — A folha com as Palavras para Monstros, suada e amassada, continuava aberta no colo do filho.

— Pode tomar refrigerante à vontade — disse ela, abraçando o filho com força. O corpo de Tad, no entanto, parecia assustadoramente tenso. *Eu não devia ter gritado com ele*, pensou, distraidamente. *Se ao menos eu não tivesse gritado...*

Donna prometeu a si mesma que faria melhor a partir de agora. Porque o carteiro apareceria em breve.

— Acho que o mo... que o au-au vai comer a gente — deixou escapar Tad.

Ela fez menção de responder, depois parou. Cujo ainda não estava por perto. O som do motor do Corcel não o tinha atraído. Talvez ele estivesse dormindo. Talvez tivesse morrido de uma convulsão. Isso seria maravilhoso... sobretudo se a convulsão tivesse sido *lenta*. E dolorosa. Donna olhou de novo para a porta dos fundos. Estava tão próxima. Mas trancada. Tinha certeza disso agora. Quando saíam de casa, os moradores trancavam as portas. Seria tolice tentar abrir, ainda mais com a perspectiva da chegada do carteiro em breve. *Jogue para valer*, Vic costumava dizer. Ela teria que fazer isso, porque *era* para valer. Melhor considerar que o cachorro ainda estava vivo e continuava deitado dentro daquele celeiro entreaberto. Deitado nas trevas.

Pensar nas trevas lhe deu sede.

Já eram quase onze da manhã. Mais ou menos uns quarenta e cinco minutos depois, Donna avistou algo na grama, além da entrada da oficina, à direita do banco de carona do carro. Após uns quinze minutos de observação, convenceu-se de que era um bastão de beisebol com a base envolta em fita adesiva, meio obscurecido pela grama.

Alguns minutos depois, pouco antes do meio-dia, Cujo saiu mancando do celeiro, piscando estupidamente os olhos vermelhos e reumáticos sob o sol abrasador.

When they come to take you down,
When they bring that wagon 'round,
When they come to call on you
And drag your poor body down...

A agradável, mas de certa forma desgastada, voz de Jerry Garcia veio flutuando pelo corredor, ampliada e distorcida pelo radinho de alguém, até soar como se o vocal estivesse flutuando por um longo tubo de aço. Em um quarto mais próximo, alguém estava gemendo. Naquela manhã, quando foi até o fétido banheiro compartilhado para tomar um banho e se barbear, havia vômito em um dos urinóis e uma grande quantidade de sangue seco em uma das pias.

Shake it, shake it, Sugaree, cantava Jerry Garcia, *just don't tell 'em you know me.*

Steve Kemp estava diante da janela de seu quarto no quinto andar da ACM de Portland, olhando para a Spring Street e se sentindo mal, sem saber por quê. A cabeça não estava boa. Não parava de pensar em Donna e em todas as vezes que tinha trepado com ela. Trepou com ela, e ficou por perto. Ficou por perto para quê? Que merda aconteceu?

Ele gostaria de estar em Idaho. O estado de Idaho vivia povoando seus pensamentos nos últimos tempos. Então por que diabos não parava de palhaçada e seguia em frente? Ele não sabia. E não gostava de não saber. Não gostava de tantas perguntas martelando em sua mente. Perguntas eram contraproducentes para quem buscava um estado de serenidade, e o desenvolvimento do artista clamava por serenidade. Olhou para o próprio reflexo em um daqueles espelhos pontilhados de brinde de pasta de dente e se achou velho. Velho de verdade. Quando voltou ao quarto, viu uma barata ziguezagueando pelo chão. Os sinais não eram bons.

Ela não me deu um chute no traseiro porque estou velho. Eu não estou velho. Ela fez isso porque já tinha matado a vontade, porque é uma piranha e porque eu fiz ela provar do próprio veneno. O que o Maridinho Lindo achou da minha carta, Donna? Ele entendeu tudo?

Será que o Maridinho Lindo recebeu sua cartinha de amor?

Steve apagou o cigarro em uma tampa de plástico que fazia as vezes de cinzeiro. Aquela era a principal pergunta, não era? Depois de respondida, a resposta para as outras viria naturalmente. A resposta para o ódio que a piranha demonstrou ao dizer para que sumisse antes que ele estivesse pronto para terminar o caso (tinha sido *humilhado* por ela, pelo amor de Deus), por exemplo — um *grande* exemplo.

De repente, Steve soube o que fazer, e seu coração disparou no peito com ansiedade. Meteu a mão no bolso e mexeu nas moedas lá dentro. Saiu. Era pouco mais de meio-dia e, em Castle Rock, o carteiro tão aguardado por Donna começou a percorrer a rota de coletas que incluía a Maple Sugar Road e a Town Road.

Vic, Roger e Rob Martin passaram a manhã de terça na Image-Eye e depois saíram para beliscar alguma coisa e tomar cerveja. Alguns hambúrgueres e muitas cervejas depois, Vic se deu conta de que era a primeira vez que ficava tão bêbado em um almoço de trabalho. Costumava pedir um drinque ou uma taça de vinho branco e nada mais. Já tinha visto muitos publicitários de Nova York se afogarem aos poucos naqueles lugares escuros próximos à Madison Avenue, conversando com os amigos sobre campanhas que nunca sairiam do plano das ideias... ou, se ficassem bêbados demais, alugando os garçons para falar sobre romances que com certeza jamais escreveriam.

Era uma ocasião estranha, um misto de comemoração e velório. Rob recebeu a ideia de um anúncio final do Professor Cereal Sharp com moderado entusiasmo, dizendo que poderia ser um sucesso... desde que, claro, tivesse alguma chance de se tornar realidade. Essa foi a parte do velório. Sem a aprovação do velho Sharp ou do filho pródigo, até mesmo o comercial mais fantástico do mundo não faria qualquer diferença. Ficariam de mãos abanando.

Diante das circunstâncias, Vic achou que era justo encher a cara.

Agora que o movimento de clientes chegando para o almoço no restaurante estava crescendo, os três se sentaram no canto, só de camisa, com garrafas de cerveja espalhadas pela mesa e cinzeiros transbordando. Vic se lembrou do dia em que Roger e ele se sentaram no Yellow Sub de Portland para discutir aquela pequena aventura. Quando todos os problemas se resumiam ao negócio deles. Sentiu uma inacreditável saudade daquele dia e se perguntou o que Tad e Donna estariam fazendo. *Ligue para eles hoje à noite*, pensou. *Se você conseguir ficar sóbrio o suficiente para se lembrar disso, é claro.*

— E agora? — perguntou Rob. — Vocês vão continuar em Boston ou vão para Nova York? Posso conseguir ingressos para uma partida entre Boston e Kansas City, se quiserem. Aposto que assistir ao George Brett acabar com o jogo vai animar vocês um pouco.

Vic olhou para Roger, que deu de ombros e disse:

— Acho que vamos para Nova York. Agradecimentos estão na ordem do dia, Rob, mas acho que nenhum de nós está com cabeça para beisebol.

— Não temos muito mais a fazer aqui — concordou Vic. — Separamos muito tempo da viagem para os nossos brainstormings, mas acho que já batemos o martelo em relação à ideia para o último comercial.

— Ainda é preciso aparar várias arestas — alertou Rob. — Não fiquem orgulhosos demais.

— Nós vamos conseguir aparar as arestas — disse Roger. — Basta um dia com o pessoal do marketing para resolver tudo. Concorda, Vic?

— Talvez dois. Ainda assim, não vejo por que já não deixar tudo esboçado.

— E depois?

— E depois ligamos para o velho Sharp e marcamos uma reunião com ele — respondeu Vic, com um sorriso frio. — Acho que vamos acabar indo direto de Nova York para Cleveland. Nosso tour emocionante.

— Conheça Cleveland e morra — disse Roger, em alusão ao Hospital do Coração da cidade, despejando o resto da cerveja no copo. — Mal posso esperar para encontrar o bom velhinho.

— E não se esqueça do bom menino — completou Vic, com um sorrisinho.

— Seria possível esquecer aquele babaquinha? Senhores, mais uma rodada?

Rob olhou para o relógio.

— Preciso mesmo ir...

— A saideira — insistiu Roger. — A valsa da despedida.

— Tudo bem, mas eu ainda tenho uma empresa para administrar, não se esqueça disso. Se bem que sem os Cereais Sharp minha agenda vai ter muito espaço livre para almoços estendidos — decretou Rob, erguendo o copo no ar e sacudindo até que o garçom visse e fizesse um sinal com a cabeça.

— O que você acha da ideia? Falando sério. Você acha que é uma merda? — perguntou Vic.

Rob olhou para ele, parecia prestes a falar, mas se limitou a balançar a cabeça.

— Desembucha — pediu Roger. — Estamos todos no mesmo barco diante de uma tempestade. Se não for o Red Razberry Zingers, vai ser outra coisa. Você acha que não tem mais jeito, não é?

— Acho que já foi tudo para o buraco — admitiu Rob. — Vocês vão preparar uma boa apresentação, como sempre fazem. Vão fazer bem o trabalho de base mercadológica em Nova York, e tenho a sensação de que tudo que o pessoal de pesquisa de mercado conseguir passar para vocês em um prazo tão curto vai servir para corroborar a ideia. E Yancey Harrington... Acho que ele vai botar toda a emoção do mundo no comercial. É sua grande cena no leito de morte. Ele vai mandar tão bem que vai fazer Bette Davis em *Vitória Amarga* parecer Ali MacGraw em *Love Story*.

— Ah, não é bem assim... — começou Roger.

— Sei, talvez eu esteja sendo um pouco injusto — cortou Rob, dando de ombros. — Vamos dizer que é a aparição para receber os aplausos depois de cair o pano, então. Chamem como quiser, mas já estou há tempo demais neste mercado para acreditar que haveria alguém que não se emocionasse com o comercial depois de três ou quatro semanas de exibição. *Todo mundo* ia ficar de queixo caído, mas...

As cervejas chegaram. O garçom disse a Rob:

— O sr. Johnson me pediu para avisar que tem muita gente esperando mesa, sr. Martin.

— Pois diga ao sr. Johnson para não se preocupar com isso, porque já estamos na última rodada. O.k., Rocky?

O garçom sorriu, esvaziou o cinzeiro, assentiu e saiu.

Rob se voltou para Vic e Roger.

— Então, qual é o resumo da ópera? Vocês são brilhantes e não precisam de um cameraman perneta que encheu a cara de cerveja para mostrar o caminho das pedras.

— Sharp não vai pedir desculpas — disse Vic. — É nisso que você está pensando, certo?

Rob fez uma saudação, erguendo a garrafa de cerveja.

— Esse é o cara.

— Não é um pedido de desculpas — queixou-se Roger. — É uma *explicação*, porra.

— É assim que você enxerga, mas será que ele vai concordar? Você precisa se fazer essa pergunta. Acho que ele vai enxergar nessa história o capitão que abandona o navio que está naufragando antes das mulheres e das crianças, o general que se rende na fortaleza sitiada sem lutar, enfim, todos os estereótipos possíveis. Agora vou dizer o que acho que vai acontecer, meus amigos. — Rob levantou o copo e bebeu devagar. — Acho que uma parceria comercial valiosa demais e curta demais está prestes a chegar ao fim. O velho Sharp vai ouvir a proposta, balançar a cabeça e apontar a porta. Pela última vez. E a próxima agência de publicidade será responsabilidade do filho, que escolherá aquela que, na cabeça dele, dará a maior abertura para apresentar e implementar as ideias mais estapafúrdias.

— Talvez sim. Talvez não — comentou Roger. — Talvez ele...

— Seja como for, isso não vai fazer a *menor* diferença — disse Vic, com veemência. — A única diferença entre um bom publicitário e um vendedor de ilusões é que o bom publicitário faz o melhor que pode com o material que tem nas mãos... sem ultrapassar as fronteiras da honestidade. É disso que trata esse comercial. Se ele disser não, estará recusando o melhor que podemos fazer. E ponto final. Fim de papo! — encerrou, tragando o cigarro e quase derrubando a garrafa de cerveja de Roger, ainda pela metade. As mãos tremiam.

Rob assentiu.

— Um brinde a isso — disse ele, erguendo o copo. — Saúde, senhores.

Vic e Roger ergueram os copos.

Rob pensou por um instante, depois disse:

— Que tudo corra bem, contra todas as probabilidades.

— Amém — disse Roger.

Todos brindaram e beberam. Enquanto acabava com o resto da cerveja, Vic se surpreendeu pensando em Donna e Tad de novo.

George Meara, o carteiro, levantou uma das pernas metida no uniforme azul e cinza dos correios e peidou. Andava peidando muito ultimamente. Estava um pouco preocupado com o problema, porque não tinha relação com a comida. Na noite anterior, ele e a mulher devoraram torradas com pasta de atum e os peidos vieram. De manhã, foram sucrilhos Kellogg's com banana — e os peidos vieram. Ao meio-dia, no Mellow Tiger, foram dois cheesebúrgueres com maionese — e os peidos vieram com tudo.

George procurou pelo sintoma na *Enciclopédia Médica do Lar*, uma inestimável obra em doze volumes que a esposa ganhou ao juntar os comprovantes de compras da Shop'n Save, de South Paris. O que ele descobriu na entrada FLATULÊNCIA EXCESSIVA não foi nada encorajador. Podia ser um sintoma de inflamação gástrica. Podia significar que havia uma bela de uma úlcera dentro dele. Podia ser um problema intestinal. Podia até ser a doença que começava com C. Se continuasse peidando daquele jeito, teria que marcar uma consulta com o dr. Quentin. E o dr. Quentin explicaria que ele estava peidando muito porque estava ficando velho, e que isso era normal.

A morte de tia Evvie Chalmers na última primavera deixara George muito abalado — mais do que ele poderia acreditar — e, nos últimos tempos, evitava pensar no envelhecimento. Preferia pensar nos Anos Dourados da Aposentadoria, anos que passaria ao lado de Cathy. Nunca mais acordar às seis da manhã. Nunca mais carregar a bolsa de cartas e ficar ouvindo aquele babaca do Michael Fournier, diretor da agência de Castle Rock. Nunca mais congelar as bolas no inverno e enlouquecer com os veranistas que queriam entregas em campings e chalés quando chegava o verão. Em vez disso, haveria um motorhome para "Viagens Pitorescas pela Nova Inglaterra". Haveria

"Ócio no Jardim". Haveria "Vários Tipos de Hobbies". Acima de tudo, haveria "Descanso e Relaxamento". No entanto, de alguma forma, ele pensava que chegar à casa dos sessenta e tantos e setenta e poucos peidando sem parar, como um foguete defeituoso, não se encaixava com a bela imagem que construíra para os Anos Dourados da Aposentadoria.

George virou o furgãozinho azul e branco dos Correios na Town Road e estreitou os olhos quando um raio de sol passou por um breve momento pelo para-brisa. O verão estava infernal, bem como tia Evvie profetizara — talvez até um pouco mais. Ouviu os grilos cricrilando com preguiça na grama alta e teve uma breve visão dos Anos Dourados da Aposentadoria, uma cena intitulada "George Relaxa na Rede da Varanda do Quintal".

Parou na casa dos Milliken e colocou uma circular de propaganda da Zayre e uma conta de luz da Companhia Elétrica do Maine na caixa de correio. Aquele era o dia da emissão de contas de luz, mas George esperava que a companhia não alimentasse grandes expectativas em relação à data prevista para o pagamento: os Milliken eram uns mortos de fome, como aquele Gary Pervier, que morava mais adiante. Era um escândalo ver a decadência de Pervier, um homem condecorado por bravura pelo Exército. E o tal Joe Camber não era muito melhor que os outros. Bando de vira-latas, todos eles.

John Milliken estava do lado de fora, na lateral da casa, consertando o que parecia ser um rastelo. George acenou para ele, e Milliken ergueu o dedo antes de voltar ao trabalho.

Aqui vai um para você, seu fraudador da previdência social, pensou George Meara. Levantou a perna e soltou o rojão. Peidar como uma metralhadora não era fácil. Você precisava ter muito cuidado quando estava perto de outras pessoas.

George seguiu pela estrada até a casa de Gary Pervier, puxou outra publicidade da Zayre, outra conta de luz e também um informativo do Departamento de Veteranos de Guerra dos Estados Unidos. Enfiou tudo na caixa de correio e deu meia-volta na entrada da garagem de Pervier, porque não precisaria subir a colina até a casa de Camber naquele dia. Joe havia telefonado para a agência na segunda, por volta das dez da manhã, pedindo que as correspondências não fossem entregues durante alguns dias. Mike Fournier, o gerente falastrão da agência dos correios de Castle Rock, havia preenchido um aviso para SUSPENDER CORRESPONDÊNCIA ATÉ SEGUNDA ORDEM e repassado a George.

Fournier informara a Joe Camber que ele havia ligado quinze minutos depois do prazo para suspensão da entrega da correspondência de segunda, se era isso que ele pretendia.

— Não tem problema — respondera Joe. — Acho que ainda vou estar em casa para receber as cartas de hoje.

Quando colocou a correspondência de Gary Pervier na caixa de correio, George percebeu que a entrega de segunda — uma revista *Popular Mechanix* e uma carta de pedido de doação para o Fundo de Educação Rural — continuava no mesmo lugar. Em seguida, ao virar o furgãozinho, percebeu que o velho e enorme Chrysler de Gary estava na entrada e o Ford enferrujado de Joe Camber estava estacionado ao lado.

— Saíram juntos — murmurou. — Dois idiotas fazendo merda por aí.

Levantou a perna e desferiu outro peido.

George concluiu que os dois deviam estar bebendo e caçando prostitutas na picape de Joe Camber. Não lhe ocorreu que era estranho terem saído na picape de Joe quando havia dois carros muito mais confortáveis à mão, nem percebeu o sangue nos degraus da escada da varanda, nem tampouco o grande buraco no painel inferior da porta telada de Gary.

— Dois idiotas fazendo merda por aí — repetiu. — Pelo menos o Joe Camber se lembrou de suspender a correspondência.

Saiu pelo mesmo caminho em que entrou, de volta a Castle Rock, levantando a perna de vez em quando para soltar mais um rojão.

Steve Kemp foi até o Dairy Queen do Shopping Westbrook comer dois cheesebúrgueres e tomar um sorvete de creme com cobertura de chocolate. Sentou na van para comer, olhando para a Bridgton Avenue, mas sem ver a estrada nem sentir o gosto da comida.

Ligou para o escritório do Maridinho Lindo. Deu o nome de Tim Habey quando a secretária perguntou quem era. Disse que era diretor de marketing da House of Lights Inc. e gostaria de falar com o sr. Trenton. Estava com a boca seca de tanta excitação. Quando Trenton atendesse a ligação, os dois encontrariam coisas mais interessantes do que marketing sobre as quais conversar. Como discutir a marquinha de nascença daquela piranha, saber com o que ela se parecia. Como contar da vez em que ela o mordera depois de gozar, com tanta força que chegara a arrancar sangue. Como perguntar sobre a vida da Deusa Vagabunda depois que o Maridinho Lindo descobriu que ela provara o que havia além da comidinha caseira.

Só que não foi assim que as coisas aconteceram. A secretária disse:

— Sinto muito, mas o sr. Trenton e o sr. Breakstone estão fora esta semana. E também devem estar fora grande parte da semana que vem. Posso ajudar o senhor de alguma forma? — A voz da mulher tinha um tom de esperança: ela realmente queria ajudar. Era a grande chance de conquistar uma conta enquanto os chefes estavam tratando de negócios em Boston ou Nova York (com certeza não seria um lugar exótico como Los Angeles, não para uma agenciazinha de merda como a Ad Worx). *Hora de mostrar do que você é capaz, jovem.*

Steve agradeceu e disse que voltaria a ligar mais perto do fim do mês. Desligou antes que ela pedisse o número para retorno, pois o escritório da House of Lights Inc. ficava em uma cabine telefônica na Congress Street, bem diante da charutaria do Joe.

Ali estava ele, comendo cheesebúrguer e tentando decidir o que fazer. *Como se você não soubesse*, sussurrou uma voz interior.

Ligou a van e seguiu para Castle Rock. Quando acabou a sobremesa (o sorvete estava praticamente todo derretido por causa do calor), estava em North Windham. Jogou o lixo no chão da van, que já acumulava várias outras sujeiras — copos de plástico, caixas de Big Mac, garrafas retornáveis de cerveja e de refrigerante, maços de cigarro vazios. Jogar lixo na rua era um ato antissocial e nocivo ao ambiente, e ele jamais faria algo assim.

Steve chegou à casa dos Trenton às três e quinze daquela tarde quente e luminosa. Agindo com cautela quase subconsciente, passou diante da casa sem diminuir a velocidade e estacionou perto da esquina de uma rua lateral, cerca de quatrocentos metros à frente. Voltou caminhando.

A entrada da garagem estava vazia, e ele sentiu uma pontada de frustração. Jamais admitiria para si — ainda mais agora, quando Donna parecia não estar em casa — que pretendia dar à mulherzinha um gostinho do que ela tanto quis durante a primavera. Ele tinha se despencado de Westbrook até Castle Rock com uma meia ereção, que desmoronou completamente naquele momento.

Ela não estava.

Não, o carro não estava. Uma coisa não levava necessariamente à outra, certo?

Steve olhou ao redor.

O que temos aqui, senhoras e senhores, é uma pacífica rua de subúrbio em um dia de verão. A maioria das crianças está tirando uma soneca, a maioria das donas de casa está fazendo o mesmo ou está grudada na TV, *assistindo a alguma novela água com açúcar. Todos os Maridinhos Lindos estão ocupados ganhando a vida, o passaporte para pagar mais impostos e, muito provavelmente, um leito no setor de Terapia Intensiva do Centro Médico do Leste do Maine.*

Duas crianças brincavam de amarelinha sobre um desenho borrado, feito a giz. Usavam trajes de banho e suavam muito. Uma idosa meio careca puxava um carrinho de supermercado com muito cuidado, como se ela e o carrinho fossem feitos da mais fina porcelana chinesa, mantendo uma distância considerável das crianças que brincavam.

Em resumo, quase nada acontecendo. A rua cochilava sob o calor.

Steve subiu a rampa de acesso como se tivesse todo o direito de estar ali. Primeiro examinou a pequena garagem para um carro. Pelo que sabia, Donna nunca a havia usado porque, como o portão era muito estreito, tinha medo de entrar com o carro ali. Se amassasse a lataria, o Maridinho Lindo ia encher o saco — não, perdão, ia encher a *paciência*.

A garagem estava vazia. Nada de Corcel, nada de Jaguar velho — o carro do Maridinho Lindo de Donna estava na menopausa dos esportivos. Ela não gostava quando Steve dizia isso, mas ele jamais vira algo tão óbvio.

Steve saiu da garagem e subiu os três degraus até a varandinha dos fundos. Tentou abrir a porta e descobriu que estava destrancada. Depois de olhar em volta e ter certeza de que ninguém estava vendo, entrou sem bater.

Fechou a porta para o silêncio da casa. Mais uma vez, o coração ribombava no peito, parecendo sacudir toda a caixa torácica. E mais uma vez ele não admitia as coisas. Steve não *precisava* admitir nada. Estava tudo ali, do mesmo jeito.

— Olá, alguém em casa? — perguntou com voz alta, natural, agradável e curiosa. — Olá?

Chegou ao meio do corredor. Naturalmente, não havia ninguém. A casa transmitia uma sensação de silêncio, calor e suspense. De certa forma, quando não era sua, uma casa vazia cheia de móveis podia ser bem assustadora. Você se sentia observado.

— Olá, tem alguém aí? — perguntou pela última vez.

Deixe uma surpresa para ela se lembrar de você então. E caia fora.

Foi até a sala e olhou em volta. Tinha arregaçado as mangas da camiseta, e os braços estavam levemente pegajosos por causa do suor. Agora as coisas podiam ser admitidas. Steve teve vontade de matá-la quando ela o chamou de filho da puta, respingando saliva em seu rosto. Teve vontade de matá-la por ter feito com que ele se sentisse velho, assustado e incapaz de se manter no controle da situação. A carta já tinha servido para alguma coisa, mas não era suficiente.

À direita, havia uma série de bibelôs guardados em prateleiras de vidro. Steve se virou e deu um chute que entortou a prateleira de baixo. A moldura aguentou por um momento, depois cedeu, espalhando vidro e pequenos gatos e cães pastores de porcelana chinesa e todas aquelas merdas pequeno-burguesas. Uma veia saltou no meio de sua testa. Sem perceber, ele fez uma careta. Caminhou com cuidado por cima das peças que não tinham se quebrado, reduzindo-as a pó. Arrancou um retrato de família da parede e olhou com curiosidade para o rosto sorridente de Vic Trenton (Tad estava sentado no colo do pai, com o braço em torno da cintura de Donna), depois o jogou no chão e pisou com vontade no vidro.

Olhou ao redor com a respiração pesada, como se tivesse acabado de participar de uma corrida. De repente, resolveu atacar a sala como se fosse algo vivo, algo que o tivesse machucado muito e merecesse ser punido. Derrubou a poltrona reclinável de Vic. Levantou o sofá pela parte de trás. O móvel ficou apoiado na parte da frente por um instante, desequilibrado, em seguida, virou com grande estrondo, quebrando o tampo da mesa de centro. Steve puxou todos os livros da estante, praguejando entredentes contra aquele mau gosto literário. Pegou o porta-revistas e arremessou contra o espelho que ficava sobre a prateleira da lareira, quebrando-o. Grandes pedaços de espelho de fundo preto caíram no chão, como peças de um quebra-cabeça. Bufava como um touro abrasado pelo calor. As bochechas magras estavam quase em brasa.

Foi em direção à cozinha. Quando passou pela mesa de jantar que os pais de Donna deram de presente para a casa nova, estendeu os braços e jogou tudo o que estava em cima no chão — a bandeja giratória com potinhos de especiarias, o vaso ornamental que Donna comprara por um dólar e vinte e cinco centavos na Emporium Galorium de Bridgton no verão anterior, a caneca de cerveja da formatura de Vic. O saleiro e o paliteiro explodiram no chão feito bombas. A ereção de Steve tinha voltado, latejante. Qualquer ideia de cautela e o medo de ser descoberto tinham sumido da mente. Estava em algum lugar dentro de si. Dentro de um buraco negro.

Na cozinha, abriu a parte de baixo do fogão, onde ficavam guardadas as panelas, e jogou todas longe. O barulho foi terrível, mas apenas barulho não era suficiente. Havia armários em três das quatro paredes da cozinha. Steve abriu um a um, encheu as mãos de pratos e atirou todos ao chão. As louças tiniram sonoramente. Arrancou todos os copos do lugar e grunhiu ao ouvi-los se quebrando. Entre eles havia um conjunto com oito delicadas taças de vinho de pés compridos que Donna guardava desde os doze anos de idade. Ela havia lido uma reportagem sobre as arcas que as adolescentes estavam usando para ir guardando as peças do que um dia seria o enxoval de casamento e decidiu que teria uma também. No fim das contas, as taças de vinho foram a única coisa que Donna guardou na arca antes de perder interesse (o grande objetivo inicial era montar um enxoval grande o suficiente para atender às necessidades de seu futuro lar de casada). Ainda assim, aquelas taças já haviam acompanhado mais da metade de sua vida e eram guardadas com muito carinho.

Uma vasilha foi a próxima vítima de Steve. Depois, uma grande travessa. Em seguida, o rádio com toca-fitas, que foi ao chão e se espatifou com um som pesado. Steve Kemp dançou sobre ele, dançou o twist. O pênis, duro feito pedra, pulsava dentro da calça. A veia no centro da cabeça pulsava também, como em contraponto. Ele descobriu as bebidas embaixo da pequena pia metálica do canto. Tirou de lá garrafas quase cheias ou pela metade, carregando várias de uma vez, depois arremessou, uma a uma, com toda a força contra a porta da despensa. No dia seguinte, o braço ficaria tão inchado e dolorido que ele mal conseguiria levantá-lo até a altura do ombro. Em pouco tempo a porta da despensa estava escorrendo todo tipo de destilado: Gilbey's, Jack Daniel's, J & B, sem falar em um líquido de menta verde e grudento e no amaretto que fora presente de natal de Roger e Althea Breakstone. Os cacos de vidros cintilavam com preguiça sob o sol quente da tarde que inundava as janelas sobre a pia.

Steve entrou na lavanderia e encontrou caixas de alvejante Spin'n Span, uma grande garrafa de plástico azul de amaciante Downy, um limpa-vidros Lestoil, um Top Job e também três marcas de sabão em pó. Saiu correndo de um lado para outro da cozinha, como um maluco celebrando a chegada do Ano-Novo, espalhando produtos de limpeza por toda parte.

Tinha acabado de esvaziar a última embalagem — uma caixa quase cheia de Tide, tamanho econômico — quando viu a mensagem deixada no quadro de notas com o inconfundível garrancho de Donna: "Tad e eu fomos levar o carro à oficina do J. Camber. Voltamos já".

O bilhete o trouxe de volta à realidade com um estalo. Já estava ali fazia meia hora, se não mais. O tempo passou em um borrão vermelho, e era melhor não abusar da sorte. Há quanto tempo Donna saíra? Para quem era a mensagem? Para qualquer visita ou para alguém específico? Ele tinha que dar o fora... mas não sem antes fazer uma coisinha.

Apagou a mensagem com a manga da camisa e escreveu em letras maiúsculas:

DEIXEI UMA COISA NO QUARTO PARA VOCÊ, GATA.

Subiu a escada de dois em dois degraus e entrou no quarto do casal, que ficava à esquerda no corredor do segundo andar. Estava extremamente ansioso, tinha quase certeza de que a campainha iria tocar ou que alguém — outra dona de casa feliz, muito provavelmente — abriria a porta dos fundos e colocaria a cabeça para dentro, chamando (como ele fizera): "Olá, tem alguém em casa?".

A expectativa, no entanto, garantia um toque a mais de excitação ao acontecimento. Steve desafivelou o cinto, abriu o zíper e deixou a calça jeans cair até os tornozelos. Não estava usando cueca: raramente usava. O pau se ergueu, rígido, em meio a uma floresta de pelos pubianos dourado-

-avermelhados. Não demorou muito, pois ele estava muito excitado. Bastaram duas ou três punhetadas para gozar intensamente. Espalhou sêmen por toda a colcha, em convulsão.

Puxou a calça para cima de novo, fechou a braguilha (e os dentinhos dourados do zíper quase morderam a cabeça do pênis — *isso* seria engraçado, com certeza) e correu para a porta, afivelando o cinto de novo. Ia acabar esbarrando com alguém na saída. Ah, se ia. Tinha certeza disso, como se já estivesse escrito. Uma dona de casa feliz que olharia para aquele sujeito afogueado, de olhos esbugalhados e jeans manchado, e começaria a gritar o mais alto que conseguisse.

Steve tentou se preparar para a situação quando abriu a porta dos fundos e saiu. Olhando para trás, parecia que tinha feito tanto barulho que seria capaz de acordar os mortos... que esporro aquelas panelas fizeram! Para que jogar aquelas merdas no chão? Em que ele estava pensando? Toda a vizinhança devia ter ouvido.

Só que não havia ninguém no quintal ou na entrada da garagem. A paz da tarde permanecia imperturbada. Do outro lado da rua, um aspersor de jardim girava de um lado para o outro, indiferente. Um garoto passou por ele de patins. Logo adiante havia uma cerca viva, bem alta, que separava a casa dos Trenton da residência vizinha. À esquerda da varanda dos fundos dava para ver a cidade aninhada no sopé da colina. Steve viu com clareza a interseção entre a Route 117 e a High Street, com a área pública da cidade ocupando um dos ângulos formados pelo cruzamento das duas vias. Ficou ali parado, tentando se controlar. A respiração diminuiu de ritmo aos poucos até voltar ao normal. Ele estampou uma cara simpática, adequada àquela tarde. Tudo isso aconteceu no intervalo de tempo necessário para que o semáforo da esquina saísse do vermelho para o verde, antes de saltar para o amarelo e depois outra vez para o vermelho.

E se ela entrar pela garagem neste exato momento?

Esse pensamento despertou Steve do estado de transe. Já tinha deixado o cartão de visitas, não precisava mais aturar qualquer coisa de Donna. Também, o que mais ela podia fazer? No máximo, chamar a polícia, mas ele duvidava que isso acontecesse. E tinha muitas coisas para contar: A vida Sexual da Feliz Dona de Casa Norte-Americana em seu Habitat. De qualquer jeito, ele dera um show de insanidade. Era melhor ficar bem longe de Castle

Rock. Quem sabe ele não ligaria para Donna depois? Para saber o que ela tinha achado da sua arte. Seria, de certa forma, divertido.

Desceu a rampa de acesso à garagem, virou à esquerda e voltou para a van. Nada o deteve. Ninguém reparou nele. Um garoto de patins passou a toda por ele e gritou "Oi!". Steve respondeu na hora.

Entrou na van e deu partida. Seguiu pela 117 até a 302, depois foi até o cruzamento com a interestadual 95 em Portland. Pagou o pedágio e rodou para o sul. Começou a ficar incomodado com tudo que fizera — com a sede insana de destruição que o dominou quando percebeu que a casa estava vazia. Será que a retaliação não fora dura demais para a ofensa? E daí se ela não queria mais transar? Ele havia praticamente destruído a casa. Será que isso dizia algo de ruim sobre seu estado mental?

Steve começou a lidar com essas perguntas aos poucos, como fazia a maioria das pessoas, passando um conjunto objetivo de fatos por uma série de produtos químicos que, usados ao mesmo tempo, formavam o complexo mecanismo humano de percepção chamado subjetividade. Como uma criança atenta que fazia o dever de casa usando o lápis, a borracha, e depois o lápis outra vez, ele desmembrou o que havia acontecido e depois remontou tudo com cuidado — redesenhou o acontecimento na mente — até que os fatos e a percepção dos fatos se encaixassem de uma forma com que pudesse conviver.

Ao chegar à Route 495, Steve virou para o oeste em direção a Nova York e à área rural que se descortinava diante de si, até chegar aos recantos silenciosos de Idaho, o lugar para onde Hemingway foi quando estava velho e mortalmente angustiado. Steve percebeu que os sentimentos começavam a ficar positivos, uma sensação familiar que sempre experimentava ao cortar velhos laços e seguir em frente — a sensação mágica que Huck Finn chamou de "alcançar o território". Nesses momentos, era quase como se nascesse de novo, pois sentia com todas as forças que estava de posse da maior liberdade que havia, a liberdade de se reinventar. E seria incapaz de entender se alguém lhe jogasse na cara que, fosse no Maine ou em Idaho, ele continuaria com uma tendência a atirar a raquete de tênis no chão de raiva e frustração se perdesse o jogo, que continuaria se recusando a apertar a mão do adversário sobre a rede, como sempre fazia em caso de derrota. Só cumprimentava o adversário nas vitórias.

Parou para pernoitar em uma cidadezinha chamada Twickenham. Pegou fácil no sono. Tinha se convencido que destruir a casa dos Trenton não foi um ato ensandecido de ciúme, mas uma atitude de anarquia revolucionária — ofender um casal de porcos gordos de classe média, o tipo de gentalha que ajudava os líderes fascistas a se manter no poder ao pagar os impostos e as contas de telefone sem contestar. Tinha sido um ato de coragem e de fúria limpa e justificada. Era sua forma de dizer "poder para o povo", uma ideia que tentava incorporar em seus poemas.

Ainda assim, enquanto virava de lado para dormir em uma estreita cama de hotel de beira de estrada, ele se perguntou o que Donna teria achado da surpresinha quando chegou em casa com o filho. O pensamento o fez adormecer com um leve sorriso nos lábios.

Às três e meia da tarde de terça, Donna desistiu de esperar pelo carteiro.

Sentou-se e apoiou de leve o braço sobre Tad, que estava em um estado de apatia e tinha os lábios cruelmente inchados por causa do calor. O rosto estava corado e traía o estado de confusão do menino. Só havia um restinho de leite, e logo Donna daria a ele. Durante as últimas três horas e meia — desde o que seria a hora do almoço, em casa — o sol tinha sido infernal e inclemente. Mesmo com uma fresta de um quarto aberta em cada janela, a temperatura dentro do carro deveria estar beirando os quarenta graus, se não mais. Era assim que os automóveis ficavam quando eram expostos ao sol. A questão era que, em circunstâncias normais, quando o carro atingia essa temperatura, você escancarava as janelas, abria os dutos de ventilação do painel e pé na estrada. "Pé na estrada", que sonoridade doce tinha essa expressão.

Donna passou a língua pelos lábios.

Durante curtos períodos, ela abria totalmente as janelas, criando uma corrente de ar mais fresco, mas tinha medo de deixá-las assim muito tempo. Temia acabar cochilando. O calor a assustava — não só por ela, mas sobretudo por Tad, por estar desgastando tanto o filho —, mas não tanto quanto o rosto daquele cão soltando espuma e encarando-a com olhos vermelhos e inchados.

Na última vez em que abrira as janelas totalmente, Cujo estava oculto nas trevas do celeiro-oficina. Mas agora havia voltado.

Estava sentado diante da sombra crescente do celeiro, a cabeça baixa, encarando o Corcel azul. O chão entre as patas da frente estava enlameado por causa da baba. De vez em quando, rosnava e atacava o nada, como se estivesse alucinando.

Quanto tempo? Quanto tempo vai demorar até ele morrer?

Donna era uma mulher racional. Não acreditava em monstros no closet, e sim nas coisas que conseguia ver e tocar. Nada havia de sobrenatural em um são-bernardo babando, sentado sob a sombra de um celeiro. Era apenas um animal doente que fora mordido por uma raposa ou um gambá com raiva. Nada havia de pessoal nos ataques contra ela. Não era o Reverendo Dimmesdale de *A letra escarlate*, nem Moby Dick em forma de cão, muito menos o Destino sobre quatro patas.

Porém... Donna estava quase decidida a correr até a porta dos fundos da varanda de Camber quando Cujo saiu, trôpego e manco, da escuridão do celeiro.

Tad. A questão toda era o Tad. Ela precisava dar um jeito de tirar o filho dali. Tinha que tomar uma decisão. Ele já não estava agindo de modo muito coerente. Parecia apresentar apenas alguns picos de lucidez. Ficava apavorada e com o instinto materno em alerta máximo ao ver o olhar distante do filho enquanto falava — lembrava os olhos de um lutador atingido várias vezes, um lutador perdendo a consciência junto com o protetor bucal e só à espera da última saraivada de golpes para cair desacordado na lona. Tad era a questão. Se estivesse sozinha, já teria corrido para a porta há muito tempo. Só hesitava por Tad, porque a imagem do cachorro a alcançando enquanto o filho ficava sozinho no carro sempre lhe voltava à mente.

Ainda assim, até Cujo voltar para fora, quinze minutos antes, ela estava se preparando para correr até a porta. Repassou a cena várias e várias vezes na cabeça, como um filme, até que em uma parte de sua mente a corrida já parecesse ter acontecido. Era preciso que Tad estivesse plenamente desperto, e ela estava até disposta a bater no rosto do filho para despertá-lo, se fosse preciso. E então diria que ele não poderia ir atrás dela — *em hipótese alguma, independentemente do que acontecesse*. Sairia correndo e tentaria abrir a porta. Se estivesse destrancada, maravilha, mas Donna também estava preparada para a possibilidade bastante real de que não estivesse. Tirou a camisa, botou no colo e ficou sentada ao volante apenas de sutiã branco de algodão. Quando saísse correndo, levaria a camisa amarrada em volta da mão. Estava longe de ser uma proteção perfeita, mas era melhor do que nada. Assim ela podia quebrar o painel de vidro perto da maçaneta e tentar abrir para entrar na varanda interna. Se a porta interna estivesse trancada, ela teria que dar um jeito. Qualquer jeito.

Só que Cujo saiu do celeiro, roubando sua vantagem.

Não tem problema. Ele vai entrar de novo. Já fez isso antes.

Será que vai? Está tudo perfeito demais, não é? Os Camber viajaram e se lembraram de cancelar a entrega de correspondência como bons cidadãos. Vic está viajando e é muito improvável que ligue antes da noite de amanhã, porque não temos dinheiro para fazer interurbanos todos os dias. E, se ligar, deve ligar cedo. Como ninguém vai atender o telefone, ele vai pensar que saímos para comer alguma coisa no Mario's ou talvez tomar sorvete no Tastee Freeze. E não vai ligar mais tarde por pensar que já estamos dormindo. Vic, sempre tão atencioso. Está tudo perfeito demais. Não tinha um cachorro na proa do barco na história do barqueiro do rio Caronte? O cachorro do barqueiro. Pode me chamar de Cujo. Todos a bordo para o vale da Morte.

Entre, ordenou ao cachorro mentalmente. *Volte para o celeiro, seu maldito.*

Cujo não se mexeu.

Donna passou a língua pelos lábios, que pareciam quase tão inchados quanto os de Tad.

Tirou o cabelo da testa e disse com delicadeza:

— Como você está se sentindo, Tadder?

— Shh — murmurou o menino, distraidamente. — Os patos...

Ela balançou o filho.

— Tad, meu amorzinho, você está bem? Fale comigo!

Os olhos dele se abriram um pouco. Olhou em volta. Era um menininho confuso, suado e absurdamente cansado.

— Mamãe, a gente pode ir para casa? Estou com muito calor...

— Nós vamos.

— Quando, mamãe? *Quando?* — Ele começou a chorar desesperadamente.

Ai, Tad, não chore, pensou ela. *Qualquer gotinha é preciosa para você.* Que coisa mais maluca para se pensar. Mas a situação como um todo era tão absurda que parecia irreal, não era? A ideia de um menininho morrendo de desidratação

(pare, ele NÃO está morrendo)

a menos de doze quilômetros da cidade mais próxima era uma loucura.

A situação é exatamente essa, repetia Donna para si mesma, com dureza. *E não pense em mais nada, minha cara.* Era como uma guerra em miniatura, em que tudo que antes parecia pequeno agora era grande. A mais ínfima brisa que entrava pela fresta aberta do vidro era um bálsamo. A distância até a varanda dos fundos era igual a cruzar um quilômetro em território inóspito. E se quisesse acreditar que o cachorro era o Destino, a volta do Fantasma do Pecado ou a reencarnação de Elvis Presley, que ficasse à vontade. Nesta situação em pequena escala — essa situação de vida ou morte —, até mesmo ir ao banheiro era uma tarefa hercúlea.

Nós vamos sair dessa. Cachorro nenhum vai fazer isso com o meu filho.

— Quando, mamãe? — repetiu Tad, olhando para ela com os olhos úmidos e o rosto branco como uma toalha de papel.

— Daqui a pouco — respondeu ela, quase traindo a própria desesperança. — Não vai demorar.

Donna olhou pela janela de Tad e novamente seus olhos se fixaram naquele objeto esquecido na grama alta, naquele velho bastão de beisebol envolto com fita adesiva.

Eu queria esmagar a cabeça do maldito cão com ele.

Dentro da casa, o telefone começou a tocar.

Ela virou a cabeça, invadida por uma súbita e selvagem esperança.

— É para a gente, mamãe? Estão ligando para a gente?

Donna não respondeu. Estava se lixando para quem era. Se tivessem sorte — e a sorte deles uma hora teria que virar, certo? —, seria alguém com motivos para achar estranho que ninguém atendesse o telefone na casa dos Camber. Alguém que iria até ali para conferir o que estava acontecendo.

Cujo ergueu a cabeça que, para variar, estava caída para um lado. Por um momento ele ficou estranhamente parecido com o Nipper, o cachorrinho da RCA que fica ouvindo o gramofone. O bicho se levantou tremendo e começou a caminhar na direção da casa e do telefone que tocava.

— Acho que o au-au vai atender — comentou Tad.

Com velocidade e agilidade apavorantes, o enorme cachorro mudou de direção e foi até o carro. O andar vacilante tinha desaparecido, como se não passasse de puro fingimento. O bicho não latia, o som que saía da garganta era um rugido, um urro. Os olhos vermelhos faiscavam. Ele se lançou contra o carro em um salto estúpido e foi projetado para trás — aturdida, Donna viu que a lateral da porta estava amassada. *Ele deve estar morto*, pensou ela, histérica. *Deve ter arrebentado os miolos doentes ou quebrado a espinha. Só pode ter sido isso, SÓ PODE...*

Cujo se levantou. O focinho estava sangrando. Os olhos pareciam perdidos de novo. Dentro da casa, o telefone tocava sem parar. O cachorro fez menção de ir embora, mas de repente avançou com raiva contra a lateral do próprio corpo, como se tivesse sido picado, girou e pulou na janela de Donna. Surgiu bem em frente ao rosto dela em outra pancada surda e sem sentido. O sangue se espalhou pelo vidro e um trincado prateado apareceu. Tad gritou e bateu as mãos contra o rosto, puxando as bochechas para baixo, arranhando-as com as unhas.

O cachorro saltou de novo. Rios de espuma escorriam pelo focinho sangrento. Donna viu os dentes, fortes como marfim velho e amarelado. As garras se prenderam no vidro. Jorrava sangue de um corte entre os olhos, que estavam fixos nos dela. Eram olhos irracionais, mas ainda assim traíam — ela seria capaz de jurar — algum tipo de compreensão. Uma compreensão maligna.

— Sai daqui! — berrou.

Cujo se jogou contra a lateral do carro de novo. E de novo. E de novo. Agora o amassado na lataria era bem profundo. Cada vez que os noventa quilos do cão atingiam o Corcel, o carro balançava sobre os amortecedores. Cada vez que ouvia aquele baque pesado e surdo, Donna tinha certeza de que o cão tinha se matado, ou pelo menos desmaiado. E cada vez o cão voltava a andar até a casa para depois se virar e lançar uma nova investida. O rosto de Cujo era uma mistura de sangue e pelo. Por trás dessa máscara hedionda, os olhos, no passado mansos e castanhos, espiavam agora com fúria irracional.

Donna olhou para Tad e viu que o filho entrara em estado de choque, encolhido em posição fetal, com as mãos entrelaçadas na nuca e o peito convulso.

Talvez seja melhor assim. Talvez...

Dentro da casa, o telefone parou de tocar. Cujo, que já ia se virando para outra investida, se deteve. Tombou a cabeça em um gesto curioso e sugestivo. Donna prendeu a respiração. O silêncio parecia enorme. Cujo se sentou, ergueu o focinho terrivelmente ferido contra o céu e uivou uma vez — um som tão sombrio e solitário que a fez estremecer e sentir não mais calor, e sim um frio glacial, de catacumba. Naquele instante ela soube — não apenas sentiu ou pensou —, ela *soube* que o cachorro era mais do que um mero animal.

O instante passou. Cujo voltou a se apoiar nas patas, devagar, parecendo extremamente cansado, e caminhou até a frente do Corcel. Donna imaginou que o animal tinha se deitado ali, pois não conseguia mais ver o rabo. Ainda assim, ficou com todos os músculos tensos por mais alguns instantes, mentalmente pronta a ver o cão dar outro salto para cima do capô. O salto não aconteceu. Nada houve além do silêncio.

Donna pegou Tad no colo e começou a cantar baixinho para ele.

Quando Brett enfim desistiu e saiu da cabine telefônica, Charity deu a mão ao filho e foi com ele até a lanchonete da Caldor. Estavam procurando cortinas e toalhas de mesa que combinassem nessa loja de departamentos.

Holly esperava pelos dois, bebendo o resto de uma vaca-preta.

— Tudo bem? — perguntou.

— Tudo — respondeu Charity, fazendo um carinho nos cabelos do filho. — Ele só está preocupado com o cachorro. Não é, Brett?

Brett encolheu os ombros — depois assentiu, com tristeza.

— Você pode ir na frente, se quiser. Daqui a pouco a gente se encontra — disse Charity à irmã.

— Certo. Vou estar no andar de baixo — disse Holly, dando o último gole na bebida. — Aposto que o seu cãozinho está bem, Brett.

Brett sorriu da melhor maneira que pôde, mas não disse nada. Os dois viram Holly se afastar, elegante em um vestido bordô e sandálias de sola de cortiça. Era elegante de uma forma que Charity jamais seria. Talvez tivesse sido um dia, mas não mais. Holly deixou os dois filhos com uma babá e foi com a irmã e o sobrinho para Bridgeport por volta do meio-dia. Convidara os dois para um almoço de primeira — pago com um Diners Club — e, até o momento, tinham passado o dia fazendo compras. Brett, no entanto, estava quieto e distante, preocupado com Cujo. Charity também não estava na melhor disposição para compras. Fazia calor e ela ainda estava um pouco tensa por causa do episódio de sonambulismo do filho. Por fim, sugerira que tentassem ligar para casa de uma das cabines perto da lanchonete... mas o resultado foi o que mais temia.

A garçonete apareceu. Charity pediu café, leite e dois mil-folhas.

— Brett, quando eu comentei com seu pai que queria fazer esta viagem com você, ele foi contra...

— Imaginei.

— Só que, de repente, ele mudou de ideia. Mudou de ideia num piscar de olhos. Acho que ele... viu uma chance de também tirar férias. Às vezes os homens gostam de sair juntos e fazer coisas...

— Como caçar?

(*e encher a cara, ir a puteiros e sabe Deus mais o quê*)

— Isso, coisas assim.

— E ir ao cinema — disse Brett. O pedido chegou e ele começou a comer o mil-folhas.

(*isso, filmes pornográficos, do tipo que passa na Washington Street, apelidada de Zona de Combate*)

— Pode ser. Seja como for, seu pai pode ter tirado dois dias para ir a Boston...

— Ah, eu acho que não — respondeu Brett, com sinceridade. — Ele tinha muito trabalho. Muito mesmo. Ele me disse.

— Talvez não fosse tanto quanto ele pensava — argumentou Charity, torcendo para não deixar o cinismo transparecer na voz. — Pelo menos é isso que eu acho que aconteceu, e é por isso que ele não atendeu o telefone ontem e hoje. Beba seu leite, Brett. Faz bem para os ossos.

Brett bebeu e ficou com um bigode branco. Pousou o copo na mesa.

— Talvez seja isso. Ele deve ter chamado o Gary para ir junto. Ele gosta muito do Gary.

— É, talvez o Gary tenha ido junto — concordou Charity, falando como se a ideia jamais tivesse lhe ocorrido, apesar de já ter ligado para a casa de Gary pela manhã, enquanto Brett estava no quintal, brincando com Jim

Junior. Ninguém atendeu. Ela não tinha a menor dúvida de que os dois estavam juntos, onde quer que fosse. — Você não comeu o mil-folhas todo.

Brett pegou o doce, deu uma mordida pequena, depois colocou de novo no prato.

— Mãe, eu acho que o Cujo está doente. Ele parecia bem doente ontem de manhã. Juro por Deus.

— Brett...

— Ele *estava doente*, mãe. Você não viu. Ele estava... nojento.

— Se tivesse certeza de que o Cujo está bem, você ficaria mais tranquilo?

Brett fez que sim.

— Então vamos fazer o seguinte. Mais tarde eu ligo para o Alva Thornton, que mora na Maple Sugar. Vou pedir que ele vá até a nossa casa e veja como o Cujo está, certo? Acho até que o seu pai já ligou para ele e pediu que desse comida ao Cujo.

— Você acha?

— Acho.

Alva ou alguém como Alva: não exatamente amigos do marido porque, até onde ela sabia, o único amigo de verdade de Joe era Gary. De qualquer jeito, homens costumam fazer favores em troca de outros favores.

O rosto de Brett se desanuviou como em um passe de mágica. Mais uma vez a adulta tinha acertado na resposta, como se tirasse um coelho da cartola. Em vez de ficar alegre com a situação, ela acabou ficando preocupada. O que diria a Brett se Alva comentasse que não via Joe fazia um tempo? Bem, ela teria que abrir o jogo se fosse o caso, mas duvidava que Joe tivesse deixado Cujo sem alguém encarregado para dar comida. Não era o feitio do marido.

— Vamos encontrar sua tia agora?

— Vamos. Deixa só eu acabar o doce.

Em um misto de diversão e espanto, Charity viu o menino devorar o resto do mil-folhas em três ávidas bocadas, tomando o resto do leite para ajudar a engolir. Ato contínuo, empurrou a cadeira para trás e se levantou.

Charity pagou a conta e os dois seguiram para a escada rolante.

— Pô, que loja enorme, mãe — exclamou Brett, impressionado. — Bridgeport é uma cidade grande, não é?

— Nova York faz isso aqui parecer Castle Rock — respondeu Charity. — E não diga pô, Brett, é a mesma coisa que falar palavrão.

— Certo — disse ele, segurando o corrimão da escada rolante e olhando ao redor. À direita havia um labirinto de periquitos fazendo algazarra. À esquerda ficava o departamento de utensílios de cozinha, dominado pelo brilho prateado dos eletrodomésticos e com destaque para um lava-louças com porta de vidro, para que o dono pudesse acompanhar de perto toda a ação de limpeza. O menino olhou para a mãe assim que desceram da escada.

— Então vocês duas cresceram juntas?

— Dá para notar? — perguntou Charity, sorrindo.

— Ela é muito legal.

— Fico feliz que você pense assim. Eu sou suspeita para falar.

— Como é que ela ficou tão rica?

Charity parou.

— É isso que você pensa que a Holly e o Jim são? *Ricos*?

— A casa deles não é barata — disse Brett, e mais uma vez ela pôde ver o pai espiando pelos cantos do rosto do menino. Ali estava Joe Camber com o velho chapéu verde disforme enfiado na parte de trás da cabeça, os olhos muito espertos, olhando de esguelha. — Aquela jukebox também não foi barata. Sem falar que ela tem uma carteira cheia de cartões de crédito, enquanto a gente só tem o da Texaco...

Ela se virou para encará-lo.

— Você se acha esperto por ficar bisbilhotando a carteira de alguém que acabou de pagar seu almoço?

O rosto dele pareceu surpreso e ofendido, depois vestiu uma máscara e ficou leve. Aquele também era um truque de Joe Camber.

— Eu não bisbilhotei, só vi. Era difícil não ver, com ela exibindo a carteira daquele jeito...

— Ela *não* estava exibindo a carteira — rebateu Charity, chocada, parando outra vez de andar. Estavam chegando ao departamento de tecidos para cortinas.

— Estava, sim. Se cartão de crédito fosse bala, aquela carteira seria uma metralhadora.

De repente, Charity ficou furiosa com o filho — em parte por suspeitar que ele tivesse razão.

— Ela queria que você visse todos eles — continuou Brett. — É o que *eu* acho.

— Não estou interessada na sua opinião, Brett Camber. — Ela sentiu o rosto em brasa. As mãos ficaram coçando de vontade de dar um cascudo no filho. Alguns minutos antes, na lanchonete, ela estava morrendo de amores... mais do que isso, estava sentindo que eram amigos. Onde foram parar aqueles sentimentos bons?

— Eu fico me perguntando onde ela arranjou tanto cascalho.

— Que palavra mais horrível para se referir a dinheiro, não acha, não?

Ele deu de ombros, posicionando-se abertamente contra, provocando-a de propósito, suspeitou Charity. Aquilo reforçava a percepção que ele tivera do que havia acontecido no almoço, mas ia ainda mais longe. Brett estava comparando o estilo de vida dele e do pai ao de outra pessoa. Charity chegou mesmo a pensar que o filho abraçaria automaticamente a forma como a irmã e o cunhado viviam só porque gostaria que fosse assim? Um estilo de vida que ela própria não tivera, por azar ou por burrice, talvez pelas duas opções anteriores. Por acaso ele não tinha direito de criticar... ou analisar?

Charity reconheceu que o filho tinha esse direito, mas não esperava que as observações de Brett fossem tão inquietantemente perspicazes (embora apenas intuitivas), tão precisas e tão negativas.

— Acho que foi o Jim quem ganhou dinheiro — disse ela. — Você sabe qual a profissão dele?

— Sei, é um almofadinha.

Desta vez ela preferiu não deixar passar batido.

— Se é assim que você prefere enxergar as coisas. Holly se casou quando ele estava na Universidade do Maine, em Portland, fazendo o curso preparatório para direito. Depois que o Jim entrou na faculdade de Direito, em Denver, ela se matou de trabalhar para garantir que ele conseguisse concluir o curso. Em geral é assim que funciona, as esposas trabalham para que os maridos possam fazer algum curso universitário...

Enquanto falava, Charity procurava por Holly. Por fim, pensou ter visto o alto da cabeça da irmã caçula vários corredores à esquerda.

— Enfim, quando Jim finalmente se formou, os dois vieram para Bridgeport, onde ele começou a trabalhar em um grande escritório de advocacia. Eles moravam em um apartamento de terceiro andar, sem ar-condicionado no verão e com pouco aquecimento no inverno. Mas ele lutou muito para subir na carreira, e agora é o que chamam de associado júnior. E acho que, comparado à gente, ele ganha muito dinheiro.

— Talvez ela goste de ficar exibindo os cartões de crédito porque ainda se sente pobre por dentro.

Charity ficou chocada com a capacidade de percepção quase fora do comum do filho. Fez carinho nos cabelos de Brett, já esquecida da raiva que sentira.

— E olha que você disse que gosta da sua tia.

— Eu gosto. Olha ela lá.

— Estou vendo.

Os dois foram até Holly, que já carregava várias cortinas nos braços e agora estava procurando toalhas de mesa.

O sol finalmente se pôs por trás da casa.

Aos poucos, o forno que era o interior do carro começou a refrescar. Uma brisa mais ou menos constante passou a soprar, e Tad virou o rosto para ela, agradecido. Pelo menos por enquanto, estava melhor do que estivera ao longo de todo o dia. Aliás, todo o resto do dia parecia um terrível pesadelo, do qual só se lembrava de partes. Em alguns momentos ele apenas foi embora, apenas saiu do carro e foi embora. Lembrava-se disso. Tinha ido montado em um cavalo e passado por uma vasta planície cheia de coelhos brincando, como naquele desenho que os pais o levaram para ver no cinema Magic Lantern, em Bridgton. Havia um lago no fim da planície, onde nadavam uns patos bem mansinhos. Tad ficou brincando com eles. Ali era bem melhor do que com a mamãe, porque o monstro estava lá com a mamãe, depois de conseguir fugir do closet. O monstro não estava naquele lugar com os patos. Tad gostava dali, embora tivesse uma vaga noção de que, se ficasse por muito tempo, podia acabar se esquecendo de como voltar para o carro.

Então o sol desapareceu de vez por trás da casa. Havia sombras frescas e tão espessas que quase pareciam ter textura, como um veludo. O monstro tinha parado de tentar pegar os dois. O carteiro não tinha aparecido, mas pelo menos agora Tad podia descansar com um mínimo de conforto. O pior de tudo era a sede. Ele nunca tinha sentido tanta sede na vida. Era isso que deixava aquele lugar com os patos tão agradável, pois era úmido e verdejante.

— O que você disse, meu amor? — O rosto da mãe estava inclinado sobre ele.

— Água — suplicou, num gemido. — Quero água, mamãe... — Tad se lembrou de que falava "quelo" em vez de "quero", e que uns meninos da creche riam da cara dele, diziam que ele não passava de um bebê, e também riam de Randy Hofnager porque ele falava "queixo" em vez de "queijo". Por causa disso, começou a se policiar para falar direito e ficava muito chateado quando errava.

— Eu sei, meu bem. Mamãe também está com sede.

— Aposto que tem água lá na casa...

— Meu amor, não dá para ir lá. Ainda não. O cão malvado está bem ali na frente do carro.

— Onde? — Tad ficou ajoelhado e tomou um susto quando sentiu a cabeça ficando leve e uma tontura, como uma onda quebrando em câmera lenta. Apoiou a mão no painel e teve a impressão de que o braço tinha um quilômetro de comprimento. — Não estou vendo. — Até a voz parecia distante, como um eco.

— Fique sentado, Tad. Você está...

A mãe continuava falando, e ele sentiu quando foi colocado de volta por ela no banco, mas tudo estava distante. As palavras chegavam de muito longe, em meio a um nevoeiro cinzento que pairava entre os dois, como o daquela manhã... ou seria da manhã de ontem... ou qualquer manhã desde a viagem de papai. Mas havia um lugar muito claro logo acima, por isso ele deixou a mãe e foi para lá. Era o lugar dos patos. Patos, um lago e ninfeias. A voz da mãe se transformou em um zumbido distante. Aquele rosto lindo, grande, calmo, sempre presente, tão parecido com a lua que costumava entrar pela janela quando ele se levantava à noite para fazer xixi... aquele rosto ficou cinzento e perdeu definição, misturando-se ao nevoeiro. A voz se transformou no zum-zum preguiçoso de abelhas legais demais para picar alguém, em curso de água que corria mansinho.

Tad ficou brincando com os patos.

Donna pegou no sono. Quando despertou, as sombras tinham voltado a se misturar e o que restava de luz na entrada da garagem dos Camber era só lusco-fusco. Estava escuro de novo e, por incrível que parecesse, eles continuavam ali. O sol sumiu no horizonte, redondo e vermelho-alaranjado. Parecia uma bola de basquete mergulhada em sangue. Donna passou a língua pelos lábios. A saliva que tinha se transformado em uma pasta grossa se despedaçou com relutância, até quase voltar a ser o que era antes. A garganta parecia uma flanela, de tão seca. Pensou como seria maravilhoso se deitar embaixo da torneira do jardim, abrir a boca e tomar uma cascata de água gelada. A imagem era tão poderosa que fez seu corpo todo arrepiar, tão poderosa que lhe deu dor de cabeça.

Será que o cachorro ainda estava na frente do carro?

Bem que ela tentou descobrir, mas era impossível ter certeza. Só dava para ter certeza de que ele não estava na frente do celeiro.

Donna apertou a buzina, que só conseguiu emitir um som rouco, e nada mudou. O cão podia estar em qualquer lugar. Ela passou o dedo pela fissura no vidro do carro e pensou no que poderia acontecer se ele investisse contra a janela mais algumas vezes. Será que conseguiria quebrar o vidro? Vinte e quatro horas atrás, ela diria que não. Agora, já não tinha tanta certeza.

Olhou de novo para a porta que dava para a varanda dos Camber. Parecia mais distante do que nunca. Essa perspectiva levou Donna a se lembrar de um conceito discutido em uma aula de psicologia na faculdade. Ideia fixa, era esse o nome que o professor usara, um homenzinho afetado com bigodinho chapliniano. *Se você estiver em uma escada rolante que para de funcionar, vai achar muito difícil começar a andar.* Ela achou tanta graça daquilo que não sossegou até encontrar uma escada rolante com a placa de COM DEFEITO na Bloomingdale's e descer por ela. Achou mais graça ainda ao descobrir que o professorzinho afetado tinha razão — as pernas não queriam mesmo se mexer. A constatação a fez pensar no que aconteceria se a escada de casa começasse a se movimentar enquanto ela estivesse descendo. Donna riu alto ao pensar naquilo.

Agora, porém, a imagem já não era tão engraçada. Aliás, não tinha graça nenhuma.

A porta da varanda nunca pareceu tão distante.

Este cachorro está me tirando da linha.

Donna tentou rejeitar o pensamento logo que surgiu, mas acabou desistindo. A situação era alarmante demais para se dar ao luxo de mentir para si mesma. Consciente ou inconscientemente, Cujo a estava tirando da linha, talvez usando a ideia fixa dela de como o mundo deveria ser. Só que as coisas tinham mudado. O passeio tranquilo pela escada rolante havia acabado. Não dava para continuar com o filho naquele degrau imóvel, esperando que alguém ligasse o mecanismo de novo. O fato era que o cachorro havia deixado os dois sitiados.

Tad estava dormindo. Se o cachorro estivesse no celeiro, ela poderia correr até a porta.

E se estivesse na frente do carro? Ou embaixo?

Donna se lembrou de algo que o pai costumava dizer enquanto assistia ao futebol americano na TV. Ele quase sempre ficava bêbado e devorava um pratão de feijão frio que sobrava do jantar de sábado. Por conta disso, a sala normalmente ficava inabitável para outros seres vivos no início do último quarto das partidas. Até mesmo o cachorro batia em retirada, com um incômodo sorriso de desertor.

O pai guardava aquela expressão para os *tackles* e as interceptações de passes mais improváveis. "Esse cara é muito cagado!", gritava. Aquilo deixava a mãe maluca... Quando Donna era adolescente, quase tudo que o pai fazia deixava a mãe maluca.

Donna imaginou Cujo diante do Corcel, bem acordado e agachado no cascalho, com as patas traseiras encolhidas sob o dorso, os olhos injetados voluntariamente fixos no ponto em que ela apareceria, se saísse do carro pelo lado do motorista. Estava esperando por ela, torcendo para que fosse tola o suficiente para sair. Esperando para dar o bote improvável e mostrar que também era muito cagado.

Donna esfregou as mãos no rosto, de maneira febril, como se o lavasse. No alto do céu, Vênus observava o azul ganhar tons cada vez mais escuros. O sol já tinha sumido, deixando sobre os campos uma réstia de luz amarela suave, embora de certa forma ensandecida.

Ela se deu conta de que não tinha mais a menor disposição de sair do carro e correr até a porta, como chegara a cogitar à tarde. Uma parte do ímpeto devia ter se perdido depois que ela dormiu e acordou sem saber onde a fera estava. Outra parte se perdeu pelo simples fato de que a temperatura estava caindo. O calor enlouquecedor e o efeito que causava em Tad eram a principal razão para tomar uma atitude. Agora a situação estava razoavelmente confortável dentro do carro. E o estado meio adormecido ou meio acordado de Tad se transformara em sono de verdade. Ele estava descansando, pelo menos naquele momento.

Donna temia que tudo aquilo fosse secundário, já que o principal motivo de ainda permanecer ali era que, pouco a pouco, o ápice de sua disposição emocional a agir já passara. Lembrou-se então das aulas de mergulho que tivera no campo Tapawingo na infância. Sempre chegava o momento em que, depois de subir na plataforma mais alta, era preciso saltar ou então recuar de uma maneira vergonhosa, cedendo a vez à menina que estava atrás. Também chegava o dia, nas aulas de direção, em que as ruas vazias dos arredores da cidade ficavam para trás e era preciso enfrentar a cidade. Chegava o dia. Sempre chegava o dia. O dia para mergulhar, o dia para dirigir, o dia para correr até a porta da varanda.

Cedo ou tarde o animal acabaria aparecendo. A situação era ruim, obviamente, mas ainda não era desesperadora. O momento certo aparecia e desaparecia — isso Donna não aprendeu nas aulas de psicologia, era algo que sabia por instinto. Se desistisse de mergulhar da plataforma mais alta na segunda, não havia lei que proibisse uma nova tentativa na terça. Sempre havia a possibilidade de uma nova tentativa...

Foi com relutância que sua mente sussurrou que aquele raciocínio podia estar fatalmente errado.

Donna já não se sentia tão forte quanto na noite anterior. Na manhã seguinte, estaria ainda mais fraca e desidratada. E isso não era o pior. Estava sentada praticamente o tempo todo havia... quanto tempo?... umas vinte e oito horas, algo que parecia impossível. Será que estaria cansada demais para correr? E se chegasse à metade do caminho e então caísse, toda torta, por causa de cãibras nas pernas?

Em questões de vida ou morte, murmurou sua mente, implacável, *o momento certo só aparece uma vez: uma única vez e acabou.*

A respiração e os batimentos cardíacos estavam acelerados. O corpo soube que ela tentaria antes mesmo da mente. Donna enrolou a camisa com muita firmeza em volta da mão direita, enquanto a esquerda segurava a maçaneta, e então teve certeza. Não houve nenhuma decisão consciente. De repente, ela simplesmente resolveu sair. Aproveitaria que Tad estava dormindo, pois assim ele não sairia correndo atrás dela.

Tinha a mão suada quando levantou a maçaneta. Prendeu a respiração e apurou os ouvidos para captar qualquer mudança no ambiente.

O passarinho voltou a cantar. E assim foi.

Se a porta estiver amassada demais, eu não vou conseguir sair, pensou. O que, de certa forma, seria um alívio amargo. Ela poderia voltar a se sentar, repensar as opções, ver se não havia esquecido de algo em seus cálculos... e ficar um pouco mais sedenta... um pouco mais fraca... um pouco mais lenta...

Donna começou a forçar a porta com o ombro esquerdo, usando o peso do corpo, com intensidade cada vez maior. A mão direita suava dentro da camisa de algodão. O punho estava tão cerrado que os dedos doíam. Sentia vagamente as unhas apertando a palma da mão. Não parava de repassar na mente a imagem de si mesma quebrando o vidro da porta, ouvindo os cacos caindo nas tábuas, enquanto o braço tentava encontrar a maçaneta...

O problema era que a porta do carro não abria. Donna empurrou com toda a força, a ponto de os tendões do pescoço saltarem, mas nada... A porta simplesm...

Até que de repente abriu. E foi com violência, fazendo um som metálico horrível, quase a atirando de quatro no chão. Donna agarrou a maçaneta, escorregou, mas voltou a agarrar. E então, nesse momento, uma certeza em sua alma causou pânico, por ser tão fria e entorpecente quanto o diagnóstico de um médico diante de um câncer terminal. Ela tinha conseguido abrir a porta, mas não conseguiria fechar de novo. O cachorro pularia para dentro do carro e mataria os dois. Tad talvez tivesse um breve e confuso momento de despertar, um último instante em que acreditaria estar sonhando antes que Cujo lhe rasgasse a garganta.

A respiração estava ofegante, barulhenta e lhe queimava as narinas. Parecia que Donna conseguia enxergar todas as pedrinhas do cascalho da entrada da garagem, mas estava difícil pensar. Os pensamentos, descontrolados, vinham aos borbotões. Cenas do passado zuniam pela mente em segundo plano, como um filme ou um desfile militar exibido em alta velocidade, até que as bandas de música, os cavaleiros e os porta-bandeiras parecessem estar fugindo da cena de um crime estranho.

O triturador de lixo regurgitando uma gosma verde nojenta por todo o teto da cozinha, vazando pela pia do bar.

A queda na varanda aos cinco anos, quando quebrara o pulso.

Olhar para as próprias pernas na segunda aula do dia — álgebra — no primeiro ano do ensino médio e perceber, absolutamente envergonhada e apavorada, que havia manchas de sangue em sua saia azul-clara de linho, porque a menstruação tinha chegado. Como fazer para se levantar e ir embora, quando o sinal tocasse, sem que todo mundo percebesse, sem que todo mundo soubesse que Donna Rose estava menstruada?

O primeiro menino que ela beijara de boca aberta: Dwight Sampson.

A visão de Tad recém-nascido em seus braços, e depois a enfermeira levando o filho embora. Ela queria dizer para a mulher não fazer aquilo — "Ei, devolve ele, eu ainda não acabei", foram as palavras que lhe vieram à mente —, mas estava fraca demais para falar. Depois veio aquele som horrível, abafado, intestinal da placenta saindo de dentro de suas próprias entranhas. Ela se lembrou de pensar "Estou vomitando o órgão que garantiu a vida dele" antes de desmaiar.

O choro do pai no casamento e a bebedeira durante a festa.

Rostos. Vozes. Salas. Quartos. Cenas. Livros. O terror daquele momento, em que pensava: *EU VOU MORRER...*

Com tremendo esforço, Donna conseguiu retomar algum controle. Segurou a maçaneta do Corcel com as duas mãos e puxou com toda a força. A porta se fechou. Assim como no momento da abertura, o mesmo som metálico se produziu quando a dobradiça amassada pelo impacto dos saltos de Cujo protestou. A porta emitiu um som pesado ao se fechar, causando um sobressalto em Tad, que resmungou alguma coisa, mas continuou dormindo.

Donna se recostou outra vez no banco, tremendo dos pés à cabeça e chorando baixinho. As lágrimas escorregavam das órbitas e escorriam lateralmente pelo rosto, chegando às orelhas. Jamais havia sentido tanto medo na vida, nem quando era criança e ficava sozinha no quarto e parecia que havia aranhas em todos os cantos. Não dava para ir agora, garantiu a si mesma. Era impensável. Ela estava completamente liquidada. Os nervos estavam em frangalhos. O jeito era esperar por uma oportunidade melhor...

Só que ela não deixaria que aquela *ideia* se tornasse *fixa*.

Não haveria oportunidade melhor do que aquela. Tad estava fora do caminho. O cachorro, também. Isso tinha que ser verdade. Toda a lógica dizia que era verdade. Primeiro o estrondo da porta quando ela conseguiu abrir, depois o barulho da porta se fechando mais uma vez. O cão teria vindo correndo, se estivesse na frente do carro. E teria ouvido o barulho mesmo se estivesse no celeiro. Ele tinha saído de perto, com certeza. Não haveria outra oportunidade como aquela. Donna estava apavorada demais para tentar por si mesma, mas jamais estaria apavorada demais para tentar por Tad.

Motivo muito nobre, como convinha. No entanto, o que realmente pesou na balança foi a visão de si mesma entrando na casa escura dos Camber e a sensação reconfortante do telefone na mão. Ela já se imaginava falando com um assistente do xerife, de maneira bastante calma e racional, e depois desligando. Em seguida, iria à cozinha para beber um copo d'água gelada.

Abriu a porta do Corcel de novo e, embora preparada para ouvir o barulho metálico, não conseguiu deixar de estremecer quando ele aconteceu. Amaldiçoou o cachorro do fundo do coração, torcendo para que o bicho já estivesse morto em algum lugar, fulminado por uma convulsão, com o corpo coberto de moscas.

Pôs as pernas para fora do carro, fazendo uma careta ao sentir que estavam dormentes e doloridas. Pisou no cascalho com os tênis. E então, pouco a pouco, elevou-se contra o céu escuro.

Um passarinho cantou em algum lugar próximo. Três notas. Em seguida, pairou o silêncio.

Cujo ouviu a porta se abrir de novo, como seu instinto sugeriu que aconteceria. Na primeira vez, quase saiu da frente do carro, onde estava deitado meio adormecido. Quase tinha se levantado para pegar a MULHER que lhe causara dores horríveis na cabeça e no corpo. Quase tinha, mas o instinto ordenou que continuasse deitado e imóvel. A MULHER estava apenas tentando tirá-lo dali, dizia o instinto, e era verdade.

À medida que se apossava dele — alastrando-se em seu sistema nervoso como um incêndio incontrolável na mata, expelindo sua esvoaçante fumaça cinzenta e espalhando suas chamas vermelho-púrpura, enquanto continuava destruindo todos os padrões estabelecidos de processos mentais e comportamentais — a doença conseguia, de alguma maneira, deixar Cujo mais perspicaz. Ele tinha certeza de que pegaria o MENINO e a MULHER. Eram eles a causa de tanto mal: a agonia que sentia no corpo e a dor terrível que sentia na cabeça por conta das investidas contra o carro.

Por duas vezes naquele dia, Cujo se esquecera da MULHER e do MENINO, e saíra do celeiro pelo buraco que Joe Camber fizera na porta dos fundos da saleta, onde guardava os documentos de contabilidade. Cujo fora até o pântano que ficava nos fundos da propriedade dos Camber e, por duas vezes, passou bem perto da entrada da caverna calcária escondida pelo mato alto. Lá dentro, os morcegos dormiam. Embora o pântano tivesse água e Cujo estivesse com uma sede monstruosa, por duas vezes a mera visão da água o lançou em um frenesi. Cujo tinha vontade de beber a água, de matar a água, de tomar banho na água, de mijar e cagar na água, de cobrir com terra e destruir e fazer a água sangrar. Nas duas vezes, o terrível fluxo de sensações o afastou do pântano, e Cujo saiu ganindo e tremendo. Tudo aquilo era culpa da MULHER e do MENINO. Não se afastaria mais deles. Nunca na história alguém encontraria um cachorro mais fiel ou mais dedicado a seu propósito. Iria esperar até a hora que conseguisse pegar os dois. Iria esperar até o fim do mundo, se fosse preciso. Iria esperar. E iria ficar atento.

A culpa era sobretudo da MULHER. A maneira como ela olhava para ele, como se dissesse: "Fui eu, fui eu, sim. Fui eu que deixei você doente. Fui eu que causei a sua dor. Fui eu que mandei toda essa agonia e agora ela não vai dar um minuto de trégua para você".

Ah, mate ela, mate ela!

Houve um barulho. Foi um barulho abafado, mas não passou despercebido. Os ouvidos de Cujo tinham agora uma capacidade sobrenatural. Todo o espectro auditivo do mundo estava a seu alcance. Ele ouvia os órgãos que soavam do paraíso e os gritos roucos que vinham do inferno. Em sua loucura, Cujo ouvia o real e o irreal.

Era o barulhinho de pedrinhas escorregando e se chocando entre si.

Cujo esfregou o traseiro no chão e esperou por Donna. A urina, quente e dolorosa, escorria de seu corpo sem ser percebida. Ficou esperando a MULHER aparecer. Quando aparecesse, ele a mataria.

Em meio aos destroços no primeiro andar da casa dos Trenton, o telefone começou a tocar.

Tocou seis, oito, dez vezes. Depois se calou. Logo em seguida, o exemplar de assinante do *Castle Rock Call* se chocou contra a porta da frente da casa e Billy Freeman seguiu pedalando e assoviando pela rua em sua bicicleta Raleigh, com a mochila de lona nos ombros.

No quarto de Tad, a porta do closet estava aberta e um indescritível cheiro seco, leonino e selvagem pairava no ar.

Em Boston, a telefonista perguntou a Vic Trenton se deveria continuar tentando.

— Não precisa, obrigado — respondeu ele e desligou.

Roger descobriu que o jogo entre o Boston Red Sox e o Kansas City Royals passaria no canal trinta e oito, e ficou ali, sentado no sofá, de samba-canção, com um sanduíche e um copo de leite na mão, assistindo ao pré-jogo.

— A pior de todas as suas manias, Roger, que invariavelmente ficam entre o incômodo e o nojento, é essa de comer de samba-canção...

— Ora, ora. Vejam só vocês — disse Roger, olhando para o nada. — Este sujeito tem trinta e dois anos nas costas e ainda chama cueca boxer de samba-canção.

— O que tem de errado nisso?

— Nada... se você for do tipo que usa fralda geriátrica.

— Eu vou cortar a sua garganta quando você estiver dormindo, Roger — ameaçou Vic, sorridente. — Quando perceber, você vai estar se afogando em seu próprio sangue. Quando o arrependimento bater, já será... tarde demais! — Vic pegou metade do sanduíche quente de pastrami de Roger e tascou uma bela mordida.

— Que coisa mais anti-higiênica — reagiu Roger, espanando as migalhas de pão do peito cabeludo. — Donna não estava em casa?

— Não. Ela e o Tad devem ter ido ao Tastee Freeze comer hambúrguer. Ah, como eu queria estar lá e não em Boston!

— Pensa só — disse Roger, sorrindo com malícia. — Amanhã à noite nós estaremos em Nova York, bebendo à vontade no Biltmore...

— Que se foda o Biltmore — reagiu Vic. — Qualquer criatura que passe uma semana longe do Maine viajando a negócios para Boston ou Nova York durante o verão não pode bater bem da cabeça.

— Sei — respondeu Roger. Na tela da TV, Bob Stanley, lançador do Boston, começou o jogo arremessando uma bola em curva. — Que merda de jogada.

— Que delícia de sanduíche, hein, Roger? — disse Vic, com um sorriso vitorioso.

Roger pegou e puxou a bandeja para perto do peito.

— Quer mais? Então peça um, seu preguiçoso.

— Qual o número?

— Meia-oito-um, eu acho. Taí no aparelho.

— Quer pedir umas cervejas também?

Roger fez que não.

— Bebi demais no almoço. Minha cabeça está doendo, meu estômago está doendo. Aposto que vou ter uma bela de uma ressaca amanhã de manhã. Preciso aceitar a verdade, meu parceiro, já não sou mais um menino.

Vic ligou e pediu um sanduíche quente de pastrami no pão de centeio e duas garrafas de Tuborg. Quando desligou e olhou de novo para Roger, o amigo estava com os olhos pregados na TV. A bandeja com o sanduíche estava equilibrada na barriga volumosa e Roger estava chorando. De início, Vic achou que não estava enxergando direito, que era uma ilusão de óptica. Mas não, as lágrimas eram de verdade. A TV em cores as refletia em prismas de luz.

Por um instante, Vic ficou ali, sem saber se ia até Roger ou caminhava para o outro lado do quarto, pegava um jornal e fazia de conta que não tinha visto nada. Então Roger encarou Vic com o rosto inchado e desarmado, tão indefeso e vulnerável quanto o de Tad depois de escorregar do balanço, cair no chão e arranhar os joelhos.

— O que é que eu vou fazer, Vic? — perguntou Roger, com a voz embargada.

— Do que você está fal…

— Você sabe do que eu estou falando. — A multidão no estádio Fenway delirou quando o Boston passou à frente no jogo.

— Calma, Roger, você…

— Vamos ser jogados aos leões, nós dois sabemos disso. A coisa está cheirando tão mal quanto uma dúzia de ovos que ficou a semana toda debaixo do sol. Estamos fazendo tudo como manda o figurino. Rob Martin está do nosso lado. O fugitivo do Retiro dos Artistas está do nosso lado. A

Summers Marketing & Research está do nosso lado, obviamente, porque estamos pagando. Maravilha! Está todo mundo do nosso lado, menos quem tem a palavra final.

— Não tem nada decidido ainda, Roger.

— A Althea não tem noção de tudo o que está em jogo. A culpa é minha, eu sei. Sou um covarde. O problema é que ela adora Bridgton, Vic. Ela *adora* aquele lugar. E as meninas já fizeram um monte de amigos na escola... e tem o lago no verão... e elas não fazem a *menor ideia* da merda que vem por aí.

— É apavorante, eu sei. Não estou tentando te convencer do contrário.

— Donna sabe da gravidade da situação?

— Acho que no início ela pensou que era tudo uma grande peça que nos pregaram. Mas agora ela está começando a entender.

— Só que ela nunca gostou do Maine como a gente.

— No começo, não. Mas acho que hoje ela ficaria aterrorizada com a ideia de voltar para Nova York com o Tad.

— O que é que eu vou fazer? — Roger repetiu a pergunta. — Não sou mais um garoto. Você tem trinta e dois anos, Vic, mas eu vou fazer quarenta e um no mês que vem. O que é que eu vou fazer? Começar a mandar currículos por aí? Por acaso a J. Walter Thompson vai me receber de braços abertos? "Volta para casa, Rogerzinho, sua mesa continua no mesmo lugar. Você começa ganhando salário de redator júnior." É isso que vão me dizer?

Vic se limitou a balançar a cabeça, mas uma parte de si estava um pouco irritada com Roger.

— Antes eu só estava com raiva. Bom, eu ainda estou com raiva, mas agora o que estou mesmo é apavorado. À noite, na cama, eu fico pensando e imaginando como vai ser... depois. O que vai ser de mim. Eu não consigo imaginar. Sei que você está olhando para mim e pensando: "Roger está fazendo drama". Você...

— Eu jamais pensaria isso — interrompeu Vic, esperando não ser traído pelo tom da voz.

— Não digo que você esteja mentindo, mas já trabalhamos juntos há muito tempo e eu sei bem como você pensa. Mais do que você imagina. Enfim, eu não te culparia por pensar assim, mas existe uma grande diferença entre trinta e dois e quarenta e um, Vic. Eles arrancam uma boa parte do seu couro entre trinta e dois e quarenta e um.

— Olha, eu acho que a gente ainda tem uma chance com essa proposta...

— O que eu queria mesmo é levar umas trinta caixas de Red Razberry Zingers até Cleveland, mandar eles ficarem de quatro e esvaziar todas as caixas no rabo deles. Sabe como é?

— Sei, sim — respondeu Vic, dando um tapinha no ombro de Roger.

— E o que *você* vai fazer se eles tirarem a conta?

Vic já tinha pensado sobre o assunto e abordado a questão sob todos os ângulos possíveis. Seria justo dizer que já havia refletido sobre o problema bem antes de Roger ter coragem para encará-lo.

— Se tirarem a conta, vou trabalhar mais duro do que nunca. Trinta horas por dia, se for preciso. Se precisar conquistar sessenta contas pequenas de empresas da Nova Inglaterra para compensar o que a Sharp nos paga, é isso que eu vou fazer.

— Vamos nos matar por nada.

— Talvez — disse Vic —, mas vamos morrer atirando. Certo?

— Acho que sim — respondeu Roger, inseguro. — Se a Althea começar a trabalhar, dá para manter a casa por um ano, mais ou menos. Deve ser o tempo necessário para conseguir vender, do jeito que andam as taxas de juros.

De repente, Vic sentiu os lábios tremerem. Era a vontade de botar para fora toda a situação de merda em que Donna se metera porque precisava continuar fingindo que ainda tinha dezenove anos de idade. Sentiu uma raiva indolente de Roger, que vivia um casamento feliz e absolutamente sólido fazia quinze anos. Roger, que tinha a bela e despretensiosa Althea para aquecer a cama (se alguma vez Althea Breakstone chegasse simplesmente a ter cogitado um pensamento de infidelidade, Vic ficaria surpreso). Roger, que não fazia a menor ideia da quantidade de coisas que podiam dar errado ao mesmo tempo.

— Escuta só — disse Vic. — Quinta-feira eu recebi uma carta...

Batidas na porta.

— É o serviço de quarto — interrompeu Roger, pegando a camisa e limpando o rosto com ela. Sem as lágrimas, Vic não conseguia mais pensar na possibilidade de contar tudo a Roger. Talvez porque o sócio estivesse certo, no fim das contas, e a grande diferença fosse os nove anos entre trinta e dois e quarenta e um.

Vic abriu a porta e pegou as cervejas e o sanduíche. Acabou não terminando de dizer o que pretendia quando foi interrompido pelo serviço de quarto. Roger também não perguntou nada: tinha voltado a atenção ao jogo e aos próprios problemas.

Vic se sentou para comer o sanduíche e não se surpreendeu ao perceber que quase não tinha mais apetite. Os olhos se voltaram para o telefone e, ainda mastigando, ele ligou de novo para casa. Deixou chamar uma dúzia de vezes antes de desligar. Franziu as sobrancelhas de leve. Eram oito e cinco da noite, cinco minutos depois da hora de Tad ir para a cama. Talvez Donna tivesse encontrado alguém, talvez ela e o filho estivessem se sentindo oprimidos pela casa vazia e decidiram fazer alguma visita. Afinal, não havia lei que obrigasse o Tadder a ir para a cama às oito em ponto, sobretudo em dias tão longos e quentes. Com certeza, tinha sido algo assim. Os dois deviam ter ido ao parque da cidade para dar um passeio e esperar que a temperatura baixasse um pouco e fosse mais fácil dormir. Era isso.

(*ou então ela está com o Kemp*)

Que maluquice. Ela havia dito que o caso estava acabado e Vic acreditara. Acreditara de verdade. Donna não mentiria.

(*nem daria mole para outro, não é, campeão?*)

Ele tentou afastar o pensamento, mas não conseguiu. Como um rato, aquela ideia estava solta e ficaria um bom tempo roendo sua mente. O que ela faria com o Tad se, de uma hora para outra, decidisse sair com Kemp? Será que os três estavam em algum hotel entre Castle Rock e Baltimore? *Deixe de ser idiota, Trenton.* Será que…

O show! Era isso, claro. Todas as terças havia um show no coreto do parque. Algumas vezes era a banda do colégio, outras, alguma orquestra de câmara ou um conjunto de ragtime da cidade chamado Ragged Edge. Os dois estavam lá, claro — aproveitando a brisa e ouvindo o Ragged Edge passear por clássicos como "Candy Man", de John Hurt, ou "Beulah Land".

(*a menos que ela esteja com Kemp*)

Vic esvaziou a garrafa de cerveja e abriu outra.

Donna ficou fora do carro durante trinta segundos, mexendo os pés no cascalho para destravar as juntas e os músculos das pernas. Estava de olho na porta da oficina, ainda imaginando que, se Cujo aparecesse, era dali que viria — talvez saísse pela porta do celeiro, talvez de um dos lados, quem sabe surgisse por trás da picape, que parecia bastante canina sob a luz das estrelas — um vira-lata preto e empoeirado que dormia a sono solto.

Ela ficou ali de pé, ainda criando coragem para se arriscar. A noite trazia pequenas fragrâncias que faziam Donna se lembrar dos tempos de menina, quando sentia aqueles perfumes com toda a intensidade quase diariamente. O trevo e o feno da casa que ficava ao sopé da colina, o aroma doce das madressilvas.

E então ouviu alguma coisa: música. Estava muito baixa, era quase imperceptível, mas os ouvidos, misteriosamente afinados com a noite, conseguiram identificar. É o rádio de alguém, pensou de início, mas depois percebeu, maravilhada, que era o show no coreto do parque da cidade. Era jazz estilo dixieland. Dava até para reconhecer a música: "Shuffle off to Buffalo". *Dez quilômetros*, pensou. *Se me contassem, eu não acreditaria. Que noite silenciosa! Que noite calma!*

Donna se sentiu cheia de vida.

O coração era uma pequena e poderosa máquina em seu peito. O sangue pulsava. Os olhos pareciam se mexer sem esforço e com perfeição em sua camada de umidade. Os rins estavam pesados, mas não a ponto de incomodar. Tinha chegado a hora, agora era pra valer. A ideia de que estava arriscando a própria vida exercia um fascínio intenso e silencioso, como se um peso enorme tivesse chegado ao ângulo máximo de repouso. Donna empurrou e fechou a porta — *claque*.

Esperou, farejando o ar como um animal. Não havia coisa alguma. A porta do celeiro-oficina de Joe Camber estava silenciosa e escura. O para-choque cromado do carro emitia um brilho fraco. Baixinho, o jazz dixieland continuava tocando ao longe, rápido, metálico e alegre. Ela se abaixou, esperando que os joelhos estalassem, mas isso não aconteceu. Pegou um punhado de pedrinhas do cascalho e começou a jogar por cima do capô do Corcel, uma a uma, em um lugar que não conseguia enxergar.

A primeira pedrinha caiu bem perto do focinho de Cujo, trombou com algumas outras e parou. Ele se contorceu de leve. A língua se projetou para fora. Parecia estar rindo. A segunda pedra caiu mais longe. A terceira atingiu seu ombro, mas ele não se mexeu. A MULHER continuava tentando afastá-lo.

Donna permaneceu ao lado do carro, alarmada. Ouvira a primeira pedra bater no chão e a segunda também. A terceira, porém… era como se não tivesse chegado ao chão. Não fizera barulho algum. Por quê?

De repente, ela não queria mais correr até a porta da varanda enquanto não tivesse certeza de que não havia algo à espreita na frente do carro. Só então tentaria. Tudo bem. Mas… só para confirmar…

Deu um passo à frente. Dois. Três.

Cujo se preparou. Os olhos brilhavam na escuridão.

Quatro passos de distância da porta do carro. O coração era um tambor dentro do peito.

Agora Cujo conseguia ver a cintura e os quadris da MULHER. Num instante ela também o veria. Ótimo. Ele queria ser visto.

Cinco passos da porta.

Donna virou a cabeça. O pescoço estalou como as dobradiças de uma velha porta telada. Sentiu uma premonição. Uma vaga sensação de certeza. Virou a cabeça, procurando por Cujo. Ali estava ele. Ali estivera o tempo todo, agachado, escondido, à espreita.

Os olhares se cruzaram: os grandes olhos azuis de Donna, os turvos olhos vermelhos de Cujo. Por um momento ela passou a enxergar pelos olhos dele, vendo a si mesma, vendo a MULHER — estaria ele se vendo pelos olhos dela?

E então ele avançou contra ela.

Nada de paralisia dessa vez. Donna se lançou para trás, mexendo os braços para encontrar a maçaneta da porta. Cujo rosnava e mostrava os dentes, e a baba escorreu da boca em fios grossos e caiu no lugar exato onde Donna estivera antes. Só que ele escorregou no cascalho, dando assim a ela mais um segundo precioso.

O dedão enfim encontrou o botão abaixo da maçaneta e apertou. Ela puxou a porta. Estava emperrada. Não abria. Cujo saltou em cima de Donna.

Foi como se alguém tivesse arremessado uma bola de basquete contra a carne macia e vulnerável dos seios. Donna sentiu a compressão contra as costelas — *dor!* — e então agarrou Cujo pela garganta, tentando manter o cachorro afastado, afundando os dedos naquele pelo grosso e pesado. Ouvia a própria respiração rápida e entrecortada. A luz das estrelas se refletia nos olhos alucinados de Cujo em semicírculos opacos. Os dentes estavam a centímetros de seu rosto e ela sentiu a foice da morte, a doença terminal, a loucura assassina no hálito do animal. Sem saber por que, lembrou-se da sujeira voltando pelo ralo antes da festa da mãe, espalhando gosma verde por todo o teto.

De alguma maneira, usando toda a força, Donna conseguiu repelir o cão no momento exato em que as patas saíram do chão em outra investida contra sua garganta. Procurava desesperadamente o botão da porta às suas costas. Encontrou, mas, antes que conseguisse ter tempo de apertar, Cujo atacou de novo. Donna desferiu um pontapé, e a sola do tênis atingiu o focinho da fera, já muito machucado por conta dos ataques suicidas à porta. O cão caiu sentado, uivando de dor e de fúria.

Donna encontrou o botão da maçaneta outra vez, sabendo perfeitamente que era sua última chance, a última chance de Tad. Ficou sacudindo a porta com toda a força enquanto o cachorro investia de novo, como uma criatura saída do inferno que voltava e voltava e continuaria voltando até que um dos dois estivesse morto. O braço de Donna estava no ângulo errado e os músculos faziam um esforço incorreto. Ela sentiu uma explosão de dor agonizante nas costas, logo acima da omoplata, por causa de algum mau jeito. Mas a porta se abriu. Donna só teve tempo de se jogar de costas no banco no momento em que o cachorro se lançava sobre ela.

Tad acordou. Viu a mãe sendo imprensada contra o console do Corcel e percebeu que, no colo dela, havia uma coisa horrível, peluda, com olhos vermelhos. Logo reconheceu o que era — ai! — a coisa que estava no closet, a coisa que tinha prometido chegar um pouquinho mais perto, um pouquinho mais perto, até enfim "chegar bem ao lado da sua cama, Tad". E ali estava ela, era ela, era sim, estava ali. As Palavras para Monstros não funcionaram. O monstro estava ali e agora, matando sua mãe. Tad começou a gritar, tapando os olhos com as mãos.

As mandíbulas do animal estavam a centímetros da carne nua da barriga de Donna. Ela segurava a fera como podia, mal percebendo os gritos do filho atrás de si. Os olhos do cão não se desgrudavam dela. Por incrível que parecesse, Cujo balançava o rabo. As patas traseiras deslizavam no cascalho, tentando encontrar um ponto de apoio firme que lhe permitisse saltar para dentro do carro, mas as pedras soltas continuavam escorregando e impedindo que conseguisse.

Cujo se jogou para a frente e as mãos de Donna escorregaram. De repente, ele a *mordeu*. Mordeu a barriga nua bem abaixo do sutiã branco de algodão, tentando alcançar as entranhas...

Donna soltou um grito rouco e selvagem de dor e empurrou Cujo com toda a força. Conseguiu se sentar de novo, com sangue escorrendo até a cintura da calça. Segurou Cujo com a mão esquerda enquanto a direita buscou a maçaneta da porta do carro até encontrar. E então ela começou a bater no animal com a porta. Cada vez que batia a porta contra as costelas de Cujo, Donna ouvia um som pesado, como o de alguém que batesse num tapete pendurado na corda do varal. A cada pancada da porta, Cujo rosnava, soltando uma baforada quente sobre Donna.

Ele recuou um pouco para tomar impulso, mas Donna calculou o tempo e puxou a porta mais uma vez, usando toda a força que ainda lhe restava, no momento exato em que ele enfiava a cabeça. Ouviu um barulho parecido com alguma coisa se esmigalhando. Cujo uivou de dor e Donna pensou: *Ele vai recuar agora, ele precisa, ele PRECISA RECUAR*, mas o cachorro avançou de novo e cravou as mandíbulas na coxa, pouco acima do joelho, arrancando um pedaço de carne. Donna urrou de dor.

Ela continuava batendo a porta contra a cabeça de Cujo, e seus gritos se misturaram aos de Tad, se misturaram a um mundo cinzento de choque à medida que o animal lhe mordia a perna, transformando-a em outra coisa, uma coisa vermelha, lamacenta e revirada. A cabeça do cachorro estava coberta de sangue grosso e grudento, escuro como o sangue de insetos sob a luz vacilante das estrelas. Pouco a pouco, ia ganhando terreno. A resistência de Donna estava por um fio.

Ela conseguiu puxar a porta pela última vez, com a cabeça caída para trás, a boca aberta em um círculo trêmulo, o rosto lívido, desfocado por conta do movimento na escuridão. Aquela tinha sido a última tentativa. Ela não aguentava mais.

Cujo, no entanto, desistiu.

Recuou, ganindo, cambaleando, e de repente desabou no cascalho, tremendo, com as pernas arranhando sem força o vazio. Começou a coçar a cabeça ferida com a pata.

Donna bateu a porta e se deitou no banco, soluçando baixinho.

— Mamãe... mamãe... mamãe...

— Tad... tudo bem...

— *Mamãe!*

— ...Tudo bem...

Mãos: as dele nas dela, leves e esvoaçantes, como passarinhos; as dela no rosto de Tad, fazendo carinho, tentando tranquilizar o filho, depois caindo.

— Mamãe... casa... por favor... papai e casa... papai e casa...

— Claro, Tad, nós vamos... juro por Deus que vou levar você para casa... nós vamos...

As palavras não faziam sentido. Estava tudo bem. Ela se sentiu perdendo os sentidos, voltando para aquele mundo cinzento de choque, para aquele nevoeiro dentro de si que, até então, ela nunca imaginara existir. As palavras de Tad começaram a se transformar em uma sequência de sons profundos, palavras em uma câmara de eco. Mas estava tudo bem. Estava...

Não, não estava bem.

Porque tinha sido mordida pelo cachorro...

... e o cachorro tinha raiva.

Holly disse à irmã que deixasse de tolice e fizesse uma chamada direta de casa, mas Charity preferiu chamar a telefonista e pedir uma ligação a cobrar. Aceitar favores, mesmo uma coisa pequena como um interurbano após as seis da tarde, não fazia parte de sua cartilha.

A telefonista transferiu a ligação para o disque-informações do Maine e Charity pediu o número de Alva Thornton, em Castle Rock. Alguns instantes depois, o telefone de Alva começou a tocar.

— Alô, aviário Thornton.

— Alô, Bessie?

— É ela. Quem está falando?

— É a Charity Camber. Estou ligando de Connecticut. O Alva está em casa? Ele pode falar?

Brett se sentou no sofá e fingiu ler um livro.

— Lamento, Charity, ele não está. Tem jogo da liga de boliche hoje. A equipe toda foi para o Pondicherry Lanes de Bridgton. Alguma coisa errada?

Charity já havia pensado bem no que ia dizer. A situação era um pouco delicada. Como quase todas as mulheres casadas de Castle Rock (sem que isso significasse necessariamente excluir as solteiras), Bessie adorava uma fofoca. Se descobrisse que Joe Camber tinha sumido de casa sem avisar assim que Charity viajou com o filho para ver a irmã em Connecticut... bom, isso seria um ótimo assunto para comentar com as vizinhas, não é?

— Não, é que eu e o Brett estamos um pouco preocupados com o cachorro.

— O são-bernardo?

— Isso mesmo, o Cujo. Nós viemos aqui visitar minha irmã enquanto o Joe foi a Portsmouth tratar de negócios. — Era uma mentira deslavada, mas fazia sentido. Joe costumava ir a Portsmouth para comprar peças (não havia imposto sobre mercadorias) e participar de leilões de carros. — Eu só queria confirmar se ele combinou com alguém para dar comida ao cachorro. Você sabe como os homens são.

— Bem, o Joe esteve aqui ontem, ou talvez anteontem — respondeu Bessie, em dúvida.

Na verdade, fora na quinta-feira da semana anterior. Bessie Thornton não era uma mulher das mais inteligentes (a sua tia-avó, a falecida Evvie Chalmers, gostava de gritar para quem quisesse ouvir que "A Bessie não passaria em nenhum teste de QI, mas tem bom coração") e levava uma vida bem dura no aviário de Alva. Em grande parte, sua vida se resumia às novelas que via na TV — mesmo assim, só as histórias mais água com açúcar ("Se tiver muita coisa acontecendo ao mesmo tempo, eu paro de ver"). Tudo do mundo real que não dizia respeito a dar comida e água às galinhas, cuidar da música ambiente, conferir, separar e vender ovos, lavar pisos, roupas e louças e cuidar do jardim acabava deixando-a confusa. Claro que, no inverno, se alguém perguntasse, ela seria capaz de dizer a data exata do próximo encontro dos SnoDevils de Castle Rock, o clube de snowmobiles de que ela e Alva eram sócios.

Joe estivera lá para entregar um pneu de trator que consertara. Ele não cobrou o conserto porque os Thornton lhe vendiam ovos pela metade do preço. Além disso, como Alva arava o pequeno pedaço de terra dos Camber em abril, Joe ficou feliz em consertar o pneu. Era assim que as coisas funcionavam entre homens do campo.

Charity sabia muito bem que o marido estivera lá na quinta-feira para levar o pneu. Sabia também que Bessie costumava confundir as datas. A situação chegara a um dilema: Charity podia perguntar a Bessie se Joe tinha levado um pneu de trator para eles "ontem ou anteontem" e, se ela dissesse, "Bem, agora que você mencionou, trouxe, sim", isso significaria que Joe não tinha pedido a Alva para alimentar Cujo, o que *também* significaria que o vizinho não tinha informação alguma sobre como o cão estava.

Ou podia muito bem deixar as coisas para lá e acalmar Brett. Assim eles poderiam aproveitar o resto da viagem sem pensar mais nas coisas da casa. E... bom... ela já estava com um pouco de ciúme de Cujo também. *Diga a verdade e não dê uma brecha ao demônio.* A preocupação com Cujo não estava deixando Brett aproveitar ao máximo o que poderia ser a viagem mais importante de sua vida. Charity queria que o filho testemunhasse um tipo de vida diferente, com uma ampla gama de *possibilidades.* Pensava que, desse modo, no momento certo, dentro de alguns anos, ele teria mais condições de decidir as portas que gostaria de abrir e as que seria melhor manter fechadas. Talvez ela estivesse enganada ao pensar que poderia fazer a cabeça de Brett, mas não havia mal algum em oferecer novas experiências para ajudar o filho a escolher o melhor caminho.

Seria justo permitir que aquela porcaria de cachorro estragasse tudo?

— Charity? Você ainda está aí? Eu estava dizendo que...

— Sim, sim, Bessie. Eu ouvi. Ele deve ter pedido ao Alva para alimentar o cachorro quando esteve aí...

— Vou perguntar quando ele voltar, Charity. Aí eu aviso você.

— Ótimo. Muito obrigada, Bessie.

— De nada.

— Até mais, então — despediu-se Charity.

Ao desligar, percebeu que Bessie tinha se esquecido de pedir o telefone da casa de Jim e Holly, o que era ótimo. Voltou-se para Brett, com expressão calma. Não diria nenhuma mentira. Jamais mentiria para o filho.

— A Bessie disse que seu pai esteve com eles domingo à noite. Ele deve ter pedido ao Alva para cuidar do Cujo.

— Ah... — Brett lançou para ela um olhar interrogativo, o que a deixou um tanto incomodada. — Mas você não falou com o Alva?

— Não, ele foi jogar boliche. Mas a Bessie disse que avisaria se...

— Ela não tem o número daqui. — O tom de Brett seria levemente acusatório? Ou era a consciência dela falando?

— Bom, eu ligo outra vez para ela pela manhã — disse Charity, torcendo para dar logo um fim ao assunto e aliviar um pouco a própria consciência.

— O papai levou um pneu de trator lá na semana passada — lembrou Brett. — Não duvido nada que a sra. Thornton tenha confundido o dia em que ele esteve lá.

— Pois eu acho que a Bessie Thornton tem plena capacidade de saber que dia foi — rebateu Charity, embora duvidasse das próprias palavras. — Além disso, ela não falou nada sobre pneu de trator.

— É, mas você não perguntou.

— Então ligue para ela você mesmo! — respondeu Charity, com rispidez, invadida por uma onda de fúria, pela mesma sensação que experimentou quando Brett fizera aquela observação exata e cruel sobre Holly e a carteira cheia de cartões de crédito. Naquela ocasião e agora, a entonação e até mesmo o vocabulário do pai se revelaram na voz do filho, e Charity teve a impressão de que a viagem só serviria para lhe mostrar, de uma vez por todas, a quem Brett realmente pertencia, de fio a pavio.

— Mãe...

— Não, vá em frente, ligue para ela, o número está ali, no bloquinho de anotações. Só não se esqueça de dizer à telefonista para fazer a cobrança no nosso número, para que não apareça na conta da Holly. Pergunte o que quiser à Bessie. Eu só fiz o melhor que podia.

Pronto, pensou ela, entre triste, surpresa e amargurada. *Não se passaram nem cinco minutos e eu já menti para ele.*

Se naquela tarde a raiva da mãe acendeu a raiva do filho, naquele momento Brett apenas respondeu, com calma:

— Não precisa. Não tem problema.

— Se você quiser, podemos ligar para outra pessoa e pedir que vá até a nossa casa conferir como estão as coisas — respondeu Charity, já arrependida da cena que fizera.

— E para quem a gente poderia ligar?

— Bom, que tal um dos irmãos Milliken?

Brett se limitou a olhar para a mãe.

— É, acho que não é uma boa ideia — concordou Charity.

No final do último inverno, Joe Camber e John Milliken tiveram uma discussão feia por causa do valor do conserto do velho Chevrolet Bel Air. Desde então, os Camber e os Milliken praticamente não se falaram. Na última vez em que foi jogar bingo na feira agropecuária, Charity tentou puxar conversa com Kim Milliken, filha de Freddy, mas a moça simplesmente a ignorou e se afastou de nariz empinado, como se já não tivesse trepado com metade dos garotos do colégio Castle Rock.

Naquele momento, Charity se deu conta de como eles viviam isolados no final da Town Road. Esse pensamento gerou um sentimento de solidão e medo. Não conseguia pensar em mais ninguém para dar um pulo lá com uma lanterna e conferir se Cujo estava bem.

— Deixa para lá — disse Brett, com um tom de indiferença. — É bobagem minha. Ele deve ter comido alguma coisa que fez mal.

— Escute bem... — começou Charity, botando o braço no ombro do filho. — Você não tem nada de bobo, Brett. Eu ligo para o Alva amanhã de manhã e peço a ele para ir à nossa casa. Vou fazer isso assim que a gente acordar. Está bem assim?

— Você vai ligar mesmo, mãe?

— Vou.

— Que bom. Desculpa ficar te perturbando, mas eu não consigo tirar isso da cabeça.

Jim apareceu na porta.

— Querem jogar Palavras Cruzadas? Estou com o tabuleiro aqui.

— Eu quero — respondeu Brett, levantando-se. — Se você me ensinar a jogar.

— E você, Charity?

— Agora, não — respondeu ela, sorrindo. — Mas eu vou querer pipoca.

Brett saiu com o tio. Charity se sentou no sofá e ficou olhando para o telefone. Lembrou-se do sonambulismo de Brett, que deu ração inexistente a um cachorro inexistente na moderna cozinha da irmã.

Cujo não está mais com fome, não está mais.

Charity sentiu um arrepio correr pelo corpo e apertou os braços. *Vamos resolver isso amanhã de manhã*, prometeu a si mesma. *De uma forma ou de outra. Ou isso, ou voltar para casa e resolver o assunto por conta própria. Promessa é dívida, Brett.*

Vic ligou de novo para casa às dez da noite. Ninguém atendeu. Tentou mais uma vez às onze e o resultado foi igual, apesar de ter deixado o telefone tocar mais de vinte vezes. Se às dez Vic estava começando a ficar preocupado, às onze já estava apavorado — só não sabia por quê.

Roger estava dormindo. Vic discou no escuro, ouviu o telefone chamar no escuro, desligou no escuro. Sentiu-se solitário e perdido como uma criança. Não sabia o que fazer, nem o que pensar. Sua cabeça repetia a mesma ladainha sem parar: *Ela foi embora com o Kemp, foi embora com o Kemp, foi embora com o Kemp.*

Não havia razão ou lógica nesse pensamento. Vic repetia para si a conversa que teve com Donna — repetia inúmeras vezes, prestando atenção às palavras e às nuances de tom em sua cabeça. Donna e Kemp tinham terminado. Ela mandara o sujeito ir cantar de galo em outra vizinhança. E por isso Kemp decidira escrever aquela cartinha venenosa e vingativa. Não parecia um cenário muito propício à fuga de dois amantes.

Só que um rompimento não significa que uma reaproximação não seja possível, retrucava sua mente, com lógica dura e implacável.

E o Tad? Donna não teria levado o filho com ela, teria? Pelo que contara, o sujeito parecia um descontrolado. Apesar de Donna não ter dito nada neste sentido, Vic ficou com a impressão de que algo muito violento quase acontecera no dia em que ela mandara o cara se foder.

Gente apaixonada comete desatinos.

Aquela parte estranha e ciumenta de sua mente — que ele desconhecia até aquela tarde no Deering Oaks Park — tinha resposta para tudo, e ali, no escuro, o fato de a maior parte das respostas ser irracional não parecia fazer nenhuma diferença.

Vic estava em uma dança lenta, que ia e voltava, entre dois lados: em um estava Kemp (*VOCÊ* TEM ALGUMA PERGUNTA?), no outro estava o telefone que tocava sem parar na casa vazia em Castle Rock. Ela podia ter sofrido um acidente. Donna e Tad podiam estar no hospital. Alguém podia ter entrado na casa. Talvez os dois estivessem mortos e os corpos estivessem jogados sobre as camas. Claro que, se tivesse acontecido um acidente, algum policial, bombeiro ou funcionário do hospital teria entrado em contato — Donna e o pessoal do escritório sabiam em que hotel de Boston ele e Roger estavam hospedados. No entanto, no escuro, aquele pensamento, que deveria ser reconfortante, já que *ninguém* entrara em contato, só o aproximava cada vez mais da ideia de assassinato.

Roubo seguido de morte, sussurrava sua mente enquanto Vic estava ali, acordado em meio à escuridão. Então a mente resolveu dançar de novo para o outro lado e retomou a ladainha original: *Foi embora com o Kemp.*

Entre aqueles dois lados, a mente de Vic encontrou uma explicação bem mais razoável e que o deixava absolutamente indignado: e se ela resolveu passar a noite na casa de alguém com o Tad e simplesmente se esqueceu de avisar? Agora era tarde demais para começar a telefonar para outras pessoas sem deixá-las alarmadas também. Pensou então que poderia ligar para a delegacia e pedir que alguém desse um pulo até a casa para ver se estava tudo bem. Será que isso também não era um exagero?

Não, respondeu a si mesmo.

Sim, respondeu a si mesmo. *Com certeza.*

Ela e Tad estão mortos, com facas enfiadas na garganta, sussurrava sua mente. *Os jornais publicam coisas assim todos os dias, você sabe. Aliás, isso já aconteceu uma vez em Castle Rock, antes que a gente se mudasse para lá. Um policial maluco chamado Frank Dodd.*

Foi embora com o Kemp, repetia a mente.

À meia-noite, Vic tentou de novo. Dessa vez, o telefone que tocava sem parar lhe trouxe a absoluta certeza de que havia algo errado. Kemp, ladrões, assassinos ou algo do gênero. Havia alguma coisa errada. Havia alguma coisa muito errada em casa.

Voltou a colocar o telefone no gancho e acendeu a luz da cabeceira.

— Roger, Roger, acorde...

— Hã. O quê?

Roger cobriu os olhos com o braço, tentando bloquear a luz. Estava com o pijama de flâmulas amarelas.

— Roger... Roger...

Ele abriu os olhos, piscou e olhou o despertador.

— O que foi, Vic? Precisamos dormir.

— Roger... — Vic engoliu em seco e algo deu como um clique na garganta. — Roger, já passa da meia-noite e a Donna e o Tad não estão em casa. Estou preocupado.

Roger se sentou e levou o despertador perto do rosto para confirmar as palavras de Vic. Era meia-noite e quatro.

— Olha, ela deve ter tido medo de ficar sozinha em casa com o Tad. A Althea também costuma pegar as meninas e ir para a casa da Sally Petrie quando eu viajo. Ela diz que fica nervosa ouvindo o vento soprar no lago durante a noite.

— Só que a Donna não me ligou. — Com a luz acesa e Roger acordado e falando com ele, a ideia de Donna fugindo com Steve Kemp parecia absurda: Vic nem sequer conseguia acreditar que chegou a considerar a possibilidade. Esquecera a lógica. Donna contara que tudo estava acabado, e ele acreditava nela. Acreditava agora.

— Como assim? — Roger ainda estava meio dormindo.

— Ela sabe que eu ligo para casa quase todas as noites quando estou viajando. Ela teria ligado para o hotel e deixado um recado se fosse passar a noite fora. Althea não ligaria?

— Com certeza.

— Pois é, ela ligaria e deixaria um recado para você não ficar preocupado. Como eu estou preocupado agora.

— Talvez ela tenha esquecido, Vic. — Ainda assim, os olhos castanhos de Roger traíam preocupação.

— Pode ser. Só que talvez tenha acontecido alguma coisa.

— Ela sempre anda com a carteira de identidade, não? Se tivesse acontecido um acidente... Deus me livre... os policiais ligariam para a sua casa e depois para o escritório. A moça de recados iria...

— Eu não estava pensando em acidente. Estava pensando em... — A voz de Vic ficou trêmula. — Estava pensando nela e no Tadder lá, sozinhos, e... merda... sei lá... fiquei apavorado, foi isso.

— Ligue para a delegacia — disse Roger, na hora.

— Eu sei, mas...

— Mas nada. Você não vai assustar a Donna, com certeza, porque ela não está em casa. Mesmo assim, você tem que tirar essa preocupação da cabeça. Não precisa de sirene e luz vermelha. Peça que mandem um policial para verificar se está tudo bem. Ela pode estar em milhares de lugares. Quem sabe ela não foi a uma dessas festas promovidas pela Tupperware para recrutar revendedoras?

— Donna odeia esse tipo de coisa.

— Quem sabe ela não foi jogar pôquer com as amigas, perdeu a noção da hora e deixou o Tad dormindo no quarto de hóspedes de alguém?

Vic se lembrava bem de Donna dizendo que não queria se aproximar de nenhuma "amiga". *Não quero ser uma daquelas caras tristes que você vê vendendo comida em eventos de caridade*, dissera ela. Vic, porém, não queria entrar nesse mérito com Roger, porque era um assunto perigosamente próximo à história com Kemp.

— É, talvez seja algo assim.

— Tem alguma chave escondida na entrada da casa?

— Tem, em um gancho que fica dentro da calha da varanda da frente.

— Pois então diga à polícia. Alguém pode ir lá dar uma olhada... a não ser que você tenha maconha ou pó escondidos em casa e não queira correr riscos.

— Nada do gênero.

— Então ligue para a polícia — disse Roger, sério. — É bem provável que Donna ligue para cá enquanto os policiais estiverem por lá e você faça papel de idiota, mas às vezes é melhor fazer papel de idiota. Entende?

— Entendo — respondeu Vic, dando um sorrisinho.

Ele pegou o telefone de novo, hesitou e depois ligou para casa mais uma vez. Ninguém atendeu. Parte do conforto que Roger lhe dera se evaporou. Vic ligou para o disque-informações do Maine e anotou o telefone da delegacia de Castle Rock. Era meia-noite e quinze, madrugada de quarta-feira.

Donna Trenton estava sentada no carro, com as mãos no volante. Tad finalmente conseguira cochilar de novo, mas não era um sono revigorante. Estava irrequieto, virava de um lado para o outro, às vezes murmurava alguma lamúria. Ela temia que ele estivesse revivendo nos sonhos o que acontecera antes.

Donna colocou a mão na testa do filho. Tad resmungou alguma coisa e afastou o rosto. As pálpebras se agitaram e depois se fecharam de novo. Ele estava com febre — com certeza por causa da tensão e do medo constantes. Ela também estava febril e com muita dor. A barriga doía, mas os ferimentos eram superficiais, pouco mais do que arranhões. Ela tinha dado sorte ali. Já na perna esquerda, o estrago feito por Cujo era muito maior. As feridas (*as mordidas*, insistia sua mente, como se saboreasse o terror da situação) eram profundas e feias. Tinham sangrado muito antes de coagular, e Donna nem sequer tentara fazer curativos, apesar de ter um kit de primeiros socorros no porta-luvas. Ela imaginara, vagamente, que o fluxo de sangue limparia o ferimento... aquilo era verdade ou não passava de crença popular? Havia tanta coisa que ela não sabia. Tanta coisa.

Quando os ferimentos enfim estancaram, a coxa de Donna e o banco do carro estavam pegajosos por causa do sangue. Ela precisou de três compressas de gaze para cobrir os cortes. Eram as últimas três do kit. *Preciso comprar mais*, pensou, antes de ser invadida por um acesso de riso histérico.

Sob a fraca claridade da noite, a pele acima do joelho parecia terra escura revolvida. A dor latejante permanecia igual desde a mordida do cachorro. Donna engolira em seco duas aspirinas do kit, mas a dor não cedera um milímetro. A cabeça também doía demais, como se um feixe de fios estivesse sendo enrolado cada vez com mais força dentro de cada têmpora.

Flexionar a perna mudava a natureza da dor. Em vez de latejar, a perna passava a pulsar uma dor aguda e cortante. Donna não fazia ideia se conseguiria andar com a perna daquele jeito, muito menos correr até a casa. Fazia alguma diferença? O cão estava sentado no cascalho a meio caminho entre as portas do carro e da varanda. A cabeça, horrivelmente ferida, pendia para o lado... mas os olhos continuavam fixos no carro. *Nela.*

De alguma forma, Donna tinha a impressão de que Cujo não se moveria de novo, pelo menos não naquela noite. Era possível que o sol o obrigasse a ir para dentro da oficina no dia seguinte, se o calor continuasse intenso.

— Ele quer me pegar... — murmurou baixinho, com os lábios crispados.

Era verdade. Por força do Destino ou por uma vontade imperscrutável, o cachorro queria pegá-la.

Quando desabou sobre o cascalho, ela teve certeza de que Cujo estava morrendo. Não havia coisa viva que conseguisse suportar as pancadas que ela dera no cão com a porta. Nem mesmo o pelo espesso conseguiria amortecer tantas batidas. Uma das orelhas de Cujo estava pendurada por um fino cordão de carne.

Pouco a pouco, no entanto, ele conseguiu se levantar. Donna mal podia acreditar nos próprios olhos... não *queria* acreditar nos próprios olhos.

— Não! — gritou, completamente fora de si. — Deite, você já devia estar morto, deite, deite e morra, seu cachorro de merda.

— Pare, mamãe — murmurou Tad, segurando a cabeça. — O grito dói... dói...

Desde então, tudo permanecera na mesma. O tempo retomara o ritmo arrastado de antes. Donna colocou o relógio no ouvido várias vezes para se certificar de que ainda estava funcionando, porque os ponteiros pareciam nunca sair da mesma posição.

Meia-noite e vinte.

O que nós sabemos sobre hidrofobia, turma?

Quase nada. Fragmentos confusos, provavelmente lidos em artigos do suplemento dominical do jornal. Um panfleto entregue com displicência quando ela ainda morava em Nova York e levara Dinah, a gata da família, para tomar vacina contra panleucopenia felina no veterinário. Perdão, vacinas contra panleucopenia felina e *raiva.*

Raiva ou hidrofobia, uma doença que afetava o sistema nervoso central, o bom e velho SNC, causando sua lenta destruição — mas como? Ela não fazia a menor ideia, e era bem provável que os médicos também não. Caso contrário, a doença não seria considerada tão perigosa. É claro, pensou ela, esperançosa, *que eu nem sei se o cachorro* realmente *tem raiva. O único cão raivoso que já vi na vida foi morto com um tiro de rifle dado por Gregory Peck em* O sol é para todos. *Só que, obviamente, o cachorro não tinha raiva de verdade, era só cinema, devia ser algum vira-lata sarnento da esquina mais próxima todo coberto de espuma de barbear…*

Donna fez um esforço para se concentrar no que interessava. Melhor elaborar o que Vic chamava de análise do pior cenário possível, pelo menos por enquanto. Além disso, ela tinha certeza absoluta de que o cachorro estava com raiva — o que mais o faria agir assim? O animal estava louco de pedra.

E a tinha mordido. Muito. O que isso significava?

Gente também pegava raiva, isso ela sabia, e a morte era horrível. Talvez a pior de todas. Existia uma vacina para a doença, e o tratamento consistia em uma série de injeções. Bem dolorosas. Embora provavelmente não tão dolorosas quanto ficar no estado em que aquele cão estava. Mas…

Ela se lembrava de ter lido que só havia dois casos em que pessoas com raiva em estágio avançado — ou seja, casos não diagnosticados até que os portadores começassem a apresentar os sintomas — tinham conseguido sobreviver. Um deles era um menino que se recuperou completamente. O outro era um pesquisador que trabalhava com cobaias de laboratório e acabou ficando com sequelas cerebrais permanentes. O bom e velho SNC simplesmente entrou em colapso.

Quanto mais tempo a vítima permanecesse sem tratamento, menor a chance de recuperação. Donna esfregou a testa e as mãos escorregaram em uma camada de suor frio.

Quanto tempo era muito tempo? Horas? Dias? Semanas? Um mês, talvez? Ela não sabia.

De repente, o carro pareceu encolher. Ficou com o tamanho de um Honda, depois do tamanho de um daqueles carros estranhos de três rodas que costumavam dar para deficientes na Inglaterra, depois do tamanho de um *sidecar*, finalmente do tamanho de um caixão. Um caixão duplo para ela e Tad. Eles tinham que sair, sair, *sair…*

A mão começou a procurar pela maçaneta antes que Donna conseguisse se controlar de novo. *Por favor*, pensou ela. *Já está ruim demais sem claustrofobia, por favor… por favor… por favor…*

A sede havia voltado, com tudo.

Ela olhou para fora e Cujo retribuiu o olhar, implacável. O corpo da fera parecia dividido em dois por causa da rachadura prateada que corria pelo vidro da janela.

Alguém ajude a gente, por favor, pensou. *Por favor, por favor, ajudem a gente.*

Roscoe Fischer estava com a viatura estacionada nas sombras detrás de um posto Jerry's Citgo quando recebeu o chamado pelo rádio. Deveria estar monitorando carros que ultrapassassem o limite de velocidade, mas na verdade estava tirando uma soneca. Em uma quarta-feira à meia-noite e meia, a Route 117 estava vazia. Ele tinha um reloginho despertador dentro do crânio e confiava nele para acordar por volta da uma da manhã, no horário de saída da última sessão do Norway Drive-In. Então, talvez acontecesse alguma coisa.

— Chamando unidade 3. Unidade 3, câmbio.

Roscoe acordou em um sobressalto, derrubando nas pernas o café frio que estava no copo de isopor.

— Puta merda — reclamou. — Que maravilha, hein? Jesus!

— Unidade 3 na escuta? Câmbio.

Ele pegou o rádio e apertou o botão lateral.

— Na escuta, base. — Teve vontade de dizer que era bom que fosse algo importante, porque tinha derramado um copo de café frio nas calças, mas nunca se sabia quem estava monitorando as chamadas na central… mesmo à meia-noite e meia.

— Vá até o número 83 da Larch Street — disse Billy. — Residência do senhor e da senhora Trenton. Verifique como está a situação por lá. Câmbio.

— E o que eu devo verificar, central? Câmbio.

— O dono da casa está em Boston e ninguém atende o telefone. Ele disse que deveria haver alguém em casa… Copiou?

Que maravilha, hein?, pensou Roscoe Fisher, de mau humor. *Vou morrer em quatro dólares para limpar isso e, se tiver que parar alguém por excesso de velocidade, o cara vai pensar que fiquei tão empolgado com a prisão que acabei mijando na calça.*

— Copiei — respondeu, ligando a viatura. — Câmbio.

— Certo, essa ocorrência é de meia-noite e trinta e quatro... A chave da residência está pendurada em um gancho embaixo da calha da varanda de entrada, unidade 3. O sr. Trenton quer que você entre e verifique se tem alguém em casa. Copiou?

— Copiei, central. Câmbio e desligo.

— Desligo.

Roscoe acendeu os faróis e seguiu pela rua principal de Castle Rock, que estava completamente deserta. Passou pelo parque e pelo coreto, com seu tradicional telhado cônico verde. Subiu a colina e dobrou à direita na Larch Street, perto do ponto mais alto. A casa dos Trenton era a segunda depois da esquina, e ele percebeu que, de dia, eles tinham uma bela vista da cidade lá embaixo. Encostou o Fury III da delegacia no meio-fio e saltou, fechando a porta sem fazer barulho. A rua estava escura e todo mundo dormia.

Roscoe parou por um momento, descolando da virilha o tecido molhado da calça (fazendo careta), depois subiu pela entrada de carros. A pequena garagem estava vazia. Lá dentro só havia um triciclo Big Wheels, igualzinho ao do filho.

Fechou a porta da garagem e deu a volta em direção à varanda. Viu que o exemplar do jornal daquela semana estava diante da porta de entrada. Pegou o jornal e tentou abrir o portão. Não estava trancado. Entrou na varanda, sentindo-se um intruso. Jogou o jornal no balanço e apertou o botão da campainha. Escutou a música da sineta lá dentro, mas ninguém apareceu. Tocou mais duas vezes após cerca de três minutos, dando tempo para que a proprietária se levantasse, colocasse um roupão e viesse atender... se estivesse em casa.

Depois de ver que ninguém atendia, tentou abrir a porta. Estava trancada.

O marido viajou e ela deve ter ido para a casa de amigos, pensou Roscoe Fisher, embora também tivesse achado um pouco estranho o fato de a esposa não ter avisado o marido.

Procurou sob a calha e encontrou a chave que Vic havia pendurado ali pouco depois que os Trenton se mudaram para a casa. Tirou de lá e abriu a porta da frente — se tivesse tentado abrir a porta da cozinha, como Steve fizera naquela tarde, teria entrado direto. Como a maioria dos moradores de Castle Rock, Donna era um tanto distraída ao fechar portas na hora de sair.

Roscoe entrou. Estava com a lanterna na mão, mas preferiu não acender, porque isso o teria feito se sentir ainda mais um invasor — um ladrão com uma enorme mancha de café na calça. Procurou o interruptor e acabou encontrando um espelho com dois. O de cima acendia a luz da varanda, que ele apagou às pressas. O de baixo era da luz da sala.

Olhou ao redor durante algum tempo, como se não conseguisse acreditar nos próprios olhos — chegou até a pensar que seus olhos estavam lhe pregando uma peça, que ainda não tinham se adaptado à luz, mas logo viu que não era o caso. Sentiu o coração bater mais forte.

Não toque em nada, pensou. *Não altere a cena.* Roscoe se esqueceu da mancha de café na calça, se esqueceu da sensação de estar invadindo. Estava assustado e nervoso.

Alguma coisa acontecera ali, isso era fato. A sala fora virada de pernas para o ar. O chão estava cheio de cacos de vidro dos bibelôs da estante. Os móveis foram virados, e os livros, espalhados por todos os cantos. O espelho grande em cima da lareira também estava quebrado. *Sete anos de azar para alguém*, pensou, e se surpreendeu lembrando de Frank Dodd, com quem fizera uma ronda certa vez. Frank Dodd, um simpático policial de cidade pequena que também era psicopata e matava mulheres e crianças. Os braços de Roscoe ficaram completamente arrepiados. Ali não era lugar para pensar em Frank Dodd.

Foi até a cozinha, atravessando a sala de jantar, onde tudo fora varrido da mesa — passou com cuidado para não pisar em nada. A cozinha estava ainda pior. Sentiu outro arrepio correndo pela espinha. Parecia que um furacão tinha passado por ali. As portas do armário embaixo da pequena pia metálica estavam escancaradas e alguém resolveu tirar tudo o que havia lá dentro e jogar longe. Havia potes e panelas por todos os cantos, além de uma coisa branca que parecia neve, mas só podia ser sabão em pó.

Escrito no quadro de notas, em letras maiúsculas e apressadas, estava o seguinte recado:

DEIXEI UMA COISA NO QUARTO PARA VOCÊ, GATA.

De repente, Roscoe Fisher não sentiu a menor vontade de subir para ver o que estava no quarto. Mais do que tudo na vida, ele queria não ser obrigado a subir lá. Já tinha trabalhado na cena de três dos crimes cometidos por Frank Dodd, inclusive o assassinato de Mary Kate Hendrasen, estuprada e morta no coreto do parque da cidade. Daria tudo para não ver algo parecido de novo... e se a mulher estivesse lá, morta a tiros, a facadas ou por estrangulamento? Roscoe já vira muitas mortes nas estradas e, de certa forma, conseguira se acostumar com aquilo. Dois anos antes, ele, Billy e o xerife Bannerman tinham tirado os pedacinhos do corpo de um sujeito que caíra dentro de uma separadora de batatas, e aquilo era uma coisa para se contar aos netos. Homicídio, porém, ele não via desde o caso de Mary Kate. E não queria ver outro agora.

Roscoe não sabia se sentia alívio ou nojo ao se deparar com o que estava na cama dos Trenton.

Voltou para o carro e chamou a central.

Quando o telefone tocou, Vic e Roger estavam acordados, olhando para a TV, sem trocar uma palavra, fumando feito chaminés. Estava passando *Frankenstein*, a primeira versão do filme. Era uma e vinte da madrugada.

Vic atendeu ao primeiro toque.

— Alô... Donna? É você...

— É o sr. Trenton? — Era uma voz masculina.

— Sim. Sou eu mesmo.

— Aqui é o xerife Bannerman, sr. Trenton. Infelizmente, tenho más notícias para o senhor. Eu sinto...

— Eles estão mortos? — perguntou Vic.

De repente, sentiu como se fosse irreal, como se só tivesse duas dimensões, tão fora da realidade quanto o rosto de um figurante em segundo plano em um velho filme como aquele a que ele e Roger estavam assistindo. A pergunta foi feita em um tom casual, como em uma conversa normal. Pelo canto do olho, Vic viu a sombra de Roger se movimentar enquanto o sócio se levantava, apressado. Mas aquilo não tinha importância. Nada mais tinha. No espaço de alguns segundos, desde que atendera o telefone, toda a sua vida lhe passara diante dos olhos e tudo o que viu não passava de encenação e fachada.

— Sr. Trenton, enviamos o policial Fisher à...

— Pare de enrolar e responda à minha pergunta. Eles estão mortos? — Vic se virou para Roger, que tinha uma expressão sombria e ansiosa. Por trás do sócio, na TV, um moinho de mentira girava contra um céu de mentira. — Roger, tem um cigarro?

Roger lhe estendeu um.

— Sr. Trenton, o senhor está aí?

— Estou. Eles estão mortos?

— Não fazemos ideia de onde a sua esposa e o seu filho estão no momento — respondeu Bannerman, e Vic de repente sentiu suas entranhas voltarem ao lugar. O mundo tinha recuperado um pouco de cor. Ele começou a tremer. O cigarro apagado tremulava entre os lábios.

— O que aconteceu? O que é que o senhor sabe? Xerife Bannerman, não é isso?

— Exato, sou o xerife do Condado de Castle. Se o senhor me der um minuto, vou contar tudo que sabemos até agora.

— Certo, certo. — Agora Vic estava apavorado, tudo parecia estar acontecendo rápido demais.

— O policial Fisher foi enviado à sua casa, no número 83 da Larch Street, conforme a solicitação do senhor. Ele chegou lá à meia-noite e trinta e quatro. Verificou que não havia nenhum carro na entrada da casa nem na garagem. Tocou a campainha várias vezes e, como ninguém atendia, entrou, abrindo a porta com a chave que estava sob a calha da varanda. Ele descobriu que a sua casa tinha sido depredada. A mobília estava virada, as garrafas de bebida estavam quebradas, o piso da cozinha estava coberto de sabão em pó, e os utensílios...

— Meu Deus! Kemp... — sussurrou Vic.

O turbilhão mental se deteve no bilhete: VOCÊ TEM ALGUMA PERGUNTA? Vic lembrou que ficara pensando que o bilhete, além de tudo, era um testemunho inquietante do estado mental do remetente. Um cruel ato de vingança por ter sido desprezado. O que será que Kemp tinha feito agora? O que mais ele fez, além de revirar toda a casa?

— Sr. Trenton?

— Estou ouvindo.

Bannerman pigarreou, como se não soubesse como contar o que vinha em seguida.

— O policial Fisher foi ao segundo andar, mas ali não havia sinal de depredação. Ele só encontrou vestígios de... bem, de um fluido esbranquiçado, provavelmente esperma, em cima da colcha da cama de casal. — Depois, fazendo uma inadvertida pausa cômica, acrescentou: — A cama não parece ter sido usada...

— Onde está a minha mulher? — gritou Vic. — Onde está meu filho? Você faz alguma ideia?

— Calma — aconselhou Roger, colocando a mão no ombro de Vic. Para ele era fácil pedir calma. A mulher dele estava em casa, dormindo. As filhas também. Vic afastou a mão do amigo com um safanão.

— Sr. Trenton, tudo que posso dizer agora é que uma equipe de investigadores da polícia estadual já está na cena do crime e meus homens estão ajudando. O quarto do senhor e o quarto de seu filho não parecem ter sido mexidos.

— Com exceção da porra na minha cama, não é? — reagiu Vic, irritadíssimo, e Roger se encolheu, como se tivesse sido atingido. Chegou a ficar de boca aberta.

— É, com exceção disso — respondeu Bannerman, embaraçado. — O que eu quis dizer é que não há sinal de... digamos, violência contra uma ou mais pessoas. Tudo indica que foi apenas depredação.

— Mas então cadê minha esposa e meu filho? — A grosseria começou a dar lugar à perplexidade, e Vic sentiu o ardor das lágrimas de um menininho indefeso no canto dos olhos.

— Ainda não sabemos.

Kemp... Meu Deus, e se o Kemp estiver com eles?

Por um instante, um flash confuso do sonho da noite anterior ressurgiu: Donna e Tad escondidos na caverna, ameaçados por um terrível animal. Depois, desapareceu de novo.

— O senhor faz alguma ideia de quem possa ter sido, sr. Trenton?

— Vou agora mesmo para o aeroporto alugar um carro — disse Vic. — Chego aí lá pelas cinco horas.

Com paciência, Bannerman explicou:

— Tudo bem, sr. Trenton. Mas, se o desaparecimento de sua esposa e de seu filho tiver alguma relação com o ato de depredação, o tempo é algo precioso. Se o senhor fizer alguma ideia de quem possa ter algo contra o senhor ou contra sua esposa...

— Kemp — respondeu Vic, com voz baixa e embargada. Já não conseguia mais conter o choro. Lágrimas rolavam por sua face. — Foi o Kemp, eu tenho certeza. Meu Deus, e se os dois caíram nas garras dele?

— Quem é esse Kemp? — perguntou Bannerman. A voz já não mostrava embaraço: era incisiva e interrogativa.

Vic segurou o fone com a mão direita, enquanto tapava os olhos com a esquerda, como se quisesse se desligar de Roger, do som da TV, de tudo. Estava completamente às cegas, sozinho com o som trêmulo de sua voz e o calor das lágrimas que escorriam pelo rosto.

— Steve Kemp — respondeu. — Steven Kemp. Ele tinha uma loja chamada Village Stripper, mas já se mandou. Foi o que a minha esposa disse, pelo menos. Ele e minha esposa... Donna... eles... eles tiveram... bom, eles tiveram um caso. Treparam. Não durou muito. Ela terminou com ele. Fiquei sabendo porque ele me enviou uma carta... Foi... foi uma carta muito baixa... Acho que ele queria se vingar. Acho que ele não estava acostumado a ser dispensado. Isso... isso me parece uma versão ampliada da carta.

Vic esfregou os olhos com violência, formando uma galáxia de estrelas cadentes e vermelhas.

— Talvez ele não tenha aceitado o fato de que o casamento não acabou. Talvez ele só... seja maluco. Donna mencionou que ele fica descontrolado quando perde uma partida de tênis. Nem cumprimenta o adversário. A questão é... — De repente a voz falhou e ele precisou pigarrear antes de prosseguir. Sentiu um aperto no peito, um aperto que ia e vinha sem parar. — Acho que a questão é saber até onde o sujeito é capaz de ir. Ele pode ter levado os dois, Bannerman. Pelo que sei, ele é bem capaz disso.

Houve um silêncio do outro lado da linha. Não, silêncio, não. Era o barulho de um lápis riscando o papel. Roger voltou a colocar a mão no ombro de Vic, que, desta vez, não opôs resistência, grato pelo calor daquela amizade. Ele estava sentindo muito frio.

— Sr. Trenton, o senhor ainda tem a carta?

— Não. Rasguei em pedacinhos. Desculpe, mas em vista das circunstâncias...

— Por acaso estava escrita em letras maiúsculas?

— Estava. Estava, sim.

— O policial Fisher encontrou uma mensagem em letras maiúsculas no quadro de recados da cozinha. Estava escrito: "Deixei uma coisa no quarto para você, gata".

Vic bufou. A única esperança de que pudesse ter sido outra pessoa — um ladrão, jovens arruaceiros — havia desaparecido por completo. Vá até o quarto para ver o que eu deixei na cama? Só podia ser Kemp. O recado deixado na cozinha se encaixava direitinho com o teor da carta.

— A mensagem parece indicar que sua mulher não estava lá quando ele depredou a casa — prosseguiu Bannerman. Ainda assim, mesmo em estado de choque, Vic percebeu uma vacilação na voz do xerife.

— Ela pode ter chegado enquanto ele ainda estava lá e o senhor sabe bem disso — retrucou Vic. — Ela poderia estar voltando das compras ou da oficina. O carro estava dando defeito.

— E qual é o carro de Kemp? O senhor sabe?

— Acho que ele não tem carro. Ele tem uma van.

— Sabe a cor?

— Não.

— Sr. Trenton, sugiro que volte logo de Boston. Também sugiro que dirija com calma, se for mesmo alugar um carro. Seria uma tragédia se os seus familiares estiverem bem e o senhor morrer em um acidente na estrada, a caminho de casa.

— Tudo bem, tudo bem. — Vic não queria ir a lugar nenhum, fosse devagar ou rápido. Queria se esconder. Melhor ainda, queria reviver os últimos seis dias.

— Outra coisa, senhor.

— O que foi?

— Ao voltar para casa, tente fazer uma lista mental de todos os seus amigos e conhecidos aqui. Ainda é possível que a sua esposa esteja na casa de amigos.

— Certo.

— A coisa mais importante agora é não se esquecer de que não houve sinais de violência.

— O primeiro andar da minha casa foi destruído — disse Vic. — Isso me parece muito violento.

— Verdade — concordou Bannerman, desconfortável. — Bem…

— Estou voltando — cortou Vic, depois desligou.

— Vic, eu sinto muito — disse Roger.

Vic não conseguia olhar nos olhos do amigo. *Chifrudo*, pensou. *Não é assim que o povo diz? Agora o Roger sabe que eu sou um chifrudo.*

— Está tudo bem — respondeu Vic, enquanto começava a se trocar.

— Mesmo com tudo isso na cabeça… você decidiu fazer a viagem?

— E por acaso adiantaria ficar em casa? Aconteceu. Eu… eu só descobri na quinta. Daí pensei que… com a distância… o tempo para refletir… a cabeça mais fria… Nem sei quanta bobagem me passou pela cabeça. E agora, mais essa.

— Não é sua culpa — consolou Roger, com sobriedade.

— Roger, a esta altura eu já não sei mais o que é culpa minha e o que não é. Estou preocupado com Donna e desesperado por causa do Tad. Eu só quero voltar para lá. Eu queria botar as mãos no filho da puta do Kemp e… eu… — O tom de voz de Vic estava aumentando, mas desabou abruptamente. Os ombros desabaram junto. Por um momento, Vic pareceu velho e esgotado, quase sem forças. Depois foi até a mala e começou a procurar roupas limpas. — Ligue para a Avis no aeroporto e alugue um carro para mim, por favor? Minha carteira está no criado-mudo. Você precisa dar o número do meu American Express.

— Vou pedir para nós dois. Eu vou voltar também.

— Não precisa.

— Mas…

— Nada de mas — cortou Vic, vestindo uma camisa azul-escura e começando a fechar os botões. Estava no meio do caminho quando percebeu que tinha errado as casas. Abriu os botões e recomeçou. Estava pronto para a ação, o que era bom, mas a sensação de irrealidade persistia. Continuava imaginando que estava no set de um filme, onde o que parecia mármore na verdade era apenas papel Con-Tact, onde todos os cômodos acabavam logo depois da linha de enquadramento da câmera e onde tinha sempre alguém escondido nos bastidores com uma placa pedindo aplausos. Cena 41: Vic convence Roger a continuar com o plano. Tomada 1. Ele era como um ator em um filme absurdo, mas as coisas ficavam inegavelmente melhores quando se estava pronto para a ação.

— Vic...

— Roger, isso não muda nada em relação à situação entre a Ad Worx e a Sharp. Uma das razões de eu ter vindo para cá depois de saber sobre a Donna e esse Kemp era manter as aparências, afinal ninguém quer dar na vista que a esposa está pulando a cerca. Mas vim sobretudo pelas pessoas que dependem de nós para botar comida na mesa. Essa foi a principal razão. Até porque, para elas, não faz nenhuma diferença com quem a minha mulher vai para a cama.

— Pegue leve, Vic. Pare de se martirizar.

— Não consigo, Roger. Mesmo agora eu não consigo.

— Bom, mas eu não posso ir para Nova York como se nada tivesse acontecido!

— Até onde a gente sabe, nada aconteceu. O xerife ficou dizendo isso o tempo todo. Vá em frente. Veja o que acontece. Pode ser que no fim o esforço tenha sido em vão, mas... a gente *precisa tentar*, Roger. Não há mais nada a fazer. Sem falar que você não poderia fazer nada no Maine, além de ficar batendo cabeça.

— Meu Deus, isso está muito errado.

— Não está. Ligo para seu quarto no Biltmore assim que souber de alguma coisa — disse Vic, fechando o zíper da calça e colocando o mocassim. — Agora, ligue para a Avis para mim. Vou pedir um táxi para o aeroporto lá embaixo. Vou escrever o número do meu Amex para você.

Roger ficou assistindo em silêncio enquanto o amigo escrevia o número do cartão de crédito, pegava o casaco e ia até a porta.

Vic se virou e Roger lhe deu um abraço desajeitado, porém caloroso. Vic retribuiu o abraço e ficou com o rosto apoiado no ombro do amigo.

— Vou rezar para que fique tudo bem — prometeu Roger, preocupado.

— O.k. — disse Vic, saindo.

O elevador zumbiu de leve ao descer. *Não está se movendo de verdade*, pensou Vic, é só um efeito de som. Dois bêbados cruzaram o saguão apoiados um no outro enquanto Vic passava. *Figurantes.*

Ele falou com o recepcionista — outro figurante — e, depois de cinco minutos, um táxi parou sob o toldo azul da entrada do hotel.

O motorista do táxi era negro e calado. O rádio estava sintonizado em uma estação de música soul. Os Temptations cantavam "Power" sem parar enquanto o táxi seguia por ruas praticamente desertas até o aeroporto Logan. *Que cenário fantástico para um filme*, pensou Vic. Quando a música dos Temptations acabou, um DJ cheio de suingue na voz anunciou a previsão do tempo. "Ontem foi um dia quente, mas o calor de ontem não vai ser nada perto da temperatura de hoje, pessoal. Hoje vai ser o dia mais quente do verão até agora, talvez bata o recorde de calor. O meteorologista Lou McNally previu temperaturas acima de trinta e oito graus no interior, e nada muito melhor no litoral. Uma massa de ar quente avança do sul e está parada sobre a Nova Inglaterra por causa dos sistemas de alta pressão. Então, se for para cozinhar os miolos, que seja na praia. A coisa vai ficar feia para quem precisar circular pela cidade. Mas, como a vida também é feita de alegrias, ficamos agora com Michael Jackson, 'Off the Wall'."

A previsão do tempo não fazia nenhuma diferença para Vic, mas teria deixado Donna ainda mais apavorada se ela tivesse ouvido o boletim.

Como no dia anterior, Charity acordou pouco antes de o sol raiar. Acordou e ficou de ouvidos atentos, sem saber por um instante o que estava querendo ouvir. Logo depois lembrou. Tábuas rangendo. Passos. Estava de ouvidos atentos para saber se o filho teria outro episódio de sonambulismo.

A casa, no entanto, permanecia em silêncio.

Ela se levantou e foi até a porta para conferir o corredor. Ninguém. Depois de um momento de hesitação, foi até o quarto de Brett para ver se ele estava deitado. Estava todo coberto até o queixo. Se por acaso tivesse andado pela casa, havia sido antes de ela acordar. Estava dormindo como uma pedra naquele momento.

Charity voltou para o quarto e ficou sentada na cama, olhando para a tênue linha branca no horizonte. Sabia que tinha tomado uma decisão. De alguma forma, sorrateiramente, durante a noite, enquanto dormia. Agora, à primeira luz fria do dia, estava em condições de avaliar o que decidira e o que isso custaria.

Lembrou-se então de que nunca tocara no assunto com Holly, embora sempre achasse que acabaria desabafando tudo um dia. Talvez já tivesse até falado, se não fosse pelo episódio dos cartões de crédito no almoço. E então, na noite passada, Holly ficou dizendo quanto tinha custado isso, quando tinha custado aquilo — o Buick de quatro portas, a TV colorida Sony, o piso de parquete do corredor. Como se na cabeça da irmã todas aquelas coisas ainda carregassem etiquetas de preço invisíveis, como se sempre fossem carregar.

Apesar disso, Charity gostava da irmã, que era generosa, bondosa, impulsiva, carinhosa, afetuosa. O padrão de vida de Holly, no entanto, a obrigara a se desligar de verdades desagradáveis sobre a pobreza em que as duas cresceram na área rural do Maine, verdades que, em boa medida, obrigaram Charity a se casar com Joe Camber, enquanto a sorte — semelhante à de comprar um bilhete premiado — levara Holly a conhecer Jim e a escapar para sempre da vida que levava em casa.

Charity temia que, se contasse a Holly que estava havia anos tentando conseguir a permissão de Joe para visitá-la, que a viagem só acontecera porque tinha batido de frente com o marido com uma atitude de um general de brigada e que mesmo assim tinha quase levado uma surra de cinto... enfim... temia que, se contasse essas coisas a Holly, a irmã ficaria horrorizada e furiosa, em vez de adotar uma atitude racional e de amparo. Por que horror e fúria? Talvez porque, bem no fundo, naquela parte da alma humana em que Buicks, TVs em cores Sony com tubo Trinitron e pisos de parquete quase nunca causavam impacto, Holly reconheceria que escapara de um casamento semelhante, de uma *vida* semelhante, por muito, mas muito pouco.

Charity acabou não contando porque Holly tinha se entrincheirado em uma vida de classe média suburbana, como um soldado alerta se entrincheirava em uma cova. Acabou não contando porque a fúria e o horror não seriam capazes de resolver os problemas. Acabou não contando porque ninguém queria viver uma vida de tristeza e solidão, passando os dias ao lado de um homem desagradável, fechado dentro do próprio mundo e muitas vezes assustador. Charity descobriu que havia coisas que era melhor não contar. E não era por causa da vergonha. Só que às vezes era melhor — e mais generoso — bancar a forte.

Acima de tudo, Charity acabou não contando porque os problemas eram dela. O que acontecia a Brett era problema dela... e naqueles últimos dois dias ela chegara cada vez mais à conclusão de que a vida do filho dependia muito mais das escolhas que faria do que dela ou de Joe.

Não haveria divórcio. Ela continuaria travando uma guerrilha contra o marido para salvar a alma do filho... independentemente do resultado final. Ao tentar evitar que Brett seguisse os passos do pai, ela acabou esquecendo — ou deixando de lado — o fato de que chegava uma hora em que os filhos precisavam dar um veredicto e os pais deviam se sentar no banco dos réus. Brett havia percebido que Holly ostentava os cartões de crédito. Charity esperava que Brett também percebesse que o pai não tirava o chapéu para comer... e muitas outras coisas.

O dia estava clareando. Ela pegou o roupão que estava pendurado atrás da porta e vestiu. Queria tomar um banho, mas iria esperar até que os donos da casa tivessem se levantado. Os desconhecidos. Era o que eram. Até mesmo o rosto de Holly lhe parecia desconhecido. Era um rosto que guardava uma pálida semelhança com as fotos dos álbuns de família que Charity trouxera consigo... a própria irmã olhara para as fotos com certo ar de desconcerto.

Os dois voltariam para Castle Rock, para a casa no final da Town Road, para Joe. Ela retomaria as rédeas da própria vida e as coisas seguiriam em frente. Seria melhor assim.

Charity lembrou que deveria ligar para Alva pouco antes de sete da manhã, enquanto ele estivesse tomando café.

Passava um pouco das seis, e o dia prometia ser muito claro, quando Tad teve uma convulsão.

Ele havia acordado por volta das cinco e quinze e parecia ter dormido bem. Chamou a mãe, que cochilava, e se queixou de fome e sede. Como se o filho tivesse apertado algum botão dentro dela, Donna se deu conta de que também estava com fome. A sede que vinha sentindo era mais ou menos constante, mas ela não se lembrava de ter pensado em comida desde a manhã do dia anterior. Agora, de repente, estava faminta.

Donna confortou o filho da melhor maneira que pôde, fazendo promessas vazias que, de uma forma ou de outra, já não tinham ligação alguma com a realidade — que logo ia aparecer alguém, que o cachorro malvado seria levado embora, que eles seriam resgatados.

A única coisa real era o pensamento na comida.

Café da manhã, por exemplo: dois ovos fritos na manteiga, não muito duros, por favor. Rabanadas. Um copão de suco de laranja recém-espremida, tão gelado que o vidro chegava a suar. Bacon canadense. Biscoitos caseiros. Cereal com creme e um punhado de passas por cima — uvinhas secas, dizia o pai, em mais um desses chistes que tiravam a mãe do sério sem razão.

A barriga de Donna roncou alto e Tad riu. Ela tomou um susto com o som daquela risada inesperada, mas também ficou alegre. Era como encontrar uma rosa nascendo em meio a um monte de lixo, e Donna sorriu também. O sorriso fez com que os lábios rachados doessem.

— Ouviu só?

— Acho que você também está com fome.

— É, eu bem que comeria um Egg McMuffin agora se alguém me oferecesse.

Tad rugiu e os dois riram de novo. Lá fora, Cujo levantou as orelhas. Rosnou quando ouviu as risadas. Por um instante, fez menção de se levantar, talvez para investir contra o carro mais uma vez, mas acabou se deitando de novo, com dificuldade, a cabeça sempre caída para o lado.

Donna sentiu em sua alma o ânimo irracional que quase sempre surgia com o nascer do dia. Com certeza a agonia estava prestes a acabar, com certeza o pior já tinha passado. Até o momento, a sorte sempre estivera contra eles, mas, mais cedo ou mais tarde, até a pior maré de azar passava.

Tad parecia quase de volta ao seu estado natural. Estava muito pálido, abatido e terrivelmente exausto, apesar de ter dormido, mas ainda era o Tadder, disso não havia dúvida. Ela abraçou o filho, que retribuiu. A dor na barriga de Donna tinha diminuído um pouco, embora os arranhões estivessem inchados e inflamados. A perna estava pior, mas ela descobriu que ainda conseguia flexioná-la, embora doesse muito e fizesse sangrar a ferida. Iria ficar com uma cicatriz.

Os dois conversaram durante quarenta minutos, mais ou menos. Procurando uma forma de manter Tad alerta e para passar o tempo, Donna sugeriu que brincassem de *Em quem estou pensando*. Tad adorou a ideia. Ele nunca enjoava da brincadeira, o único problema era convencer um dos pais a participar. Estavam na quarta charada quando a convulsão começou.

Donna tinha descoberto, cinco perguntas atrás, que a resposta era Fred Redding, colega de creche de Tad, mas ficou enrolando para a brincadeira continuar.

— Ele tem cabelo ruivo?

— Não. Ele... ele... ele...

De repente, Tad estava lutando para respirar. A respiração ia e vinha em meio a lágrimas e engasgos que fizeram o coração de Donna saltar à boca de medo, deixando um nó amargo e metálico na garganta.

— Tad? Tad?

Tad estava sem ar. Enterrou as unhas na garganta, deixando o pescoço cheio de linhas avermelhadas. Os olhos estavam revirados e mostravam apenas a borda da íris e o branco prateado.

— Tad!

Donna agarrou e balançou o filho. O seu pomo de adão subia e descia depressa, como se fosse um ioiô. As mãos começaram a se agitar, sem direção, depois voltaram à garganta e agarraram. Tad começou a emitir sons que pareciam os de um animal se afogando.

Por um instante, Donna se esqueceu completamente de onde estava. Agarrou a maçaneta, levantou e balançou até abrir a porta do carro, como se estivesse no estacionamento do supermercado, onde encontraria alguém para ajudar.

Cujo se levantou com incrível agilidade, mas pulou no carro antes que a porta estivesse toda aberta, o que provavelmente evitou que Donna fosse morta naquele instante. Ele se chocou contra a porta, caiu para trás, e depois voltou ao ataque, rosnando. Um excremento pastoso caiu sobre o cascalho da entrada da oficina.

Aos gritos, Donna bateu a porta. Cujo se chocou de novo contra a lateral do carro, que ficou ainda mais amassada. Recuou e se atirou contra a janela, produzindo um som pesado e rachando ainda mais o vidro. A pequena rachadura que corria pelo vidro ganhou meia dúzia de afluentes. O cachorro tornou a investir contra a janela, e o vidro de segurança começou a se curvar para dentro, ainda de pé, mas bem frágil. De repente, o mundo lá fora se transformou em uma mancha leitosa.

Se ele atacar de novo...

Só que Cujo recuou, esperando para ver o que ela faria em seguida.

Donna se voltou para o filho.

O corpo de Tad tremia inteiro, como em uma crise epilética. As costas estavam arqueadas. O bumbum se projetou do banco, caiu, voltou a se erguer e a cair mais uma vez. O rosto estava ficando azulado. As veias das têmporas saltaram. Donna havia trabalhado como voluntária em um hospital durante três anos, os dois últimos do colégio e no verão após o primeiro ano de faculdade, e sabia bem o que estava acontecendo. Tad não tinha engolido a língua. Fora das histórias de mistério mais fuleiras, aquilo era impossível. Mas a língua de Tad havia descido pela garganta, bloqueando a faringe. Ele estava sufocando até a morte bem diante dos olhos dela.

Donna agarrou o queixo do filho com a mão esquerda e abriu bem a boca dele. O pânico a levou a perder a noção da própria força e o puxão fez os tendões da mandíbula do menino estalarem. Donna usou os dedos para encontrar a ponta da língua de Tad muito longe de onde deveria estar, quase onde o siso apareceria, se crescesse um dia. Tentou segurá-la, mas não conseguiu. Era úmida a escorregadia como uma pequena enguia. Tentou prendê-la entre o indicador e o polegar, mal se dando conta dos batimentos acelerados de seu próprio coração. *Ele está morrendo*, pensou. *Ai, meu Deus! Meu filho está morrendo.*

Os dentes de Tad se fecharam de repente, arrancando sangue dos próprios lábios rachados e cheios de bolhas e também dos dedos da mãe. O sangue escorria pelo pescoço do menino. Donna mal sentiu a dor. Os pés de Tad começaram a desenhar uma tatuagem enlouquecida contra o tapete do carro. Donna tentava desesperadamente agarrar a ponta da língua do filho. Conseguiu… mas ela logo escorregou pelos dedos.

(*cachorro, maldito cachorro, a culpa é sua, maldito cachorro do inferno, EU VOU ACABAR COM A SUA RAÇA, JURO POR DEUS QUE VOU ACABAR COM A SUA RAÇA*)

Os dentes de Tad morderam outra vez os dedos da mãe, até que ela enfim conseguiu pegar a língua do filho e, desta vez, não hesitou: enterrou as unhas na parte superior esponjosa e também na parte de baixo, puxando para a frente como quem puxa uma veneziana. Ao mesmo tempo, colocou a outra mão por baixo do queixo do filho, forçando a cabeça para trás a fim de permitir o máximo de entrada de ar. Tad começou a arquejar de novo — um som de estertor, como a respiração de um velho com enfisema. Depois, passou a tossir.

Donna deu um tapa no rosto do filho, porque já não sabia mais o que fazer.

Tad engasgou uma última vez, depois a respiração voltou a um padrão regular, ofegante. Donna também estava ofegante e foi invadida por uma sensação de tontura. De alguma maneira, a perna ruim acabou se flexionando, e então ela sentiu o calor úmido do sangue escorrendo de novo.

— Tad! — chamou Donna, engolindo em seco. — Tad, você está me ouvindo?

Ele balançou a cabeça. Um pouco. Os olhos continuaram fechados.

— Está tudo bem. Eu quero que você descanse — disse ela.

— ... quero ir para casa... mamãe... o monstro...

— Shh, Tadder. Não fale, não se preocupe com monstros. Tome. — As Palavras para Monstros tinham caído no chão. Donna pegou o papel amarelo e colocou na mão do filho. Tad agarrou a folha com força e pânico. — Agora você precisa se concentrar em respirar bem devagar, Tad. É o jeito de voltar para casa. Respirar bem devagar.

Os olhos de Donna deixaram o rosto de Tad e mais uma vez foram parar no taco de beisebol enrolado com fita adesiva, esquecido em meio às ervas daninhas do lado direito da entrada da oficina.

— Fique calmo, Tadder. Você consegue fazer isso?

Tad mexeu um pouco a cabeça, sem abrir os olhos.

— Só falta mais um pouco, meu amor. Eu juro. Eu juro.

Do lado de fora, o dia ficava cada vez mais claro. Cada vez mais quente. A temperatura já tinha começado a subir dentro do pequeno carro.

Vic chegou em casa às cinco e vinte. No momento em que a esposa estava puxando a língua do filho para longe da laringe, ele andava pela sala de estar, colocando as coisas lenta e distraidamente no lugar, enquanto o xerife Bannerman, um investigador da polícia estadual e um investigador da procuradoria-geral do estado estavam sentados no confortável sofá, bebendo café solúvel.

— Já contei tudo o que sei — disse Vic. — Se ela não está com as pessoas da lista, não está com ninguém. — Segurava uma vassoura e uma pazinha, e trouxera da despensa uma caixa de sacos de lixo Hefty. Colocou uma pá cheia de cacos de vidro dentro de um dos sacos, gerando um tinido surdo. — A menos que esteja com o Kemp.

Houve um silêncio desconfortável. Vic não conseguia se lembrar de outra ocasião em que estivesse tão cansado quanto naquele momento, mas sabia que só conseguiria dormir se levasse um tiro. Não estava pensando direito. Dez minutos depois de chegar, o telefone tocou e Vic voou até o aparelho como uma fera, ignorando o investigador da procuradoria-geral, que acreditava que a ligação provavelmente fosse para ele. Não era. Era para Vic, mesmo. Era Roger querendo saber se Vic tinha chegado em casa, se havia alguma novidade.

Novidades *havia*, mas era tudo enlouquecedoramente inconclusivo. Havia marcas de dedos por toda a casa, e uma equipe de reconhecimento de digitais, também da capital do Maine, Augusta, trouxe algumas amostras recolhidas do quarto contíguo à pequena loja de consertos alugada até pouco tempo por Steve Kemp. Logo eles comparariam as amostras e teriam a confirmação se fora Kemp o responsável por revirar todo o primeiro andar da casa. Para Vic, aquilo não passava de redundância: tinha certeza absoluta de que fora aquele sujeitinho.

O investigador da polícia estadual buscou informações sobre a van de Kemp. Era um Ford Econoline modelo 1971 com placa do Maine: 641-644. Era prata, mas o senhorio de Kemp — que foi tirado da cama pela polícia às quatro da manhã — mencionou que a van tinha pinturas com motivos de deserto nas laterais: montes solitários, mesetas, dunas. Havia dois adesivos na traseira, um que dizia FUSÃO NUCLEAR É MORTE, outro que dizia RONALD REAGAN ASSASSINOU J.R. Era um engraçadinho, esse tal Steve Kemp, mas as pinturas e os adesivos facilitariam muito o reconhecimento da van. Assim, a menos que tivesse se livrado dela, ele com certeza seria encontrado até o fim do dia. O alerta de busca do veículo já tinha sido enviado a todos os estados da Nova Inglaterra e também para o norte do estado de Nova York. Além disso, avisado sobre a possibilidade de sequestro, o FBI de Portland e Boston fez uma varredura nos arquivos de Washington procurando pelo nome de Steve Kemp. Foram encontradas três detenções por delitos menores entre 1968 e 1970.

— Tem uma coisa que me incomoda nisso tudo — disse o investigador da procuradoria. Estava com o bloco de anotações apoiado no joelho, embora Vic já tivesse contado tudo o que sabia. O homem de Augusta estava apenas fazendo rabiscos. — Para ser sincero, é uma coisa que me incomoda pra caralho.

— O quê? — perguntou Vic, pegando a foto da família. Olhou para o porta-retratos, depois virou para que os cacos de vidro caíssem dentro do saco de lixo, com outro tilintar surdo.

— O carro. Onde é que está o carro da sua mulher?

O nome dele era Masen — com "e", dissera a Vic quando os dois se cumprimentaram. O investigador foi até a janela, tamborilando o bloquinho na perna distraidamente. O combalido esportivo de Vic estava na entrada da garagem, estacionado ao lado da viatura de Bannerman. Vic pegou seu Jaguar no aeroporto de Portland, depois de deixar lá o carro da Avis em que viera de Boston.

— E o que isso tem a ver? — perguntou Vic.

Masen deu de ombros.

— Talvez nada. Talvez alguma coisa. Talvez tudo. Provavelmente nada, mas ainda assim tem algo que me incomoda. Então o Kemp vem aqui, certo? Leva sua mulher e seu filho. Por quê? Ele é maluco. Isso basta. Ele não suporta perder. Talvez até seja a ideia distorcida que o cara tenha de piada.

Até aí, nada de novo. Vic já dissera tudo aquilo, praticamente com as mesmas palavras.

— Então o que ele faz? Enfia os dois na van com pinturas de deserto nas laterais. Ou ele está fugindo com os dois, ou está escondido em algum lugar. Certo?

— Certo. É esse o meu medo…

Masen se virou para olhar para Vic.

— Então, cadê o carro?

— Bem… — Vic estava fazendo um esforço enorme para pensar. Estava cansado demais. — Talvez…

— Talvez ele tenha um comparsa que levou o carro — disse Masen. — Nesse caso, pediria um resgate e dinheiro. Se Kemp levou os dois sozinho, deve ter feito isso no calor do momento. Se foi um sequestro planejado, para que levar o carro? Para trocar no meio do caminho? Ridículo. O Corcel chama tanta atenção quanto a van, embora seja um pouco mais difícil de reconhecer. Por isso, eu repito, se não há comparsa, se ele estava sozinho, quem dirigiu o carro?

— Talvez ele tenha voltado para pegar — resmungou o investigador da polícia estadual. — Levou o menino e a mulher e depois voltou para pegar o carro.

— Seria algo difícil sem um comparsa — argumentou Masen —, mas vamos considerar essa hipótese. Ele pode ter levado os dois para algum lugar perto e depois voltado para pegar o Corcel. Também pode ter levado os dois para longe e voltado depois de pegar uma carona. Mas a pergunta que não quer calar é: por quê?

Bannerman falou pela primeira vez.

— Pode ser que ela tenha dirigido.

Com as sobrancelhas arqueadas, Masen se virou para olhar para o xerife.

— Caso ele tenha levado o menino — prosseguiu Bannerman, balançando a cabeça e olhando para Vic. — Sinto muito, sr. Trenton, mas ele pode ter levado o menino, seja amarrado ou sob a mira de uma arma, e mandado sua esposa segui-lo bem de perto, ameaçando fazer alguma coisa se ela tentasse dar uma de esperta, desligando ou piscando os faróis, por exemplo...

Vic balançou a cabeça, enojado com a imagem.

Masen pareceu irritado com Bannerman, talvez por não ter pensado na possibilidade antes do xerife.

— Eu repito: com que objetivo?

Bannerman balançou a cabeça. O próprio Vic não conseguia encontrar uma única razão para Kemp pegar o carro de Donna.

Masen acendeu um Pall Mall, tossiu e ficou procurando um cinzeiro.

— Desculpe — comentou Vic, outra vez se sentindo como um ator, alguém desconectado da própria razão, repetindo falas que foram escritas por alguém. — Os dois cinzeiros da sala foram quebrados. Vou pegar um na cozinha.

Masen acompanhou Vic, pegou um cinzeiro e disse:

— Podemos ir lá fora, se não se importa? O dia vai ser muito quente. Em julho, gosto de aproveitar enquanto a temperatura ainda está civilizada.

— Tudo bem — concordou Vic, apático.

Quando saíram, ele olhou para o termômetro-barômetro aparafusado à lateral da casa... fora um presente de Donna, do último Natal. A temperatura já estava em vinte e dois graus. A agulha do barômetro apontava exatamente para o quadrante que marcava MÉDIA.

— Vamos avançar um pouco mais no assunto — começou Masen. — Estou fascinado. Temos aqui uma esposa, um filho e o marido, que saiu em uma viagem de negócios. Ela vai precisar do carro para poder resolver as coisas do dia a dia. Daqui até o centro da cidade dá quase um quilômetro de distância, e o caminho de volta é uma subida. Se considerarmos que o Kemp pegou sua esposa aqui, o carro ainda estaria na garagem. Vamos pensar de outra forma. Kemp aparece e quebra tudo na casa, mas continua furioso. Ele vê os dois em algum lugar da cidade e decide capturá-los. Nesse caso, o carro ainda estaria estacionado nesse outro lugar. No centro da cidade, talvez. Ou no estacionamento de um shopping center.

— Mas será que alguém não teria visto o carro no meio da noite? — perguntou Vic.

— Provavelmente. O senhor acha que a sua esposa pode ter deixado o carro em algum outro lugar?

Só então a ficha caiu. Vic se lembrou do bico da válvula de injeção.

— Parece que uma ficha caiu — comentou Masen.

— Não caiu, despencou. A garagem está vazia porque ela levou o carro à autorizada da Ford em South Paris. O carburador estava com problemas. O bico da válvula de injeção estava sempre querendo entupir. Nós conversamos sobre isso ao telefone na segunda à tarde. Ela estava preocupada e irritada. Eu ia agendar o conserto em um mecânico local, mas acabei me esquecendo porque...

Vic se perdeu em pensamentos ao se dar conta da razão do esquecimento.

— Você se esqueceu de agendar o conserto por aqui, então ela teve que levar o carro para South Paris?

— Acho que sim. — Vic não se lembrava ao certo do rumo que a conversa com Donna acabou tomando, mas sabia que ela temia que o carro apresentasse defeito enquanto rodava para o conserto.

Masen olhou para o relógio e se levantou. Vic ia se levantando junto.

— Não se preocupe, pode ficar aí. Só quero fazer uma ligação rápida. Já volto.

Vic se sentou de novo. A porta telada se fechou atrás de Masen, um som que lembrava tanto de Tad que Vic estremeceu e teve que cerrar os dentes para conter o choro. Afinal, onde eles estavam? No fim das contas, o fato de o Corcel não estar ali foi apenas uma esperança passageira.

O sol já despontara no céu e lançava uma luz rosácea e brilhante sobre as casas e as ruas lá embaixo e em toda a colina de Castle Rock. Os raios refletiram no balanço em que Vic tantas vezes empurrara Tad... Tudo o que ele queria era empurrar o filho no balanço de novo com a mulher do lado. Empurraria o filho até que as mãos caíssem, se Tad quisesse.

Papai, eu quero dar a volta completa! Eu quero!

A voz de Tad em sua mente congelou o coração. Era como a voz de um fantasma.

A porta telada voltou a se abrir um instante depois. Masen se sentou ao lado de Vic e acendeu um cigarro.

— Concessionária Twin City da Ford em South Paris. É essa, certo?

— É. Nós compramos o Corcel lá.

— Tentei a sorte e liguei para eles. O gerente já tinha chegado. O Corcel não está lá, nunca esteve. Quem é o mecânico local?

— Joe Camber — respondeu Vic. — Ela deve ter levado o carro para lá, no fim das contas. Não queria ir porque a oficina fica nos cafundós de Judas e ninguém atendeu quando ela ligou. Eu disse que Joe devia estar lá, trabalhando, e não ouviu o telefone chamar. Ele transformou o celeiro em oficina, mas acho que não instalou nenhuma extensão de telefone. Pelo menos não tinha instalado quando eu fui.

— Vamos dar uma olhada nisso, mas aposto que o carro também não está lá, sr. Trenton.

— Por que você acha isso?

— Não tem a menor lógica. Eu tinha certeza quase absoluta de que não estava em South Paris. Veja bem, tudo o que dissemos antes continua valendo. Uma mulher com um filho pequeno precisa de carro. Vamos imaginar que ela levasse o Corcel até a Twin City e eles dissessem que o carro ia demorar uns dois dias para ficar pronto. Como é que ela voltaria de lá?

— Bom... pegaria um carro emprestado com a autorizada... Se não emprestassem, imagino que alugaria um carro. Um modelo econômico.

— Certo. Perfeito. E onde está o carro?

Vic olhou para a garagem, como se esperasse que ele aparecesse.

— Kemp não tinha nenhum motivo para levar o Corcel, como não tinha motivo algum para levar outro carro — concluiu Masen. — Foi isso que eliminou a possibilidade da concessionária desde o início. Agora, vamos dizer que ela levou o carro para a oficina do Camber. Se ele tivesse emprestado uma lata-velha qualquer para a sua esposa enquanto o Corcel estava no conserto, nós voltaríamos à estaca zero: onde está a lata-velha? Então vamos supor que ela levou o carro até a oficina e o Camber disse que não tinha outro veículo para emprestar. Sua mulher liga para uma amiga, que vai até lá buscá-la. Está acompanhando o meu raciocínio?

— Estou.

— Quem poderia ser essa amiga? Você nos passou uma lista e acabamos tirando todos da cama no meio da madrugada. Foi até sorte estar todo mundo em casa em pleno verão. Ninguém foi buscar sua esposa e seu filho em lugar algum. Ninguém viu eles depois da manhã de segunda.

— Então por que a gente não acaba logo com essa merda? — perguntou Vic. — Vamos ligar para o Camber e confirmar a história.

— Melhor esperar até as sete. Faltam só quinze minutos. Vamos esperar o homem acordar e jogar uma água no rosto. Gerentes de concessionária costumam chegar cedo ao trabalho, mas esse cara trabalha por conta própria.

Vic deu de ombros. Tudo aquilo parecia um beco sem saída. Donna e Tad estavam nas garras de Kemp. Ele tinha certeza absoluta disso, como tinha certeza de que Kemp fora o responsável por virar a casa de pernas para o ar e gozar em cima da cama do casal.

— Pode não ter sido uma amiga, é claro — recomeçou Masen, olhando distraidamente para a fumaça do cigarro se desvanecendo na luz da manhã. — Existem muitas outras possibilidades. Ela pode ter levado o carro à oficina e encontrado algum conhecido por lá, e esse conhecido acabou oferecendo uma carona para ela e o filho. Ou talvez o próprio Camber tenha trazido os dois. Talvez a esposa dele. Ele é casado?

— É. Uma mulher muito simpática.

— Pode ter sido ele, ela, qualquer um. Tem sempre alguém disposto a ajudar uma mulher aflita.

— Verdade — concordou Vic, acendendo um cigarro.

— Mas nada disso importa, porque a pergunta permanece: onde está a porra do carro? Porque a situação continua a mesma. Mulher e filho sozinhos. Ela precisa fazer compras no supermercado, ir à lavanderia, ao correio, resolver dezenas de pendências fora de casa. Se o marido vai ficar fora apenas alguns dias, ela até pode tentar se virar sem carro. Mas dez dias, duas semanas? É muito tempo em uma cidade que tem um único taxista. Qualquer locadora de veículos se ofereceria para entregar o carro onde fosse, em uma situação como essa. Ela podia ter ligado para a Hertz, a Avis ou a National e eles entregariam o carro na oficina do Camber. Então, onde está o *carro alugado*? Eu sempre volto ao mesmo ponto. Deveria ter um carro na sua garagem. Certo?

— Não vejo a importância disso — falou Vic.

— Talvez não seja importante. Talvez a gente encontre uma explicação simples e diga: "Nossa, como é que eu não pensei nisso?". Mas continuo estranhamente fascinado... era o bico da válvula de injeção? Tem certeza?

— Absoluta.

Masen balançou a cabeça.

— Então não faz o menor sentido ficar falando em empréstimo ou aluguel de carro. É um conserto de quinze minutos para quem tem as ferramentas e sabe o que faz. É entrar e sair. Então, onde é que...

— ... está a porra do carro? — completou Vic, com voz cansada. O mundo estava girando em círculos.

— Por que você não sobe e descansa um pouco? — aconselhou Masen. — Você parece esgotado.

— Não, quero estar acordado se alguma coisa acontecer...

— Se alguma coisa acontecer, alguém vai estar aqui para acordar você. O FBI está vindo para instalar um sistema de rastreamento no seu telefone. Os caras fazem tanto barulho que nem os mortos conseguem dormir, por isso, não se preocupe.

Vic estava cansado demais para sentir algo além de um terror entorpecido.

— Você acha que esse tal sistema de rastreamento é mesmo necessário?

— Melhor ter e não precisar do que precisar e não ter — respondeu Masen, jogando a guimba de cigarro fora. — Descanse um pouco. Vá, Vic. Depois você vai enfrentar tudo melhor.

— Está bem.

Vic subiu as escadas devagar. A cama estava despida, só com o colchão. Ele mesmo havia retirado os lençóis. Colocou dois travesseiros do seu lado, tirou os sapatos e se deitou. O sol da manhã brilhava furiosamente pela janela. *Não vou conseguir dormir*, pensou. *Mas vou descansar. Vou tentar, pelo menos. Quinze minutos… meia hora…*

Na hora que o telefone o acordou, no entanto, o sol já estava a pino.

Charity Camber tomou café e então ligou para Alva Thornton em Castle Rock. Desta vez, o próprio Alva atendeu o telefone. Ele já sabia que Charity tinha falado com Bessie no dia anterior.

— Não — disse ele. — Não vejo seu marido desde a última quinta, Charity. Ele me trouxe o pneu de trator que tinha consertado. Não disse nada sobre dar comida ao Cujo, mas eu faria isso sem problemas.

— Alva, você se importa de ir até a minha casa dar uma olhada no Cujo? O Brett viu ele na segunda de manhã e achou que estava doente. Foi antes de a gente viajar para a casa da minha irmã, e não faço ideia de quem o Joe arrumou para dar comida ao cachorro. — Depois, como o pessoal do interior costumava fazer, acrescentou: — Não tem pressa.

— Vou subir lá e dar uma olhada. Eu só preciso dar comida e água para as minhas aves antes.

— Está ótimo assim, Alva — disse Charity, depois passou a ele o telefone da casa da irmã. — Muito obrigada.

Os dois conversaram mais um pouco, principalmente sobre a temperatura. O calor constante deixava Alva preocupado com as galinhas. Depois Charity desligou.

Brett estava comendo cereal quando ela entrou na cozinha. Jim Junior fazia cuidadosos círculos na mesa com o copo de suco de laranja, enquanto tagarelava sem parar, à velocidade da luz. Nas últimas quarenta e oito horas, em algum momento ele chegara à conclusão de que Brett Camber era um amigo de fé.

— E então? — perguntou Brett.

— Você estava certo. Seu pai não pediu ao Alva para alimentar o Cujo. — Ela viu o desapontamento e a preocupação estampados no rosto do filho e concluiu: — Mas ele vai até a nossa casa dar uma olhada, assim que terminar de cuidar das galinhas. Deixei o número daqui desta vez. Ele disse que vai ligar, aconteça o que acontecer.

— Obrigado, mãe.

Jim Junior saiu da mesa quando Holly mandou que subisse e trocasse de roupa.

— Quer vir junto, Brett?

Brett sorriu.

— Vou te esperar aqui, punhos de ferro.

— O.k. — respondeu Jim, antes de sair gritando: — Mamãe! Brett disse que vai me esperar trocar de roupa!

Uma manada de elefantes trovejou pelas escadas.

— Ele é um menino legal — disse Brett, de modo casual.

— Fiquei pensando que a gente podia voltar para casa um pouco antes — sugeriu Charity —, se você não se importar.

O rosto de Brett se iluminou. Apesar de todas as decisões que Charity tinha tomado, aquela animação a entristeceu um pouco.

— Quando? — perguntou ele.

— Que tal amanhã? — Ela pretendia sugerir sexta-feira.

— Ótimo! Mas... — Brett olhou no fundo dos olhos da mãe. — Você não quer ficar um pouco mais, mãe? Quer dizer, ela é sua irmã.

Charity pensou nos cartões de crédito e na jukebox Wurlitzer que o marido de Holly comprara, mas não conseguira consertar. Brett tinha ficado impressionado com essas coisas, e ela também, de certa maneira. Talvez tivesse enxergado a situação um pouco pelos olhos de Brett... pelos olhos de Joe. E já estava de bom tamanho.

— Eu sei — disse Charity. — Acho que eu já fiquei o tempo necessário. Vou falar com a Holly agora de manhã.

— Está bem, mãe — concordou Brett, olhando para a mãe um pouco sem jeito. — Eu não me importaria de voltar outra vez. Eu gosto deles. E o Jim Junior é um menino bem legal. Quem sabe ele não vai visitar a gente no Maine um dia?

— Boa ideia — respondeu ela, em um misto de surpresa e gratidão. Joe provavelmente não faria objeção a isso. — Acho que a gente pode combinar, sim.

— O.k. E não se esquece de me avisar quando o sr. Thornton ligar.

— Pode deixar.

Alva, entretanto, não chegou a retornar a ligação. Enquanto alimentava as galinhas naquela manhã, o motor do enorme aparelho de ar-condicionado da granja pifou e ele se viu diante de uma luta de vida ou morte para salvar as aves antes que não resistissem ao calor do verão. Era bem possível que Donna Trenton considerasse o acontecimento outra zombaria do mesmo Destino que via refletido nos olhos opacos e homicidas de Cujo. Quando o problema do ar-condicionado foi enfim resolvido, eram quatro da tarde (Alva Thornton perdeu sessenta e duas galinhas e achou que o estrago poderia ter sido muito maior), e o confronto que se iniciara na segunda à tarde na escaldante entrada da casa dos Camber já tinha chegado ao fim.

Andy Masen era o garoto de ouro da procuradoria-geral do Maine. Havia quem dissesse que algum dia — não tão distante assim — ele seria o chefe da divisão criminal da instituição. Os objetivos de Andy Masen eram ainda maiores: pretendia se tornar procurador-geral em 1984 e estar em condições de se candidatar a governador em 1987. E, depois de oito anos como governador, quem sabia?

Masen vinha de uma família grande e pobre. Assim como os três irmãos e as duas irmãs, ele crescera em uma casa caindo aos pedaços às margens da Sabbatus Road, na cidade de Lisbon. Os irmãos e as irmãs atingiram — mais ou menos — as expectativas da cidade. Só Andy e o caçula, Marty, conseguiram terminar o ensino médio. Por um tempo, parecia que Roberta conseguiria também, mas ela bebeu tanto depois de um baile no último ano que acabou engravidando e se viu obrigada a abandonar a escola para casar. O marido tinha vinte e nove anos e espinhas na cara, bebia cerveja barata direto da lata e batia tanto nela quanto no filho. Marty morreu em um acidente de carro na Route 9, em Durham. Ele e os amigos bêbados tentaram fazer uma curva fechada em Sirois Hill a cento e vinte por hora. O Camaro capotou duas vezes e pegou fogo com eles dentro.

Andy sempre foi a estrela da família, mas a mãe nunca gostou dele. Na verdade, tinha medo do filho. Quando conversava com amigos, dizia: "Andy não tem sentimentos". Só que era mais complexo que isso: Andy sempre foi ponderado e reservado. Desde os dez anos, ele sabia que daria um jeito de chegar à universidade e se formar em direito. Advogados ganhavam muito dinheiro. Advogados trabalhavam com lógica. E a lógica era Deus para Andy.

Ele via cada acontecimento como um ponto de partida ao redor do qual girava um número finito de possibilidades. No fim de cada linha de possibilidades estava outro ponto de partida. E por aí seguia. Essa teoria dos pontos sempre contribuíra muito para a sua vida. Andy conquistou uma sequência de notas dez no ensino fundamental e no ensino médio, e podia escolher praticamente qualquer universidade. Acabou optando pela Universidade do Maine, abrindo mão de uma chance em Harvard, porque já havia decidido começar a carreira em Augusta e não queria ser olhado de cima por algum daqueles esnobes da famosa universidade.

Naquela manhã quente de julho, tudo corria como esperado.

Masen colocou o telefone de Vic Trenton no gancho. Ninguém atendeu a ligação para o número de Camber. Bannerman e o investigador da polícia estadual continuavam ali, esperando por instruções, como cães bem treinados. Andy Masen já havia trabalhado antes com Townsend, o investigador estadual, o tipo de cara com quem se sentia à vontade. Quando você dizia pegue, Townsend pegava. Já Bannerman era um desconhecido, e Masen não estava nem aí para ele. Os olhos eram brilhantes demais, e a forma como ele veio de repente com aquela ideia de que Kemp podia ter coagido a mulher usando o menino... Bem, uma ideia daquelas, quando surgisse, deveria surgir da cabeça de Andy Masen. Os três se sentaram no sofá, sem trocar uma palavra, só bebendo café e esperando que os caras do FBI chegassem com o dispositivo de rastreamento.

Andy pensou no caso. Podia ser só uma tempestade em um copo d'água, mas também podia ser algo sério. O marido estava convencido de que era um sequestro e não deu importância à ausência do carro da esposa. Estava totalmente convicto de que Steve Kemp levara seus familiares.

Andy Masen não tinha tanta certeza assim.

Camber não estava em casa e ninguém atendia o telefone. Talvez a família tivesse saído de férias. Era uma probabilidade. Julho era o mês de férias, e eles estavam procurando alguém que tinha viajado. Será que ele aceitaria consertar o carro dela, se estivesse arrumando as malas? Improvável. Como era improvável que o carro estivesse lá. Ainda assim, era preciso verificar essa hipótese, além da outra, que Andy não mencionara a Vic.

E se ela *levou* o carro até a oficina do Camber? E se alguém *ofereceu* uma carona? Não um amigo, não um conhecido, mas um estranho. Andy conseguia ouvir Trenton protestando: "Ah, não, minha mulher nunca aceitaria carona de um desconhecido". Mas não dava para esquecer que ela aceitou várias caronas de Steve Kemp, que era quase desconhecido. Se o homem hipotético fosse simpático e ela estivesse ansiosa para voltar para casa com o filho, talvez aceitasse. E talvez o sujeito simpático e sorridente fosse algum lunático. Castle Rock já tivera seu lunático, Frank Dodd. Talvez o sujeito simpático e sorridente tivesse deixado os dois em alguma vala com a garganta cortada e seguido seu caminho, alegre e feliz. Se esse fosse o caso, o Corcel estaria na oficina do Camber.

Andy não achava essa linha de pensamento *provável*, mas ela era *possível*. Ele teria enviado um homem até a casa de Camber de qualquer maneira — era o procedimento-padrão —, mas gostava de entender por que fazia cada uma das coisas que fazia. Pensou que, para todas as razões práticas, poderia excluir a oficina de Camber da estrutura de ordem e lógica que estava construindo. Ele imaginava que Donna poderia ter ido lá, descoberto que os Camber não estavam e então ficado a pé por um defeito no carro. Só que a Town Road de Castle Rock não era a Antártica. Ela e o filho só precisariam andar até a casa mais próxima e pedir para usar o telefone, mas não fizeram isso.

— Townsend — disse, com voz suave. — Preciso que você vá com o xerife Bannerman até a oficina de Joe Camber. Verifiquem três coisas: se o Corcel azul, placa 218-864, está lá, se Donna e Theodore Trenton estão lá, se os Camber estão lá. Entendido?

— Entendido — respondeu Townsend. — Você quer...

— Só quero essas três coisas — cortou Andy, com voz suave. Ele não estava gostando da maneira como Bannerman o olhava, com certo ar de desdém. Aquilo era irritante. — Se a resposta para alguma dessas três verificações for sim, liguem para cá. Se eu não estiver aqui, vou deixar um número para vocês me ligarem. Entendido?

O telefone tocou. Bannerman atendeu, ouviu e passou para Andy Masen.

— Para você, campeão.

Os dois ficaram se encarando. Masen pensou que Bannerman desviaria o olhar, mas se enganou. Depois de alguns segundos, pegou o telefone. A ligação era da polícia estadual em Scarborough. Steve Kemp fora detido. Encontraram a van na frente de um pequeno hotel na cidade de Twickenham, em Massachusetts. A mulher e o menino não estavam com ele. Depois de receber voz de prisão, Kemp disse seu nome e passou a fazer uso da prerrogativa de permanecer em silêncio.

Andy Masen considerou a notícia um mau presságio.

— Townsend, venha comigo — ordenou. — Você consegue se virar sozinho lá na oficina do Camber, não é, xerife Bannerman?

— Estou na minha cidade. — Ele se limitou a responder.

Andy Masen acendeu um cigarro e olhou para Bannerman através da fumaça.

— Você tem algum problema comigo, xerife?

Bannerman sorriu.

— Nada com que não possa conviver.

Meu Deus do Céu, como eu odeio esses caipiras, pensou Masen ao ver Bannerman se afastar. *Bom, o importante é que agora ele está fora da jogada. Melhor assim.*

Bannerman se sentou ao volante da viatura, ligou e deu ré na entrada da garagem dos Trenton. Eram sete e vinte da manhã. Estava quase impressionado com a estratégia simples de que Masen lançou mão para jogá-lo para escanteio. Os dois investigadores estavam indo para o centro da ação, ele estava indo para lugar nenhum. De qualquer maneira, como seria o velho Hank Townsend quem teria que ficar ouvindo as baboseiras de Masen a manhã inteira, até que não era tão mau negócio assim.

George Bannerman seguiu devagar pela Route 117 em direção à Maple Sugar Road, com as luzes e a sirene desligadas. Era um lindo dia, sem dúvida. E ele não viu razão para pressa.

Donna e Tad Trenton dormiam.

Estavam praticamente na mesma posição, aquela posição estranha de quem era obrigado a passar horas a fio em ônibus interestaduais. As cabeças estavam caídas sobre os ombros. Donna estava virada para a esquerda, Tad, para a direita. As mãos do menino estavam repousadas sobre o colo, como peixes encalhados na areia. Vira e mexe, elas começavam a tremer. A respiração era pesada e ruidosa. Os lábios estavam cheios de bolhas e as pálpebras estavam arroxeadas. O rastro de saliva que ia do canto da boca até a linha suave do queixo tinha começado a secar.

O sono de Donna era leve. Por mais exausta que estivesse, a posição incômoda, as dores na perna, na barriga e, agora, também nos dedos (durante a convulsão, a mordida de Tad rasgara a pele até o osso) não permitiam que ela conseguisse dormir pesado. Encharcado de suor, o cabelo estava colado à cabeça. As compressas de gaze na perna esquerda já estavam empapadas, e a casca em volta das feridas superficiais da barriga tinha adquirido um tom vermelho bem feio. A respiração também estava pesada, mas não descompassada como a de Tad.

Tad Trenton estava bem perto do limite de sua resistência. A desidratação já estava em estágio avançado. Com o suor, tinha perdido eletrólitos, cloretos e sódio, sem haver reposição. Suas defesas internas estavam sendo sistematicamente reduzidas, e ele tinha acabado de entrar no estágio crítico final. Sua vida estava por um fio: não mais amarrada com firmeza à carne e aos ossos, e sim prestes a se desprender ao sabor da mais leve brisa.

Em seus sonhos febris, o pai o empurrava no balanço, cada vez mais alto, e Tad já não via o quintal de casa, e sim o lago dos patos: era fresca a brisa que batia em sua testa queimada de sol, em seus olhos doloridos, em seus lábios arruinados.

Cujo também dormia.

Estava deitado na grama que ficava diante da varanda, com o focinho ferido entre as patas dianteiras. Os sonhos eram coisas confusas, lunáticas. Era fim de tarde e o céu estava escuro por causa de morcegos de olhos vermelhos que voavam por toda a parte. Cujo saltava sobre eles sem parar e, a cada salto, pegava um, fechando os dentes sobre uma asa trêmula que parecia couro. Só que os morcegos continuavam mordendo seu rosto tenro com dentinhos afiados de rato. Era dos morcegos que vinha a dor. Era dos morcegos que vinha todo o sofrimento. Mas ele acabaria com todos. Ele...

Cujo se ergueu de repente, levantando a cabeça do meio das patas. Um carro estava chegando.

Para sua audição absurdamente afiada, o som do carro que se aproximava era terrível, insuportável. Era o som de um enorme inseto peçonhento que vinha para lhe dar uma picada venenosa.

Cujo se ergueu, cambaleante, e soltou um ganido. Todas as juntas pareciam estar cheias de vidro moído. Olhou para o carro morto. Lá dentro, ele via os contornos imóveis da cabeça da MULHER. Antes, Cujo conseguia olhar pelo vidro e ver a MULHER, mas ela tinha feito algo no vidro e agora era difícil ver. Mas o que ela tinha feito com as janelas não fazia diferença. Ela não conseguia sair. Nem ela nem o MENINO.

O inseto estava mais próximo agora. O carro estava subindo a colina, mas... era *mesmo* um carro? Ou era uma abelha ou vespa gigante que veio atacar, picar e deixar sua dor ainda pior?

Era melhor esperar para ver.

Cujo se meteu embaixo da varanda, onde antigamente costumava passar os dias quentes de verão. O lugar estava tomado por folhas secas que caíram em outros outonos, folhas que exalavam um perfume que em outra época ele achava incrivelmente doce e agradável. Agora o aroma parecia imenso e enjoativo, sufocante e quase insuportável. Cujo rosnou por causa do cheiro e o focinho começou a espumar de novo. Se um cachorro pudesse matar um cheiro, Cujo teria matado aquele.

O inseto estava muito próximo agora. E então um carro despontou na entrada da oficina. Um carro de lateral azul, teto branco e luzes no alto.

A coisa que George Bannerman estava menos preparado para ver quando virou na entrada da casa de Joe Camber era o Corcel que pertencia à mulher desaparecida. Ele não era burro e, por mais que não tivesse paciência para a lógica de pontos de Andy Masen (tinha lidado com os horrores de Frank Dodd e compreendeu que algumas vezes *não havia lógica*), já tinha chegado às próprias conclusões da mesma maneira que o colega, embora em nível mais subconsciente. Concordava com Masen de que seria altamente improvável que a mulher e o filho de Vic Trenton estivessem ali. O carro, porém, estava.

Bannerman pegou o rádio que ficava embaixo do painel, mas depois decidiu verificar o carro primeiro. Do lugar onde estava, logo atrás do Corcel, não dava para ver se havia alguém. Os encostos dos bancos eram altos e Donna e Tad estavam dormindo.

Bannerman desceu da viatura e fechou a porta. Antes de dar dois passos, viu que o vidro da janela do lado do motorista estava todo fendido. O coração começou a bater mais forte, e ele logo levou a mão ao cabo de seu .38 especial da polícia.

Cujo ficou olhando o HOMEM do carro azul com ódio crescente. Esse HOMEM era culpado por toda a sua dor, ele tinha certeza. O HOMEM causou sua dor nas juntas e o silvo agudo e terrível na cabeça. Era por culpa do HOMEM que as velhas folhas amontoadas embaixo da varanda exalavam agora um cheiro pútrido. Era por culpa do HOMEM que ele não conseguia mais olhar para a água sem ganir e correr, que queria matar a água, apesar de toda a sede que sentia.

Um rosnado começou a brotar em algum lugar no fundo de seu peito pesado, enquanto as pernas se encolhiam embaixo do corpo. Ele sentia o cheiro do HOMEM, a mistura de suor e excitação, a carne macia grudada nos ossos. O rosnado ficou cada vez mais grave, até se transformar em um intenso e desestabilizante urro de fúria. Cujo deu um salto, saiu de baixo da varanda e investiu contra aquele HOMEM horrível que lhe causara tanta dor.

Durante aquele primeiro momento crucial, Bannerman não ouviu o rosnado grave e crescente de Cujo. Tinha chegado mais perto do Corcel e agora podia ver uma cabeleira encostada na janela do lado do motorista. Seu primeiro pensamento foi que a mulher tinha levado um tiro, mas onde estava o buraco da bala? O vidro parecia ter sido atingido por uma pancada, não por um disparo.

Então ele viu a cabeça se mexer. Não muito — apenas de leve —, mas ainda assim. A mulher estava viva. Deu um passo à frente e... foi então que ouviu o rugido de Cujo, seguido por uma série de latidos enlouquecidos. O primeiro pensamento de Bannerman

(*Rusty?*)

foi a lembrança de seu setter irlandês, mas Rusty fora sacrificado quatro anos antes, pouco depois do caso de Frank Dodd. Rusty nunca produzira um som semelhante e, por um segundo crucial, Bannerman ficou paralisado por conta de um terror atávico.

Ele se virou, puxando a arma, mas só conseguiu ter uma visão borrada do cachorro — um cachorro imenso — que pairava no ar. Cujo atingiu o xerife na altura do peito, arremessando-o contra a traseira do Corcel. Bannerman gemeu. Como a mão direita estava erguida, o pulso bateu com toda a força contra o metal. A arma saiu voando e girando, chocando-se contra o teto do carro até aterrissar bem no meio da grama alta do outro lado do acesso à oficina.

O cachorro passou a *morder* e, quando viu o sangue começando a aflorar na camisa azul-clara, Bannerman entendeu tudo. Mãe e filho chegaram até a oficina, o carro pifou de vez... e o cachorro já estava aqui. O cachorro não tinha entrado na organizada análise de pontos de Masen.

Bannerman se engalfinhou com a fera, tentando colocar as mãos sob o focinho para conseguir empurrar o cão. Foi quando sentiu uma dor profunda que quase o levou a desmaiar. A camisa estava em farrapos. Sangue jorrava aos borbotões sobre a calça. Ele se jogou para a frente e o cão o lançou de volta para trás, com uma força assustadora, arremessando-o contra o Corcel com um impacto tão forte que fez o carro balançar.

De repente, ele se surpreendeu tentando lembrar se tinha feito amor com a esposa na noite anterior.

Que coisa mais maluca para pensar. Maluquice...

O cachorro avançou de novo. Bannerman tentou desviar, mas o animal se antecipou ao movimento. Estava *sorrindo* para ele, e de repente o xerife experimentou a dor mais profunda que já sentira na vida, o que lhe deu um sopro de energia. Gritando, enfiou as duas mãos sob o focinho e conseguiu levantá-lo. Por uma fração de segundos, ao encarar aqueles sombrios e insanos olhos, um desespero absoluto dominou Bannerman, que pensou: *Olá, Frank. É você, não é? O inferno estava quente demais?*

Então Cujo mordeu seus dedos, rasgando a carne até os ossos. Bannerman imediatamente esqueceu Frank Dodd. Esqueceu tudo, menos lutar pela própria vida. Tentou levantar e posicionar o joelho entre o próprio corpo e o cachorro, mas não conseguiu. Ao tentar fazer o movimento, a dor na barriga ficou insuportável.

O que ele fez com a minha barriga? Meu Deus, o que ele fez? Vicky, Vicky...

Então a porta do lado do motorista do Corcel se abriu. Era a mulher. Bannerman tinha visto o retrato de família que Steve Kemp pisoteara e ficara admirado com a beleza daquela mulher de cabelos sedosos, do tipo que você olhava duas vezes na rua, sendo que o segundo olhar era mais de curiosidade que de qualquer outra coisa. Quem via uma mulher assim pensava logo que o marido era um cara de sorte por ter uma esposa dessas para dividir a cama.

A mulher que saiu do carro estava em frangalhos. Também tinha sido atacada pelo cachorro. A barriga estava coberta de sangue seco. Uma perna da calça jeans fora rasgada a dentadas, a coxa estava coberta por um curativo todo empapado de sangue. O que estava em pior estado, no entanto, era o rosto, que parecia uma horrível maçã estragada. A testa estava descascada e cheia de bolhas. Os lábios estavam rachados e supurados. Os olhos estavam mergulhados em bolsões de carne arroxeada.

O cachorro saiu de cima de Bannerman num instante e avançou contra a mulher, rosnando e correndo aos trancos e barrancos. Ela voltou para dentro do carro e bateu a porta.

(viatura agora, rádio, preciso avisar todo mundo)

Bannerman se virou e correu para a viatura. O cachorro o perseguiu, mas ele conseguiu chegar antes. Bateu a porta, pegou o rádio e pediu socorro, código 3, policial precisa de reforços. Os reforços vieram. O cachorro foi abatido. Todos foram salvos.

Tudo isso aconteceu em apenas três segundos, e só na mente de George Bannerman. Ao se virar para voltar à viatura, ele não se aguentou em pé e desabou no chão.

(*ai, Vicky, o que foi que ele fez comigo?*)

O mundo era um sol que cegava. Era difícil enxergar alguma coisa. Bannerman se debateu, cravou os dedos no cascalho e enfim conseguiu se levantar. Olhou para baixo e viu o tubo grosso e cinzento do intestino se projetando para fora da camisa esfarrapada. A calça estava ensopada de sangue até os tornozelos.

Fim de linha. Tinha sido ferido letalmente pelo cachorro.

Segure as pontas, Bannerman. Se for para sair de cena, você vai sair de cena, mas não sem antes pegar o maldito rádio e dar o alarme. Segure as pontas e levante...

(*o menino, meu Deus, será que o menino está lá?*)

Aquilo fez com que se lembrasse da própria filha, Katrina, que estava entrando no sétimo ano. Ela estava virando uma mocinha. Os seios já estavam começando a aparecer. Fazia aulas de piano e queria ganhar um cavalo. Houve um dia em que, se ela tivesse ido da escola para a biblioteca sozinha, a vítima de Dodd teria sido ela e não Mary Kate Hendrasen. Quando...

(*mexa esse traseiro*)

Bannerman se levantou. Era tudo sol e luz e todas as suas entranhas pareciam querer sair pelo buraco aberto pelo cão. A viatura. O rádio da patrulha. Às suas costas, o cão estava ocupado com outra coisa, investindo como um louco contra a porta lateral do Corcel, latindo e rosnando.

Bannerman cambaleou até a viatura. O rosto estava branco como neve. Os lábios estavam azulados. Era o maior cachorro que já vira, e a fera tinha arrancado suas entranhas. *As entranhas*, pelo amor de Deus. Por que tudo estava tão quente e ofuscante?

Os intestinos escorriam pelos seus dedos.

Chegou até a porta da viatura. Conseguia ouvir o rádio sob o painel, transmitindo mensagens.

Eu devia ter chamado a central antes. É o procedimento-padrão. Jamais contrarie o procedimento-padrão. Agora, se eu realmente acreditasse nisso, não teria chamado o Smith no caso Frank Dodd. Vicky, Katrina, eu sinto muito...

O menino. Ele precisava pedir ajuda para o menino.

Bannerman quase caiu, mas se apoiou na lateral do carro.

E então ouviu o cachorro vindo atrás e começou a gritar de novo. Tentou se apressar. Se pelo menos conseguisse fechar a porta... meu Deus, ele tinha que fechar a porta antes que o cachorro o pegasse... *meu Deus...*

(*meu* DEUS)

Tad gritou de novo, gritou e enterrou as unhas no rosto, balançando a cabeça de um lado para outro, quando Cujo se chocou contra a porta, fazendo o carro tremer.

— Tad, não! Não... meu amor, por favor!

— *Quero o papai... quero o papai... quero o papai...*

Então o cão parou.

Segurando Tad entre os seios, Donna virou a cabeça bem a tempo de ver Cujo derrubar o homem na hora em que ele tentava entrar na viatura. A força do impacto fez o sujeito soltar a porta.

Depois disso, ela não quis ver mais nada. E desejou ser capaz de tampar os ouvidos, para não escutar os sons de Cujo tirando a vida daquele policial, fosse quem fosse.

O maldito cachorro se escondeu, pensou, histericamente. *Ele ouviu o carro chegando e se escondeu.*

A porta da varanda. Agora era a hora de ir até a porta da varanda. Enquanto Cujo estava... ocupado.

Donna pôs a mão na maçaneta, puxou e então empurrou a porta. Nada aconteceu. A porta não abria mais. Cujo finalmente conseguiu amassar tanto a lataria que a porta emperrou de vez.

— Tad — Donna sussurrou de maneira febril. — Tad, troque de lugar comigo, *rápido*. Tad? Tad?

Tad tremia da cabeça aos pés. Os olhos estavam revirados de novo.

— Patos — disse o menino, com voz gutural. — Vou ver os patos. Palavras para Monstros. Papai. Ah... ahhhh... *ahhhhhhhh...*

Estava tendo outra convulsão. Os braços se agitavam como se não tivessem ossos. Donna começou a sacudir o filho, tentando manter a boca aberta, tentando deixar a saída de ar desbloqueada. A cabeça zumbia de maneira monstruosa e Donna se apavorou, pensando que iria desmaiar. Aquilo era o inferno. Eles estavam no inferno. O sol da manhã entrava pelo carro e criava o efeito estufa, implacavelmente, sem dó nem piedade.

Por fim, Tad se acalmou. Os olhos voltaram a se fechar. A respiração era muito rápida e rasa. Quando colocou os dedos no pulso do filho, Donna sentiu uma pulsação irregular, fraca, quase imperceptível.

Olhou para fora. Cujo tinha mordido o braço do homem e o sacudia como um filhote sacudia um boneco de pano. Vez por outra, atacava o corpo sem vida. Sangue... Era muito sangue.

Parecendo perceber que estava sendo observado, Cujo ergueu a cabeça. O focinho pingava. Olhou para Donna com uma expressão (*cachorros* conseguiam *ter uma expressão?*, perguntou-se ela) que parecia demonstrar crueldade e pena... e mais uma vez ela teve a sensação de que os dois passaram a se conhecer intimamente e que não haveria trégua ou desfecho enquanto não levassem essa terrível relação até o ponto final.

Cujo avançou mais uma vez sobre o homem de camisa azul e calça cáqui ensopadas de sangue. A cabeça do morto era jogada de um lado para o outro. Donna desviou o olhar, o estômago vazio doía de tanta acidez. A perna mordida doía e latejava. Com seus movimentos, a ferida se abriu de novo.

E o Tad... como ele estava?

Péssimo, sua mente respondeu, sem clemência. *E o que você vai fazer, então? Você é a mãe dele, o que vai fazer?*

O que ela *poderia* fazer? De que serviria para Tad se ela saísse e fosse morta?

O policial. Alguém tinha enviado o policial. Quando ele não desse sinal de vida, então...

— Que seja rápido — pediu, com a voz vacilante. — Que seja rápido, por favor.

Eram oito da manhã e do lado de fora ainda estava relativamente fresco — vinte e cinco graus. Ao meio-dia, a temperatura registrada no aeroporto de Portland seria de 38,9 graus, um novo recorde para a estação.

Townsend e Andy Masen chegaram à delegacia da polícia estadual em Scarborough às oito e meia da manhã. Masen passou a bola para Townsend. Era o campo do colega, não dele, e de qualquer maneira Andy poderia acompanhar e ouvir tudo.

O policial encarregado informou que Steve Kemp já estava a caminho do Maine. Até aí, tudo certo, mas Kemp continuava sem abrir o bico. A van tinha sido examinada com cuidado por técnicos de laboratório e peritos forenses de Massachusetts. Não havia nenhum indício de que uma mulher e um menino tivessem sido mantidos em cativeiro no veículo. Ainda assim, uma farmacinha exemplar foi encontrada no para-lama da van: maconha, cocaína numa embalagem de sal de frutas, três frascos de nitrato de amila e duas bolinhas do tipo conhecido como Black Beauty.

— E o Corcel? — perguntou Andy a Townsend, trazendo café para os dois. — Onde é que está a merda do Corcel?

Townsend balançou a cabeça.

— O Bannerman já deu notícia?

— Não.

— Chame ele pelo rádio, então. Diga que eu quero ele aqui quando o Kemp chegar. A jurisdição é dele, então acho que cabe a ele o interrogatório. Tecnicamente falando, pelo menos.

Townsend voltou cinco minutos depois, parecendo perplexo.

— Não consegui falar com ele, Masen. A central disse que ele não está atendendo. Deve estar longe da viatura.

— Meu Deus, aposto que ele está tomando café no Cozy Corner. Ele que se foda. A partir de agora, está fora da investigação. — Andy Masen acendeu um Pall Mall, tossiu e depois sorriu para Townsend. — Você acha que nós somos capazes de dar conta do Kemp sozinhos?

Townsend retribuiu o sorriso.

— Ah, acho que sim.

Masen assentiu.

— A coisa está começando a ficar feia, Townsend. Muito feia.

— Verdade.

— Estou começando a me perguntar se o tal Kemp não enterrou os dois na vala de uma estradinha qualquer, entre Castle Rock e Twickenham — sugeriu Masen, sorrindo de novo. — Mas nós vamos dobrar o sujeito, Townsend. Já dobrei tipos piores.

— Sim, senhor — concordou Townsend, com respeito. Ele acreditava que Masen conseguiria.

— Vamos dobrar esse sujeito, nem que a gente tenha que fazer ele suar dois dias seguidos.

Townsend dava uma escapada a cada quinze minutos para tentar fazer contato com George Bannerman. Não conhecia bem o colega, mas tinha uma opinião mais favorável dele do que Masen, e pensou que Bannerman merecia ser avisado do que Masen tinha em mente. Quando deu dez horas e Bannerman continuou sumido, Townsend começou a ficar preocupado. Também ficou se perguntando se deveria avisar a Masen sobre o silêncio do xerife ou se deixava quieto.

* * *

Roger Breakstone desembarcou no aeroporto de Nova York às oito e quarenta e nove. Pegou um táxi até a cidade e chegou ao Biltmore pouco antes das nove e meia.

— A reserva era para dois? — perguntou o recepcionista.

— Meu colega precisou tratar de assuntos pessoais. Uma emergência.

— Que pena — disse o recepcionista, indiferente, e pediu a Roger que preenchesse um formulário. Enquanto Roger preenchia, o rapaz comentou com outro funcionário que tinha conseguido ingressos para o jogo dos Yankees no fim de semana.

Roger se deitou na cama do quarto de hotel e tentou cochilar. No entanto, apesar de todo o cansaço, não conseguiu pegar no sono. Donna trepando com outro homem e Vic tendo que lidar com isso tudo — ou, pelo menos, tentar —, como se já não bastasse a merda causada por um cereal infantil vermelho e cheio de açúcar. Agora, Donna e Tad desaparecidos. O próprio Vic tinha desaparecido. De alguma forma, tudo tinha virado fumaça naquela semana. O melhor passe de mágica que já viu, abracadabra, virou um monte de merda. Sua cabeça doía. A dor vinha em ondas grandes, gordurosas e paquidérmicas.

Acabou se levantando. Não queria ficar sozinho com a dor de cabeça e os pensamentos funestos. Pensou que poderia ir até a Summers Marketing & Research, na esquina entre as ruas 47 e Park, para dividir o pessimismo com outras pessoas — afinal, a Ad Worx estava pagando, não era?

Roger parou no saguão para pegar uma aspirina e saiu andando. A caminhada não melhorou em nada a dor de cabeça, mas foi uma oportunidade para ele renovar a relação de ódio que mantinha com Nova York.

Não volto para esta cidade, pensou. *Nem que tenha que trabalhar carregando engradados de Pepsi em um caminhão, não vou trazer Althea e as meninas de volta para cá.*

A Summers ficava no décimo quarto andar de um arranha-céu horroroso e energeticamente eficiente. A recepcionista sorriu quando Roger se identificou.

— O sr. Hewitt saiu há alguns minutos. O sr. Trenton está com o senhor?

— Não, ele precisou cuidar de assuntos pessoais.

— Bem, eu tenho uma correspondência para o senhor. Chegou hoje de manhã.

Ela entregou a Roger um telegrama em um envelope amarelo. Estava endereçado a V. TRENTON E R. BREAKSTONE — AD WORX — A/C: IMAGE-EYE STUDIOS. Rob tinha encaminhado a mensagem à Summers Marketing no dia anterior.

Roger abriu e viu de cara que o telegrama era do velho Sharp, e que era bastante longo.

Rescisão de contrato, aí vamos nós, pensou Roger, e leu o texto.

O telefone acordou Vic pouco antes do meio-dia. Se não tocasse, ele teria dormido a tarde inteira. O sono foi pesado e profundo, e Vic acordou com uma sensação horrível de desorientação. Voltara a ter o mesmo pesadelo: Donna e Tad em uma abertura na montanha, pouco além do alcance de uma fera mítica e terrível. O quarto parecia girar quando ele foi atender o telefone.

Donna e Tad, pensou. *Eles estão a salvo.*

— Alô.

— Vic, é o Roger.

— Roger? — perguntou Vic, levantando-se.

A camiseta estava colada ao corpo. Metade do cérebro ainda estava adormecida e presa ao sonho. A luz era muito forte. O calor... Estava relativamente fresco quando ele se deitou, mas agora o quarto estava um forno. Que horas eram? Por quanto tempo deixaram ele dormir? A casa estava tão *silenciosa*.

— Roger? Que horas são?

— Horas? Bem, é meio-dia. O que...

— Meio-dia. Meu Deus do Céu... Roger, eu ferrei no sono.

— O que aconteceu, Vic? Eles apareceram?

— Ainda não tinham aparecido quando eu dormi. O maldito Masen prometeu...

— Quem é Masen?

— O responsável pela investigação. Roger, eu preciso ir. Preciso descobrir...

— Espere um pouco. Estou ligando da Summers. Preciso contar para você. Tinha um telegrama do Sharp para nós. Vamos ficar com a conta.

— O quê? Como? — Tudo estava indo rápido demais para ele. Donna... a conta... Roger, soando ilogicamente feliz.

— Tinha um telegrama nos esperando quando eu cheguei. O velho e o filho enviaram para a Image-Eye e Rob encaminhou para cá. Leio?

— Faz só um resumo.

— O velho Sharp e o filho parecem ter chegado à mesma conclusão, só que por caminhos completamente diferentes. O velho enxerga o caso Zingers como uma repetição da Batalha do Álamo... nós somos os mocinhos sitiados no forte, lutando para resistir aos invasores. Temos que nos manter unidos, um por todos e todos por um.

— Eu sabia que o velho pensaria assim — disse Vic, esfregando a nuca. — Ele é um sujeito leal. Foi por isso que manteve a conta conosco quando saímos de Nova York.

— O filho ainda pretende se livrar de nós, mas não acha que é a hora certa. Ele acha que isso seria interpretado como um sinal de fraqueza e até mesmo de culpa no cartório. Dá para *acreditar*?

— Eu acredito em qualquer coisa que venha desse babaca paranoico.

— Eles querem que a gente vá até Cleveland para assinar um novo contrato de dois anos. Já não são cinco e, quando o prazo acabar, é bem provável que o filho esteja no comando e dê um chute no nosso traseiro. Mas mesmo assim são dois anos... Tempo mais que suficiente, Vic! Em dois anos nós vamos estar com tudo! Podemos mandar...

— Roger, eu preciso...

— ... eles pegarem um daqueles bolos horrorosos e enfiarem no cu! Eles também querem discutir a nova campanha, e acho que vão aceitar o canto do cisne do Professor Cereal Sharp.

— Ótimo, Roger, mas eu preciso descobrir que diabos está acontecendo com a Donna e o Tad.

— Claro, claro. Foi uma hora horrível para ligar, mas eu não podia guardar isso só para mim, meu camarada. Eu teria estourado como um balão.

— Não existe hora errada para boas notícias — sugeriu Vic.

Mesmo assim, sentiu uma pontada de ciúme, tão dolorosa quanto uma fratura exposta, ao ouvir o alívio e a alegria na voz de Roger, além de certa amargura por não poder compartilhar aqueles sentimentos. De qualquer maneira, quem sabe o episódio não fosse um bom presságio?

— Vic, me dê notícias assim que souber de alguma coisa, certo?

— Certo. Obrigado por ligar, Roger.

Vic desligou, calçou o mocassim e desceu as escadas. A cozinha ainda estava toda revirada — o estômago se contorceu lenta e vertiginosamente ao olhar para aquilo —, mas havia uma mensagem de Masen sobre a mesa, embaixo de um saleiro.

Sr. Trenton,

Steve Kemp foi detido em Twickenham, uma cidade no oeste de Massachusetts. Sua mulher e seu filho não estão, repito, não estão com ele. Não o acordei para dar a notícia porque Kemp está fazendo uso do direito de permanecer calado. Se não houver contratempos, ele será trazido direto para a delegacia da polícia estadual em Scarborough, sob a acusação de depredação e posse de drogas. Ele deve chegar aqui por volta de onze e meia. Ligarei assim que tiver alguma novidade.

Andy Masen

— Que *se foda* o direito dele de permanecer calado — rosnou Vic.

Foi até a sala, pegou o número da delegacia de Scarborough e ligou.

— O sr. Kemp está aqui — confirmou o policial encarregado. — Chegou há cerca de quinze minutos. O sr. Masen está falando com ele neste exato momento. Kemp ligou para um advogado. Não sei se o sr. Masen pode aten...

— Estou me lixando se ele pode atender ou não. Diga a ele que é o marido de Donna Trenton e que eu exijo que ele levante a bunda da cadeira e venha falar comigo.

Alguns instantes depois, Masen atendeu a ligação.

— Sr. Trenton, eu entendo a sua preocupação, mas todo o tempo que tivermos antes da chegada do advogado é precioso.

— O que ele contou?

Masen hesitou e então disse:

— Ele admitiu a depredação. Acho que enfim percebeu que isso é muito mais grave do que o pozinho que ele escondia no para-lama da van. Confessou a depredação aos policiais de Massachusetts que fizeram a escolta até aqui, mas disse que não tinha ninguém em casa quando esteve lá e afirma que saiu sem ver ninguém.

— Você não acredita nessa merda, acredita?

— Ele é bem convincente — falou Masen, medindo as palavras. — Eu não posso dizer se acredito ou não em alguma coisa até agora. Se eu conseguir fazer mais algumas perguntas...

— Nada da oficina de Camber?

— Não. Mandei o xerife Bannerman para conferir, com instruções para ligar imediatamente caso a sra. Trenton estivesse lá ou pelo menos tivesse passado pelo local. Só que ele ainda não entrou em contato...

— Isso está longe de ser conclusivo, não é? — perguntou Vic, irritado.

— Sr. Trenton, eu preciso desligar. Se soubermos...

Vic bateu o telefone e continuou ali, no calor silencioso da sala de estar, com a respiração disparada. Depois subiu até o segundo andar. Ficou no alto da escada durante alguns instantes, depois foi até o quarto do filho. Os caminhões de Tad estavam alinhados com cuidado contra a parede, estacionados a quarenta e cinco graus. Olhar para os brinquedos partiu o coração de Vic. A capa de chuva amarela de Tad encontrava-se pendurada em um gancho ao lado da cama, e os livros de colorir empilhados sobre a mesinha. A porta do closet estava aberta. Vic a fechou distraidamente e, quase sem pensar no que fazia, colocou a cadeira em frente a ela.

Sentou na cama do filho com as mãos sobre as pernas e olhou para o dia quente e claro lá fora.

Becos sem saída. Nada além de becos sem saída. Onde eles estavam?

(*becos sem saída*)

Que expressão agourenta! *Becos sem saída.* Quando tinha a idade de Tad, Vic era fascinado por becos e ruas sem saída. Ficou se perguntando se esse tipo de coisa podia ser herdado, se Tad se interessava pelo assunto. Ficou se perguntando se Tad ainda estava vivo.

Então, de repente, ele se deu conta de que a Town Road, onde ficava a oficina de Joe Camber, era uma estrada sem saída.

Olhou ao redor e percebeu que a parede em cima da cabeceira da cama de Tad estava despida. As Palavras para Monstros não estavam mais ali. Por que razão Kemp tiraria a folha de lá? Será que arrancou da parede por algum motivo absurdo que só ele conhecia? Mas, se Kemp esteve mesmo ali, por que não destruiu o quarto de Tad também?

(*becos sem saída e Palavras para Monstros*)

Será que Donna levou o Corcel até a oficina do Camber? Vic tinha uma vaga lembrança da conversa que tivera com a esposa sobre o problema no bico da válvula. Ela tinha um pouco de medo de Joe Camber, não era isso?

Não, não era de Camber. Joe Camber só a comia com os olhos. Era do *cachorro* que Donna tinha medo. Como era o nome dele?

Eles tinham achado a situação engraçada. Tad. Tad chamando o cachorro.

E mais uma vez ele ouviu a voz fantasmagórica de Tad, desesperada e perdida naquele quarto assustador e vazio no momento: "Cujo... aqui, Cujo... Cujôooooo...".

E então aconteceu algo que Vic guardou a sete chaves pelo resto de sua vida, sem contar para ninguém. Em vez de ouvir a voz de Tad em sua mente, ele a ouviu *de verdade*, alta, solitária e aterrorizada, uma voz de despedida *que vinha de dentro do closet.*

Vic deixou um grito escapar da garganta e se levantou da cama de Tad, com os olhos arregalados. A porta do closet estava se abrindo, empurrando a cadeira à frente dela, e o filho gritava: "Cujôoooo...".

E então Vic percebeu que não era a voz de Tad: era a sua própria mente — exausta, esgotada — que tentava encontrar a voz do filho no barulho das pernas da cadeira escorregando no chão de tábuas pintadas. Era só isso e...

... e havia olhos no closet, ele viu olhos, vermelhos e injetados e terríveis...

Um grito baixo escapou da sua garganta. A cadeira caiu sem nenhuma explicação lógica. E então Vic viu o ursinho de Tad dentro do closet, em cima da pilha de lençóis e cobertores. Eram os olhos de vidro do ursinho que ele havia visto. E nada mais.

Com o coração batendo descompassado, Vic se levantou e foi até o closet. Sentia o cheiro de alguma coisa lá dentro, algo pesado e desagradável. Talvez fossem apenas as bolinhas de naftalina — que ele com certeza conseguia farejar no ambiente —, mas o cheiro era... selvagem.

Não seja ridículo. É só um closet. Não uma caverna, nem a cova de um monstro.

Vic olhou para o ursinho de Tad, que olhou de volta, sem piscar. Além do ursinho e das roupas penduradas, tudo era escuridão. Podia haver qualquer coisa ali. *Qualquer coisa.* Mas, claro, não havia nada.

"Você me assustou, urso", disse ele.

"Monstros, fiquem bem longe deste quarto", disse o ursinho. Os olhos brilhavam. Não passavam de vidro, mas brilhavam.

"A porta está fora de esquadro, só isso", comentou Vic. Ele suava. Grandes gotas salgadas corriam sem pressa pelo rosto, como lágrimas.

"Aqui não tem nada para vocês", respondeu o urso.

"O que há de errado comigo?", perguntou Vic. "Será que estou ficando louco? Será que ficar louco é assim?"

A resposta do ursinho de Tad foi:

"Monstros, deixem o Tad em paz."

Vic fechou a porta do closet e ficou olhando, com olhos arregalados de criança, a lingueta se erguer. A porta se abriu mais uma vez.

Eu não vi isso. Não posso acreditar nos meus próprios olhos.

Bateu a porta e colocou a cadeira na frente outra vez. Depois pegou uma pilha considerável de livros de colorir e colocou sobre a cadeira, para fazer peso. Desta vez a porta não se abriu. Vic ficou ali, olhando para a porta fechada, pensando em estradas sem saída. Não havia muita circulação em estradas sem saída. Todos os monstros moravam debaixo de pontes, em closets ou no fim de estradas sem saída. Devia ser uma lei universal.

Vic estava muito apreensivo.

Saiu do quarto de Tad, desceu e se sentou na escada dos fundos. A mão tremia de leve quando ele acendeu um cigarro e olhou para o céu anil, sentindo-se cada vez mais apreensivo. Algo havia acontecido no quarto de Tad. Ele não sabia ao certo o que era, mas algo tinha acontecido. Isso mesmo. Algo.

Monstros e cachorros e closets e oficinas e estradas sem saída.

O que fazemos agora, professor? Somamos? Subtraímos? Dividimos? Fracionamos?

Vic jogou o cigarro fora.

Ele acreditava que tinha sido Kemp, não? Kemp era o responsável por tudo. Kemp depredou a casa. Kemp quase destruiu seu casamento. Kemp subiu as escadas e gozou em cima da cama que Vic dividira com Donna durante os últimos quatro anos. Kemp abriu um enorme buraco na quase sempre confortável trama da vida de Vic Trenton.

Kemp. Kemp. Tudo culpa de Steve Kemp. Vamos culpar Kemp pela Guerra Fria, pelos reféns no Irã e pela redução da camada de ozônio.

Tolice. Porque nem tudo era culpa de Kemp, era? O caso Zingers, por exemplo. Kemp não tinha culpa alguma *nisso*. E Kemp não podia ser responsabilizado pelo problema no bico da válvula de injeção do Corcel de Donna.

Vic olhou para o velho Jaguar. Precisava sair para algum lugar. Ficaria maluco se continuasse em casa. Uma ideia seria ir até Scarborough. Pegar Kemp pelo colarinho e sacudir até que ele confessasse, até que dissesse o que tinha feito com Donna e Tad. Só que até lá o advogado já teria chegado e, por incrível que parecesse, talvez conseguisse até soltar o sujeitinho.

Soltar. O bico da válvula de injeção devia estar solto. Se fosse isso, o fluxo de gasolina até o carburador seria interrompido.

Vic foi até o Jaguar e entrou, encolhendo-se ao sentir o calor do banco de couro. *Saia logo. Vamos esfriar esse banco.*

Sair para onde?

Para a oficina do Camber, sua mente respondeu na hora.

Mas isso seria burrice, não? Masen enviara o xerife Bannerman até lá com instruções para avisar imediatamente caso houvesse algo errado, mas o policial não dera notícias, o que significava...

(*que tinha sido apanhado pelo monstro*)

Bom, que mal poderia haver em ir até lá, certo? Pelo menos, era melhor do que ficar de braços cruzados.

Vic ligou o Jaguar e desceu a colina que levava à Route 117, ainda sem saber se viraria à esquerda na direção da I-95 e de Scarborough ou se seguiria pela direita em direção à Town Road.

Parou no sinal até que alguém buzinasse atrás. Então virou abruptamente à direita. Que mal faria ir até a casa de Joe Camber? Ele chegaria lá em quinze minutos. Olhou o relógio e vi que era meio-dia e vinte.

Donna sabia que a hora tinha chegado.

Talvez a hora já tivesse passado, mas ela teria que conviver — e quiçá morrer — com isso. Ninguém iria aparecer. Não haveria cavaleiro andante em corcel prateado subindo a Town Road — Travis McGee tinha outro compromisso, pelo jeito.

Tad estava morrendo.

Ela precisou repetir em voz alta, um sussurro sombrio e vacilante:

— Tad está morrendo.

Donna não conseguiu encontrar uma maneira de criar uma brisa que ventilasse o carro aquela manhã. A janela de seu lado já não abria mais e a do lado de Tad só deixava entrar calor. Na única vez em que tentou aumentar um pouco mais a fresta do vidro, Cujo saiu de onde estava, nas trevas da oficina, e correu até ali o mais rápido que pôde, rosnando cada vez mais.

O suor já não escorria pelo rosto e pelo pescoço de Tad. Não havia mais suor. A pele estava seca e quente. Inchada e com aspecto fúnebre, a língua se projetava além do lábio inferior. A respiração estava tão fraca que Donna mal conseguia escutar. Por duas vezes ela precisou colocar a cabeça contra o peito do filho para se certificar de que ele ainda estava respirando.

Donna também estava passando mal. O carro era um forno. As partes metálicas estavam quentes demais para se encostar, assim como o plástico do volante. Donna estava com uma dor constante e latejante na perna, e tinha certeza de que a mordida do cachorro causara alguma infecção. Talvez fosse cedo demais para a raiva se manifestar — implorava isso a Deus —, mas as mordidas estavam vermelhas e inflamadas.

Cujo não estava em um estado muito diferente. O enorme cão parecia ter se encolhido por baixo do cobertor de pelos castanhos e manchados de sangue. Os olhos estavam turvos e quase inexpressivos, lembrando os olhos de um velho com catarata. Como uma velha máquina mortífera que aos poucos se desgastara e rumava para o fim, mas ainda muito perigosa, ele mantinha a guarda. Já não espumava mais, o focinho era uma monstruosidade seca e lacerada. Parecia um pedaço de rocha ígnea arrancado do leito de um velho vulcão.

O velho monstro, pensou ela, incoerentemente, *mantém a guarda.*

Aquela terrível vigília não teria passado de uma questão de horas ou teria acontecido ao longo de toda a sua vida? Será que tudo que tinha se passado foi um sonho, apenas um breve intervalo antes do momento decisivo? A mãe revoltada e evitada por todos ao redor, o pai bem-intencionado, mas ineficaz, as escolas, os amigos, os encontros e os bailes — tudo parecia um sonho, e a juventude parecia a velhice. Nada importava, nada *havia* senão um quintal silencioso e banhado de sol, nada havia senão a morte, que continuava à espreita, implacável. O velho monstro mantinha a guarda e a vida do filho se esvaía, esvaía, esvaía.

O taco de beisebol. Era tudo que restava a Donna agora.

O taco de beisebol e, talvez, se ela conseguisse chegar até lá, alguma coisa na viatura do policial morto. Alguma coisa como uma arma.

Ela começou a carregar Tad para a parte de trás do carro, arfando e gemendo, lutando contra as ondas de tontura que turvavam e escureciam a visão. Finalmente colocou o filho no banco traseiro, imóvel e silencioso como um saco de grãos.

Donna olhou pela janela do passageiro, viu o taco de beisebol em meio à grama alta e abriu a porta.

Na entrada escura da oficina, Cujo se levantou e começou a avançar devagar pelo cascalho, de cabeça baixa, em direção a ela.

Era meio-dia e meia quando Donna Trenton saiu do Corcel pela última vez.

Vic saiu da Maple Sugar Road e entrou na Town Road no momento em que a mulher estava indo pegar o velho taco Hillerich & Bradsby de Brett Camber no meio da grama alta. Ele dirigia em alta velocidade para chegar logo à casa de Camber: queria dar uma conferida e então fazer o retorno e rodar para Scarborough, que ficava a cerca de oitenta quilômetros de distância. Assim que decidiu ir até a oficina de Camber primeiro, sua mente começou a sussurrar, com requintes de crueldade, que ele estava caçando moinhos de vento. Vic nunca se sentira tão impotente em toda a sua vida.

Estava dirigindo a quase cem por hora, tão concentrado na estrada que passou pela casa de Gary Pervier antes de se dar conta de que o Ford de Camber estava estacionado ali. Meteu o pé no freio do Jaguar, queimando pneu por seis metros. A frente do carro empinou em direção ao asfalto. O policial devia ter ido à casa de Camber, mas não encontrou ninguém porque Joe estava ali.

Olhou pelo retrovisor, viu que a estrada estava deserta e deu ré rapidamente. Entrou no terreno de Pervier e saiu do carro.

Vic sentiu praticamente a mesma coisa que Joe Camber sentira, dois dias antes, ao descobrir as manchas de sangue (com a diferença de que agora elas estavam secas e tinham a cor marrom) e o painel inferior rasgado da porta telada. Um gosto metálico e repugnante invadiu sua boca. Aquilo tudo fazia parte da história. De alguma forma, aquela cena estava relacionada com o desaparecimento de Donna e Tad.

Entrou na casa e foi atingido na hora pelo cheiro — um fedor nauseante e carregado de decomposição. Foram dois dias quentes. Havia alguma coisa no corredor que levava ao hall de entrada que parecia uma mesa de canto, caída, só que Vic estava mortalmente certo de que não era uma mesa de canto. Foi até a coisa que estava no hall e não era mesmo uma mesa. Era um homem cuja garganta parecia ter sido cortada com uma lâmina extremamente cega.

Vic deu um passo para trás. Começou a ter engulhos. O telefone. Ele precisava ligar para alguém e contar o que estava acontecendo.

Foi em direção à cozinha e depois parou. De repente, todas as peças do quebra-cabeça se encaixaram em sua mente. Foi um instante de revelação demolidora, como se duas metades de uma imagem tivessem se juntado para criar algo tridimensional.

O cachorro. Aquilo era obra do cachorro.

O Corcel estava na casa de Joe Camber. Estava lá o tempo todo. O Corcel e…

— Ai, meu Deus, Donna…

Vic se virou e correu para o carro.

Donna quase caiu: aquele era o estado atual de suas pernas. Conseguiu se manter de pé e se esticou para pegar o taco de beisebol. Ela não se atreveria a olhar para os lados em busca de Cujo enquanto não conseguisse pegar o taco, com medo de perder o equilíbrio. Se tivesse tempo de olhar um pouco mais longe — só um pouquinho — teria visto a pistola de George Bannerman caída na grama. Mas não viu.

Meio desequilibrada, virou-se e observou Cujo correndo em sua direção.

Balançou a ponta mais pesada do taco na direção do são-bernardo, estupefata ao constatar como era difícil e instável segurar o cabo, que estava muito maltratado. Cujo se esquivou, rosnando. Os seios de Donna subiam e desciam rapidamente dentro do sutiã de algodão branco. Os bojos estavam manchados de sangue: tinha limpado as mãos neles depois de desobstruir a boca de Tad.

Os dois ficaram se encarando e se medindo sob o sol do verão. Os únicos sons eram a respiração ofegante de Donna, o rosnado grave que brotava do fundo do peito de Cujo e o canto de um pardal nas redondezas. As sombras que os dois projetavam eram como manchas pequenas e disformes.

Cujo começou a se mexer para a esquerda. Donna se mexeu para a direita. Ficaram andando em círculos. Ela segurava o taco no ponto mais rachado da madeira, sentindo as palmas das mãos firmes na textura áspera da fita adesiva Black Cat, que envolvia o cabo.

Cujo se encolheu para atacar.

— Vem! — gritou Donna, e Cujo saltou.

Ela girou o taco como se fosse o lendário Mickey Mantle rebatendo uma bola alta e rápida. Errou a cabeça, mas atingiu em cheio as costelas do cão. A pancada foi dura e seca, e dava para ouvir algo se quebrando dentro de Cujo, que emitiu um som que parecia um grito e caiu esparramado no cascalho. Ela sentiu a madeira se rachando ainda mais sob a fita adesiva — mas o taco continuou inteiro.

Donna soltou um grito alto e rouco e atingiu a traseira de Cujo girando o taco de cima para baixo. Mais alguma coisa se quebrou. Ela ouviu. O cachorro urrou e tentou se desvencilhar, mas ela desferiu nova tacada, golpeando de um lado a outro, de cima para baixo, gritando sem parar. A mente não passava de tontura e fúria. O mundo girava. Donna era as harpias, as três bruxas, a própria encarnação da vingança — não por ela, mas pelo que o cão fizera ao filho. O cabo rachado do taco pulsava como um coração disparado sob as mãos de Donna e sob a fita adesiva que o prendia no lugar.

O taco estava manchado de sangue. Cujo ainda estava tentando escapar, mas os movimentos estavam mais lentos. Conseguiu desviar de um golpe — a parte superior do taco espalhou o cascalho —, mas o seguinte atingiu bem o meio das costas, fazendo as patas traseiras arriarem.

Donna pensou que o cão estava acabado. Chegou a dar um ou dois passos para trás, com a respiração assobiando para dentro e para fora dos pulmões como uma chaleira. Então Cujo soltou um urro profundo de fúria e saltou sobre ela mais uma vez. Donna desferiu nova tacada e ouviu aquele som pesado e seco novamente... mas, enquanto Cujo saía rolando pelo cascalho, o taco finalmente se partiu em dois. A parte grossa saiu voando e atingiu a calota dianteira direita do Corcel, fazendo um *bong* musical. Agora, só restava um pedaço de madeira rachado de quarenta e cinco centímetros nas mãos de Donna.

Cujo estava se levantando de novo... *lutando* para se levantar. O sangue jorrava de todos os poros do corpo. Os olhos brilhavam como as luzes de uma máquina de fliperama defeituosa.

E, ainda assim, Donna tinha a impressão de que ele sorria.

— Vem, então! — gritou ela.

Pela última vez, a ruína moribunda que um dia fora Cujo, o cachorro manso de Brett Camber, saltou sobre a MULHER que lhe causara todo o sofrimento. Donna se lançou à frente com o que restava do taco de beisebol, e uma longa e afiada lasca de madeira se enterrou profundamente no olho direito de Cujo, e depois em seu cérebro. Um baixo e trivial som de algo estourando ecoou — o som que uma uva faria se fosse esmagada entre os dedos. A inércia de movimento lançou Cujo contra Donna, derrubando-a no chão. Os dentes do cão estavam a centímetros do pescoço dela, que ergueu os braços enquanto Cujo tentava escalar seu corpo. O olho vazava pela lateral do rosto do animal. O hálito era repulsivo. Donna tentou empurrar o focinho para cima, mas aquelas mandíbulas se fecharam em seu braço.

— Pare! — gritou. — Pare! Será que você não vai parar nunca? Por favor! Por favor! Por favor!

O sangue escorria pelo rosto de Donna em um chuvisco grudento — sangue dela, sangue dele. A dor no braço era uma chama que parecia se alastrar pelo mundo inteiro... Aos poucos o cão forçava o braço para baixo. O cabo rachado balançava de maneira grotesca, parecendo ter brotado no lugar do olho.

Cujo tentou morder o pescoço de Donna.

Ela sentiu os dentes se aproximarem e empurrou o cão para o lado. Cujo desabou no chão.

As patas traseiras arranhavam o cascalho. E então foram parando... parando... até parar de vez. O olho que restava fitava o céu quente do verão. O rabo estava apoiado no queixo de Donna, tão pesado quanto um tapete persa. O animal inspirou com dificuldade e expirou, inspirou com dificuldade e expirou, depois emitiu um som de ronco. De repente, um filete de sangue escorreu pela boca, e então Cujo morreu.

Donna Trenton uivou em triunfo. Tentou se levantar uma vez, caiu, mas conseguiu se erguer. Deu dois passos vacilantes e tropeçou no corpo do cachorro, caindo e arranhando os joelhos. Engatinhou até onde estava a outra metade do taco, cuja ponta estava manchada de sangue. Pegou e se levantou mais uma vez, apoiando-se no capô do Corcel. Cambaleou de volta até onde Cujo estava e começou a golpear o corpo do cão. Cada pancada de cima para baixo terminava em um impacto seco sobre a carne do cachorro. Faixas pretas de fita adesiva dançavam e voavam pelo ar quente. Lascas se soltavam e se enfiavam nas palmas das mãos de Donna, e o sangue escorria pelo pulso e pelo antebraço. Donna ainda gritava, mas a voz tinha desaparecido naquele primeiro uivo de triunfo, e o que restava era uma série de rosnados que pareciam coaxos: ela soava como o próprio Cujo pouco antes de morrer. O taco se erguia e descia. Ela continuava golpeando o animal morto. Às suas costas, o Jaguar de Vic entrava no terreno de Camber.

Vic não sabia bem o que esperar, mas com certeza não era aquilo. Estava com medo, mas, ao ver a esposa — aquela ali era *mesmo* a Donna? — diante daquela coisa retorcida e achatada no acesso à oficina, golpeando sem parar com um objeto que parecia o tacape de um homem das cavernas… aquilo transformou o medo em um pânico brilhante e prateado que quase obscureceu seu pensamento. Por um instante que pareceu uma eternidade e que ele jamais admitiria para si mesmo depois, Vic teve o impulso de engatar a ré no Jaguar e ir embora… sair dirigindo para sempre. O que estava acontecendo naquele lugar silencioso e ensolarado era monstruoso.

Em vez de fazer isso, desligou o carro e saltou.

— Donna! *Donna!*

Ela pareceu não ouvir, nem sequer perceber que ele estava ali. As faces e a testa tinham queimaduras de sol horrorosas. A perna esquerda estava em farrapos e empapada de sangue. E a barriga parecia… parecia *rasgada.*

O taco de beisebol subia e descia, subia e descia. Ela guinchava. Sangue voava do corpo sem vida do cão.

— *Donna!*

Ele agarrou e tirou o taco de beisebol das mãos dela. Jogou longe e segurou a esposa pelos ombros nus. Ela se virou para vê-lo. Tinha os olhos vazios e opacos, e o cabelo todo desgrenhado, como o de uma bruxa. Ela olhou para ele... balançou a cabeça... e se afastou.

— Donna, querida, meu Deus — disse Vic, com delicadeza.

Era Vic, mas Vic não podia estar ali. Era uma miragem. Era a doença do cão começando a agir, provocando alucinações. Donna se afastou... esfregou os olhos... mas ele continuava ali. Ela estendeu a mão trêmula, que logo foi recolhida pela mão forte da miragem. Uma sensação boa. As mãos doíam ensandecidamente.

— Vu? — sussurrou ela, com um fiapo de voz vacilante. — Vu... Vu... Vic?

— Sou eu, amor. Sou eu. Onde está o Tad?

A miragem era real. Era ele. Ela queria chorar, mas não tinha lágrimas. Os olhos se limitavam a se mexer nas órbitas, como rolamentos superaquecidos.

— Vic? Vic?

Ele enlaçou a esposa.

— Onde está o *Tad*, Donna?

— Carro. Carro. Doente. Hospital. — Ela mal conseguia sussurrar agora, e até isso não duraria muito. Em pouco tempo, só conseguiria mover os lábios. Mas não fazia diferença, fazia? Vic estava ali. Ela e Tad estavam salvos.

Ele deixou Donna e foi até o carro. Ela ficou ali, olhando fixamente para o corpo do cão. No fim das contas, não foi tão ruim assim, foi? Quando o que estava em jogo era a sobrevivência, quando você só podia contar com as próprias fichas, o que sobrava era a vida ou a morte e tudo isso era perfeitamente normal. O sangue não parecia tão ruim agora, muito menos os miolos escorrendo para fora da cabeça rachada de Cujo. Nada parecia ruim agora. Vic estava ali e eles estavam salvos.

— Ah, meu *Deus* — exclamou Vic, a voz se erguendo em meio ao silêncio.

Donna olhou e viu o marido tirando algo do Corcel. Um saco de alguma coisa. Batatas? Laranjas? De quê? Ela fez compras antes de tudo aquilo?

Fez, mas chegou a levar as sacolas para casa. Ela e Tad levaram tudo para dentro. Usaram o reboque de brinquedo. Então o que…

— *Tad!* — tentou dizer, e correu até o filho.

Vic levou Tad para a sombra da lateral da casa e deitou o filho no chão. O rosto estava muito pálido. O cabelo parecia palha sobre o crânio frágil. As mãos ficaram apoiadas na grama, parecendo não ter peso suficiente para partir os ramos.

Vic pôs a cabeça no peito do filho. Olhou para Donna. O rosto estava lívido, mas ele mantinha a calma.

— Há quanto tempo ele morreu, Donna?

— Morreu? — Donna tentou gritar. A boca se mexeu como a boca de um boneco de programa infantil em uma TV sem som. — Ele não está morto, não estava morto quando coloquei no banco traseiro. Como assim? Ele está morto? O que você está dizendo, seu imbecil?

Donna tentou dizer tudo isso com uma voz sem voz. Será que a vida de Tad se acabou no exato momento em que acabava a vida do cão? Era impossível. Nenhum Deus, nenhum destino poderia ser tão monstruoso e cruel.

Ela correu até lá e empurrou o marido. Vic, que esperava qualquer coisa menos aquilo, caiu de bunda no chão. Donna se agachou diante do filho. Pôs as mãos sobre a cabeça dele. Abriu a boca, fechou as narinas e soprou um sopro sem voz para dentro dos pulmões de Tad.

Na entrada do terreno, as sonolentas moscas do verão haviam descoberto os corpos de Cujo e do xerife George Bannerman, marido de Victoria, pai de Katrina. Não tinham preferência entre o cão e o homem. Eram moscas democráticas. O sol cozinhava tudo, triunfante. Faltavam dez minutos para a uma da tarde e os campos tremulavam e dançavam no verão silencioso. O céu era de um azul profundo. A previsão de tia Evvie tinha se confirmado.

Donna soprava ar nos pulmões do filho. Soprava. Soprava. O filho não estava morto, ela não tinha passado por todo aquele inferno com Tad para ele morrer no fim, não podia ser assim.

Não podia ser assim.

Ela soprava. Soprava. Soprava ar nos pulmões do filho.

Donna ainda fazia isso quando a ambulância chegou, vinte minutos depois. Não deixara Vic chegar perto do menino. Quando ele se aproximava, ela mostrava os dentes e rosnava, sem emitir som.

Atordoado pela dor quase a ponto da distração, absolutamente convencido, no último nível de consciência, de que nada daquilo poderia estar acontecendo, Vic entrou na casa de Joe Camber pela porta da varanda, a mesma que fora alvo de tantos olhares e do desejo de Donna. A porta interna que dava para a casa estava destrancada. Vic usou o telefone.

Quando saiu, Donna ainda continuava fazendo respiração boca a boca no filho morto. Ele começou a andar na direção da esposa, depois desviou. Foi até o Corcel e abriu o porta-malas. O calor rugiu para ele como um leão invisível. Como a esposa e o filho conseguiram sobreviver ali desde a tarde de segunda até o meio-dia de quarta? Parecia algo impossível de acreditar.

Embaixo do forro do porta-malas, onde ficava o estepe, Vic encontrou um velho cobertor. Sacudiu bem e colocou sobre o corpo mutilado de Bannerman. Sentou-se na grama e depois ficou olhando para a Town Road e para os pinheiros mais além. Sua mente flutuava com serenidade.

O motorista da ambulância e os dois enfermeiros primeiro colocaram o corpo de Bannerman na unidade de resgate de Castle Rock. Depois se aproximaram de Donna, que mostrou os dentes. Os lábios ressequidos formaram a frase:

— Ele está vivo! Vivo!

Quando um dos enfermeiros tentou com delicadeza erguer e tirar Donna dali, foi mordido. Mais tarde, precisaria ir ao hospital para fazer tratamento contra raiva. O outro enfermeiro veio ajudar. Ela encarou os dois.

Ambos se afastaram com cautela. Vic continuava sentado na grama, com o queixo apoiado nas mãos, olhando para a estrada.

O motorista da ambulância trouxe uma seringa. Houve luta. A seringa quebrou. Tad estava deitado na grama, Tad continuava morto. A sombra que ele projetava era um pouco maior agora.

Mais duas viaturas chegaram. Roscoe Fisher estava em uma delas. Quando o motorista da ambulância informou que George Bannerman tinha morrido, Roscoe começou a chorar. Os outros policiais foram até Donna.

Houve outra luta, breve e furiosa, até que Donna Trenton enfim foi afastada do filho por quatro homens suados e esbaforidos. Como ela quase se libertou de novo, Roscoe Fisher, ainda chorando, se juntou aos colegas. Donna gritava sem emitir som, jogando a cabeça de um lado para outro. Outra seringa apareceu, e desta vez conseguiram injetar na pele.

Da ambulância saiu uma maca que os enfermeiros levaram até o local onde Tad estava deitado. Tad continuava morto e foi colocado na maca. Teve um lençol colocado sobre o corpo. Ao ver a cena, Donna redobrou os esforços. Libertou uma das mãos e começou a agitar o braço com violência. Então, de repente, conseguiu se desvencilhar.

— Donna — chamou Vic, colocando-se de pé. — Meu amor, acabou. Por favor. Deixe ele ir. Deixe ele ir.

Ela não foi até a maca onde estava o filho, e sim até o taco de beisebol. Pegou e começou a atacar o cachorro de novo. As moscas saíram voando em uma nuvem verde brilhante. O som do taco atingindo a carcaça era pesado e terrível, lembrava o de um matadouro. O corpo de Cujo se erguia do chão a cada pancada.

Os policiais fizeram menção de correr até ela.

— Não — disse um dos enfermeiros, com calma.

Alguns instantes depois, Donna simplesmente desabou. O taco de Brett Camber rolou de sua mão.

A ambulância saiu com as sirenes ligadas cerca de cinco minutos depois. Os enfermeiros recomendaram um sedativo a Vic — "Para acalmar os nervos, sr. Trenton" — e, embora já se sentisse absolutamente anestesiado, ele aceitou por educação. Pegou o celofane que o enfermeiro tirou do tubo que se conectava à seringa e viu a palavra UPJOHN impressa.

— Já fiz uma campanha publicitária para esses caras.

— É mesmo? — perguntou o enfermeiro, com cautela. Era um homem bem jovem e estava prestes a vomitar: nunca tinha visto nada tão horroroso em toda a vida.

Uma das viaturas estava aguardando para levar Vic até o hospital Northern Cumberland, em Bridgton.

— Vocês podem esperar um minuto? — perguntou.

Os dois policiais fizeram que sim. Também estavam olhando para Vic Trenton com muita cautela, como se ele pudesse passar algo contagioso.

Ele abriu as duas portas do Corcel. Teve que fazer um grande esforço para abrir a do lado de Donna, já que o cachorro a emperrara de um jeito inacreditável. A bolsa da esposa estava ali, assim como a camisa, que tinha um rasgo enorme, como se o cachorro tivesse arrancado um pedaço. No painel, havia algumas embalagens vazias de Slim Jim, além da garrafa térmica de Tad cheirando a leite azedo. A lancheira do Snoopy. O coração de Vic foi absolutamente consumido pela tristeza naquele momento, e ele não se atrevia a pensar o que isso significava em termos de futuro — se é que haveria futuro depois deste dia de horror. Vic encontrou um dos tênis de Tad.

Tadder, pensou. *Ah, meu Tadder.*

As pernas fraquejaram e ele desabou no banco do passageiro, com o olhar perdido em algum ponto da porta do carro. Como podia ser? Como podia uma coisa daquelas acontecer? Como podia tantos acontecimentos conspirarem para isso?

A cabeça começou a latejar com violência. O nariz ficou entupido por causa das lágrimas e Vic foi atacado por uma sinusite horrorosa. Engoliu as lágrimas com esforço e passou a mão pelo rosto. Percebeu que, contando com Tad, Cujo fora responsável pela morte de pelo menos três pessoas, número que ainda poderia crescer se descobrissem que os Camber estavam entre as vítimas. Será que o policial que ele cobriu com o cobertor tinha esposa e filhos? Provavelmente sim.

Se eu tivesse chegado uma hora antes. Se eu não tivesse dormido...

Sua mente urrava.

Eu tinha tanta certeza de que era o Kemp! Tanta certeza!

Se eu tivesse chegado aqui quinze minutos antes, teria sido suficiente? Se eu não tivesse conversado tanto tempo com Roger, Tad estaria vivo agora? Quando foi que ele morreu? Será que isso tudo aconteceu de verdade? Como é que eu vou lidar com isso pelo resto da minha vida sem enlouquecer? O que vai acontecer com Donna?

Outra viatura chegou. Um dos policiais saiu e conversou com um dos colegas que esperavam por Vic. O último se aproximou e disse:

— Precisamos ir, sr. Trenton. Quentin me avisou que os jornalistas estão vindo para cá. Tenho certeza de que o senhor não vai querer falar com eles.

— Não mesmo — concordou Vic, levantando-se. Nesse meio-tempo, avistou algo amarelo de canto de olho. Era um papel enfiado no banco de Tad. Puxou e viu que eram as Palavras para Monstros que ele escrevera para acalmar o filho na hora de dormir. A folha estava amassada e rasgada em dois lugares. Também estava manchada de suor e quase transparente.

Monstros, fiquem bem longe deste quarto!
Aqui não tem nada para vocês.
Nada de monstros embaixo da cama do Tad!
Vocês não cabem ali embaixo.
Nada de monstros se escondendo no closet do Tad!
Lá é muito apertado.
Nada de monstros olhando pela janela do Tad!
Não tem onde se segurar do lado de fora.
Nada de vampiros, lobisomens ou bichos que mordem.
Aqui não tem nada para vocês!
Ninguém machuca o Tad, ninguém encosta no Tad esta…

Não conseguiu ler mais. Amassou a folha de papel e atirou no corpo do cachorro morto. O papel era uma mentira sentimental cujos sentimentos eram tão artificiais quanto a cor daquele maldito cereal vermelho. Era tudo uma mentira. O mundo estava cheio de monstros e todos eles conseguiam morder os inocentes e os descuidados.

Vic foi conduzido até o carro, sem impor resistência. Os policiais o levaram, como George Bannerman, Tad Trenton e Donna Trenton já haviam sido levados antes. Depois de algum tempo, uma veterinária apareceu em um utilitário. Ela olhou para o cão morto, colocou longas luvas de borracha e pegou uma serra circular. Ao perceberem o que ela ia fazer, os policiais olharam para o outro lado.

A veterinária cortou a cabeça do são-bernardo e colocou em um grande saco de lixo. Mais tarde, seria enviada para a Agência de Vigilância Sanitária, onde o cérebro seria testado para hidrofobia.

Assim, Cujo também se foi.

Eram quinze para as quatro da tarde quando Holly pediu para Charity atender o telefone. Seu rosto estampava um pouco de preocupação.

— Parece alguma coisa oficial.

Cerca de uma hora antes, Brett cedera às intermináveis súplicas do primo e fora com ele até o parquinho, no centro comunitário de Stratford.

Desde então a casa estaria silenciosa, não fossem as vozes das irmãs conversando sobre os velhos tempos — a parte *boa* dos velhos tempos, corrigiu mentalmente Charity. Como a vez em que, ao cair do caminhão que levava os fardos de feno, o pai aterrissara bem em cima de uma bosta de vaca (mas nenhuma menção às vezes em que ele batera nelas até que não conseguissem mais sentar, por conta de alguma travessura real ou imaginária) ou a vez em que elas entraram sem pagar no cinema Met, em Lisbon Falls, para ver Elvis em *Ama-me com ternura* (mas não a vez que a mãe teve o crédito cortado na Red & White e saiu da mercearia aos prantos, deixando para trás uma cesta cheia de verduras e legumes diante dos olhares curiosos de todos). Como a época em que Red Timmins do alto da rua estava sempre tentando beijar Holly quando voltavam da escola (mas não que Red perdeu um braço quando o trator virou sobre ele em agosto de 1962). As duas descobriram que não havia problemas em abrir os closets... contanto que não resolvessem remexer no que estava no fundo, porque o passado podia estar à espreita, pronto para morder.

Por duas vezes, Charity abriu a boca para dizer a Holly que ela e Brett voltariam para casa no dia seguinte, e por duas vezes desistiu, tentando encontrar uma maneira de dizer aquilo sem levar Holly a pensar que não tinham gostado da acolhida.

O problema fora momentaneamente esquecido quando ela se sentou à mesinha de telefone, com uma xícara de chá ao lado. Estava um pouco ansiosa — ninguém gostava de receber, durante as férias, a ligação de alguém que soava oficial.

— Alô.

Holly viu o rosto da irmã perdendo a cor e ouviu quando ela disse:

— O quê? *O quê?* Não... não! Deve haver algum engano. Estou dizendo, deve haver...

Charity ficou em silêncio. Alguém estava dando uma notícia terrível, pensou Holly. Ela percebeu que, aos poucos, o rosto da irmã se fechava mais, embora não fosse capaz de ouvir o que estava sendo dito do outro lado da linha, apenas sons abafados.

Más notícias do Maine. Para ela, nenhuma novidade. Tudo bem que se sentasse ao lado de Charity na cozinha banhada pelo sol da manhã para uma xícara de chá, para laranjas e uma conversa sobre como entravam sem pagar no cinema Met. Tudo bem, mas isso não mudava o fato de que todos os dias que se lembravam da infância traziam consigo alguma má notícia. Cada peça do quebra-cabeça de sua infância se encaixava para criar uma imagem tão horrível que Holly não teria realmente se importado se nunca mais visse a irmã mais velha de novo. Calcinhas e sutiãs puídos de que as colegas de escola caçoavam. Colher batatas até as costas doerem e, caso ela se levantasse rápido demais, o sangue descia da cabeça tão rápido que Holly tinha a impressão de que iria desmaiar. Red Timmins — foi preciso que ela e Charity tivessem muito cuidado para não mencionar o braço de Red, tão esmagado que não houve outra saída senão amputar, mas, quando Holly soube da notícia, até que ficou feliz, *muito* feliz. Porque Holly se lembrava de Red atirando uma maçã contra ela, atingindo seu rosto, fazendo o nariz sangrar e as lágrimas correrem. Ela se lembrava de Red lhe dando beliscões e rindo. Ela se lembrava de jantar biscoito com pasta de amendoim quando a situação em casa estava pior do que de costume. Ela se lembrava de como o casebre fedia no auge do verão, era cheiro de *merda* e, se quisesse saber, não era nada agradável.

Más notícias do Maine. Mesmo com tudo isso — por algum motivo insano que as duas jamais discutiriam, nem que vivessem cem anos e passassem os últimos vinte lado a lado —, Charity preferiu continuar levando aquela vida. Tinha praticamente perdido a beleza. Os olhos estavam cheios de rugas. Os seios eram caídos. Mesmo no sutiã, eram caídos. A diferença entre as duas era de apenas seis anos, mas alguém que visse as irmãs pela primeira vez poderia muito bem dizer que era de dezesseis. E o pior de tudo era que Charity não parecia nem um pouco preocupada em condenar o filho inteligente e adorável ao mesmo tipo de vida... a menos que Brett fosse esperto, a menos que ele conseguisse perceber. Para os turistas, Holly pensou com uma raiva e uma amargura que todos os bons anos não conseguiram apagar, aquela era a Terra das Férias. Para quem nascia na região, não passava de um lugar carregado de más notícias, dia após dia. Até que uma bela tarde você acordava e se olhava no espelho e a imagem do outro lado era a de Charity Camber. E agora vinham mais notícias terríveis do Maine, a terra de todas as notícias terríveis. Charity desligou o telefone. Ficou olhando para o aparelho enquanto o chá esfriava na xícara.

— Joe morreu — anunciou de repente.

Holly inspirou fundo. Os dentes estavam frios. *Por que você veio?*, teve vontade de gritar. *Eu tinha certeza de que você traria tudo isso com você, e foi exatamente o que aconteceu.*

— Ah, querida — disse. — Tem certeza?

— Era uma ligação de Augusta. O homem se chamava Masen e era do gabinete do procurador-geral.

— O que houve? Foi um acidente?

Charity olhou diretamente para ela, e Holly ficou chocada e aterrorizada ao constatar que a irmã não parecia alguém que tinha acabado de receber uma notícia terrível, parecia até alguém que tinha recebido uma *boa* notícia. As linhas do rosto estavam mais suaves. Os olhos estavam sem expressão... mas aquilo seria choque ou o despertar para novas possibilidades?

Se tivesse visto o rosto de Charity Camber quando a irmã conferiu os números do bilhete premiado, Holly saberia.

— Charity?

— Foi o cachorro. Foi o Cujo.

— O cachorro? — Primeiro ela ficou confusa, sem conseguir ver nenhuma ligação possível entre a morte do marido de Charity e o cachorro da família. Depois entendeu. Os desdobramentos do acontecimento lhe vieram nos mesmos termos do braço esquerdo terrivelmente ferido de Red Timmins. Então Holly disse em um tom mais agudo e incisivo: — O *cachorro*?

Antes que Charity conseguisse responder — se tivesse meios para isso —, ecoou o som de vozes alegres no quintal. Primeiro a voz alta e aguda de Jim Junior, depois a de Brett Camber, baixa e divertida. E então o rosto de Charity se alterou. Ficou aflito. Era o rosto de que Holly se lembrava e que tanto odiava, uma expressão que deixava todos os rostos iguais — uma expressão que ela sentira vezes demais no próprio rosto, nos velhos tempos.

— Meu filho — disse Charity. — Holly, como é que eu vou dizer ao Brett que o pai dele morreu?

Holly não tinha resposta para a pergunta. Só conseguiu olhar para a irmã, impotente, e desejar que os dois nunca tivessem vindo visitá-la.

CÃO RAIVOSO MATA QUATRO EM TRÊS DIAS DE TERROR era o título que estampava a manchete da edição noturna do *Evening Express* de Portland. A chamada dizia: *Estado de saúde da única sobrevivente inspira cuidados.* A manchete do *Press-Herald* no dia seguinte dizia: PAI CONTA LUTA DA MÃE PARA SALVAR FILHO. Na edição noturna, a história foi relegada à parte inferior da primeira página: DONNA TRENTON RESPONDE BEM A TRATAMENTO, DIZ MÉDICO. E na matéria complementar: CÃO NÃO ERA VACINADO. Três dias depois do trágico episódio, a história saiu da capa e foi parar na página quatro: AGÊNCIA ESTADUAL DE VIGILÂNCIA SANITÁRIA AFIRMA QUE RAPOSA OU GUAXINIM INFECTADO CAUSOU RAIVA EM CÃO EM CASTLE ROCK. A última matéria daquela semana informava que Vic Trenton não pretendia processar os sobreviventes da família Camber, que continuam em "profundo estado de choque". A última afirmação era duvidosa, mas ofereceu o pretexto para que toda a história voltasse a ter destaque. Uma semana depois, a primeira página do jornal de domingo trazia uma matéria especial sobre o que tinha acontecido. Na semana seguinte, um tabloide de circulação nacional publicou um resumo requentado do acontecimento, com a seguinte manchete: TRÁGICA BATALHA ENTRE MÃE E SÃO-BERNARDO ASSASSINO NO MAINE. E esse foi o fim da cobertura.

Houve terror generalizado em relação a uma epidemia de raiva na região central do Maine naquele outono. Um especialista atribuiu esse fato "a rumores e ao incidente apavorante, porém isolado, em Castle Rock".

Donna Trenton permaneceu no hospital por quase quatro semanas. Ela terminou o ciclo de tratamentos contra as mordidas do cão raivoso com muita dor, mas sem nenhuma sequela grave. Porém, devido ao potencial e à gravidade da doença — e também por uma depressão profunda —, continuou sob constante observação.

No fim de agosto, Vic a levou para casa.

Os dois passaram um dia silencioso e chuvoso dentro de casa. À noite, sentados diante da televisão, olhando sem assistir, Donna perguntou sobre a Ad Worx.

— Tudo bem por lá. Roger cuidou sozinho do último comercial do Professor Cereal Sharp... com a ajuda de Rob Martin, é claro. Agora estamos envolvidos em uma nova campanha para toda a linha de produtos da Sharp. — Meia verdade, Roger estava envolvido, já que Vic ia à agência três ou quatro vezes por semana e ficava lá brincando com a caneta ou olhando para a máquina de escrever. — Mas o pessoal da Sharp está tomando todos os cuidados para que o nosso trabalho não se estenda além do período de dois anos de contrato. Roger estava certo. Eles vão dar um pé na nossa bunda. Só que, daqui a dois anos, não vai ter problema se isso acontecer.

— Que bom — disse Donna. Ela agora tinha alguns períodos de melhora, períodos em que se parecia bastante com a antiga Donna, embora continuasse apática na maior parte do tempo. Tinha perdido nove quilos e parecia esquelética. A compleição não estava boa. As unhas estavam muito frágeis.

Ela olhou para a TV mais um pouco e depois se virou para ele. Estava chorando.

— Donna. Ah, meu amor. — Vic a abraçou. Ela estava receptiva, mas tensa em seus braços. Por trás da suavidade da pele, ele sentia os ângulos dos ossos em lugares demais.

— Será que a gente consegue viver aqui? — perguntou ela, com a voz vacilante. — Vic, será mesmo que a gente consegue viver aqui?

— Eu não sei, mas acho que a gente precisa tentar com todas as forças.

— Acho que preciso perguntar se você consegue continuar vivendo comigo. Se você disser que não, eu vou entender. Vou entender perfeitamente.

— Tudo o que eu quero é viver com você. Eu sempre soube disso. Talvez tenha havido um momento... logo depois de ler o bilhete do Kemp... em que tive alguma dúvida. Mas foi só um momento. Donna, eu amo você. Sempre amei.

Desta vez, o abraço partiu dela, um abraço apertado. Uma chuva leve de verão tamborilava na janela e formava padrões de sombras cinzentas e negras no chão.

— Eu não consegui salvar ele — falou Donna. — Isso continua me assombrando. Não consigo me livrar desse pensamento. Ele se repete... e repete... e repete. Se eu tivesse corrido até a varanda antes... ou apanhado o taco de beisebol... — Engoliu em seco. — Quando eu enfim criei coragem para enfrentar a fera, já estava... tudo acabado. Ele já tinha morrido.

Vic podia ter lembrado a Donna que ela tinha colocado o bem-estar de Tad acima do próprio o tempo todo. Que ela não tinha corrido até a porta por causa do que poderia acontecer a Tad se o cachorro a alcançasse antes de chegar lá dentro. Podia ter dito a ela que o cerco provavelmente enfraqueceu o animal assim como a enfraqueceu e que, se ela tentasse derrubar Cujo com o taco de beisebol antes, o resultado poderia ter sido completamente diferente. Afinal, apesar de tudo, ela quase foi morta pelo cachorro. Porém, ele entendeu que tudo isso já tinha sido dito a ela muitas e muitas vezes, por ele e por outras pessoas, e que nem toda a lógica do mundo aliviaria a dor que vinha daquela pilha silenciosa de livros de colorir e do balanço vazio e inerte no quintal. A lógica não aliviaria a terrível sensação de fracasso. Só o tempo poderia fazer essas coisas, e mesmo assim com imperfeição.

— Eu também não consegui salvar ele — disse Vic.

— Você...

— Eu tinha tanta certeza que era o Kemp. Se eu tivesse ido para a oficina mais cedo, se não tivesse caído no sono, se não tivesse falado com o Roger ao telefone...

— Não — disse ela, com gentileza. — Não faça isso.

— Eu preciso fazer. Acho que você precisa também. A gente vai ter que tocar a vida. É o que todo mundo faz, não é? Vamos tocar a vida e nos apoiar.

— Eu vejo o Tad... sinto a presença dele... em todos os lugares.

— Eu também.

Vic e Roger haviam doado todos os brinquedos de Tad para o Exército de Salvação dois sábados antes. Quando terminaram, voltaram para a casa de Vic e ficaram assistindo ao jogo de beisebol, sem falar muito. Quando Roger foi para casa, Vic subiu, sentou-se na cama de Tad e chorou até parecer que as lágrimas arrancariam todas as suas entranhas. Chorou e quis morrer, mas não morreu e voltou ao trabalho no dia seguinte.

— Faz um café para a gente — pediu ele, dando um tapinha no bumbum da esposa. — Vou acender a lareira. Está frio aqui.

— Está bem. Vic?

— Oi?

— Eu também amo você.

— Obrigado. Acho que eu precisava ouvir isso.

Ela deu um sorriso pálido e foi fazer o café. E assim eles sobreviveram àquela noite, embora Tad continuasse morto. E então tocaram a vida no dia seguinte. E no outro. A situação não estava muito melhor no fim de agosto, nem em setembro, mas, quando as folhas amarelaram e começaram a cair, as coisas ficaram um pouco melhores. Um pouco.

Charity estava uma pilha de nervos, mas tentava não demonstrar.

Quando Brett voltou do celeiro, tirou a neve das botas e entrou pela porta da cozinha, a mãe estava à mesa, bebendo uma xícara de chá. Por um instante, ele ficou olhando para ela sem dizer nada. Tinha perdido um pouco de peso e ficado mais alto nos últimos seis meses. O efeito dessa mudança foi deixar mais esbelto um menino que sempre parecera troncudo, apesar de ágil. As notas não foram muito boas no primeiro trimestre, e ele arranjou encrenca duas vezes — duas brigas no pátio da escola, provavelmente por causa do que acontecera no último verão. No segundo trimestre, no entanto, as notas foram muito melhores.

— Mãe? Mãe? É um…

— Foi o Alva quem trouxe — disse ela, colocando a xícara com cuidado sobre o pires. — Não tem lei alguma que te obrigue a ficar com ele.

— Ele já foi vacinado? — perguntou Brett, e o coração de Charity se partiu um pouco ao ver que essa foi a primeira pergunta do filho.

— Na verdade, já — respondeu ela. — Alva tentou me enrolar, mas eu só aceitei depois que ele me mostrou a conta do veterinário. Nove dólares. Cinomose e raiva. Tem também um tubo de creme contra carrapatos e sarna de ouvido. Se você não quiser ficar com ele, Alva vai ter que devolver meus nove dólares.

Dinheiro se tornara algo importante para eles. Durante algum tempo, ela não teve certeza se conseguiria manter a casa, nem se deveria tentar. Discutiu o assunto com Brett, falando de igual para igual. Havia uma apólice de seguro de vida de pequeno valor. O sr. Shouper do Casco Bank em Bridgton explicou para ela que, se o dinheiro fosse colocado em uma conta de rendimentos, o valor, somado ao prêmio da loteria, daria para cobrir todas as prestações da hipoteca ao longo dos próximos cinco anos. Charity tinha conseguido um emprego razoável no departamento de expedição e cobrança da única empresa de verdade de Castle Rock, a Trace Optical. A venda do maquinário de Joe — incluindo o novo guincho — rendeu mais três mil dólares. Seria *possível* manter a casa, Charity explicou a Brett, mas tudo apontava para uma luta dura. Outra alternativa seria um apartamento na cidade. Brett pensou no assunto de um dia para o outro e, no fim das contas, também quis o que a mãe queria — manter a casa. E assim os dois decidiram ficar.

— Qual é o nome dele? — perguntou Brett.

— Não tem nome. Acabou de desmamar.

— Ele é de raça?

— É — respondeu ela, rindo. — É um Heinz. Cinquenta e sete variedades.

Brett também sorriu, mas o sorriso tinha uma sombra. Charity, porém, reconheceu que um sorriso era melhor que nada.

— Ele pode ficar aqui dentro? Começou a nevar de novo.

— Ele pode ficar aqui dentro se você espalhar jornal pelo chão. E, se ele fizer sujeira, é você quem vai limpar.

— Combinado — concordou Brett, abrindo a porta para sair.

— Que nome você quer dar, Brett?

— Não sei — respondeu ele. Depois de uma pausa longa, bem longa, ele completou: — Ainda não sei. Preciso pensar.

Charity teve a impressão de que o filho estava chorando, mas conteve o impulso de ir atrás. Além disso, ele estava de costas e não dava para ter certeza. Brett estava se tornando um rapaz e, por mais que isso partisse seu coração, Charity entendeu que rapazinhos muitas vezes não queriam ser vistos chorando pelas mães.

Ele saiu e trouxe o cachorro de volta, aninhado nos braços. O animal continuou sem nome até a primavera, quando, por uma razão que nenhum dos dois saberia explicar, começaram a chamá-lo de Willie. Era um cachorro pequeno, esperto e de pelo curto, que tinha muito de terrier. De alguma forma, tinha mesmo cara de Willie. O nome pegou.

Mais tarde, naquela mesma primavera, Charity ganhou um pequeno aumento e começou a guardar dez dólares por semana. Para a faculdade de Brett.

Logo após os acontecimentos mortais na propriedade dos Camber, os restos de Cujo foram cremados. As cinzas foram embora com o lixo e depois lançadas na estação de tratamento de esgoto de Augusta. Não seria injusto ressaltar que Cujo sempre tentou ser um bom cachorro. Tentou fazer todas as coisas que o HOMEM, a MULHER e, acima de tudo, o MENINO pediam ou esperavam que fizesse. Teria morrido por eles, se fosse preciso. Cujo nunca quis matar ninguém. Ele foi levado a isso, possivelmente pelo destino, ou talvez apenas por uma doença degenerativa dos nervos chamada de raiva ou hidrofobia. O livre-arbítrio não teve nenhuma influência.

A pequena caverna em que Cujo escorregou ao perseguir o coelho nunca foi descoberta. Em determinado momento, por qualquer motivo vago que pequenas criaturas pudessem ter, os morcegos se mudaram. O coelho não conseguiu sair e morreu, lenta e silenciosamente, de fome. Até onde eu sei, os ossos continuam lá, ao lado dos ossos de outros animais que tiveram o azar de cair naquele buraco antes.

I'm tellin you so you'll know,
I'm tellin you so you'll know,
I'm tellin you so you'll know,
Ole Blue's gone where the good dogs go.
— Música Folk

Setembro de 1977-março de 1981

“Devolva meus cogumelinhos.”

Entrevista feita por Christopher Lehmann-Haupt e Nathaniel Rich para a *The Paris Review*, 2006.

Stephen King concedeu a primeira parte desta entrevista no verão de 2001, dois anos depois de ter sido atropelado por um furgão quando estava caminhando perto de casa em Center Lovell, no estado do Maine. Teve sorte de sobreviver ao acidente, que lhe causou lacerações no couro cabeludo, perfuração do pulmão direito e diversas fraturas na bacia e na perna direita. Três quilos de metal implantados no corpo de King durante a primeira cirurgia foram removidos pouco antes de o escritor conversar com a *The Paris Review*, e ele ainda sente dores constantes. “O ortopedista encontrou um monte de tecido infeccionado e carne inflamada”, disse King. “As bolsas sinoviais estavam visíveis, pareciam pequenos olhos.” A entrevista foi feita em Boston, onde King, torcedor roxo do Red Sox, estava morando por um tempo para acompanhar a campanha do time. Embora ainda debilitado, ele voltara a escrever todos os dias e, à noite, ia ao estádio Fenway Park com o texto, para fazer emendas e alterações entre os *innings* e durante as substituições de arremessadores.

No começo deste ano [2006], houve uma continuação da entrevista com King em sua casa de inverno na Flórida, que está casualmente localizada a uma curta distância de carro do complexo de treinamento que os Red Sox usam durante a pré-temporada em Fort Myers. A casa fica em uma faixa estreita de terra e areia e lembra — graças ao telhado abobadado alto — um barco virado. Fazia calor naquela manhã ensolarada, e King estava sentado nos degraus da varanda com calça jeans azul, tênis branco e uma camiseta com estampa do molho picante Tabasco, lendo o jornal local. No dia anterior, esse mesmo jornal havia publicado o endereço residencial de King em um dos cadernos, então os fãs tinham passado a manhã inteira indo lá para dar uma olhada no escritor de renome mundial. “As pessoas esquecem”, disse ele, “que eu sou uma pessoa de carne e osso.”

King nasceu em 21 de setembro de 1947 em Portland, Maine. O pai abandonou a família quando King era muito pequeno, e a mãe morou em várias cidades dos Estados Unidos até voltar a se estabelecer no estado — dessa vez em Durham, uma cidadezinha de interior. O primeiro conto publicado de King, "I Was a Teenage Grave Robber", saiu em 1965, em um fanzine chamado *Comics Review*. Mais ou menos na mesma época, ele recebeu uma bolsa para a Universidade do Maine, em Orono, onde conheceu sua esposa, Tabitha, uma escritora com quem tem três filhos e continua casado. Durante muitos anos, ele se esforçou para sustentar a jovem família lavando roupas de cama de hotel em uma lavanderia, dando aulas de inglês para turmas de ensino médio e, às vezes, vendendo contos para revistas masculinas. Até que, em 1973, lançou o livro *Carrie, a estranha*, que logo se tornou um best-seller. Desde então, King já vendeu mais de trezentos milhões de livros.

Foram quarenta e três romances, oito coletâneas de contos, onze roteiros e dois livros sobre o ofício de escritor [até a publicação desta entrevista], além de *Faithful*, em parceria com Stewart O'Nan, um relato do dia a dia da campanha que levou os Red Sox à consagração, no campeonato de 2004. Praticamente todos os romances e a maioria dos contos de King foram adaptados para o cinema ou a televisão. Embora tenha sido menosprezado pela crítica durante boa parte da carreira — uma resenha do *New York Times* dizia que King era "um escritor de disparates relativamente instigantes e absurdos" —, ele passou a ser mais reconhecido como escritor em anos recentes e, em 2003, recebeu uma medalha da National Book Foundation por sua contribuição de destaque à literatura dos Estados Unidos. King também foi premiado por seus árduos esforços em apoiar e promover o trabalho de outros escritores. Em 1997, recebeu o Writers for Writers Award da revista *Poets & Writers* e, recentemente, foi escolhido para organizar a edição de 2007 da antologia *Best American Short Stories*.

Pessoalmente, King é elegante, engraçado e sincero. Além disso, fala com muita animação e franqueza, e é um anfitrião generoso. No meio da entrevista, ele serviu o almoço: frango assado — que cortou com uma faca terrivelmente afiada —, salada de batata, repolho, salada de macarrão e, na sobremesa, torta de limão. Quando perguntado sobre em que projeto estava trabalhando, King se levantou e mostrou o caminho até a praia que é contígua ao seu terreno. Ele explicou que havia duas outras casas naquela área do estreito de terra. Uma delas desabou durante uma tempestade cinco anos antes, e a maré alta ainda leva para a praia os entulhos: pedaços de paredes, móveis e objetos pessoais. King vai ambientar o próximo livro na outra casa, que continua de pé, mas foi abandonada e, sem dúvida, é mal-assombrada.

ENTREVISTADOR

Quantos anos você tinha quando começou a escrever?

STEPHEN KING

Acredite se quiser, eu tinha uns seis ou sete anos e ficava copiando quadrinhos dos gibis e inventando minhas próprias histórias. Eu me lembro de ficar em casa com amigdalite e passar o tempo escrevendo contos na cama. O cinema também foi uma influência grande. Eu sempre adorei filmes. Eu me lembro de quando minha mãe me levou ao Radio City Music Hall para ver *Bambi*. Uau, como aquele lugar era grande, e o incêndio florestal no filme causou uma impressão forte. Então, quando comecei a escrever, eu tinha tendência a escrever em imagens porque só sabia fazer isso na época.

ENTREVISTADOR

Quando você começou a ler ficção para adultos?

KING

Provavelmente em 1959, depois de voltarmos ao Maine. Eu devia ter uns doze anos e frequentava uma escolinha de uma sala só na rua da minha casa. Todas as turmas ficavam na mesma sala, e tinha um banheiro nos fundos, que fedia. A cidade não tinha biblioteca, mas toda semana o governo do estado enviava uma grande van verde chamada livromóvel. A gente podia pegar três livros no livromóvel, e eles não ligavam para a classificação — podia ser qualquer título, não só livros infantis. Até então, eu só lia Nancy Drew, Hardy Boys, esse tipo de coisa. Os primeiros livros que peguei foram uns de detetive da série 87º Distrito, de Ed McBain. No que eu li primeiro, os policiais vão interrogar uma mulher em um apartamento, e ela está de camisola. Os policiais pedem para ela vestir alguma coisa mais adequada, e ela segura o peito por cima da camisola, aperta na frente deles e diz: “Na sua cara, guarda!”. E eu fiquei: “Cacete!”. Na mesma hora tive um estalo. Pensei, isso é verdade, isso poderia acontecer de verdade. Esse foi o fim dos Hardy Boys. Esse foi o fim da ficção juvenil para mim. Foi, tipo: tchauzinho!

ENTREVISTADOR

Mas você não lia exclusivamente ficção popular.

KING

Eu não sabia o que era ficção popular, e ninguém me falou na época. Eu lia uma grande variedade de livros. Li *O chamado selvagem* e *O lobo do mar* em uma semana, na seguinte *A caldeira do diabo*, na outra *O homem no terno de flanela cinza*. Eu lia o que me desse vontade, o que caísse na minha mão. Quando li *O lobo do mar*, não entendi que era uma crítica de Jack London a Nietzsche, e quando li *McTeague* não sabia que aquilo era naturalismo, que Frank Norris estava dizendo: “Você nunca vai vencer, o sistema sempre vai te derrotar”. Mas entendi as obras em outro aspecto. Quando eu li *Tess of the d’Urbervilles*, pensei duas coisas. A primeira, se ela não acordou quando aquele cara a comeu, ela devia estar com um sono muito pesado. E a segunda, que aquela época era muito ruim para as mulheres. Essa foi a minha introdução à literatura feminina. Eu adorei o livro, então li um monte de coisa de Hardy. Mas, quando li *Judas, o obscuro*, minha fase Hardy acabou. Pensei: “Isto é ridículo para cacete”. Ninguém tem uma vida tão ruim assim. Qual é, sabe?

ENTREVISTADOR

Em *Sobre a escrita*, você comenta que teve a ideia para seu primeiro livro, *Carrie, a estranha*, quando associou dois assuntos sem relação: crueldade adolescente e telecinesia. Esse tipo de associação improvável costuma ser um ponto de partida para você?

KING

Sim, isso já aconteceu muito. Quando escrevi *Cujo* — sobre um cão raivoso —, minha moto estava dando problema, e me falaram de um lugar onde eu poderia levar para conserto. Estávamos morando em Bridgton, no Maine, uma cidade tipo resort — uma comunidade à beira do lago na parte ocidental do estado —, mas a zona norte de Bridgton é bastante rural. Tem um monte de fazendeiros lá levando a vida na deles, à moda antiga. O mecânico tinha uma casa de fazenda e uma oficina do outro lado da rua. Então levei minha moto lá e, quando entrei no quintal, ela morreu de vez. E da oficina saiu o maior são-bernardo que eu já vi na vida, andando na minha direção.

Esses cachorros são sempre horrorosos, principalmente durante o verão. Eles têm papada, e os olhos são remelentos. Não parecem saudáveis. Ele começou a rosnar para mim, um barulho que saía bem do fundo da garganta: arrrrrrrrrgggggghhhhhh. Na época, eu pesava uns cem quilos, então devia ter uns quatro quilos a mais que o cachorro. O mecânico saiu da oficina e me disse "Ah, esse é o Bowser" ou sei lá qual era o nome do cachorro. Não era Cujo. Ele falou: "Não se preocupe. Ele faz isso com todo mundo". Então eu estendi a mão para o cachorro, e ele avançou. O cara estava segurando uma daquelas chaves de boca e deu uma batida no traseiro do cão. Uma chave de aço. Parecia o barulho de alguém batendo em um tapete. O cachorro ganiu uma vez só e se sentou. E o cara me falou algo como "Bowser não é de fazer isso, ele não deve ter ido com a sua cara". Do nada, a culpa era minha.

Eu me lembro do medo que senti, porque não tinha como me esconder em lugar nenhum. Eu estava sentado na moto, mas ela não funcionava, e eu não conseguiria correr mais rápido que o cachorro. Se o sujeito não estivesse lá com a chave de boca e o cachorro decidisse atacar... Mas isso não era uma história, só um pedaço de alguma coisa. Algumas semanas depois, eu estava pensando em um Corcel que minha esposa e eu tínhamos. Foi nosso primeiro carro zero. Compramos com o adiantamento que a Doubleday deu por *Carrie, a estranha*, dois mil e quinhentos dólares. O carro deu problema logo de saída, porque o bico da válvula do carburador estava com algum defeito. Ele emperrava, o carburador afogava, e o carro não pegava. Eu tinha medo de que minha esposa ficasse na mão com aquele carro e pensei: "E se ela levar para consertar como eu levei minha moto e o bico da válvula emperrar e ela não conseguir fazer o carro pegar... mas, em vez de aparecer só um cachorro bravo... e se o cachorro fosse realmente maluco?".

E aí pensei: "Talvez estivesse com raiva". Foi aí que alguma coisa realmente se acendeu na minha cabeça. Quando você chega a esse ponto, começa a ver todas as ramificações da história. E você pensa: "Ué, por que não apareceu ninguém para resgatar ela? Tem gente morando lá. É uma casa de fazenda. Cadê todo mundo?". Bom, você pensa, não sei, essa é a história. Cadê o marido dela? Por que o marido não foi salvar ela? Não sei, isso faz parte da história. O que acontece se ela for mordida por esse cachorro? E isso entrava para a história. E se ela começar a ficar raivosa? Depois que eu avancei umas setenta ou oitenta páginas no livro, descobri que o período de incubação da raiva era muito longo, então a mulher ficar com raiva deixou de ser um fator. Esse foi um dos pontos em que o mundo real invadiu a história. Mas é sempre assim. Você vê algo, e aí isso se junta com outra coisa, e da combinação sai uma história. Mas você nunca sabe quando vai acontecer.

ENTREVISTADOR

Seu material possui outras fontes além da experiência pessoal?

KING

Às vezes são outras histórias. Alguns anos atrás, eu estava escutando um audiolivro de John Toland chamado *Os tempos de Dillinger*. Uma das histórias é sobre quando John Dillinger e seus amigos Homer van Meter e Jack Hamilton fogem de Little Bohemia e Jack Hamilton leva um tiro nas costas de um policial depois de atravessar o rio Mississippi. E então acontecem outras coisas com ele, mas Toland não dá muitos detalhes. E eu pensei: "Não preciso que Toland me diga o que aconteceu, e não preciso ficar preso à verdade". Aquelas pessoas são parte legítima da mitologia dos Estados Unidos. Eu vou inventar minha própria história. Então escrevi um conto chamado "A morte de Jack Hamilton".

Ou, às vezes, uso filmes. Em *Lobos de Calla*, um dos sete livros da série A Torre Negra, decidi ver se eu conseguiria recontar *Os sete samurais*, aquele filme de Kurosawa, e *Sete homens e um destino*. A história, claro, é a mesma nos dois casos. Fala de uns fazendeiros que contratam pistoleiros para defender a cidade contra os bandidos que vivem roubando a colheita. Mas eu queria incrementar um pouco. Então, na minha versão, em vez de colheita, os bandidos roubam crianças.

ENTREVISTADOR

O que acontece quando o mundo real resolve se intrometer, como no caso do período de incubação da raiva em *Cujo*? Você reescreve?

KING

Não dá para fazer a realidade se curvar às necessidades da ficção. Você precisa fazer a ficção se curvar à realidade quando descobre esse tipo de coisa.

ENTREVISTADOR

Cujo é incomum porque o livro inteiro é um único capítulo. Você planejou isso desde o início?

KING

Não, *Cujo* era um livro normal em capítulos quando foi concebido. Mas eu me lembro de pensar que queria que o livro atingisse o leitor como se fosse um tijolo jogado pela janela. Sempre achei que o tipo de livro que eu escrevo — e meu ego é grande o bastante para pensar que todo escritor devia fazer isso — devia ser uma espécie de agressão pessoal. Devia ser alguém pulando por cima da mesa, devia agarrar e intimidar o leitor. Devia provocá-lo. Devia incomodá-lo, perturbá-lo. E não só porque ele ficou com nojo. Quer dizer, se alguém me mandar uma carta e disser que não conseguiu jantar, o que eu penso é: "Ótimo!".

ENTREVISTADOR

Você acha que nós temos medo de quê?

KING

Acho que não existe nada que não me dê medo em algum aspecto. Mas se refere a algo de que *nós*, seres humanos, temos medo? Caos. O estranho. Temos medo de mudanças. Temos medo de distúrbios, e é isso que me interessa. Quer dizer, tem muita gente cuja escrita eu adoro — um é o poeta americano Philip Booth —, que escreve sobre a vida comum e pronto, mas eu não consigo fazer isso.

Uma vez escrevi um conto chamado "O nevoeiro". É sobre um nevoeiro que chega e cobre uma cidadezinha, uma história sobre um grupo de pessoas presas dentro de um supermercado. Na fila do caixa tem uma mulher com uma caixa de cogumelos. Quando ela vai até a janela e vê o nevoeiro se aproximando, o gerente tira a caixa da mão dela. E ela fala: "Devolva meus cogumelinhos".

Morremos de medo de desvios de rota. Temos medo de que alguém roube nossos cogumelos na fila do caixa.

ENTREVISTADOR

Então você diria que esse medo é o principal tema de sua ficção?

KING

Eu diria que o que eu faço é rachar o espelho. Se for olhar os livros desde *Carrie, a estranha*, dá para ver uma observação sobre a vida da classe média comum dos Estados Unidos tal como ela é na época em que o livro foi escrito. Em algum momento da vida, a gente chega a um ponto em que precisa lidar com algo que pareça inexplicável, seja o médico dizendo que você tem câncer ou alguém passando um trote no telefone. Então, quer se trate de fantasmas, vampiros ou vizinhos criminosos de guerra nazistas, é sempre o mesmo assunto, ou seja, uma invasão do extraordinário na vida normal e a maneira como lidamos com isso. O que isso revela sobre nosso caráter e nossas interações com outras pessoas e a sociedade em que vivemos me interessa muito mais do que monstros, vampiros, zumbis e fantasmas.

ENTREVISTADOR

Em *Sobre a escrita*, você define ficção popular como uma ficção em que os leitores reconhecem aspectos da própria experiência — comportamentos, lugares, relacionamentos e discursos. Em sua obra, você realiza um esforço consciente para capturar algum momento específico do tempo?

KING

Não, mas não tento evitar. Veja *Celular*, por exemplo. Foi assim que a ideia me ocorreu: eu saí de um hotel em Nova York e vi uma mulher falando no celular. E pensei comigo: "E se ela recebesse no celular uma mensagem irresistível e precisasse matar pessoas até que fosse morta por alguém?".

Todas as ramificações possíveis começaram a pular dentro da minha cabeça como se fosse um pinball. Se todo mundo recebesse a mesma mensagem, todo mundo que tivesse celular acabaria enlouquecendo. Quando as pessoas normais vissem isso, a primeira coisa que elas fariam seria ligar para o celular de amigos e familiares. Então a epidemia ia se espalhar como hera venenosa. Mais tarde, andando pela rua, vi um sujeito que parecia maluco e estava gritando sozinho. E fiquei com vontade de atravessar a rua para me afastar dele. Só que o sujeito não era um mendigo: estava de terno e tudo. Aí eu vi que ele tinha um fone no ouvido e estava falando pelo celular. E pensei comigo: eu quero muito escrever essa história.

Foi um conceito instantâneo. Li muito sobre o mercado de celulares e comecei a reparar nas torres de transmissão. Então é um livro muito contemporâneo, mas nasceu a partir de uma preocupação com a maneira como nós conversamos com outras pessoas hoje em dia.

ENTREVISTADOR

Você acha que, pela ambientação, *Celular* pode parecer datado daqui a dez anos?

KING

Pode ser. Com certeza outros livros, como *A incendiária*, por exemplo, parecem velhos hoje. Mas isso não me incomoda. A gente espera que as histórias e os personagens se destaquem. E até coisas velhas têm algum valor.

ENTREVISTADOR

Qual dos seus livros vai perdurar?

KING

É um tiro no escuro. Nunca se sabe o que vai ser lido daqui a cinquenta anos. Quem vai estar na moda, em termos literários, e quem não vai. Se eu tivesse que apostar quais livros meus as pessoas vão ler daqui a cem anos, se é que vão ler algum, eu apostaria em *A dança da morte* e *O iluminado*. E em *'Salem* — porque as pessoas gostam de histórias de vampiros, e a premissa é uma história de vampiro clássica. Não tem nenhum adereço especial. Não é rebuscado, só assustador. Então, acho que as pessoas vão ler esse por algum tempo.

ENTREVISTADOR

Quando você reflete sobre seus livros, faz alguma distinção entre categorias?

KING

Eu tenho dois tipos diferentes de livros. Acho que livros como *A dança da morte*, *Desespero* e a série A Torre Negra são livros que vão para fora. E livros como *O cemitério*, *Misery: louca obsessão*, *O iluminado* e *Eclipse total* vão para dentro. Os fãs normalmente gostam ou dos para fora ou dos para dentro, mas não de ambos.

ENTREVISTADOR

Mas até mesmo nos livros mais sobrenaturais o horror é psicológico, não é? Não se trata só de um bicho-papão aparecendo do nada em uma esquina. Então será que não poderiam todos ser classificados como para dentro?

KING

Bom, minhas categorias também têm a ver com personagens e com a quantidade de personagens. Livros para dentro, em geral, são sobre uma pessoa e se aprofundam mais e mais em um único personagem. Por exemplo: *Love: a história de Lisey*, meu livro mais recente, é para dentro, porque é um livro grande e só tem alguns personagens, mas um livro como *Celular* é para fora porque tem muita gente e trata de amizade e é meio que uma história sobre viagens. *Jogo perigoso* é o livro mais para dentro de todos os livros para dentro. Trata de uma única pessoa, Jessie, que está pelada e algemada à cama. As coisas pequenas ficam muito grandes — o copo d'água, por exemplo, e os esforços dela para fazer com que a prateleira em cima da cama caia para que ela possa escapar. Quando eu estava no processo de criação desse livro, lembro que pensei em Jessie como uma ginasta na faculdade, que no final simplesmente passaria os pés por cima da cabeça, por cima da cabeceira, e acabaria se levantando. Depois que eu tinha escrito umas quarenta páginas, pensei comigo: "É bom eu ver se isso funciona". Então chamei meu filho — acho que foi Joe, porque ele é o mais flexível dos dois meninos — e levei para nosso quarto e o amarrei à cama com uns cachecóis.

Minha esposa entrou e falou: "O que vocês estão fazendo?". E eu respondi: "É só uma experiência, não se preocupe".

Joe tentou, mas não conseguiu. Ele falou: "Minhas articulações não funcionam assim". E, mais uma vez, aconteceu como comentei do episódio da raiva em *Cujo*. Eu pensei: "Minha nossa! Isso não vai dar certo!". E, àquela altura, a única coisa que dava para fazer era pensar: "Bom, eu posso dizer que ela tem articulações duplas". E depois: "É, claro, isso não vale".

Misery: louca obsessão tinha só dois personagens em um quarto, mas *Jogo perigoso* vai ainda mais longe — uma personagem em um quarto. Fico pensando que, em algum momento, vai ter mais um livro que vai se chamar só "Quarto". Não vai ter nenhum personagem.

ENTREVISTADOR

Mark Singer escreveu na *The New Yorker* que você perdeu parte do seu público com *Cujo*, *O cemitério* e *Jogo perigoso* porque esses livros eram dolorosos demais para os leitores. Você acha que são mesmo?

KING

Acho que perdi alguns leitores em diversos momentos. É um processo natural de atritos, só isso. As pessoas mudam, descobrem outras coisas. Mas também acho que mudei como escritor ao longo dos anos, no sentido de que não proporciono exatamente o mesmo tipo de escape como em *'Salem*, em *O iluminado* ou até em *A dança da morte*. Algumas pessoas teriam ficado bastante felizes se eu tivesse morrido em 1978, pessoas que me param na rua e falam: "Ah, você nunca escreveu nenhum livro tão bom quanto *A dança da morte*". Normalmente eu respondo que é muito deprimente ouvir alguém dizer que algo que eu escrevi há vinte e oito anos foi meu melhor livro. Dylan provavelmente ouve a mesma coisa sobre *Blonde on Blonde*. Mas a gente tenta crescer como escritor em vez de ficar fazendo a mesma coisa sempre, porque isso não adianta nada.

E posso aturar fãs. Isso soa totalmente arrogante, mas não é neste sentido que eu estou falando: posso perder metade dos meus fãs e ainda vou ter o bastante para levar uma vida muito confortável. Eu sempre tive liberdade para seguir meu próprio caminho, o que é ótimo. Posso ter perdido alguns fãs, mas posso ter ganhado alguns também.

ENTREVISTADOR

Você já escreveu muito sobre crianças. Por quê?

KING

Eu escrevi muito sobre crianças por alguns motivos. Eu tive a sorte de conseguir vender meus textos quando era relativamente jovem, sem falar que me casei jovem, tive filhos jovem. Naomi nasceu em 1971, Joe em 1972 e Owen em 1977 — um intervalo de seis anos e três filhos. Então tive a chance de observá-los em uma época em que muitos contemporâneos meus ficavam dançando com músicas de KC and the Sunshine Band. Acho que fiquei com a melhor parte. Criar filhos foi muito mais gratificante do que a cultura pop dos anos 1970.

Então eu não conhecia KC and the Sunshine Band, mas conhecia meus filhos como a palma da minha mão. Eu vivenciei a raiva e a exaustão que as pessoas sentem. E esses elementos entraram nos livros porque eram o que eu conhecia na época. Já em muitos dos livros recentes têm entrado a dor e pessoas feridas, porque é isso o que eu conheço agora. Daqui a dez anos, talvez seja algo diferente, se eu ainda estiver vivo.

ENTREVISTADOR

Acontecem coisas ruins com crianças em *O cemitério*. O que inspirou isso?

KING

Esse livro foi muito pessoal. Tudo nele — até o momento em que o garotinho é morto na estrada —, tudo é verdade. A gente se mudou para aquela casa na beira da estrada. Foi em Orrington, em vez de Ludlow, mas passavam grandes caminhões, e o idoso do outro lado da estrada disse mesmo "Só é bom ficar de olho neles perto da estrada". A gente saía mesmo para andar no mato. A gente soltava pipa. A gente ia olhar o cemitério de animais. Eu encontrei mesmo o gato da minha filha, Smucky, morto na estrada, atropelado. A gente enterrou o corpo no cemitério de animais, e eu escutei Naomi na garagem na noite seguinte ao enterro. Escutei uns estalos — ela estava pulando em cima de uns papelões. Ela chorava e dizia: "Me dá meu gato de volta! Deus que arrume um gato dele!". Eu joguei isso para o livro. E Owen saiu mesmo correndo para a estrada. Era um projetinho de gente, devia ter uns dois anos. E eu gritei: "Não faz isso!". E, claro, ele passa a correr mais rápido e a rir, porque é isso que eles fazem nessa idade. Eu saí correndo atrás dele, pulei para agarrar e puxei-o para o acostamento, e um caminhão passou na hora. Então isso tudo entrou no livro.

Depois você pensa: "É preciso ir um pouco além". Se vai embarcar nesse processo de luto — o que acontece quando um filho morre —, é melhor ir até o fim. E eu fui. Eu tenho orgulho disso, porque fui até o fim, mas foi uma experiência horrorosa no final, muito desagradável. Quer dizer, não existe esperança para ninguém no fim do livro. Normalmente, mostro meus rascunhos para minha esposa, Tabby, mas esse não mostrei. Quando terminei, guardei na escrivaninha e deixei lá. Trabalhei em *Christine*, que achei muito melhor, e que foi publicado antes de *O cemitério*.

ENTREVISTADOR

O iluminado também foi inspirado em experiências pessoais? Você já se hospedou naquele hotel?

KING

Sim, no Stanley Hotel em Estes Park, no Colorado. Fui para lá com minha esposa em outubro. Era o último fim de semana da temporada deles, então o hotel estava praticamente vazio. Eles me perguntaram se eu poderia pagar em dinheiro vivo, porque iam levar os boletos de cartão de crédito até Denver. Passei pela primeira placa que dizia "Possibilidade de bloqueio das estradas a partir de 1º de novembro" e falei: "Vixe, tem história aí".

ENTREVISTADOR

O que você achou da adaptação que Stanley Kubrick fez do livro?

KING

Fria demais. Não tem nenhuma noção de envolvimento emocional da família. Achei que a interpretação de Shelley Duvall como Wendy... quer dizer, foi um grande insulto às mulheres. Ela é basicamente uma máquina de gritos, sem nenhuma participação na dinâmica da família. E parece que Kubrick não fazia a menor ideia de que Jack Nicholson estava fazendo o mesmo papel de motoqueiro psicopata que tinha feito naqueles filmes de motos — *Os demônios do volante*, *The Wild Ride*, *Rebeldia violenta* e *Sem destino*. O cara é maluco. Então, qual é a tragédia se o cara vai a uma entrevista de emprego já pirado? Não, odiei o que Kubrick fez com isso.

ENTREVISTADOR

Você trabalhou com ele no filme?

KING

Não. Meu roteiro para *O iluminado* formou a base da minissérie de televisão, depois. Mas duvido que Kubrick tenha chegado a passar os olhos antes de fazer o filme dele. Ele sabia o que queria enfatizar com a história, e contratou a escritora Diane Johnson para preparar um esboço do roteiro com base no que ele queria enfatizar. Depois, reescreveu sozinho. Fiquei muito decepcionado.

Sem dúvida, é bonito de ver: cenários lindos, várias tomadas filmadas com Steadicam. Eu costumava dizer que era um Cadillac sem motor. Não serve para nada além de ser admirado como uma escultura. O filme foi privado do propósito essencial, que é contar uma história. A diferença básica e que diz tudo é o final. Perto do fim do livro, Jack Torrance diz que ama o filho e, depois, morre na explosão do hotel. É um clímax muito intenso. No filme de Kubrick, ele morre congelado.

ENTREVISTADOR

Muitos de seus primeiros livros terminavam com explosões, o que permitia que você amarrasse diversas pontas da trama. Mas, em contos e livros recentes, como "Andando na bala" e *Celular*, parece que você se afastou disso. Seus finais deixam muitas perguntas sem resposta.

KING

Tem uma explosão bem grande no fim de *Celular*. Mas é verdade, muitos leitores me mandam cartas irritadas sobre isso. Eles querem saber o que acontece depois. Agora eu digo para as pessoas: vocês parecem Teddy e Vern em "O corpo", depois que Gordie conta para eles a história de Rabo Grande e do concurso de comedores de torta e fala que aquela era a melhor vingança do mundo. Teddy diz: "O que acontece depois?". E Gordie responde: "Como assim, o que aconteceu? A história acabou." E Teddy fala: "Por que você não faz com que Rabo Grande mate o pai e depois fuja e vire um Texas Ranger?". Gordie diz: "Ah, não sei". Então, com *Celular*, o final é o final. Mas recebi tantas cartas sobre isso que acabei tendo que escrever no meu site: "Parece bastante óbvio que Johnny, o filho de Clay, se deu bem". Na verdade, nunca me passou pela cabeça que Johnny não tenha ficado bem.

ENTREVISTADOR

É mesmo? Eu não sabia se o garoto estava bem.

KING

É, eu acredito mesmo nisso, cara. Sou otimista pra cacete!

ENTREVISTADOR

É incrível que, na introdução ou no posfácio de muitos livros seus, você sempre peça a opinião de seus leitores. Por que você pede mais cartas?

KING

Eu sempre tenho interesse em saber o que meus leitores pensam, e sei que muitos querem participar da história. Isso não me incomoda, desde que entendam que a opinião deles não vai necessariamente mudar o que eu vou fazer. Quer dizer, eu nunca vou falar: "Estou com uma história, aqui está. E agora, uma enquete. Como você acha que eu devo escrever o final?".

ENTREVISTADOR

Qual é a importância do ambiente quando você está escrevendo?

KING

É bom ter uma mesa, uma cadeira confortável para que eu não fique me ajeitando o tempo todo, e iluminação suficiente. O lugar onde a pessoa escreve precisa ser meio que um refúgio, um lugar onde ela possa escapar do mundo. Quanto mais ela ficar isolada, mais ela vai ser obrigada a recorrer à própria imaginação. Quer dizer, se eu estiver perto de uma janela, vou ficar bem por um tempo, mas depois vou começar a olhar as garotas na rua e a reparar em quem entra e sai dos carros, e esse tipo de coisa, aquelas historinhas de bairro que acontecem o tempo todo: o que aquele ali está fazendo, o que aquela está vendendo?

Meu escritório é basicamente um cômodo onde eu trabalho. Tenho um sistema de arquivos. É muito complexo, muito organizado. Com *Duma Key* — o livro em que estou trabalhando agora —, cheguei até a codificar minhas anotações para lembrar todos os fios da trama. Eu anoto datas de nascimento para saber qual é a idade dos personagens em determinados momentos. Para me lembrar de colocar uma rosa tatuada no peito de uma, para dar ao Edgar uma bancada de trabalho grande até o final de fevereiro. Porque, se eu fizer alguma coisa errada agora, vai ser uma dor de cabeça enorme para corrigir depois.

ENTREVISTADOR

Você comentou que quer que seu escritório pareça um refúgio, mas não é verdade que também gosta de ouvir música alta enquanto trabalha?

KING

Não mais. Quando eu me sento para escrever, meu trabalho é fazer a história andar. Se existe uma noção de ritmo do texto e se as pessoas me leem para acompanhar uma história que segue determinado ritmo, é porque elas sentem que eu quero chegar a algum ponto. Não quero ficar parado à toa e admirar a paisagem. Para acertar esse ritmo, antigamente eu ouvia música. Mas eu era mais jovem e, para ser franco, meu cérebro funcionava melhor do que agora. Hoje em dia eu só ouço música no final de um dia de trabalho, quando volto o texto na tela para revisar tudo o que fiz durante esse dia. Várias vezes, eu enlouqueço minha mulher com a música, porque fico ouvindo a mesma sem parar. No passado, eu ouvia uma versão dance daquela música "Mambo Nº 5", de Lou Bega, com aquela parte "A little bit of Monica in my life, a little bit of Erica..." deega, deega, deega. É uma melodia animada, meio caribenha, até que um dia minha esposa subiu ao meu escritório e falou: "Steve, se tocar mais uma vez... eu mato você!". Então eu não fico ouvindo a música para valer — é só um ruído de fundo.

Mas acho que, ainda mais do que o lugar, é importante tentar trabalhar todos os dias possíveis.

ENTREVISTADOR

Você escreveu hoje de manhã?

KING

Escrevi. Fiz quatro páginas. Cheguei a esse ponto. No passado, eu fazia duas mil palavras por dia, às vezes até mais. Mas agora são pífias mil palavras por dia.

ENTREVISTADOR

Você usa computador?

KING

Sim, mas já voltei à escrita manual algumas vezes — com *O apanhador de sonhos* e *Saco de ossos* —, porque queria ver o que aconteceria. Algumas coisas eram diferentes. A principal: fui obrigado a desacelerar, porque demora bastante. Sempre que eu começava a escrever algo, um sujeito aqui em cima, um preguiçoso, falava: "Ah, a gente precisa mesmo fazer isso?". Eu ainda tenho um calo pequeno no dedo de tanto escrever. Mas o processo de reescrita ficou muito mais satisfatório, já que o primeiro rascunho pareceu mais redondo, só porque não deu para fazer rápido demais. A mão não consegue ir além de certa velocidade. Parecia a mesma diferença entre, digamos, passear pelo campo de moto ou caminhando.

ENTREVISTADOR

O que você faz ao terminar um primeiro rascunho?

KING

É bom deixar o negócio repousar e respirar por umas seis semanas, no mínimo. Mas nem sempre eu posso me dar esse luxo. Não deu para fazer isso com *Celular*. A editora tinha dois manuscritos meus. Um era *Love: a história de Lisey*, em que eu havia trabalhado com dedicação exclusiva por bastante tempo, e o outro era *Celular*, que tinha passado um bom tempo na minha cabeça e meio que se apresentou sem pedir licença: "Está na hora, você precisa fazer agora". Quando isso acontece, é preciso fazer ou esquecer, então *Celular* foi uma espécie de gravidez imprevista.

ENTREVISTADOR

Quer dizer que *Celular* foi concebido no meio da escrita de *Love: a história de Lisey*?

KING

Eu fiquei escrevendo os dois ao mesmo tempo durante um período. Como o primeiro rascunho de *Lisey* estava pronto, eu revisava à noite e trabalhava em *Celular* durante o dia. Eu trabalhava assim quando bebia. Durante o dia, trabalhava no que havia de novo, e estava bastante sóbrio. Na maioria das vezes de ressaca, mas sóbrio. À noite, depois de encher a cara, eu revisava. Era divertido, era ótimo, e tenho impressão de que funcionou para mim por muito tempo, mas eu não consigo mais sustentar isso.

Eu queria publicar *Lisey* primeiro, mas Susan Moldow, a editora da Scribner, queria começar com *Celular* porque achava que a obra chamaria atenção e contribuiria para as vendas de *Lisey*. Então eles adiantaram a produção de *Celular*, e eu precisei entrar logo nas revisões. Isso é algo que os editores podem fazer hoje em dia, embora nem sempre seja necessariamente bom para o livro.

ENTREVISTADOR

Você não pode recusar?

KING

Sim, mas nesse caso era o mais certo a fazer, e o sucesso foi imenso. Só que *Celular* foi uma situação atípica. Sabe, Graham Greene dizia que existem livros que são romances e livros que são entretenimentos. *Celular* era um entretenimento. Não vou dizer que para mim não fazia diferença, porque fazia — tudo que leva meu nome faz diferença para mim. Se é para fazer um trabalho, e se alguém vai pagar por esse trabalho, acho que a gente deve fazer o melhor trabalho possível. Mas, depois que terminei o primeiro rascunho de *Lisey*, descansei seis semanas. Quando a gente volta para um livro depois desse tempo todo, é quase como se ele tivesse sido escrito por outra pessoa. Não é o mesmo envolvimento. Aparece todo tipo de erro crasso, mas também aparecem uns trechos que nos fazem pensar: "Minha nossa, isso é bom!".

ENTREVISTADOR

Você reescreve partes grandes do texto?

KING

Uma das diferenças que o computador fez no meu processo de trabalho é o fato de que eu criei uma tendência muito maior para editar "na câmera" — fazer mudanças na tela. Com *Celular*, foi o que eu fiz. Eu reli, conferi algumas correções do editorial, fiz algumas correções minhas, e para mim foi como patinar no gelo. É um jeito aceitável de fazer o trabalho, mas não é o ideal. Com *Lisey*, eu fiquei com o texto editado ao lado do computador, criei arquivos novos em branco e redigitei tudo. Para mim, é que nem nadar, e eu prefiro. É como se eu estivesse escrevendo o livro todo de novo. É literalmente uma reescrita.

Todo livro é diferente a cada revisão. Porque, quando o livro acaba, você pensa: "Isto é completamente diferente do que eu queria escrever". A certa altura, durante a escrita do livro propriamente dita, você se dá conta disso. Mas, se tentar direcionar, vai ser como um arremessador tentando direcionar o caminho de uma bola rápida, e vai estragar tudo. Como dizia Alfred Bester, o escritor de ficção científica, o livro é quem manda. Você precisa deixar ele ir aonde ele quiser e se limitar a acompanhar. Se ele não quiser ir para lugar nenhum, é um livro ruim. E eu já fiz livros ruins. Acho que *Rose Madder* entra nessa categoria, porque nunca pegou embalo. Minha sensação foi de que eu precisei forçar para ele sair.

ENTREVISTADOR

Quem edita seus livros, e até que ponto eles são editados?

KING

Chuck Verrill editou vários, e ele sabe ser um editor muito rigoroso. Na Scribner, Nan Graham editou *Lisey*, e ela forneceu um olhar totalmente distinto, em parte porque a história trata de uma mulher, e ela é mulher, e também porque ela entrou no livro de cabeça fresca. Ela desceu a mão nesse livro. Tem uma cena mais para o final em que Lisey vai visitar a irmã, Amanda, que está internada em um manicômio. Antes, havia uma cena grande em que Lisey para na casa de Amanda antes, e depois Lisey acaba voltando para lá com a irmã. Nan me falou: “Você precisa retomar esta parte, precisa tirar esta primeira parada na casa de Amanda porque diminui o ritmo da narrativa e é desnecessária”.

Não acho que seja por mim, não acho que seja por eu ser sucesso de vendas, acho que é por ser escritor mesmo, e vale para todo mundo — nunca muda —, mas a primeira coisa que eu pensei foi: “Ela não pode me dizer isso. Ela não sabe. Não é escritora. Não entende minha inspiração!”. Depois eu falei: “Bom, tente”. E falei com bastante firmeza, porque cheguei a um ponto da carreira em que posso fazer tudo do jeito que eu quiser, se eu quiser. Quando você conquista certa popularidade, eles dão corda para você fazer o que quiser. Você pode se enforcar na Times Square, se tiver vontade, e eu fiz isso. Sobretudo nos dias em que eu estava sempre chapado e bêbado, eu fazia tudo o que queria. E isso incluía mandar os editores para o inferno.

ENTREVISTADOR

Então, se *Celular* é um “entretenimento”, quais livros seus você colocaria na outra categoria?

KING

Todos eles deviam ser entretenimentos, sabe. Em alguns aspectos, essa é a raiz da questão. Se um romance não é entretenimento, acho que não é um livro bom. Mas, se formos falar de romances que existem em mais de um nível, eu diria *Misery: louca obsessão*, *Eclipse total* e *It: a Coisa*. Quando eu comecei a trabalhar em *It*, que vai e vem na vida dos personagens durante a infância e quando eles são adultos, percebi que estava escrevendo sobre a maneira como nós usamos a imaginação em momentos diferentes da vida. Eu adoro esse livro, e é um dos que vendem com regularidade. As pessoas realmente se interessam por ele. Muita gente me escreve para dizer que queria ver mais. E eu penso: “Ah, meu Deus, o livro já é enorme”.

Acho que *It* é meu livro mais dickensiano, pela grande variedade de personagens e pelas histórias entrecruzadas. O romance lida com muita complexidade de uma forma natural que muitas vezes eu queria poder redescobrir. *Lisey* é assim. É muito longo. Tem algumas histórias entrelaçadas que parecem se unir naturalmente. Mas fico sem graça de falar sobre o tema, porque tenho medo de que as pessoas digam, aos risos: “Olhem só aquele plebeu tentando fingir que faz parte da corte". Quando alguém toca nesse assunto, eu sempre disfarço.

ENTREVISTADOR

Quando você recebeu o National Book Award por sua contribuição para a literatura norte-americana, seu discurso foi uma defesa à ficção popular, e você citou uma série de autores que, na sua opinião, eram ignorados injustamente pela crítica literária. Depois, Shirley Hazzard, que naquele ano venceu na categoria de ficção, subiu ao palco e fez um ataque direto à sua argumentação.

KING

O que Shirley Hazzard disse foi: "Acho que não precisamos de nenhuma lista de leitura sua". Se eu tivesse oportunidade de dar uma resposta, diria: "Com todo o respeito, precisamos sim". Acho que Shirley, de certa forma, confirmou o que eu disse. Quem defende o conceito de literatura séria tem uma pequena lista de escritores que recebem permissão para entrar no clube, e com muita frequência essa lista é composta de pessoas que conhecem pessoas, que frequentam determinadas escolas, que percorrem determinados canais da literatura. E isso é muito ruim — é uma restrição do crescimento da literatura. Hoje vivemos um momento crucial para a literatura dos Estados Unidos, porque ela está sob o ataque de muitas outras mídias: TV, cinema, internet e todas as diversas formas que temos à disposição para alimentar nossa imaginação com materiais não impressos. Os livros, essa via antiquada de transmitir histórias, estão sob ataque. Então, quando alguém como Shirley Hazzard diz que não precisa de uma lista de leitura, a porta bate na cara de escritores como George Pelecanos ou Dennis Lehane. E, quando isso acontece, quando essas pessoas são ignoradas, a gente perde uma grande fonte de imaginação. Essas pessoas — e não estou falando só de James Patterson — estão fazendo um trabalho importante.

Então eu diria que, sim, Shirley Hazzard precisa de uma lista de leitura. E Shirley Hazzard também precisa que alguém lhe diga: "Vá se ocupar. Sua vida é curta. Você precisa parar com essa besteira de ficar aí parada e falar sobre nosso ofício e realmente fazer o ofício". Porque

Deus deu um talento para ela, mas também deu uma quantidade limitada de anos.

E mais. Quando as portas são fechadas para a ficção popular, mais uma porta se fecha para pessoas que são consideradas escritoras sérias. É dizer a elas: "Escreva ficção popular e acessível por sua conta e risco". Então não são muitos os escritores que vão se arriscar que nem Philip Roth, quando escreveu *Complô contra a América*. Ele se arriscou ao escrever esse livro porque é um romance acessível que pode ser lido como entretenimento. É envolvente como narrativa. É diferente de *O grande incêndio*, de Shirley Hazzard — que, a propósito, é um livro muito bom. Mas os dois não têm nada a ver um com o outro.

ENTREVISTADOR

Existe, então, alguma diferença entre ficção popular e ficção literária?

KING

O grande ponto de virada acontece quando você se pergunta se um livro te afeta emocionalmente. E, quando essas engrenagens começam a se mover, muitos críticos sérios começam a balançar a cabeça e dizer "não". Na minha opinião, tudo isso parte de uma noção que muitas pessoas que ganham a vida analisando literatura seguem: "Se deixarmos a ralé entrar, eles vão ver que todo mundo consegue fazer isso, que isso está ao alcance de qualquer um. Então o que é que a gente está fazendo aqui?".

ENTREVISTADOR

O uso de marcas registradas em seus livros parece ser um motivo especial de irritação para certos críticos.

KING

Eu sempre soube que as pessoas teriam problemas com isso. Mas eu também sabia que nunca ia parar de usar, e ninguém jamais vai me convencer de que eu estava errado. Porque, sempre que eu incluía uma marca, por dentro sentia um pequeno *bang!*, como se eu tivesse acertado na mosca — que nem Michael Jordan em um arremesso de longe em câmera lenta. Às vezes, a marca registrada é a palavra perfeita e cristaliza a cena para mim. Quando Jack Torrance engole aquele Excedrin em *O iluminado*, você já sabe o que é que é. Eu sempre tenho vontade de perguntar a esses críticos — alguns são escritores, outros professores catedráticos de literatura: "O que é que você faz? Você abre o armário de remédios e vê frascos cinza vazios? Vê xampu genérico, aspirina genérica? Quando você entra no mercado e pega um pack de cerveja, só está escrito cerveja? Quando você abre a porta da sua garagem, o que está estacionado ali dentro? Um carro? Só um carro?".

E aí eu penso: "Aposto que sim". Alguns desses caras, os professores de faculdade — digamos, o cara cujo entendimento de literatura parou em Henry James, mas que dá um sorriso meio amarelo se você falar de Faulkner ou Steinbeck —, são idiotas no que diz respeito a ficção dos Estados Unidos e transformaram a própria idiotice em virtude. Eles não sabem quem foi Calder Willingham. Não sabem quem foi Sloan Wilson. Não sabem quem foi Grace Metalious. Não conhecem nenhum desses escritores e são cheios de orgulho disso. E, quando abrem a porta do armário de remédios, acho que provavelmente veem frascos genéricos, e isso é falta de observação. E acho que uma das coisas que eu devia fazer é dizer: é uma *Pepsi*, o.k.? Não é um refrigerante. É uma Pepsi. É algo específico. Diga o que você quer dizer. Diga o que você vê. Faça uma fotografia, se puder, para o leitor.

ENTREVISTADOR

Você se sente podado por sua reputação?

KING

Se a pergunta é se eu me sinto preso e incapaz de ir aonde eu quero ir... nem um pouco. Não, nunca senti isso. Algumas pessoas me dão rótulos como mestre do horror, mestre da breguice, mestre do medo, mestre do suspense. Mas eu nunca disse o que eu faço, e não escrevo cartas para reclamar desses rótulos, porque aí parece que estou tentando esnobar e me mostrar como algo que eu não sou.

Eu me lembro de conversar sobre isso com Bill Thompson, meu primeiro editor, na Doubleday. Eles haviam acabado de lançar *Carrie, a estranha*, que foi um grande sucesso, e queriam um segundo livro. Eu entreguei dois outros que já estavam prontos: *'Salem* e *A autoestrada*, que depois foi publicado com meu pseudônimo, Richard Bachman. Perguntei qual ele queria fazer primeiro. Ele disse: "Você não vai gostar da resposta". Falou que *A autoestrada* era mais romance — mais com cara de romance, se é que você me entende —, mas ele queria fazer *'Salem* porque achava que teria um sucesso comercial maior. Mas ele me avisou que eu ficaria rotulado. E eu perguntei: "Rotulado como?". "Rotulado como escritor de livros de horror." E eu ri. Ué. Como M. R. James, Edgar Allan Poe e Mary Shelley? Eu falei que não ligava. Não dava a mínima.

E fiquei mesmo rotulado como escritor de livros de horror, mas consegui fazer muita coisa dentro desse escopo. Na minha carreira toda, só teve uma vez em que senti que isso foi um fardo, quando escrevi um livro chamado *Trocas macabras*. Era um momento delicado para mim, também, porque foi a primeira coisa que eu escrevi desde os dezesseis anos sem estar bêbado ou drogado. Eu estava completamente limpo, só com cigarros. Quando terminei o livro, pensei: "Isto é bom. Finalmente escrevi algo realmente engraçado". Eu achei que tinha escrito uma sátira da economia de Reagan nos Estados Unidos dos anos 1980. Aquilo de que as pessoas comprariam ou venderiam qualquer coisa, até a própria alma. Eu sempre considerei Leland Gaunt, o lojista que compra almas, como um arquétipo de Ronald Reagan: carismático, um pouco idoso, vendendo só tralha, mas que parece uma beleza.

ENTREVISTADOR

Espere um pouco. Um card de beisebol autografado de Sandy Koufax é tralha? Qual é.

KING

Mas não é bem isso que o garoto está segurando. Parece um card de Sandy Koufax, mas na verdade era o card de outra pessoa. E, cacete, como Sandy Koufax ficou bravo comigo. Ainda mais porque a última coisa que o garoto fala é "Sandy Koufax é uma droga" e, depois, pam!, ele estoura os próprios miolos. Koufax disse que, em toda a carreira como arremessador, ele sempre havia tentado dar o exemplo para os jovens, e que ficou muito irritado por ter uma participação no suicídio de uma criança.

Tentei explicar para ele que o garoto não quis dizer que Sandy Koufax era uma droga, mas sim que Leland Gaunt e a loja e toda aquela situação eram uma droga. Essa era a única maneira que o personagem tinha de expressar que toda aquela questão de comprar objetos e vender a alma era errada. Koufax não entendeu. Quando fizeram o filme, mudaram o card para Mickey Mantle. Mantle cagou. Ele achou engraçado.

ENTREVISTADOR

Como você lidou com a recepção negativa que o livro teve?

KING

Os críticos disseram que foi um livro de horror fraco, embora eu tivesse imaginado que todo mundo fosse entender que era uma sátira. Com o passar dos anos, comecei a pensar que, bom, talvez não fosse um livro muito bom.

ENTREVISTADOR

Você acha que um livro mal recebido obtém um tratamento mais sério da crítica quando é adaptado para o cinema?

KING

Um filme tende a gerar muito mais críticas e, para falar a verdade, as críticas tendem a ser um pouco mais favoráveis. Sem dúvida foi o que aconteceu com as adaptações de *Misery* [*Louca obsessão*], *O corpo* [*Conta comigo*] e, até certo ponto, *Eclipse total*.

ENTREVISTADOR

Você é um bibliófilo. O livreiro Glenn Horowitz certa vez me contou que te enviou algo por engano e que, quando ele pediu desculpas, você disse que compraria mesmo assim.

KING

Acho que é verdade. Não sou nenhum grande colecionador. Provavelmente tenho uma dúzia de Faulkner autografados e um monte de livros de Theodore Dreiser. Tenho *Reflexos num olho dourado*, de Carson McCullers. Eu adoro ela. Tenho lá em casa uma daquelas estantes antigas de livros que a gente via em farmácias. E tenho vários daqueles livrinhos dos anos 1950, porque adoro as capas, e reuni um punhado de pornografia dos anos 1960, livros pornôs feitos por gente como Donald Westlake e Lawrence Block, só porque acho divertido. Dá para ter uns ligeiros vislumbres do estilo deles.

ENTREVISTADOR

O que você aprendeu de autores como Faulkner, Dreiser e McCullers?

KING

As vozes. Estou relendo *Todos os homens do rei*, mas também estou escutando a versão em CD. E o locutor é um bom leitor. Willie Stark fala: "Sempre tem algo... desde o fedor da fralda até o do véu. Sempre tem algo". Quando a gente escuta isso, pensa: "Caramba, a voz é essa mesma!". Ela combina na imaginação.

ENTREVISTADOR

Você está inserido em uma espécie de dialeto dos Estados Unidos. Provavelmente é o escritor mais regional da atualidade.

KING

Eu morei a vida inteira no Maine e, quando escrevo sobre o lugar, o dialeto ressurge. Existem alguns autores bons escrevendo sobre aquela região, mas eles não são muito lidos. Tem Carolyn Chute, que escreveu *The Beans of Egypt, Maine*, e John Gould, que fez *The Greenleaf Fires* — mas só eu tenho um grande número de leitores. Em termos de regionalismo, Grisham é um autor bastante bom, e o *A casa pintada* dele é uma história regional excelente sobre o sul.

ENTREVISTADOR

Você parece fazer questão de promover outros escritores — fazendo comentários favoráveis para escritores novos e inserindo referências a outros autores contemporâneos em seus livros. Você admira mesmo tantos escritores assim?

KING

Quando eu leio histórias boas, fico empolgado. E também sei que o mercado é muito pequeno. Tive uma sorte fantástica e quero distribuir um pouco dessa sorte. Eu comecei com os contos. Saí do mercado de revistas de contos. Os livros em si viraram um mercado de nicho, e os contos são um mercado menor ainda, então é importante mostrar para as pessoas o máximo possível que esse tipo de material existe.

ENTREVISTADOR

Agora que você está preparando a edição do ano que vem de *Best American Short Stories*, está considerando contos das revistas que você lia na infância?

KING

Sim, estou lendo todas aquelas revistas de fantasia e ficção científica, sobretudo *Ellery Queen Mystery Magazine* e *Alfred Hitchcock Mystery Magazine*, para ver o que tem lá. A *Alfred Hitchcock* era uma revista de nível literário, mas foi absorvida pela mesma empresa dona da *Ellery Queen*, e a qualidade dos contos despencou. Editar a *Best American* é um bom projeto, mas assusta, porque tem muita coisa. A pergunta que me persegue é: "O que estamos deixando passar?".

ENTREVISTADOR

Quando você escreve seus próprios contos?

KING

Em geral entre projetos de romances. Quando *Lisey* e *Celular* ficaram prontos, eu estava esgotado. Tentei começar outro, mas não deu, então escrevi alguns contos. Depois, comecei a ler vários contos da *Best American* — dez, vinte, trinta, cem — e finalmente engrenei em mais um romance. Quer dizer, eu sempre tenho algumas ideias para histórias futuras enquanto estou trabalhando em algo. Mas não dá para ficar pensando no que vai fazer depois. É que nem ser um homem casado que tenta não olhar para as mulheres na rua.

ENTREVISTADOR

Você já foi como o personagem Mike Noonan em *Saco de ossos*, o escritor que terminava um romance e guardava porque já tinha uma quantidade enorme de romances estocada?

KING

Talvez em algum momento da vida eu tenha tido dois ou três reservados. Eu me inspirei para esse detalhe em *Saco de ossos* quando ouvi um boato de que Danielle Steel escrevia três livros por ano e publicava dois. E eu pensava: "Se a regra valer para os últimos dez anos, ela deve ter um monte acumulado". E o cânone popular tem outros escritores que são assim — Nora Roberts publicou, meu Deus, mais de cento e cinquenta livros. E olha que as pessoas me consideram prolífico.

ENTREVISTADOR

Você usou muitas estratégias diferentes para comercializar seus livros — serialização, e-books, inclusão do trecho de um próximo livro no final de um lançamento. É tudo parte de alguma estratégia mais ampla?

KING

Não, eu só tenho curiosidade para ver o que acontece, como uma criança em um laboratório de química: "E se eu misturar estes dois?". O experimento da publicação pela internet provavelmente foi uma forma de dizer aos editores: "Vocês sabem que eu não preciso passar por vocês". Eu também queria desbravar alguns caminhos para outras pessoas. E é um jeito de me renovar.

A Scribner me perguntou se eu tinha um conto para eles publicarem na internet, mas, na verdade, o objetivo deles nunca foi a internet. Eles estavam pensando mais naqueles aparelhinhos que permitem que se leia um livro na palma das mãos, em que você aperta um botão para passar a página. Eu nunca gostei dessa ideia, e a maioria das pessoas também não. Elas querem ter páginas. Nós somos como as pessoas que compravam automóveis nos anos 1910 e, quando o carro quebrava na beira da estrada, vinha gente gritando: "Compre um cavalo!". Hoje as pessoas gritam: "Compre um livro!". É a mesma coisa. Mas achei interessante toda a agitação em torno da publicação pela internet porque gente que nunca havia conversado comigo antes — empresários engravatados — de repente passa a prestar atenção. "O que você está fazendo? Você consegue fazer tudo sozinho? Vai conseguir mudar o mercado editorial?" O interesse sempre era impulsionado pelo dinheiro. Nunca pelas histórias.

Isso foi bem no final da bolha pontocom — o último acontecimento interessante antes de a bolha estourar. Arthur C. Clarke já havia vendido um texto pela internet — um material de seis páginas sobre transmissões recebidas das estrelas —, e eu pensei comigo: "Nossa, isso é como beijar a própria irmã!". Era um ensaio pequeno que o cara provavelmente redigiu um dia quando não conseguiu tirar a soneca da tarde.

ENTREVISTADOR

Como o conto para a Scribner, "Andando na bala", fez muito sucesso, por que você parou de publicar na internet? Você encerrou o projeto on-line seguinte, "The Plant", depois de só seis capítulos.

KING

Muitas pessoas acharam que eu não concluí "The Plant" porque a estratégia de marketing não deu certo. Essa foi uma das poucas vezes em que senti uma inclinação suave, mas firme em direção à mentira. Na realidade, "The Plant" deu muito, muito certo. E eu publiquei seguindo um sistema de pague se quiser. Com "Andando na bala", tinha toda uma preocupação com usuários tentarem invadir o sistema para conseguir o conto de graça. E eu pensei: "Bom, sim, é isso que essas pessoas da internet fazem". Não fazem porque querem roubar, mas porque querem ver se conseguem roubar. É um jogo. Aí eu pensei: "Bom, se você disser: Ei, aqui está, é que nem uma caixinha de contribuição livre. Se você quer mesmo ser um babaca, um mané, pode roubar! Espero que fique feliz, idiota!". E a maioria das pessoas pagou pelo que baixou. Acho que algumas pessoas ainda queriam ver se conseguiriam roubar, e depois elas pagaram.

Faturei quase duzentos mil dólares, sem custos indiretos de produção. Se parar e pensar, foi inacreditável. A única coisa que eu fiz foi escrever os contos, e depois armazenamos em um servidor. Parecia uma licença para fabricar dinheiro, se me permite o clichê. Mas a história era mediana, e fiquei sem inspiração. O projeto continua inacabado.

ENTREVISTADOR

Suponho que hoje a relação entre o dinheiro e sua atividade como escritor vá além da questão de sobrevivência. Isso ainda significa algo para você?

KING

Eu acho que devo ser pago pelo que faço. Todo dia de manhã, eu acordo com o despertador, faço exercícios com as pernas e me sento diante do processador de texto. Ao meio-dia, minhas costas começam a doer e eu fico cansado. Trabalho muito ou até mais do que antes, então quero ser pago. Mas, a esta altura, é só um acerto de contas.

Algo que eu não quero mais é receber adiantamentos monstruosos. Já recebi alguns. Tom Clancy com certeza ganhou vários. Ele se gaba disso. John Grisham também teve uns adiantamentos grandes. O adiantamento grande é o jeito que o escritor tem de dizer: "Quero todo o dinheiro adiantado e não vou devolver um centavo sequer quando os livros ficarem encalhados na estante". E as editoras aceitam, porque elas querem ter um Stephen King, um Tom Clancy, um John Grisham. Eles valorizam o resto do catálogo. E com certeza o pessoal das livrarias quer esses escritores, porque eles aumentam a circulação nas lojas. Os livreiros praticamente idolatram John Grisham de joelhos, não só porque ele vende muito, mas pelo momento em que vende: ele lança livros em fevereiro, depois da correria do Natal, quando as vendas das livrarias tendem a ser quase nulas.

Eu podia receber esses adiantamentos grandes, mas fico muito bem sem eles. Quando saí da Viking, decidi pedir para formar uma parceria nas publicações. Eles me dariam uma quantia modesta para fechar contrato, e depois dividiríamos os lucros. Por que não? Continuaria sendo um bom negócio para eles. Mas, se eu estivesse fazendo isto por dinheiro, pararia, porque já tenho o bastante.

ENTREVISTADOR

Mas você já achou que precisava faturar tanto quanto alguém como Tom Clancy ou Danielle Steel?

KING

Nós somos uma sociedade competitiva, e acho que tenho uma tendência de avaliar meu sucesso em comparação com esses outros escritores com base na quantidade de dinheiro que eu ganho. Mas, no fim das contas, o que vale é o número de vendas, e eles vendem mais do que eu. Grisham vende quatro vezes mais. Eu já não ligo muito para isso. Às vezes, olhando a lista de mais vendidos do *New York Times*, a gente pensa: "Eu quero mesmo me ferrar de trabalho para entrar nesta lista junto com Danielle Steel, David Baldacci e os livros de renascimento?".

ENTREVISTADOR

Já faz sete anos desde o acidente. Você ainda sente dores?

KING

Sim. O tempo todo. Mas não estou tomando mais nada para aliviar. Precisei ficar internado por causa de uma pneumonia alguns anos atrás, outra cirurgia, e depois chegou um momento em que percebi que não podia ficar tomando remédios para sempre, porque o volume encheria um vagão inteiro. Na época, fazia cinco anos que eu tomava analgésicos. Percocet, OxyContin, tudo isso. Eu era viciado. Se você usa para aliviar dores, e não para ter onda, não é muito difícil de largar. O problema é se acostumar a viver sem isso. Tem um período de abstinência. Em geral, é insônia. Mas, depois de um tempo, o organismo diz: "Ah, legal!".

ENTREVISTADOR

Você ainda fuma cigarro?

KING

Três por dia, e nunca enquanto estou escrevendo. Mas, quando são só três, o prazer é bastante bom. Meu médico fala "Sabe, se vai fumar três, daria na mesma fumar trinta", mas eu não fumo. Larguei o álcool, o Valium, a cocaína. Eu era viciado nisso tudo. A única coisa que não consegui largar foi o cigarro. Normalmente, eu fumo um de manhã, um à tarde, um à noite. Eu gosto de cigarros. E não devia. Eu sei, eu sei. Fumar é ruim! Saúde é bom! Mas eu gosto mesmo de relaxar com um bom livro e um cigarro.

Eu estava pensando nisso outro dia. Tinha voltado do jogo, de uma vitória do Red Sox. E eu estava deitado na cama, lendo *O americano tranquilo*, de Graham Greene. É um livro excelente, excelente. Eu estava fumando um cigarro e pensando: "Quem está melhor que eu?".

Os cigarros, aquelas substâncias viciantes todas, fazem parte do lado ruim do que nós fazemos. Acho que é parte daquele lado obsessivo que faz com que sejamos escritores, que faz com que queiramos escrever tudo. Álcool, cigarros, drogas.

ENTREVISTADOR

Quer dizer que a escrita é uma forma de vício?

KING

Acho que é. Para mim, o fato de não escrever, mesmo quando a escrita não está fluindo bem, incomoda. É maravilhoso poder escrever. Quando tudo vai bem, é fantástico, e quando não vai tão bem, é só razoável, mas ainda é uma ótima forma de passar o tempo. E o resultado é um monte de livros.

ENTREVISTADOR

Você ainda frequenta os Alcoólicos Anônimos?

KING

Sim. Tento ir com regularidade.

ENTREVISTADOR

O que você acha do aspecto religioso deles?

KING

Não me incomoda nem um pouco. O programa diz que, se você não acredita, finja que acredita. Finja até conseguir, dizem eles. E eu sei que muita gente se incomoda com isso, mas eu sigo o programa. Então fico de joelhos de manhã e digo: "Deus, me ajude a não pensar em bebida e drogas". E fico de joelhos à noite e digo: "Obrigado por eu não ter precisado beber ou cheirar".

Sempre que eu falo sobre isso, comento a história daquele filme *Pink Flamingos* que John Waters fez com Divine, um ator gordo que se vestia de mulher. Tem uma cena em *Pink Flamingos* em que Divine come um pedaço de cocô de cachorro da calçada. Waters sempre ouvia perguntas sobre essa cena específica. Até que um dia ele explodiu e disse: "Preste atenção, era só um pouco de merda de cachorro e transformou ela em uma estrela! Tudo bem?". A meu ver, toda essa questão de Deus é um pouco de merda de cachorro. Mas, se der para engolir essa parte do programa do AA, não vou precisar mais de álcool ou drogas.

ENTREVISTADOR

Você já fez alguma forma de terapia?

KING

Quando eu estava largando as drogas e o álcool, fui a algumas consultas com um psicólogo para ver se eu podia descobrir uma forma de superar essa ausência na minha vida. Mas, se formos falar de psicoterapia de verdade, eu tinha medo de que isso fosse me estragar, e aí tudo poderia dar errado. Não sei se chegaria a me destruir como escritor, mas acho que eu perderia muitas coisas boas.

ENTREVISTADOR

Você já pensou na origem de suas criações durante o processo da escrita?

KING

De vez em quando, algo se apresenta para mim de um jeito tão óbvio que não tenho como ignorar. Por exemplo, a enfermeira psicótica de *Misery*, que eu escrevi quando estava sofrendo muito com as drogas. Eu sabia o que estava escrevendo. Nunca tive a menor dúvida. Annie era meu problema com as drogas, e ela era minha fã número um. Nossa, ela não ia embora nunca. E, ao mesmo tempo, a situação toda tinha um lado engraçado. Esse tipo de coisa vem à tona muitas vezes. Eu me lembro de trabalhar no final de *A casa negra*, o livro que escrevi com Peter Straub, e chegar a uma cena em que um dos personagens está falando de nunca conseguir voltar a determinado plano de existência — os Estados Unidos em 2001 ou 2002

— porque, se voltasse, ele ficaria doente e morreria. E eu pensava que era uma forma elegante de descrever minha situação naquela época. Eu sentia muita dor, mas, quando escrevia, me sentia bem, porque estava... no lugar que as pessoas estão quando inventam esse tipo de coisa. Quando eu vou lá, não tenho muita consciência do meu corpo. E eu pensava: essa é uma analogia bastante boa do estado criativo. É um lugar aonde a gente pode ir e ficar bem.

ENTREVISTADOR

Em que momento durante a escrita de uma história você percebe se haverá elementos fantásticos?

KING

Eles não aparecem porque eu quero. Não obrigo eles a entrar. Eles só aparecem. A questão é que eu adoro isso. *Duma Key*, o livro que estou escrevendo agora, é sobre um cara chamado Edgar Freemantle, que sofre um acidente e perde um braço. Então, logo de cara, eu penso: "Talvez exista alguma sintomatologia paranormal relacionada a membros perdidos". Eu sabia que as pessoas que perdem membros têm sensações fantasmas por muito tempo depois do acidente.

Então pesquisei "membros fantasmas" no Google para ver quanto tempo essa sensação dura. Adoro o Google. Existem milhares de ocorrências registradas, e a melhor — e foi o que coloquei no livro — é a de um cara que perdeu a mão em uma empacotadora. Ele pegou a mão, embrulhou com uma bandana, levou para casa e colocou dentro de um vidro com álcool. Ele guardou o vidro no porão. Dois anos se passam. O cara está bem. E aí, num dia de inverno, ele sente um frio absurdo na ponta do braço, onde antes ficava a mão. Ele liga para o médico. Diz que a mão não está mais ali, mas a extremidade do braço está congelando. O médico pergunta: "O que você fez com a mão?". Ele responde: "Coloquei dentro de um vidro, lá no porão". O médico diz para ele ir lá conferir. Então o cara desce a escada. O vidro estava em uma prateleira, e a janela tinha quebrado, então batia um vento frio na mão. Ele colocou o vidro perto do aquecedor e ficou bem. Aparentemente, essa história é verdadeira.

ENTREVISTADOR

Ultimamente, e sobretudo em *Love: a história de Lisey*, parece que você está começando com um personagem, em vez de uma situação. Você considera que está fazendo algo diferente?

KING

Pode ser uma mudança. Com certeza não foi o caso de *Celular*, mas *Celular* foi uma ideia antiga. *Lisey*, por sua vez, é sobre os personagens. Eu pensei na ideia três ou quatro anos depois do meu acidente. Achei que estava me sentindo melhor, mas na verdade a parte inferior do meu pulmão ainda estava toda arrebentada. Fiquei com pneumonia, e eles acabaram tirando meu pulmão do peito para consertar. Quase morri. Foi por muito pouco. Nesse período, minha mulher decidiu reformar meu escritório. Quando eu voltei do hospital, tudo tinha sido revirado, e eu estava me sentindo um fantasma. Pensei que talvez eu tivesse morrido. Aquilo era o que o escritório seria depois da minha morte. Então comecei a escrever uma história sobre um escritor famoso que morreu, e sobre a esposa dele, Lisey, que está tentando seguir a vida dois anos depois.

Lisey decolou por conta própria. A certa altura, parou de ser um livro especificamente sobre o processo de luto de uma mulher e passou a ser um livro sobre a forma como escondemos segredos. A partir de então, entrou na ideia de que repressão é criação porque, quando reprimimos, inventamos histórias para substituir o passado.

ENTREVISTADOR

O que sua esposa acha do livro?

KING

Ela nunca falou muito sobre *Lisey*, mas muitas vezes ela não fala nada. Muitas vezes, ela só fala: "Bom". Acho que todo mundo quer ouvir a esposa dizer: "Ah, querido! É ótimo! Adorei esta parte, e adorei esta outra!". Mas ela não é assim. "Bom" é suficiente.

ENTREVISTADOR

Você considera *Lisey* uma mudança de estilo?

KING

Bom, eu sou a pessoa errada para responder a isso. Estou dentro da história, e para mim é um livro muito especial. Chega a ponto de eu não querer publicar. Esse foi o único livro meu cujas críticas eu não quero ler, porque algumas pessoas vão ser cruéis. Eu não conseguiria suportar isso, é que nem quando a gente odeia que as pessoas sejam cruéis com alguém que a gente ama. E eu amo esse livro.

ENTREVISTADOR

Por que você acha que as pessoas vão ser cruéis?

KING

Porque ele tenta ir além de um livro popular. Ele quer, de certa forma, ser levado mais a sério do que, digamos, um livro de Mary Higgins Clark ou de Jonathan Kellerman. Quando um escritor passa uma parte da vida em um livro, ele tem a obrigação de se perguntar: "Por que ele importa?". E, quando terminei aquele livro, pensei comigo mesmo: "Bom, até certo ponto este livro é sobre mitos, depressão e criação de histórias, mas também é sobre casamento e fidelidade".

ENTREVISTADOR

Agora que você foi publicado na *The New Yorker* e agraciado com um National Book Award e outros prêmios internacionais, parece bem claro que está sendo levado mais a sério do que no começo da carreira. Você ainda tem uma sensação forte de exclusão por parte da crítica literária?

KING

Mudou muito. Sabe o que acontece? Se você tiver um pouco de talento e tentar maximizá-lo, sem desistir nem se acomodar, vai ser levado mais a sério. As pessoas que cresceram lendo suas obras se tornam parte da crítica literária. Elas consideram você parte da paisagem que existia quando elas nasceram. De certa forma, você é tratado com mais respeito. Quando Martin Levin, do *New York Times*, escreveu sobre *A dança da morte*, ele disse que era "Um romance sobre pragas que vai para o inferno" e o chamou de "filho de *O bebê de Rosemary*". E eu pensei: "Ah, meu Deus, trabalhei durante três anos nesse livro, e vem esse cara e fala isso". Como escritor, sempre fui extremamente atento ao meu lugar. Nunca tentei ser pomposo nem me colocar no mesmo nível de nomes superiores. Eu sou sério no meu trabalho, mas nunca quis dar nenhuma indicação de que eu me achava melhor do que era de fato.

A outra questão importante é que a gente envelhece. Estou com quase sessenta agora. Posso ter mais uns dez anos criativos pela frente, talvez quinze. Então eu penso: "Tenho esse tempo, será que consigo fazer algo ainda melhor?". Não preciso do dinheiro. Não preciso de mais um livro meu adaptado para o cinema. Não preciso escrever outro roteiro. Não preciso de mais uma casa grande horrorosa — já tenho esta. Eu queria escrever um livro que fosse melhor do que *Lisey*, mas não sei se vou conseguir. Caramba, eu gostaria de não me repetir. Gostaria de não fazer um trabalho medíocre. Mas gostaria de continuar trabalhando. Rejeito a ideia de que já explorei todas as possibilidades.

Stephen King, The Art of Fiction, Nº 189
Tradução de Leonardo Alves

1ª EDIÇÃO [2016] 9 reimpressões

ESTA OBRA FOI COMPOSTA PELA ABREU'S SYSTEM EM WHITMAN E IMPRESSA EM OFSETE PELA LIS GRÁFICA SOBRE PAPEL PÓLEN NATURAL DA SUZANO S.A. PARA A EDITORA SCHWARCZ EM FEVEREIRO DE 2023